Jean-Paul Malaval

Né à Brive-la-Gaillarde, en Corrèze, Jean-Paul Malaval devient journaliste à partir de 1970 à *Centre Presse*, puis en 1973, à *L'Écho du Centre*. En outre, il rédige des articles pour *Agrisept* et le *Nouvel Observateur*. En 1982, il commence une collaboration de plusieurs années avec les éditons Milan, à Toulouse. Ainsi voit le jour une série d'ouvrages sur d'anciennes photos régionales. Jean-Paul Malaval est actuellement l'auteur d'une dizaine de romans dont cinq sont publiés aux Presses de la Cité. En fidèle « enfant du pays », depuis 1995, il est également maire de la commune de Vars-sur-Roseix en Corrèze.

LES VIGNERONS DE CHANTEGRÊLE

JEAN-PAUL MALAVAL

LES VIGNERONS DE CHANTEGRÊLE

PRESSES DE LA CITÉ

ISBN 2-266-11903-6

La terre jamais ne fatigue,
La terre est dure, silencieuse, incompréhensible à l'abord,
La Nature est dure et incompréhensible à l'abord,
Ne vous découragez point, persévérez, il y a là des choses divines bien enveloppées,
Je vous jure qu'il y a là des choses divines plus belles que les mots ne sauraient dire.

Walt WHITMAN

PREMIÈRE PARTIE

La fête de l'Empire

Samedi
24-1-2003
Pour Annick
et Michel, mon fils
même

1

C'était son heure préférée entre toutes, celle où il attendait l'arrivée du plateau d'ébène aux arabesques dorées sur lequel reposait une grande tasse de café brûlant. L'entrée en scène de sa gouvernante, Philippine, tenait de la cérémonie. Du pied, elle poussait le battant de la porte puis, au seuil du salon, marquait un temps d'arrêt, sans doute pour vérifier l'accord de son maître. En général, il pointait un regard dans sa direction et, d'un mouvement imperceptible du menton, lui signifiait qu'elle pouvait apparaître, sans crainte.

En vérité, Firmin de Jandelles n'avait jamais exigé une telle débauche de révérence. Cela s'était ainsi combiné dès le premier jour où Philippine s'était mise à son service et il avait décidé de n'y rien changer, sachant peut-être qu'il est des traditions qui ne se perdent sans dégât. La pente naturelle de son esprit l'eût plutôt poussé à modérer cette sorte de pompe qui régit d'ordinaire l'ordre entre maître et serviteur, mais il y avait en lui trop de paresse pour qu'il se risquât à révolutionner les habitudes ancestrales.

Philippine vint poser le plateau sur le bord de la table ronde juponnée de Jouy. Elle s'apprêtait à saupoudrer la tasse de sucre lorsque la main du comte l'arrêta, insistante et caressante. Ce qu'elle n'admettait pas facilement. C'était pourtant une manie triviale chez cet homme que d'atténuer ses commandements par des attouchements ambigus avec le petit personnel. Mais Philippine savait aussi à merveille lui faire comprendre ce à quoi l'on ne pouvait se risquer. D'un sourire contrit, le maître se laissa basculer contre le dossier du fauteuil en se gardant bien de saisir la tasse de café, comme s'il attendait, cette fois encore, que la servante la lui tende.

— En ce moment, vous le savez bien, le sucre m'est fortement déconseillé. Cela m'épaissit le sang.

Elle le fixait, immobile, indifférente à ses propos, ne guettant plus qu'un ordre pour disparaître.

— J'aurais grand besoin de quelques activités, de celles, précisa-t-il, qui vous fouettent le sang et vous chamboulent l'âme…

Il espérait la voir prendre des couleurs à cette allusion qu'elle feignit de ne pas comprendre.

— Monsieur le comte ? dit-elle d'une voix pincée, j'ai apporté votre journal.

Firmin réprima un bâillement. Sans doute était-ce le mot « journal » qui avait allumé en lui cette lassitude. Ce n'était un secret pour personne qu'il détestait cette activité consistant à éplucher des nouvelles dont l'examen le laissait, d'ordinaire, dans la plus grande perplexité. Il n'y avait rien qui ne l'intéressait plus que la rêvasserie à laquelle le prédisposait son âme fantasque.

Quand Philippine eut enfin quitté le salon, Firmin tira d'un étui de cuir un de ses longs cigares qu'il aimait fumer à cette heure où régnait le silence. Personne ne se fût aventuré à le déranger, pas même sa chère Marthe, qui avait toujours des histoires extravagantes à raconter, et encore moins les enfants, dont la vaine agitation l'excédait.

Bien que l'arôme du café excitât ses narines, le comte retardait l'instant de plonger ses lèvres dans le liquide épais comme une encre, ainsi qu'il l'exigeait, lui vouant au passage une vertu aphrodisiaque, simplement parce qu'il avait lu, un jour, dans un traité de morale, que ce breuvage avait le pouvoir de dissiper les sens et d'éveiller l'âme à la luxure. Pourtant, c'était tout ce qu'il attendait de la vie, qu'un souverain poison fût à même de remplir ce rôle. Peut-être était-ce se faire trop d'illusions sur les excitants ? À moins que la prédisposition à l'oisiveté ne fût, de tous les maux humains, le seul à aiguiser l'appétence pour le stupre…

Un sourire au coin des lèvres, il lui revint, à cet instant, l'image de ses dernières frasques. Elles possédaient toutes des prénoms plus fantaisistes les uns que les autres, tels qu'Isidora, Mathilda, Iza ou, mieux encore, Izilda. Un délicieux parfum d'Orient. Mais ce n'était, tout compte fait, que de somptueuses lorettes, qui mimaient à merveille les gestes de l'amour, à moins qu'elles ne fussent, le doux vernis ôté, que de tristes créatures dévorées par le vice. Mais était-il bien nécessaire de s'interroger ?

À peine sombrait-il, la tête inclinée sur l'épaule, avec un sourire d'enfant, que la porte du salon s'entrouvrit prudemment. En apercevant la mine sévère de Philippine, Firmin se redressa aussitôt sur son siège afin d'éviter qu'on le surprît ainsi, dans l'affligeante nudité du sommeil.

— Une visite pour monsieur le comte…

Et la servante s'effaça aussitôt devant un petit homme rond, engoncé dans son costume gris.

— Mon cher Polyte ! s'exclama Firmin. Vous êtes celui qu'on n'attendait plus. Vous vous faites rare, mon cher.

Hippolyte Dormoix avança devant la table ronde où fumait encore le café dans sa tasse en porcelaine de Saxe. Les deux amis se congratulèrent avec force embrassades. Ces effusions, que Philippine prenait pour de la familiarité, surtout chez des gens d'une si haute éducation, l'amusaient toujours autant. La servante avait une vilaine opinion du médecin, sans doute à cause de quelques conversations indiscrètement glanées où l'on parlait des femmes en termes plutôt gaillards.

— Ces derniers temps, j'ai beaucoup voyagé : Milan, Florence, Venise, Paris, énuméra Polyte d'un air rêveur. Et me voilà revenu à Chantegrêle, pour longtemps j'espère.

Firmin jeta un regard sur sa servante qui tardait à quitter le salon, la curiosité sans doute attisée par les noms de lieux que le visiteur venait d'évoquer.

— Allez chercher une tasse de café pour notre ami ! ordonna le comte.

Polyte s'était à peine défait de son macfarlane, poudré de poussière à force de courir par monts et par vaux, que de Jandelles l'accaparait tout entier, le promenant dans son vaste salon, excité à la seule perspective de livrer enfin une véritable conversation d'hommes qui vous réconcilie avec la vie.

— Je vous ai décrit mon voyage par le détail. N'avez-vous pas reçu mes lettres ? s'étonna le médecin.

Firmin n'y avait prêté aucune attention. Les lettres, à quoi sert-il de les lire ? Sinon à vous faire regretter encore plus l'absence d'un ami.

— Bien sûr que oui ! mentit-il. Mais ce qui importe, mon bon Polyte, c'est d'entendre, là, de vive voix, votre enthousiasme pour les belles Milanaises…

Le docteur éclata de rire. À l'avenir, on ne l'y reprendrait plus, à rédiger des lettres à un ami, pour le simple plaisir de partager une émotion, une sensation ou un souvenir.

— Mon bon Firmin, vous êtes décidément incorrigible avec les femmes. Comment pouvez-vous imaginer un seul instant que j'ai passé tout ce temps dans leurs bras ?

De Jandelles se souvint que c'était le mot qu'on employait le plus souvent à son égard, comme s'il y avait quelque chose de maladif en son âme, de si profondément affecté qu'aucune sorte de remède ne pourrait en venir à bout. Et en définitive, il se sentit flatté que son ami retrouvât promptement le juste qualificatif par lequel on avait coutume de le définir.

— Je vois, fit-il en venant lui poser une main sur l'épaule, un peu condescendante, que vous ne nous avez pas oubliés, moi et mon érotomanie.

— Pourquoi vous aurais-je oubliés ?

— Milan, Florence, Venise… Des lieux magiques tellement éloignés de Chantegrêle. Vous auriez pu vous dire : À quoi bon revoir le Mazet et ses tristes habitants ? Comme je vous l'aurais pardonné !

— Détrompez-vous, insista Polyte. Rien n'égale notre Corrèze. Certes, j'aime les voyages, parcourir des espaces nouveaux, me mesurer à des langues inconnues, observer des visages singuliers, mais je me lasse vite de ce jeu. La solitude me pèse. Que croyez-vous ? Que je pourrais raisonnablement m'attacher à l'étrangeté d'un dépaysement ? Bien sûr que non. Les racines, mon cher, cela compte par-dessus tout. Si bien que je retrouve toujours Chantegrêle le cœur léger. Je me dis qu'il est au moins un endroit sur la terre où l'on m'attend et où j'ai provisoirement abandonné quelques bons amis, toujours disposés à écouter mes bêtises de voyageur.

Firmin de Jandelles hochait la tête en tirant de son cigare des volutes de fumée bleue qui lui auréolaient le visage.

— N'avez-vous point courtisé une *comtessa* ?

Polyte détourna le regard. Une pointe de gêne venait d'y apparaître.

— Sont-elles comme la Sanseverina, dévorées par le feu de l'âme ? Pour ne pas dire des choses plus triviales que vous ne prisez guère dans ma bouche.

C'était un principe auquel le médecin ne dérogeait guère, l'évocation de sa vie privée, au point qu'on s'interrogeait quelquefois sur son attirance pour le jupon, car on ne lui connaissait aucune liaison tapageuse, comme on les adore dans certains milieux pour alimenter les conversations des petits cercles.

Philippine amena un second plateau. Des craquelins accompagnaient le café. Au château du Mazet, la gourmandise de Polyte était légendaire.

— Dévorez-moi cela ! ordonna Firmin. Vous savez qu'ils me sont interdits. Je compte bien devenir centenaire.

Puis une ombre passa sur son visage, comme s'il regrettait, soudain, ses propos, pour quelque obscure raison où se mêlait la superstition. Machinalement, le comte porta la main à son bas-ventre. Aussitôt, le médecin reposa sa tasse.

— Nous allons examiner ça, si vous le voulez bien…

— Tout à l'heure, fit-il en faisant un pas de côté.

— Vos tourments, hélas, ne laissent planer aucun doute. On a trop perdu de temps…

— Brisez là, mon ami ! s'éleva Firmin. Parlez-moi plutôt du Faubourg. Comment s'y porte-t-on ? De quoi y parle-t-on ? La lecture des journaux m'horripile. Et puis, l'on n'en sait guère plus qu'avant. Chacun connaît cela, l'essentiel n'est pas sous la plume des échotiers, même les plus féroces d'entre eux. Dans un régime bien ordonné, on choisit scrupuleusement ce que l'on doit livrer en pâture à la populace. Et les amateurs de vérité en sont toujours pour leurs frais.

À son sourire malicieux, le médecin comprit que son ami attendait de lui des révélations de première main sur la situation politique, et surtout des nouvelles plus affriolantes que les interminables querelles de la sainte alliance autour du comte de Chambord. Bien qu'il y eût dans sa famille des monarchistes convaincus, au moins un grand-père et deux grands-oncles, Firmin était du camp bonapartiste, comme son père, Ernest, qui avait eu le courage de s'affranchir des idées anciennes, malgré les risques de disgrâce, au moment où la Restauration se cherchait des appuis au plus profond des provinces françaises.

— Que vous dirais-je qui puisse vous faire plaisir ? chercha Polyte. Le prince-président tient fête sur fête au palais de l'Élysée. Toute l'aristocratie s'y presse, mon cher, comme jamais on ne la vit réunie, même aux plus beaux jours du règne de Louis-Philippe.

— Louis Napoléon espère la rallier à sa cause en feignant de ne plus se souvenir des humiliations du passé. C'est donc qu'il croit encore à un grand dessein ?

Polyte lui fit répéter sa phrase, car il avait cru entendre le mot « destin », à la consonance voisine. Ce malentendu le fit éclater de rire :

— Non ! Vous ne me croyez pas stupide, mon bon Polyte. Notre perroquet mélancolique n'aura jamais l'étoffe de l'oncle. À supposer qu'il l'ait, encore faudrait-il une salvatrice correspondance des astres et des circonstances. Cela ne se peut répéter deux fois dans un siècle. Même si nous escomptons fort jouer sur ce registre pour émouvoir le petit peuple, toujours disposé à lire l'avenir dans les entrailles de poulet !

— Notre prince-président ne supportera pas indéfiniment de porter ce costume républicain dans lequel il se sent de plus en plus à l'étroit, reprit le médecin.

— Le prince-président, comme vous dites, fera son coup d'État, puis se fera sacrer empereur.

Un sourire de contentement se forma sur le visage de Polyte.

— Après tout, que désire ardemment le peuple ? Qu'une main ferme et autoritaire éloigne à jamais le spectre rouge des révolutions.

— Nous nous acheminons vers l'épreuve de force, soupira Firmin en se levant de son siège, le visage grimaçant.

La douleur lancinante qui lui titillait le bas-ventre l'empêchait de conserver longtemps la même posture. Cela faisait une semaine, au moins, qu'il n'avait trouvé le repos. Le comte fit le tour de son salon en boitillant un peu, évitant l'endroit, un angle à gauche, où le parquet craquait sous le pas.

— Un coup de force comme le 18 Brumaire, voici qui aurait un certain panache. Mon grand-père, Pierre-Louis de Jandelles, celui qui fit planter nos plus belles vignes sur le versant ensoleillé de Chantegrêle, était, comme vous le savez, un monarchiste convaincu. Dans le coup de bluff de Bonaparte, il ne vit qu'un épisode de l'ère des révolutions. Il ne crut jamais, comme certains de nos idéalistes de l'Ancien Régime, que le fringant général des armées d'Italie restituerait le trône à la Couronne de France. Présentement, un coup d'État de plus ou de moins ne contrariera pas le cours de l'histoire.

— Je suis pour cet ordre-là, mon cher comte, fit Polyte en tendant un menton frondeur. C'est le moindre mal.

La fumée du cigare avait rendu l'air irrespirable. Le médecin demanda l'autorisation d'entrouvrir une des fenêtres qui donnaient sur les jardins. Un petit vent agitait le feuillage des tilleuls voisins. Le léger bruissement leur donna envie d'une promenade. C'était ce que les deux hommes prisaient le mieux, marcher côte à côte, en silence, livrés à leurs réflexions. Mais, en se détournant de la lumière du jour qui dessinait sur le parquet ciré des rais flamboyants, le médecin se rappela à son devoir.

— Mon cher comte, si nous revenions à nos petites misères… fit-il en ajustant un lorgnon sur l'arête du nez.

— Croyez-vous qu'il me faille sacrifier à cette cérémonie sordide ? N'y a-t-il pas un meilleur moyen, qui m'éviterait l'humiliante fatigue de l'âme ?

— Il le faut. Ma science ne saurait avoir la moindre efficacité sans quelques médications.

— Même en ces endroits ? demanda naïvement le pauvre comte en portant la main à sa braguette.

— Vous ne seriez pas le premier homme à connaître une telle mésaventure. Et évitez, je vous prie, d'y mêler l'affliction de votre âme.

— Il n'empêche. Cela est injuste qu'elle soit tombée sur moi.

— Dois-je vous rappeler que vous l'avez choisie ? Sans doute avait-elle, celle-ci comme les autres, les yeux candides, mais le sang malade.

— Cela ne se lit pas dans le blanc des yeux.

— En effet.

Le cabinet de toilette était voisin du bureau. De Jandelles déposa précautionneusement sa culotte sur le dossier du fauteuil et poussa un grand soupir avant d'y entrer. Polyte l'attendait déjà avec ses petites fioles d'éther et de bleu de méthylène alignées sur le rebord du lavabo.

— Permettez que je vous examine.

Il se mit à tâter la verge du comte.

— Une belle corde urétrale.

— Oui, gémit le comte. Une érection dont je me serais bien passé.

Il vint ensuite lui palper délicatement les testicules.

— Néanmoins, aucune trace d'orchite. Un point pour nous. Et là, voyez-vous, cette goutte jaunâtre qui suinte du méat, un pur gonocoque qu'il nous faut attaquer sans tarder. Ce ne sera pas une partie de plaisir. Tandis que j'opérerai, pensez à votre jolie créature que vous besognâtes, cela vous consolera un peu.

Et pendant que Firmin fixait la petite eau-forte accrochée au mur, juste au-dessus de la table de toilette, représentant Circé aux bains, Polyte introduisit, sans ménagement, sa sonde urétrale. Le comte poussa un cri terrible en gardant les mains agrippées au lavabo.

— Je vais vous injecter cette solution avec ma seringue, prévint-il. Cela vous fera pisser bleu. Et dans quelques jours, à peine ressentirez-vous une petite brûlure.

— Pour l'heure, mon ami, je lancequine des lames de feu.

Le médecin lui ordonna d'aller prendre un peu de repos sur le sofa du cabinet de travail.

— J'ai poussé un cri de bête, s'inquiéta-t-il. Croyez-vous que ma chère Marthe ait pu m'entendre ?

— Je ne pense pas, le rassura Polyte.

— Je voudrais qu'elle ignore tout. Ma vie conjugale y gagnerait en tranquillité.

Le médecin hochait la tête en rangeant ses ustensiles dans une sacoche de cuir noire.

— Croyez-vous que Madame ne soupçonne rien de vos incessantes fredaines ? Ce serait faire bien peu de cas de l'instinct féminin.

— Me découvrir dans cet état attiserait ses railleries. Je n'en ai pas besoin. Vous connaissez les femmes, mon ami ? Elle ne serait d'aucune pitié, alors que je n'ai fait aucun mal, sinon satisfaire un penchant naturel pour le beau sexe. Pourquoi faut-il que nous en souffrions, quelquefois ? Avouez que le monde est mal fait, de nous faire expier trop d'amour. En user, hors du mariage, serait-il le vrai crime ? Quelle injustice, quand il ne suffit à épuiser l'océan de désir que je porte en moi.

Polyte s'enhardit à venir s'asseoir derrière le bureau, effleurant du bout des doigts le gros couvercle en cuivre de l'encrier. Il avait la forme caressante d'une feuille de nymphéa, ample et bombée.

— Après que vous serez guéri, évitez cette compagnie, prévint-il. Une rechute serait fâcheuse.

Le comte fixait les lambris du plafond, le dessin compliqué de la rosace, l'abat-jour en pâte de verre.

— Incorrigible, murmura-t-il, je suis incorrigible.

— Puisque vous ne pouvez vous contenir, ne préféreriez-vous pas l'une de vos servantes ? Il serait étonnant que celles-ci fussent malades…

— Il n'en est aucune qui me plaise.

— Pourtant, nos jeunes paysannes sont fraîches et saines. Mal délurées, certes, mais innocentes.

Firmin tourna la tête sur le côté, agacé par la tournure d'une conversation indigne de lui.

— Qu'y pouvons-nous, mon pauvre Polyte, ces paysannes, un brin rustaudes, ne m'aiguisent pas les sens. J'ai besoin que les corps s'offrent à moi, et non qu'ils se dérobent en criailleries ridicules, comme si j'engageais là un coupable commerce.

— Oserait-on, franchement, résister à monsieur le comte ? s'amusa Polyte. Vous êtes si bien de votre personne.

Surpris par la hardiesse du ton, Firmin de Jandelles se rebiffa.

— Comme vous y allez, grand Dieu ! J'ai mon rang à tenir. M'imaginez-vous coursant les soubrettes dans les couloirs, sous l'œil de ma femme ? Allons, Polyte, ne faites pas l'insolent !

Le médecin se leva aussitôt du bureau.

— Veuillez excuser mon outrecuidance, mais j'essayais de trouver une solution à votre incorrigible appétit…

Firmin rajusta ses bretelles et reboutonna, sur sa chemise en coton, le gilet de percale.

— Je vais vous reconduire à votre voiture. Et tandis que je prendrai un peu de repos après toutes ces émotions, je vous promets de songer à une vie moins dissolue, puisqu'il le faut, grand Dieu, puisqu'il le faut.

Deux journées de bonne pluie suffisaient à gonfler les rigoles d'une eau rouge irisée de mousse jaunâtre agglutinée aux touffes d'herbe. Elles descendaient de la colline, se faufilant le long des chemins et des sentes, drainant les terres instables. À la sortie de l'été, il y avait souvent ces sortes de précipitations qui désespéraient les vignerons, parce qu'il leur fallait ensuite, des jours durant, remonter la terre à civière à bras ou sur leur dos, dans de larges hottes qui leur brisaient les reins.

Pourtant, la saison d'été 1851 avait été plutôt sèche. Un temps idéal pour la vigne. Puis, au milieu de septembre, on était soudain entré dans le cycle infernal des orages ; chaque soir, une coléreuse averse, qui tambourinait le sol à grosses gouttes, et à peine quelques nuages de grêle, qui par bonheur négligeaient les collines où s'étendent, d'un seul tenant, deux à trois cents hectares de vignobles. Après la bourrasque, les vignerons de Chantegrêle s'en remontaient vers les terres hautes, allant et venant entre les cavaillons, la bouche pleine de prières pour remercier le dieu inconnu qui avait épargné, une fois encore, les récoltes.

Manelle avait attendu, sagement accroupie sous la toiture basse et délabrée d'une cabane, clapie comme un lapin à l'étroit dans son terrier. Elle avait gagné ce refuge à la hâte, dès les premiers effets de la bourrasque, surtout qu'elle ne portait sur la peau qu'une robe de grossière toile. Puis l'ondée s'en était allée, avec ses diaprures d'arc-en-ciel. Les jambes ankylosées, elle s'était enfin décidée à sortir du trou, guettant alentour les murmures de la forêt qui, peu à peu, reprenaient leur domaine.

La sauvageonne – comme on l'avait surnommée au village – huma les odeurs ravivées qui montaient de la terre. Elle fixait le sommet des grands arbres, encore frémissants de l'orage qui venait de les chambouler. Elle distingua une trouée de ciel bleu, comme une fenêtre ouverte sur l'infini. Et, instinctivement, elle porta les doigts à sa bouche, savamment ordonnés, et un sifflement aigu en surgit. C'était sa manière d'ajouter au silence, un cri personnel, repérable entre tous. Il lui parut, alors, qu'on lui répondait dans les bas-fonds des Brades, qu'on lui accordait le droit de se joindre à la fête, elle aussi, bien qu'elle fût d'une tout autre espèce que celles qui occupaient, en seigneurs et maîtres, ces territoires inextricables. Avec soin, elle éloigna les graines de foin qui s'étaient collées à sa robe, pressa les franges du tissu gorgé d'eau pour en exsuder le surplus, et se dit que le soleil revenu aurait tôt fait de sécher sa parure. Elle arrangea un peu sa chevelure dénouée qui lui tombait sur les épaules. Et d'un brin de salive posé au bout des doigts se lustra la peau du visage. Une toilette de chatte, pensa-t-elle. Mais elle lui fit l'effet d'être revenue à la vie, après toute cette panique qui s'était emparée d'elle.

D'un pas léger, elle se glissa parmi les herbes folles du sentier, évitant au passage les griffures de ronces. Elle se mouvait comme un serpent, sous les branches, évitant les gerbes d'eau accrochées aux feuillages. Le moindre recoin de ces bas-fonds, fournis en chênes, châtaigniers, charmes et sureaux, n'avait plus de secret pour elle.

La vieille Menou lui avait tout appris des Brades, le braconnage, la pêche à la main, les champignons, le goût des baies amères, les mille senteurs des sous-bois. Elle lui avait enseigné le pouvoir des pierres magiques qui bornent les espaces souterrains, les nuits peuplées de farfadets. À ce qu'on en disait, ça menait rude sarabande au moment de la pleine lune. Mais Manelle n'en avait encore jamais croisé l'ombre d'un seul, avec son curieux bonnet pointu en poils de lapin, sinon l'éclair fauve d'un renard ou l'ombre glapissante d'un blaireau. Avec l'âge, elle avait fini par apprivoiser ses peurs et à désespérer aussi des farfadets.

Elle enjambait les tapis de fougères en tenant sa robe troussée jusqu'aux cuisses pour éviter de la mouiller. Près de la rivière, elle ôta ses sandales. La Seyre, gonflée par les derniers orages, lui montait aux genoux. L'eau était froide pour la saison. Mais ce lui importait peu. Le premier saisissement passé, elle savait que son corps se mettrait vite à la température des éléments.

Lassée de tenir sa robe relevée, elle en noua le pan à sa ceinture. Puis, avançant enfin dans le fort courant qui lui opposait une résistance, elle gagna en titubant le fameux trou d'eau où elle avait, la nuit précédente, posé sa nasse. À l'affaissement du sable sous ses pieds, elle sentit qu'elle était parvenue au bord du gour. Dans les racines de la berge, elle trouva la cordelette qu'elle y avait nouée. Quand elle l'eut bien en main, la sauvageonne se recula dans le courant qui lui fouettait les jambes. Elle avait bien plombé sa nasse à trois mètres au moins de profondeur. Elle se mit à tirer autant qu'elle put, enroulant au fur et à mesure la corde autour de son coude. Le fardeau apparut enfin, lourd et grouillant. Elle poussa un cri de satisfaction à l'idée de ramener un bouquet de carnassiers. À travers le treillis d'osier, elle décompta une trentaine d'écrevisses agrippées à l'appât : un tendre chaton noir, déjà fort décomposé et que le séjour dans l'eau avait rendu difforme. Manelle ouvrit le clapet qui fermait l'entonnoir et saisit la charogne par la tête, la secouant énergiquement pour faire tomber les dernières écrevisses au fond du piège. Elle jeta la dépouille puante dans le courant, avec dégoût quand elle vit comment les pinces l'avaient éviscérée. Souvent, elle avait observé que les écrevisses attaquaient en premier la ventraille et finissaient, si l'on tardait à relever le piège, par ne laisser que le poil et les os, soigneusement nettoyés.

Comme Manelle s'apprêtait à hisser son fardeau sur la berge de la Seyre, une main ferme se referma sur son épaule. La sauvageonne se retourna, vivement, en poussant un cri. Elle eut tellement peur qu'elle en lâcha la charge et que celle-ci fût retombée dans la rivière si l'homme ne l'avait retenue de justesse.

— T'as besoin d'un coup de main, ma garce ! Attends voir.

Manelle lui arracha la corde des mains. Et d'un pas de côté elle traîna la nasse dans les fougères auxquelles elle s'accrochait, en brinquebalant de droite à gauche.

— T'sauve pas comme ça. J't'veux point d'mal. Fi d'Dieu ! maugréa le bonhomme.

Il portait le béret à ras des sourcils, qui lui donnait un air sauvage. Instinctivement, Manelle dégagea le pan de sa robe pour se couvrir les cuisses, car elle pensa aussitôt que c'était le spectacle de ses jambes nues qui l'avait attiré.

— Ne cache donc pas ces bijoux ! Même que j'dis qu'y devrait y avoir une loi pour obliger les jouvencelles à s'promener ainsi, la jambe à tout vent. Faut que le pauvre monde profite de ces beautés que le Seigneur nous a données.

Manelle feignit de ne pas entendre les paroles de ce vieux fou qui, au pays, avait la réputation de courir après tout ce qui portait un jupon. Comme il n'essuyait que refus, ça l'excitait doublement.

— Laloy ! cria-t-elle. Tu devrais avoir honte, à ton âge !

— Quoi ? J'ai du sang à revendre, ma petite. Et ça m'passera pas de sitôt. Je prie Dieu pour qu'Il m'donne toujours la force, là... fit-il en levant son bâton.

Une horreur d'objet, à vrai dire. Un de ces baliveaux de frêne qu'il avait gainé, le saligaud, d'une peau de couleuvre jaune et noir. C'était une de ses occupations favorites que de confectionner de telles saletés, avec la peau tannée des serpents, les plus gros et longs qu'il se pouvait dénicher. On disait qu'il en faisait même des festins, de ces anguilles de haies.

Mais Manelle lui montra qu'elle n'avait pas peur.

— Je crains pas ces bêtes, Laloy ! Va donc faire l'idiot ailleurs. Sur ton chemin, tu trouveras bien quelques vieilles femmes à effaroucher.

— Tu veux point toucher de ce cuir-là. C'est doux comme la soie.

— Je suis capable de les capturer à la main, ces vilaines couleuvres, fronda Manelle. Et même des vipères. Des aspics ! jura-t-elle. Ça se prend comme ça, juste derrière la tête, avec trois doigts bien appliqués. C'est un plaisir de les regarder ouvrir leurs petites gueules et jeter le venin…

— T'en sais, des choses. De sacrées, même. Mais, moi, je pourrais t'en apprendre d'autres que tu ignores, aussi sûr que je m'appelle Laloy. Laloy des Escurres, reprit-il fièrement.

Manelle ricana de le voir se dresser comme un coq, sur ses ergots.

— Tu te prends pour un noble, maintenant ? Alors que tu n'es qu'un pauvre idiot. À te louer au plus offrant.

Le feu aux joues, Laloy fit un pas sur elle. À son regard de défi, il sentit que la dévergondée ferait front quoi qu'il advînt. Une vipère, pensa-t-il. Ça préférerait crever sur place plutôt que reculer. Elle le dévisageait sans désemparer. Alors, Laloy souleva doucement son bâton, le planta ferme entre les jambes de Manelle et, hop, fit sauter le pan de sa robe par-dessus tête.

— Sale blaireau ! hurla-t-elle, toutes griffes dehors.

Le bonhomme reflua, la joue marquée au sang.

— M'en fiche, nargua-t-il. J'ai vu ta toison, mijaurée ! T'pourras pas dire l'contraire.

— T'as rien vu, Laloy. T'as rien vu de tout ce que tu dis. Et t'avise pas à te vanter de ça au village, sinon je te crève les yeux, sagouin ! T'as bien compris ?

— Oh, la belle toison que voilà ! chantait-il en dansant sur place dans les fougères, comme un beau diable.

Manelle regardait le vilain bonhomme s'agiter, honteuse de n'avoir su garder sur elle son long couteau, car elle le lui eût sans doute planté dans la cuisse, comme le jour où le petit Aubert avait tenté de la violer contre une meule de foin. Elle n'avait que treize ans, cet été-là, mais elle s'en souviendrait toute sa vie. Et pendant qu'il perdait son sang en abondance, elle avait eu peur qu'il en crevât et qu'on lui fît payer son geste par de la prison. Mais la Menou s'était employée, des jours entiers, à lui expliquer qu'elle avait eu raison de se défendre et qu'il n'est, dans la vie, rien de plus précieux que l'honneur.

— Quoi ? Ne fais pas cette tête-là, mijaurée ! Crois-tu que tu vas l'garder longtemps, ton pucelage ? Les filles bien tournées de ton espèce sont faites pour l'amour.

— En tout cas, c'est pas toi qui me le prendras.

— Tu préféreras le donner à monsieur le comte... Bien sûr, marmonna Laloy, dépité. Ça te fera pas d'peine de trousser le jupon devant lui...

— Firmin de Jandelles ne m'a jamais manqué de respect, se défendit Manelle.

— Parce qu'il en a jamais eu l'occasion. Le jour où il remarquera la belle garce que tu fais, ça traînera pas. Je te le garantis. Not' comte n'est point homme à laisser passer l'occasion. Et tu subiras sa loi, comme toutes celles qu'il a désirées. À c'jour, j'en connais pas une qui ait eu le courage de lui résister.

— Personne ne me dictera sa loi, jura Manelle, les poings serrés contre son ventre qu'elle semblait protéger d'une atteinte imaginaire.

C'était plus qu'elle ne pouvait supporter, la présence de ce vieux bouc excité. D'un geste décidé, elle ramassa sa nasse et s'enfuit par le chemin creux qui conduisait sur le plateau où, une heure plus tôt, elle avait essuyé l'orage.

Mais Laloy n'était point homme à se décourager, d'autant que la fille l'avait sérieusement émoustillé. Il la suivait, comme un chien, trois pas en arrière, un mouchoir appliqué sur sa malheureuse joue balafrée. Dans le fond, ça lui plaisait bien, cette défense de chatte sauvage. Il avait deviné qu'elle ne lui tomberait pas dans les bras, comme une misérable fermière courtisée au petit bonheur. Il lui faudrait user de patience pour parvenir à ses fins, quitte à revenir à la charge aussi souvent qu'il le faudrait. Et ce serait bien étonnant, avec le temps, que la petite ne finisse pas par lui céder.

— Tu es comme ta mère, la Menou !...

Il la provoquait dans l'espoir de briser le rythme d'enfer qu'elle lui imposait. D'autant que la sauvageonne avait l'art de se faufiler entre les buissons noirs et les églantiers qui encombraient le passage. Lui, il peinait à la suivre, avec son pas lourd et malhabile. Les épines accrochaient ses hardes, lui griffaient la peau. C'était égal. Pour la rejoindre, il se fût roulé dans un tapis d'orties.

— La Menou, cria-t-il, elle aussi ne voulait pas qu'on lui impose sa loi ! Et pourtant...

— Pourtant, quoi ?

Laloy se mit à ricaner. Il avait enfin trouvé la parade.

— Tu en as trop dit ou pas assez…

— Tout le monde le sait, à Chantegrêle, que le vieux de Jandelles l'a déflorée.

— Ernest ?

— Oui, Ernest de Jandelles. Parce que, en ce temps-là, c'était une sacrée belle fille, ta mère. Elle travaillait à la vigne, pour le comte, comme tous les crève-la-faim du pays. Mais le vieux bouc n'a pas mis longtemps à la repérer, ta mère. Alors, il lui a offert une place au Mazet, plus gratifiante que de gratter la terre du matin au soir.

— Je ne te crois pas, rétorqua Manelle, les mains plaquées sur ses oreilles pour ne plus entendre. Tu es médisant. Tu as toujours cherché le moyen de faire le mal. C'est bien connu. Tout ça pour te venger de moi…

— Si on voulait travailler au château, poursuivit Laloy, fallait passer à la casserole. Et oui, ma petite, c'est comme ça avec les seigneurs. Ça ne fait pas que lever l'impôt, ça besogne aussi nos filles. Et des fois, ça les engrosse aussi. On ne compte plus les bâtards, dans le pays.

— Moi, fronda Manelle, je ne me louerai jamais au Mazet. La Menou me l'a promis.

— Quoi ? Que t'a-t-on promis ?

— Que je serai toujours libre comme l'air.

— P'têt que ta mère s'en est souvenue, de son histoire, répliqua Laloy avec malice. P'têt qu'elle a bien raison. Mieux vaut un brave et gentil garçon qui te rendra heureuse que courir la chimère. Car ces bons seigneurs ne se soucient guère des filles de ferme. Ça se lasse vite pour une proie plus fraîche.

— Merci du conseil.

— Tu peux compter sur moi, fit-il en tripotant nerveusement son béret entre ses mains noueuses.

— Je n'ai pas besoin de tes services, rétorqua-t-elle. Je ne te demanderai jamais rien. Tu peux compter là-dessus.

— Un jour, toi aussi, tu trouveras un homme qui t'imposera sa loi. Malgré l'orgueil qui te dévore, ma petite, tu t'soumettras.

— Par amour, peut-être ! lui cria-t-elle.

Et elle disparut aussitôt d'un pas léger. Laloy tenta de la rattraper avant le plateau, mais il sentit qu'il n'aurait pas assez de souffle. À la croix du Bos, il comprit qu'elle lui avait échappé. Alors, de rage, il lança son bâton contre une cépée de noisetier, brisant menu le feuillage tendre qui encombrait son chemin.

Pendant ce temps, la sauvageonne ne décolérait pas à l'idée que sa mère eût pu subir les outrages que Laloy lui avait si complaisamment exposés. Elle gagna Le Bos par les vignes qui s'étendaient autour d'elle, à perte de vue. Les sombres nuages s'étaient maintenant retirés sur l'horizon, vers l'est. Au lointain, on entendait juste quelques grondements. Et sa colère commença à décroître au fur et à mesure que son attention se trouvait absorbée par la beauté de la nature.

Le soleil dorait les vignes délavées par la pluie. Et les couleurs du jour semblaient de même adoucies, suivant la pente de son esprit. Manelle se persuada que sa mère n'avait pu ainsi s'humilier chez les de Jandelles. Elle la connaissait mieux que personne, la Menou, avec son orgueil. Sans nul doute, elle eût rejeté les prétentions du vieux comte, quitte à perdre la place qu'on lui avait octroyée. La pointilleuse fierté des petites gens, qu'elle portait en elle, n'eût pas résisté à une telle mésaventure. C'était peut-être à cause de celle-ci qu'on ne l'aimait pas, à Chantegrêle, où on la considérait toujours, malgré les années, comme une étrangère. Il n'en avait pas fallu plus pour qu'on colportât sur elle ces vilenies dont Laloy se faisait le porte-parole.

Malgré son jeune âge, quatorze ans passés, Manelle avait appris à connaître de quelle sorte de tempérament les gens de ce pays étaient faits, pugnaces et rancuniers quand il s'agissait de juger plus pauvre que soi, déférents et obséquieux pour les plus puissants.

Les maîtres de cette contrée, la lignée des de Jandelles, n'avaient jamais eu à faire montre d'autorité pour s'imposer. Avec trois cents hectares de vignobles à cultiver, ils avaient offert du travail aux paysans. On louait à la journée ces bras robustes qui ne rechignaient pas à la tâche. Bien peu avaient échappé à l'emprise des seigneurs, même ceux qui étaient parvenus, à force d'économiser, à acquérir quelques ares de terre. Car il n'y avait qu'une espèce de rêve qui hantait les têtes des habitants de Chantegrêle : posséder une propriété. Cela amusait les seigneurs du

Mazet que leurs gens eussent cette sorte d'ambition. « Vous aussi, vous deviendrez de petits seigneurs, si la chance se met de la partie ! » disait souvent Firmin de Jandelles, avec sa manie hautaine de congratuler le manant. Les malheureux prenaient ces rodomontades pour du compliment. « Le travail, l'épargne, le goût de la propriété, ajoutait-il, quand il était en veine de confidences, il n'y a que cela qui anoblit un homme. »

Mais il savait, Firmin de Jandelles, dans son for intérieur, qu'aucune famille de Chantegrêle n'arriverait à prospérer suffisamment pour lui monter à la cheville. L'ordre du monde était bien réglé et tout concourait, de jour en jour, à ce que le puissant devienne plus puissant et le pauvre davantage prisonnier de ses illusions. Tout cela n'était-il pas préférable à l'esprit de contestation et de révolte qui agitait les ouvriers dans les villes populeuses ? Du moins, la terre avait ce pouvoir salvateur de fabriquer des âmes dociles. Aussi, Firmin ne voyait autour de lui que de braves gens, toujours prompts à se louer à sa cause.

Louise Meynoux expliquait à sa fille qu'il ne restait décidément plus rien des belles idées de la Révolution, si tant est qu'elles eussent un jour agité en profondeur les esprits à Chantegrêle. On y dénombrait les républicains sur les doigts de la main, alors que les bonapartistes y étaient légion. « Les pauvres ont besoin d'un maître pour les guider, disait-elle, c'est là tout leur malheur. Car la république exige des esprits libres et des têtes pleines. Et ça fait défaut chez nous. »

Elle assenait ce genre de propos défaitistes dans une sorte de rage, comme si elle désespérait de voir un jour nouveau se lever sur ces terres. Elle lisait des brochures bleues achetées à des colporteurs qui parlaient de la Convention, de Danton et de Robespierre, de la fameuse nuit du 4 août. Le siècle des Lumières lui paraissait à jamais éteint, consumé, réduit en cendres. « En ce temps-là, nous lui aurions brûlé son château, à Jandelles (elle usait rarement de la particule quand elle évoquait son nom), et réquisitionné ses terres pour les distribuer aux paysans. » Cela faisait sourire Manelle que sa pauvre mère eût encore envie de se révolter. Mais ce n'était rien d'autre que l'expression d'une colère impuissante contre les lâchetés du temps.

L'approche des vendanges surchargeait de labeur l'unique tonnelier de Chantegrêle. Au dernier moment, les vignerons s'inquiétaient de l'état de la futaille en repérant les barriques et comportes qui perdaient l'eau, comme des passoires. C'était le moment ou jamais d'aller requérir l'aide de Mathurin Chambon. Le maître artisan n'avait pas son pareil pour remettre à neuf la tonnellerie avec des bouts de chandelle. On louait son sens de l'économie quand il s'employait à refaire une douelle avec des pièces de récupération, et, de même, on s'extasiait devant l'étendue de son art lorsqu'il recerclait un fût avec des cerceaux en châtaignier. C'était tout un spectacle que de le voir ployer les feuillards autour de l'ouvrage.

L'homme était sans patience, impétueux et vindicatif. Il accueillait ses clients comme un chien dans un jeu de quilles. Mais on lui pardonnait son mauvais caractère : il était le meilleur tonnelier du pays.

Mathurin n'ignorait rien de ce qu'on disait de lui, dans son dos. Au contraire, il jouait de cette corde pour entretenir une réputation dont il était assez fier.

C'était un grognard, un râleur invétéré. Il en avait acquis le goût dans la Grande Armée de Napoléon, au temps de sa jeunesse. L'aventure s'était terminée à la ferme d'Hougoumont, près de Waterloo, un certain 17 juin 1815. Ce jour-là, le fantassin Chambon perdit sa jambe qu'un chirurgien remplaça par un misérable pilon. Un providentiel épilogue pour un petit fantassin à la solde de l'Empereur. N'était-il pas le plus heureux des hommes puisqu'il avait survécu à l'une des plus abominables boucheries de l'histoire ? Tous ses amis étaient passés de vie à trépas, par le sabre, la mitraille ou le boulet.

Lui, du moins était-il encore vivant pour raconter cette héroïque épopée. Et il ne s'en privait guère. Jean Segond, son arpète, en avait les oreilles rebattues, de la bataille de Waterloo, de la dernière poignée de main de l'Empereur et du râle des mourants au soir du combat.

Au fond de l'atelier, Mathurin avait accroché à un cintre son uniforme de grognard de la Garde. Il n'y manquait pas un bouton de cuivre, ni une épaulette. La poussière et le temps en avaient décoloré la garance. Mais qu'importe, on ne pouvait pénétrer dans ce sanctuaire du souvenir sans venir tâter la relique. Elle était le passage obligé si l'on voulait entrer dans les bonnes grâces du tonnelier.

Au-dessus du mannequin trônaient un portrait de l'Empereur, des médailles dans leur cadre de bois noir et le fusil à pierre qui avait tiré ses derniers coups sur les Prussiens. Jeannet – comme on avait coutume de nommer l'apprenti – prétendait même, sans doute pour faire plaisir à son maître, qu'on pouvait encore sentir l'odeur de la poudre brûlée à l'embouchoir du canon.

Ce n'était peut-être qu'une illusion, car tous les nez de Chantegrêle qui venaient renifler ce prodige ne s'aventuraient pas à contrarier le héros. « Savez-vous seulement ce qu'est l'odeur de la poudre brûlée ? Bien sûr que non ! maugréait le vieux Mathurin. Faut avoir été là-bas pour reconnaître ce fumet entre mille. »

Sur le coup des cinq heures du soir, qu'il pleuve ou qu'il vente, la boutique de Mathurin Chambon recevait la visite de René Fadat, le marguillier. Les discussions étaient tellement animées que ce dernier en oubliait parfois de tirer les cloches à l'heure de l'angélus. Le bonhomme était du parti de la monarchie. Il s'était aigri le caractère de n'être pas devenu un de ces capucins, gros et gras, qui hantaient les banquets des nobliaux. Il jalousait son curé chaque fois que ce dernier était convié à la table des de Jandelles, surtout que l'abbé Bonneval péchait ensuite par excès de papotage en lui racontant ses agapes. Sans doute prenait-il un malin plaisir à ce jeu, sachant son aide envieux.

Le tonnelier s'amusait fort des critiques proférées par Fadat ; elles ne faisaient qu'exacerber son penchant anticlérical, auquel il s'adonnait sans retenue. Du reste, cette vindicte n'était guère prisée au village. Elle lui attirait même la désapprobation du plus républicain des citoyens de Chantegrêle, car on aimait la tranquille bonhomie du curé Bonneval, sa bienveillance pour les pauvres et la justesse de son jugement quand il s'agissait de défaire les querelles qui empoisonnaient la paroisse.

Dans ces moments d'intenses conversations, le verbe haut du tonnelier effarouchait Jeannet. Le jeune garçon préférait s'appliquer à son ouvrage, dans un coin de l'atelier, et, surtout, s'y faire oublier au cas où un morceau de merrain viendrait à éclater entre ses doigts. Il suffisait d'un geste maladroit, un coup de cauchoire mal ajusté, pour que le chêne se mît à fendre. Ensuite, ce n'était jamais la faute du bois, trop vert quelquefois, mais celle de l'arpète.

Il n'y avait rien qui attisait plus la colère de Mathurin qu'une pièce gaspillée, surtout lorsque le prix de l'ouvrage était calculé au plus juste. Cela le désespérait de voir s'amonceler des éclats de beau chêne autour du banc où le tonnelet prenait forme au fur et à mesure que s'ajustaient les douelles.

Mathurin n'avait pas son pareil pour culpabiliser l'apprenti. « D'où tirerai-je ta journée, sale garnement, jurait-il, si tu continues à me faire autant de dégâts dans mes belles planches ? Je me verrai obligé de te les retenir sur ta paye… » Mais ce n'était là que vaine menace qu'il ne mettait jamais à exécution, car Mathurin avait la réputation de payer ses salaires rubis sur l'ongle.

Tout en surveillant son aide d'un œil, le tonnelier taillait la conversation avec Fadat.

— D'où tiens-tu ces indiscrétions ? Maudit sacristain ! fit-il en roulant du bout des doigts une pointe de sa moustache jaunie par le tabac. Il y a de quoi te faire pendre cent fois.

— Je sais ce que je dis. Polyte traînait son air de conspirateur. C'est le signe qu'il se trame quelque chose. Et mon abbé écoutait, tête baissée, comme si ça lui faisait peur d'entendre toutes ces choses, peur de devoir rendre compte à Notre Seigneur.

— Quoi ? tonna Mathurin. Ton curé était lui aussi dans ses petits souliers ?

— Ces conspirations, te dis-je, n'ont rien de très catholique.

— Baliverne ! s'écria le tonnelier. Quand il s'agit de sauver l'Église des griffes des rouges, il n'y a plus un principe qui vaille. Allez ! Il me souvient comment Cochon XVIII a repris du collier en 1814. Toute la curetaille était en effervescence pour rameuter le ban et l'arrière-ban, avec de pieux mensonges où l'on promettait au peuple, sermon après sermon, du pain blanc et de la brioche. Nous, les grognards de l'Empire, nous nous sommes retrouvés en demi-solde, tandis que tous les lâches, les défaitistes, les arrivistes, et que sais-je encore, étaient couverts de médailles. Il n'était pas un seul curé, au fin fond des campagnes, qui n'avait pas des cocardes blanches à distribuer aux vieillards, aux enfants, aux indigents. À croire qu'il n'existait plus en France que des royalistes. Pendant ce temps, nous chantions à tue-tête : « Bientôt, le Petit Tondu reviendra... »

— Ça nous prépare un coup d'État, fit le marguillier, exaspéré par la voix tonitruante de Mathurin Chambon. Encore un Rubicon à franchir pour accéder à un trône vide. Un trône de roi, forcément, précisa le bonhomme avec un sourire malicieux.

— Il ne manquerait plus que ça ! s'écria Mathurin. Crois-tu, imbécile, que le prince-président serait assez bête pour faire le lit du comte de Chambord ? Il œuvre à la plus noble cause qui soit : la revanche des Bonaparte. Il y a tellement d'affronts, d'humiliations, à laver.

— Moi, ça m'est égal, au fond. Pourvu qu'on nous débarrasse de la république.

Le tonnelier n'en attendait guère plus de son visiteur. C'était décidément plaisant à entendre, un royaliste résigné. Et, machinalement, il se tourna vers l'uniforme qui trônait au fond de l'atelier, sous la lumière poudreuse qui tombait, oblique, d'un vasistas. Il lui fit un clin d'œil, comme si le costume fût garni de chair et d'os, et, qui sait, d'âme aussi.

— Tous les mange-gamelle aux poches percées vont enfin prendre une leçon d'histoire comme jamais il ne leur en fut donné.

— Il se dressera bien quelques barricades. Mais l'armée y mettra bon ordre. On peut compter sur Saint-Arnaud. Cet homme a le sabre facile.

— Voilà bien des propos indignes d'un bon chrétien, s'amusa Mathurin.

Mais rien ne pouvait refréner les propos fielleux du marguillier chaque fois qu'on agitait devant ses yeux le chiffon rouge des républicains.

— J'ai trop souvent vu le sang couler sur les champs de bataille pour éprouver ce sentiment de haine, ajouta le tonnelier en venant vérifier du plat de la main la manière dont Jeannet avait gauchi ses douelles.

Il lui prit des mains sa doloire et lui montra, encore une fois, comment on travaillait le bois, sans à-coups et tout en finesse.

— Ce qui me comble surtout, ajouta Fadat, c'est que monsieur le comte est du bon côté.

— Où croyais-tu qu'il fût, animal ?

— Firmin de Jandelles est un sacré original, jugea le sacristain, avec sa manière ambiguë de parler des philosophes.

— Ah ! ah ! se gaussa Mathurin. Ça ne m'étonne pas. Tu n'entends rien à ces choses. En dehors de ton livre de messe, y a-t-il une vérité qui ait grâce à tes yeux ?

— Tout ce que je ne comprends pas m'effraie. Et lorsqu'on me parle de l'émancipation du peuple, du contrat social, il me semble voir cette crapule de Pierrebrune arborer sa cocarde tricolore et venir pisser contre l'église. Comme le jour où il est entré ivre à la messe, en gueulant un couplet de son infâme *Marseillaise*...

— Moi, ça ne me dérange pas. C'est encore comme ça que je les préfère, les rouges, fin soûls, réclamant la bénédiction républicaine. Je me souviens aussi du jour où Bonneval a baptisé quelques cochons avec la lame d'un couteau pointée sur le col. C'était en 1830.

— Il n'y a vraiment pas de quoi rire.

— Oh si. Rien qu'à imaginer la tête de ton sacré bon Dieu en voyant défiler l'âme de ces saints cochons, jambons et martyrs.

C'était le genre de plaisanterie que ne prisait guère Fadat. Et, chaque fois, il s'en garantissait en enchaînant à la suite des signes de croix.

Au contraire, Jeannet s'amusait de voir comment son maître traitait les affaires de religion, bien qu'il eût été dans sa prime jeunesse un enfant de chœur fort discipliné. Son émancipation s'était exercée au contact du tonnelier, à force de l'entendre jurer et maudire, insulter Dieu comme un charretier, blasphémer plus souvent qu'à son tour. Par mimétisme, l'ouvrier s'était mis à imiter Chambon, non sans plaisir, lorsque son patron lui avait glissé dans la main ses premiers sous.

Une bonne figure couronnée de barbe noire apparut dans le cadre de la fenêtre donnant sur la rue. L'homme attira l'attention en tapotant la vitre.

— Quand on parle du loup ! s'écria Fadat.

Et il boutonna, en hâte, sa veste de grosse toile.

— Je ne te fais pas fuir au moins, s'inquiéta le visiteur.

Le marguillier se contenta juste de bougonner avant de prendre congé.

— Ce soir, au moins, ajouta Mathurin en refermant la porte, on sonnera l'angélus à l'heure.

Octave Pierrebrune portait le béret haut perché sur le front. Et lorsque la colère le prenait, il le faisait tourner sur sa tête ou, pire encore, le flanquait par terre de rage, puis, rasséréné, allait le ramasser et l'époussetait en le claquant vivement contre son pantalon. À Chantegrêle, c'était à ses manies qu'on jugeait son homme. D'où le surnom de « Claque-béret » dont il avait hérité pour le reste de ses jours.

— Fadat n'a pas tardé à déguerpir. Il faut avoir quelque chose à se reprocher pour agir de la sorte.

— Ça n'aime guère l'odeur du républicain, fit Mathurin en faisant un clin d'œil à son aide.

Octave haussa les épaules. Depuis les tragiques événements de 48, on ne parlait plus que de ça, à Chantegrêle et ailleurs, des républicains et des monarchistes. Chaque fois qu'on lui en donnait l'occasion, Pierrebrune jurait que la république finirait bien par s'installer durablement et que le temps des rois était révolu, à jamais relégué dans les creux de l'histoire. Mais les gouvernements se succédaient au gré des révolutions, des émeutes et des fusillades, et il semblait que la France perdait peu à peu son sang, dans l'attente d'un sauveur à la poigne ferme.

— Tu n'as pas encore pris le temps de réparer mes comportes, jugea Octave en les découvrant entassées dans la remise, telles qu'il les avait déposées. Mais ça préfère tenir le crachoir au sacristain.

— Ce n'est pas un rouge qui va venir faire la loi dans mon atelier, se dressa Mathurin. Tu n'as qu'à reprendre ta misérable futaille pourrie…

La réplique força un sourire. Octave aurait parié sa chemise que le vieux lui répondrait de la sorte. Et, au fond, il ne voulait rien entendre d'autre que Mathurin tempêter contre la gueuse.

— Je parie que Jandelles est déjà servi, lui ?

La perfide insinuation appelait une violente réaction qui ne tarda pas à venir. Pierrebrune s'écarta de justesse pour éviter un marteau lancé d'une main vigoureuse.

— Je me fous de Jandelles ! s'écria le tonnelier. Et s'il était là, devant moi, en chair et en os, je lui dirais ses quatre vérités.

— Quelles vérités ?

Mathurin parut à court d'arguments. Son irritation contre monsieur le comte relevait de la mauvaise humeur outrancière qu'il réservait à tout ce qui avait frayé, à un moment ou un autre, avec la monarchie philipparde. Mais les nouvelles apportées par le marguillier avaient eu pour effet de redorer un brin le blason du seigneur du Mazet.

Certes, il n'ignorait pas que Louis Napoléon, ce n'était pas le Petit Tondu. Une lointaine ressemblance. Mais les temps avaient changé. On ne parlait plus de conquérir l'Europe à la force du sabre, de mater les monarchies d'outre-Rhin, mais de s'enrichir sur de tout autres champs de bataille, ceux de la finance. Car le prince-président avait à ses côtés la fine fleur de la bourgeoisie d'affaires. Rien qui évoquât les rêves impériaux du captif de Sainte-Hélène.

— Tu ne sais quoi répondre, jeta-t-il avec un sourire de triomphe. Comme je te comprends ! Sans lui, ton commerce péricliterait. Ce n'est pas de pauvres manants dans notre genre que tu peux tirer quelque argent. Crois-tu que je n'ai pas compris, depuis le temps qu'on se connaît, mon pauvre Mathurin…

Le tonnelier ne prisait guère le ton familier de son voisin, comme si l'on voulait lui faire comprendre, une fois encore, qu'il n'était rien de plus, malgré ses grands airs de héros, qu'un pied-terreux.

— Au point que je m'interroge souvent… poursuivit Octave.

Il fit durer le suspens, dans l'espoir, peut-être, que le vieil homme daignerait lever le regard sur lui. Mais, à son grand étonnement, il demeura stoïque, penché sur son ouvrage, à caresser le fil d'un merrain qu'il venait de glisser dans les mâchoires de l'étau. Sur une étagère, il s'empara d'une plane. Et au moment où le fer aiguisé comme un rasoir allait mordre le bois, Octave déclara tout de go :

— Comment un homme comme toi peut-il être de leur côté ? Avec tout ce que tu as vécu… Les misères du pauvre monde. C'est à n'y rien comprendre.

Mathurin s'acharna sur sa pièce, tirant de longs serpentins qui roulaient au pied de l'établi. Du plat de la main, il frôla son ouvrage et parut rassuré sur la justesse de son geste, bien qu'agacé par cette présence qui eût pu contrarier son adresse.

— Si tu possédais un brin de raison, tu serais des nôtres, insistait son voisin.

— Moi ? s'écria-t-il en dressant soudain la tête. Me commettre avec la gueuse ? Jamais.

— Comment peux-tu parler ainsi de la république ?

— Il n'y a rien à attendre de ces fous. Sinon des désordres sans nom, des bains de sang sur vos barricades. Et la misère. La triste misère pour tous les malheureux qui épousent votre cause.

— La république n'est point responsable de ces malheurs. Ils sont à mettre au compte de ceux qui la combattent. Ne vois-tu pas qu'on la traîne dans le sang pour mieux l'assassiner ? Et quand les aristocrates n'y parviennent pas, alors ils consacrent leurs fortunes à la corrompre.

— Oh là, l'ami ! s'éleva le tonnelier. Qu'as-tu à reprocher à Firmin de Jandelles ? Ne te laisse-t-il pas cultiver ta vigne en paix ? S'est-il à un seul moment opposé à ton négoce ?

Octave Pierrebrune fit le tour de l'établi en dispersant du pied les fins copeaux qui jonchaient le sol de terre battue.

— Sais-tu ce que m'a coûté mon Jugier ? Des années de corvée pour le seigneur. Et le jour où j'ai posé les sous sur le bureau de maître Cordier, je me suis entendu dire que je devais demander l'autorisation au comte pour l'acquérir. Quoi donc ? Trente ares de misérables terres…

— Et alors, il te l'a refusée ?

— Quelle humiliation ! Quelle humiliation que d'entendre ce Jandelles ricaner à mon oreille : « Alors, mon pauvre Octave, on veut devenir propriétaire ? On veut s'émanciper ? Le travail chez nous ne te suffit plus, il t'en faut un peu plus. As-tu réfléchi aux conséquences ? »

— Et que lui as-tu répondu ?

— Que je ferais bon usage de la terre, malgré qu'elle ne soit pas de bonne qualité. M'sieur l'comte a ricané en frappant sa botte de petits coups de badine : « Ah ! ah ! Si ce lopin avait le moindre intérêt pour moi, tu ne l'aurais pas, misérable. Tiens-le-toi pour dit ! » Voilà une réplique qui suffirait à vous rendre républicain.

Mathurin ne put s'empêcher de sourire. C'était bien la manière de parler de Firmin de Jandelles.

— Ensuite, poursuivit Octave, le comte a rédigé un petit mot pour le notaire. Sur-le-champ. « J'espère que je n'aurai pas à le regretter, a-t-il ajouté. Car je m'engage ainsi. » C'est une honte que d'entendre des bobards pareils. Qu'en a-t-il à faire, lui, si je commets de mauvaises affaires ?

— Il se sent responsable de ses gens. Une responsabilité morale, persifla Mathurin.

— En tout cas, j'ai dû allonger au notaire une petite somme supplémentaire. Je ne suis pas niais, va ! J'ai bien compris qu'il s'agissait de la commission de monsieur le comte. Une drôle de façon de concevoir la responsabilité morale. J'appelle ça du vol, moi. Du larcin, pur et simple.

Comme l'arpète levait le nez de son ouvrage, le tonnelier lui lança une chute de bois qui l'atteignit à l'épaule.

— Regarde-moi ce paresseux ! Ça t'intéresse, notre petite conversation ?... Tu tâcheras de garder ta langue. J'ai pas envie de m'entendre dire que ça complote dans l'atelier du père Chambon, nom de Dieu !

— Ce n'est pas la peine d'avoir risqué sa peau sur des champs de bataille pour conserver encore cette peur, releva Octave.

— Je sais ce que je dis. Ce monsieur a des espions partout.

— Je te le fais pas dire.

— Mais ça ne change rien à mes opinions. Il est trop tard pour en changer. J'aurais l'impression de me trahir.

Mais le désir de converser était plus fort que la crainte.

— C'est un fait que monsieur de Jandelles voit d'un mauvais œil tous ces paysans qui s'affranchissent de la corvée pour devenir, eux aussi, des petits propriétaires. Pourtant, c'est un gage d'avenir. Qu'est-ce qu'un paysan sans son arpent de terre ? Un misérable de plus, condamné à se louer au plus offrant.

— Mon brave Mathurin, ces messieurs craignent de ne plus trouver assez de main-d'œuvre. Voilà la raison. Le goût de la propriété gâte l'esprit d'obéissance et éveille le désir de liberté.

— Je ne sais pas si c'est la pensée de monsieur de Jandelles. Sans doute voudrait-il les choisir, ses heureux élus, écarter le bon grain de l'ivraie.

— Le monarchiste du républicain, précisa Octave.

Mathurin le fixa droit dans les yeux.

— Vous ne gagnerez rien à le combattre. Sinon encore plus d'autorité, d'injustice et de misère.

— Je ne partage pas ce point de vue. Le paysan doit conquérir le droit de cultiver la terre et de tirer d'elle sa subsistance. Il n'y a pas d'autre voie. Sinon se renier, courber l'échine devant le maître, comme l'ont fait nos pères et nos grands-pères.

Le chemin qui menait à la masure de Louise Meynoux était protégé par un muret de pierres grises sur lequel avaient prospéré le lierre et la lambruche. Cela faisait comme un manteau inquiétant dans le soir, des formes ondulantes qui agitaient les esprits superstitieux, surtout lorsque le vent se mettait de la partie. Combien de fois, dans son enfance, par les nuits de pleine lune, Manelle y avait croisé les fadets, rapides comme l'air, n'abandonnant derrière eux qu'un frémissement de feuillage.

La mère s'était amusée de ses peurs, au point d'abonder dans l'imagerie fantastique que les forces obscures drainent derrière elles. Dans sa petite enfance, elle lui avait même enseigné l'avantage de glorifier les esprits démoniaques, quitte à passer des pactes étranges en mille prières psalmodiées du bout des lèvres, en triturant des colifichets.

En vérité, Louise Meynoux avait vécu longtemps de ce commerce. Les gens du pays venaient la consulter pour se faire lever les maux ou les sorts – ce qui revenait au même. Autrefois, quand la mère officiait dans l'unique pièce de leur maison, la petite Manelle devait quitter les lieux. L'endroit se trouvait alors infesté, selon ses dires, de mauvais esprits. Et ceux-ci, excités d'être ainsi débusqués par la désorceleuse, eussent pu se fortifier dans l'âme innocente de l'enfant.

La jeune Manelle n'avait pas toujours écouté les recommandations de sa mère, rien que pour satisfaire sa curiosité. Et de sa cache, elle avait souvent surpris, médusée, dans la semi-obscurité de leur maison, la lutte effrénée contre les puissances démoniaques. C'étaient des cris, des pleurs, des râles, des suppliques. Parfois aussi, des crises de haut mal. Imperturbable, tel un roc, la Menou promenait sur les corps torturés ses longues mains ouvertes. L'enfant la retrouvait, ensuite, éreintée, vidée de son fluide, comme elle disait. Puis un épais silence recouvrait ces rituels que l'on n'osait jamais nommer, comme s'il n'existait pas de mots pour les décrire.

Les années aidant, Manelle prit ses distances avec ce charabia débité à longueur de journée devant des patients hagards. Ces prières interdites ne lui faisaient pas plus d'effet que celles du curé Bonneval. Elle ne voyait guère de différence, sinon qu'elles n'imploraient pas le même dieu.

La maison où vivaient les deux femmes croulait sous le poids des ans ; une partie de la toiture s'était même affaissée. On avait tenté, tant bien que mal, d'enrayer les dégâts en épaulant l'une des pannes avec de vieilles poutres de récupération.

Une douzaine de moutons et de chèvres partageaient leur intimité, au fond de la pièce. Un simple entrecroisement de poutres dressées en colombage séparait bêtes et gens. Le torchis, qui garnissait autrefois les vides, s'était désagrégé avec le temps. Et, par la force des choses, on s'était accommodé de ce voisinage. Cependant, seul le vieux bouc – que Manelle avait baptisé Anatole – avait un droit d'entrée dans l'espace réservé aux humains. Rien d'étonnant à cela lorsqu'on savait que l'animal suivait sa maîtresse comme un chien de compagnie. La singulière promiscuité avait fait naître dans le village les rumeurs les plus extravagantes. Cela avait amusé la mère qu'on pût lui attribuer ce galant ! Il y avait belle lurette que la guérisseuse ne se souciait plus de la bagatelle, même si, dans sa jeunesse, on lui avait connu une ribambelle d'amants.

Manelle passait le plus clair de son temps au braconnage. La forêt des Brades regorgeait de gibier qu'il était aisé de prendre au lacet. Ces prises ne suffisaient certes pas à faire vivre les deux femmes, du moins arrangeaient-elles l'ordinaire, lorsque le client se faisait rare.

Le commerce de sorcellerie avait, lui aussi, ses hauts et ses bas. Là comme ailleurs, la concurrence était rude. Surtout depuis que le curé Bonneval s'était mis en tête de jouer les exorcistes. Le bonhomme s'était agacé qu'on s'en vienne piétiner ses plates-bandes. « Quoi ! le diable, c'est de mon ressort ! Que croit-on ? Que je vais laisser la nécromancie triompher sur ma paroisse ? » D'autant que madame la comtesse, la fière et orgueilleuse Marthe de Jandelles, ne s'était pas gênée pour le railler lors d'une de ses visites dominicales. « À force de négliger votre cure, monsieur l'abbé, les sorciers et les sorcières dansent *La Carmagnole* ! Bientôt, il y aura plus de fidèles chez cette Menou que dans votre église ! »

Quelques sermons bien sentis avaient permis d'enrayer la débâcle. Mais la guérisseuse de la forêt des Brades en avait vu d'autres. Elle savait, elle, que les prêches du pauvre Bonneval ne suffiraient pas à lever les sorts et que, à la manière d'un balancier qui va d'un bord à l'autre, le crédit des gens de Chantegrêle lui reviendrait aussi sûrement qu'il s'était éloigné.

Depuis que Laloy avait jeté le doute, les rapports entre la mère et la fille s'étaient compliqués. Cela avait commencé par de petites allusions. En fine observatrice, la mère avait tout de suite flairé le changement d'attitude chez sa fille. Puis, un soir, après qu'elles eurent chargé la cheminée de bois, à cause d'une mauvaise pluie qui avait rendu l'atmosphère humide, Manelle hasarda une réflexion :

— Au village, on rapporte que le vieux comte a abusé de ton innocence, du temps où tu travaillais au

Mazet. C'est bien ancien, tout ça. Je ne comprends pas, après tant d'années, que ça trotte encore dans les têtes. Ça a dû faire une sacrée affaire en son temps…

Louise Meynoux releva la tête, lentement. Un éclair de colère lui traversa le regard. Et comme sa fille la fixait intensément, sans doute pour ne rien perdre de ses réactions, elle détourna les yeux. C'était plus qu'un signe d'embarras, une gêne qui pouvait laisser planer le doute. Mais la guérisseuse n'était point femme à se laisser désarçonner.

— Qui donc raconte ces vilenies ?

Manelle hésita à répondre. Elle avait compris que l'identité du pourfendeur ferait retomber la tension, tant Laloy des Escurres passait dans le pays pour un homme de peu de foi. Et, en effet, la réaction ne se fit pas attendre. La mère éclata de rire, à gorge déployée.

— Ma pauvre fille, ce vieux bouc ferait mieux de s'occuper de ses affaires ! On ne compte plus les méchancetés qu'il colporte sur les uns et les autres. C'est une espèce qui se complaît dans cette sorte de basse œuvre. Faire le mal pour le mal, pour le seul plaisir de nuire. Je t'ai aguerrie à ces choses. Tu devrais t'en souvenir. À croire que mon éducation n'a pas porté ses fruits. Laloy est le mal personnifié. Que ce soit dit une bonne fois pour toutes. Et je sais de quoi je parle. Que de fois j'ai dû batailler contre lui. Le misérable doit s'en souvenir, car il lui en a cuit, je peux te le garantir…

— Lui aussi possède le fluide ?

C'était une question à laquelle la Menou ne répondait jamais directement, sinon par un léger haussement de sourcils.

— Qui a-t-il ensorcelé ?

— Tu es trop curieuse. Ce sont des choses tellement terribles.

— Je ne crois pas ces balivernes.

— Dommage, déplora la mère. Car tu possèdes une force en toi que tu ignores.

Manelle rapprocha des brandons que le feu avait coupés. Une gerbe d'étincelles piquantes monta dans l'âtre, comme si le souffle du diable s'était mis de la partie. Elle se recula, machinalement.

— Tu peux me jurer que le vieux comte ne t'a jamais touchée ?

— Je n'ai rien à jurer, se défendit la mère. Cette manie de chrétien, je l'exècre !

— Laloy prétend qu'en ce temps-là toutes les servantes du Mazet sont passées dans son lit…

— Ernest de Jandelles était un bouquineur de première. C'est la vérité. Mais je n'ai pas eu à me défendre.

— Tu étais aussi désirable que les autres, insista Manelle.

— La plus rebelle, surtout. Et, tout compte fait, ce n'était pas de son goût qu'une femelle se débatte. D'autant qu'il n'avait guère besoin de les forcer.

— Tu as été comme les autres. Je parierais que tu as subi la loi du comte. C'est pourquoi tu n'as jamais voulu que j'aille travailler là-haut. Tu as toujours désiré que je reste à la vigne. Ça ne risque rien avec les journaliers…

— J'ai fait ce que je croyais le mieux pour toi. Il n'y a rien de pire que d'aller se louer au seigneur. Tu ne pourras jamais me reprocher d'avoir cédé sur le principe. La liberté est douloureuse à conquérir, mais elle offre d'autres satisfactions que la corvée.

— Tu dis cela aujourd'hui parce que tu en as subi les conséquences. Et tu ne veux pas que ça recommence pour moi.

— Je sais ce que j'ai vu, entendu. Je sais où sont le bien et le mal. La vérité est que notre liberté n'a pas de prix, même si nous devons subir la peur du lendemain. Je ne crois pas au confort du servage. Certes, Ernest ou Firmin de Jandelles n'ont jamais été de la race des seigneurs qui régnaient avant la Révolution. Une engeance féroce et sanguinaire. Sans doute Robespierre leur a-t-il passé l'envie de reprendre du poil de la bête.

Manelle l'observait avec un sourire en coin. Cela l'eût sérieusement étonnée qu'elle n'évoquât pas l'un de ses dieux républicains.

— Tu répètes toujours la même chose.

— Parce qu'il nous a ouvert les yeux sur notre condition d'esclave. Il nous a appris à dire non au maître.

— Es-tu bien sûr d'avoir dit non à Ernest de Jandelles ?

La Menou se détourna avec un geste d'agacement. Elle la connaissait sur le bout des doigts, sa fille, et elle savait que, désormais, cette interrogation ne la quitterait plus.

— Est-ce si important pour toi ? demanda la mère. Que j'aie ou non cédé au vieux comte, qu'est-ce que ça change ?

— Tout ! s'écria Manelle en serrant ses poings contre elle. Je ne pourrais plus jamais te faire confiance.

— Alors, fit la Menou d'un ton las, tu dois choisir entre la parole de Laloy et la mienne…

2

Il faisait un temps à ne pas mettre un chien dehors. Un vent froid et pénétrant roulait les dernières feuilles mortes de l'automne dans la grande rue de Chantegrêle, soulevait des paquets de poussière qui allaient s'agglutiner contre les façades des maisons ou s'infiltraient dans les étroites venelles.

Le village possédait cette particularité d'être rassemblé sur lui-même, avec ses demeures serrées les unes contre les autres, encastrées parfois comme les pièces d'un puzzle. Cette disposition avait l'avantage l'hiver de limiter l'emprise du froid et l'été de contenir la fraîcheur dans ses murs épais en grès rose. L'inconvénient était que la population, près de mille cinq cents âmes, vivait dans une infâme promiscuité qui avivait les conflits de voisinage.

Au centre du bourg, l'église trônait sur une forêt de croix. Le cimetière avait été récemment clôturé par un muret pour éviter que les garnements du village n'en fassent leur terrain de jeu favori. Les espaces voisins ressemblaient à un *no man's land* médiocrement entretenu, parsemé de détritus, de charretons abandonnés, de mares putrides, à croire que les habitants avaient tenu à demeurer à distance respectable de l'édifice religieux. Et au terme de ce terrain vague, une forte muraille en ruine, haute de trente pieds, sommeillait dans son caparaçon de lierre et d'acanthe. On distinguait encore quelques encadrements de fenêtre d'un style Renaissance où logeaient des colonies de pigeons. C'était tout ce qu'il restait d'un château détruit sous la Terreur.

Les plus belles pierres, deux cheminées du quinzième et les ornements d'une chapelle de la même époque, avaient été récupérées par la famille de Jandelles afin d'orner la demeure du Mazet.

Octave Pierrebrune flânait dans son étable entre ses trois malheureuses vaches, deux salers pour l'attelage et une limousine pour le lait. Cela le remplissait d'aise de les savoir bien au chaud tandis que le vent froid soufflait au-dehors. Il avait refait les litières avec de la fougère qui sentait bon les sous-bois. Ces animaux et quelque trente ares de terre au Jugier étaient sa seule fortune. Il avait planté les trois quarts en vigne, et le reste pour le jardin. Quant à ses vaches, il avait obtenu l'autorisation de les faire paître sur le pré communal et de faire son foin sur une des parcelles du maître du Mazet, moyennant quarante journées de corvée.

Octave entendit un lointain roulement cadencé venant de la rue. Il approcha de sa lucarne, effaçant de la main les toiles d'araignée qui tapissaient la vitre. Pourtant, cette musique était reconnaissable entre toutes. « Ce bon Dieu de Fadat ! marmonna-t-il en enfilant son béret jusqu'aux oreilles. Qu'est-ce que ça vient encore nous annoncer ? »

Il avança dans l'entrée de l'étable qui donnait sur la grande rue par une porte à deux battants. Et il vit, déjà, un petit groupe qui s'était formé autour du marguillier, dont la grosse carcasse d'Augustin Madelbos, agité comme un diable. Fadat n'en finissait plus de tambouriner. Les gens, à son gré, ne sortaient pas assez vite des maisons. À croire qu'il ne s'arrêterait que lorsque tout Chantegrêle serait enfin dans la rue.

Même Mathurin, soutenu par sa béquille, était là, flanqué de son Jeannet. Il avait chaussé le bonnet à poil de la Garde impériale. Ça lui donnait encore une fière allure, avec le toupet dressé en l'air et la cocarde tricolore, un brin défraîchie. Les garnements du village faisaient une haie d'honneur au tambour-major de circonstance. C'était une distraction comme une autre, le tambour du marguillier ou le clairon de la conscription.

René Fadat se décida enfin à ranger ses baguettes dans l'étui qu'il portait en bretelle. Et d'un geste large, il tira de la sangle du tambour le parchemin qu'il déroula précieusement devant les visages attentifs.

À en juger à la mine réjouie de Madelbos, Octave subodora quelques mauvaises nouvelles, de celles qui vous laissent sur le flanc, dans l'incapacité de réagir. Ces derniers temps, souvent, il avait surpris dans l'atelier du père Chambon des airs de conspirateurs. Quand il approchait, par exemple, d'une conversation, on faisait soudain silence. Était-ce, par ce triste jour d'hiver, l'annonce d'un dénouement ?

Une fois assuré que les oreilles qui se tendaient vers lui étaient assez attentives, Fadat commença son annonce. Après deux ou trois raclements de gorge, il clama : « Proclamation du président de la République... » Les dernières voix indisciplinées se turent. Pour une fois, ce n'était pas un mince événement, un simple « Avis à la population » que le maire faisait lire en place publique pour un oui pour un non, sur l'interdiction d'allumer des feux en temps de sécheresse ou sur le règlement du four banal. Il s'agissait d'un « Appel au peuple » que le prince-président venait de faire publier dans toutes les bonnes gazettes, placarder sur les murs des mairies, proclamer en place publique, dans toute la France, ce 3 décembre 1851.

Instinctivement, Octave se rapprocha de Laloy, de Vérinaud, de Dupret, ses amis connus pour leur penchant républicain. Et de l'autre côté de la rue, sagement alignés comme à la parade, les Madelbos, les Burteau, les Dufraysse, toute la fine fleur des conservateurs.

Seul Mathurin Chambon avait choisi de rester en retrait. Ça ne lui plaisait guère, les airs rieurs affichés sur le visage de Madelbos. À l'épreuve du feu et du sang, le vieil homme avait acquis le sens de la dignité. Et même s'il se sentait de tout cœur du côté des bonapartistes, ce ne lui semblait pas une raison suffisante pour montrer de la morgue à ses ennemis. Le vieux soldat avait compris que l'histoire réserve aux présomptueux de singuliers retours de bâton.

Il avait connu ça, en son temps, à Waterloo, et jusque sur le chemin de Charleroi, en pleine débâcle. Pourtant, y eut-il, dans l'histoire de France, homme plus puissant et adulé que Napoléon Ier ? Mathurin n'oubliérait pas de sitôt l'ultime passage de l'Empereur devant la Garde, le soir de la défaite. Juste un mouvement d'adieu de la main. Un air pensif et réfléchi, avant que la voiture ne s'éloigne sur un roulement de tambours funèbre. Puis des cris, tout aussi funèbres : « Vive l'Empereur ! » À l'instant de replier les drapeaux, il y avait eu un long silence. Chacun sa petite larme au coin de l'œil. Et nul regret, nulle plainte n'était sorti des bouches atterrées.

Octave écoutait attentivement Fadat qui lisait lentement en détachant les mots :

— « L'Assemblée nationale est dissoute. Le suffrage universel est rétabli. La loi du 31 mai est abrogée… L'état de siège est décrété dans l'étendue de la première division militaire. Le Conseil d'État est dissous… »

Des applaudissements retentirent au milieu du clan Madelbos. On vit même Burteau danser sur place de joie.

— Ça y est ! s'écria Dufraysse. Il a osé. Dieu lui portera son soutien.

— Le même jour qu'Austerlitz et le sacre ! nota Madelbos. C'est bien choisi. Bravo !

— C'est un coup d'État ! Un ignoble coup de force ! s'interposa Octave en dressant le poing.

C'était le signal que ses amis attendaient pour réagir à leur tour. Vérinaud entonna *La Marseillaise* d'une voix grave.

— Ris donc ! cria Octave en direction d'Augustin. Alors qu'on assassine la République… Ça te réjouit tellement de voir bafouer la liberté ? Qu'y gagnerez-vous, toi et tes amis ? Ça te donnera pas un sou de plus.

— Ne l'écoutez pas, se défendit Madelbos. Au contraire... Louis Napoléon rétablit le suffrage universel. Vous l'avez entendu, comme moi. Il rétablit ce que la république des comploteurs et des séditieux avait supprimé.

— C'est pour mieux camoufler son mauvais coup, reprit Octave. Une fois installé, il agira comme son oncle, il se fera sacrer empereur des Français. Et il en sera terminé de nos libertés. Que nous restera-t-il de nos rêves égalitaires et fraternels des Trois Glorieuses ? Nos yeux pour pleurer. Et reviendra le temps des guerres inutiles et meurtrières.

Madelbos se porta à l'avant de sa petite troupe, encouragé par les cris et les sifflets.

— La république préparait la guerre civile en dressant les Français entre eux. Comme tu le fais en ce moment. Il fallait en finir avec les menées subversives des comploteurs, en finir avec l'ère des révolutions. Ne vois-tu pas que le peuple en a assez de tous ces Montagnards excités sur leurs barricades, de la canaille qui ne rêve qu'au Grand Soir, de couper la gorge à tous les braves gens...

L'altercation avait fini par attirer la foule, malgré le froid et les coups de vent. Cela s'agitait de tous côtés, se prenait à partie selon qu'on était pour la république, pour les Bonaparte, pour les Orléans, pour le comte de Chambord. Seul Mathurin Chambon surnageait dans la mêlée, avec son air de mépris rehaussé par son fier bonnet à poil. Il émergeait, tel un fantôme des temps anciens où la France marchait d'un seul pas derrière l'Empereur.

— Un Bonaparte, nom d'un chien, ce n'est pas un roi ! clama-t-il dans la direction d'Octave et de ses amis.

— Un Bonaparte, lui répondit Pierrebrune, ça n'a jamais fait grand cas des libertés publiques. Souvenez-vous, en 1811, comment et avec quelle ardeur il a fait donner la Garde contre les affamés. Le pain manquait partout en France. Et tout ce que l'Empereur a trouvé pour combler les appétits fut de créer un Conseil des subsistances !

Octave s'agitait tellement que ses muscles du cou étaient enflés de colère, parce qu'il n'arrivait pas à convaincre la population. Ces histoires, déjà anciennes, ne l'intéressaient guère, même si la bataille du pain avait aussi fait rage à Chantegrêle, dans les années terribles où seuls les riches tiraient le bon numéro pour éviter la conscription.

Pourtant, il eût pu être satisfait de constater que les badauds se rangeaient, peu à peu, d'un côté ou de l'autre, selon qu'ils fussent, de tradition, républicains ou conservateurs, même si ses paroles avaient peu de chance de faire varier la proportion. Certes, elle était plus importante du côté de Madelbos. Le seul nom de Bonaparte avait le pouvoir de rassembler les foules. Et lorsque Mathurin Chambon s'écria, après mûre réflexion, lui qui avait conservé jusqu'alors une sage neutralité, que Louis Napoléon restaurerait la paix civile et donnerait du travail en engageant de grands chantiers dans le pays, une salve d'applaudissements retentit.

Confusément, la foule sentait qu'un tel propos méritait plus que les querelles intestines entre républicains et monarchistes. Celles-ci n'avaient que trop nourri d'interminables débats à la Chambre des députés. Sans issue. Aussi semblaient-elles agoniser dans les rues de Chantegrêle.

— Nous t'aimons tous, Mathurin, fit Louis Vérinaud, nous te respectons comme un père, toi le vénérable héros de Waterloo, mais ne t'en déplaise, un Bonaparte vient assassiner notre république. Nous l'aimons plus que tout, notre république, avec ses défauts, ses outrances, ses errements. Jusqu'à aujourd'hui, elle a garanti la liberté du travail. Souvenons-nous de 1848 ! Comment la troupe massacrait les affamés. Avec quelle férocité ! Tandis que Louis-Philippe s'empiffrait aux Tuileries. Chaque fois qu'on porte atteinte à la république, la situation des pauvres empire. Notre devoir est de nous dresser contre les usurpateurs. Serait-ce un Bonaparte ! De quel droit dissout-il l'assemblée que le peuple a élue ? Pourquoi ne se dissout-il pas lui-même ? En quoi sa légitimité est-elle supérieure à celle des députés ?

— Il veut restaurer le suffrage universel ! s'écria Burteau en agitant sa canne par-dessus les têtes, pour intimider les républicains qui faisaient front. La belle affaire ! Voilà bien un crime pour la canaille !

— Baliverne ! dit Dupret. Ça cherche un plébiscite. Et après, un sacre en grande pompe, comme en 1804 !

— À la mairie ! s'écria Laloy. Comme en 48. Montrons-leur que nous n'acceptons pas la dictature. À la mairie ! À la mairie, vous dis-je ! Prenons-la d'assaut pour sauver la république, une et indivisible.

Octave Pierrebrune parut hésiter. Il tourna le regard vers ses amis et en décompta trois ou quatre douzaines disposés à tenter l'aventure. Une bien piètre armée ! jugea-t-il.

— Quoi ? s'étonna Laloy en le voyant dans l'incertitude. Tu te dérobes. Ce n'est pas le moment. À la mairie ! À la mairie !

Mathurin saisit Octave à la manche.

— Ne fais pas ça ! Ce serait une terrible erreur. Le sang a trop coulé. C'est tout ce qu'on souhaite en face, fit-il en désignant Madelbos qui formait déjà avec ses amis un cordon pour barrer le passage.

— On ne peut pas rester sans réaction. Ou alors, nous serions des lâches.

— Attendons de voir ce qu'il adviendra, je t'en conjure, supplia Mathurin.

— Demain, il sera trop tard, fit Octave en retirant la main qui cramponnait encore sa veste.

Il n'était pas d'usage, chez les de Jandelles, qu'on forçât leur porte de bon matin. Même l'irruption d'une révolution ne justifiait pas qu'on déroge aux bonnes manières. Aussi le maître des lieux reçut-il sèchement le maire de Chantegrêle, dans son salon, encore en désordre après une nuit fort agitée. Entre gens de noble compagnie, on avait vidé quelques bonnes bouteilles pour fêter l'événement.

Émile François ne tenait sa digne place à la mairie que par le bon vouloir du prince. Firmin l'avait fait nommer pour des qualités que l'on ne reconnaît que chez la valetaille : la docilité d'âme, la souplesse d'échine, la mollesse de caractère.

Le bonhomme avait couru jusqu'au Mazet, un effort qui l'avait rendu aphone.

— Cent fois, je vous ai dit de prendre rendez-vous. Voyez dans quel équipage vous me surprenez.

Et de Jandelles d'agiter les pans de sa robe de chambre violine qui s'ouvrait sur un justaucorps blanc décoré de taches vineuses.

— C'est grave, monseigneur ! Très grave…

— Que me chantez-vous là ? Chantegrêle est le village le plus paisible de la terre. Grâce à Dieu, nos gens sont de bonne composition.

— Les républicains !… souffla l'autre. Ces gueux…

Et Firmin devina enfin les impérieuses causes de son intrusion.

— Prenez place sur cette banquette. Poussez les coussins.

— C'est urgent, monseigneur !

— Suffit ! s'offusqua le comte. Un peu de tempérament, que diable !

— Ça s'agite. Ça s'agite. Dans la mairie… Prise d'assaut, vous dis-je.

— Ne m'en dites pas plus.

— Devant cette rébellion, j'ai accouru aussi vite que j'ai pu. Que pouvais-je faire d'autre, monseigneur ? On a même voulu attenter à ma vie. Un certain Laloy des Escurres… Vous le connaissez sans doute, ce brigand ? Un de vos journaliers. Une forte tête. Un peu bête. Bestial, dirais-je. Avec dans la peau un instinct animal par lequel on reconnaît aussitôt le sang vicié de la populace.

Le comte l'écoutait, patiemment, intrigué par l'effroi qui avait gagné son visiteur et dont on pouvait encore repérer les traces jusqu'au fond de son regard.

— Notre mairie, insista ce dernier en revenant à son idée première, maintenant qu'il avait réglé son compte à Laloy, notre chère mairie est tombée entre les mains des républicains. Le pillage a commencé. Sans nul doute. Et qui sait jusqu'où cette affaire ira si l'on n'y met pas un terme par la force ? Un de ces brigands a même parlé de mettre le feu. Et notre sainte église ? Y avez-vous songé ? Maintenant que l'ordre est bafoué, on peut craindre les pires attentats… Notre mairie entre les griffes de ces sauvages, répéta-t-il. Rendez-vous compte. Cela ne s'est jamais vu. Quelle mouche a piqué ces coquins ?

Le « notre mairie » qu'il répétait à satiété fit sourire Firmin. Car le maire eût tout aussi bien pu dire « ma mairie ». Le mot eût été plus juste si Émile François avait conçu un seul moment d'y régner sans partage. Le comte s'amusa à le reprendre :

— Vous voulez dire « votre mairie ». Car vous me voyez bien ennuyé pour vous, mais l'affaire, aussi vilaine soit-elle, ne relève pas de ma responsabilité. C'est à vous d'aller la défendre. Vous, le maire… Vous êtes bien encore le maire de Chantegrêle ? On ne vous a pas déposé, que je sache. Alors que faites-vous ici ? Vous devriez être là-bas, aux avant-postes, pour la défendre contre ces républicains enragés.

Le visage d'Émile François pâlit. La détresse et la peur, qu'il avait fini par maîtriser en franchissant la porte du Mazet, le reprirent. Et ses grosses mains se remirent à trembler sur le bureau où elles s'étaient posées. La suée gagna son front de nouveau et les mots trébuchèrent sur ses lèvres :

— Mais notre mairie… Monseigneur… L'ordre… Qui rétablira l'ordre ? Vous, le garant de…

— De quoi donc ? Je n'ai rien à voir avec votre mairie, mon ami. Vous y régnez. Votre trône vous y attend. Chassez les intrus.

Le comte allait d'un bord à l'autre du salon. Il cherchait des mots apaisants pour juguler la peur qui s'était emparée du bonhomme et qui ne voulait plus le quitter.

— Une poignée de républicains a envahi la mairie. C'est un fait. Et après ? Qu'en feront-ils, ces ignorants ? Un feu de joie ? Je ne le crois pas. Nous ne sommes pas revenus sous la Terreur. Je connais nos gens. La colère retombera aussi vite qu'elle a germé. Il suffit d'attendre.

Le silence s'était installé. On entendait juste le bruit des pas qui martelaient le parquet, et le vent au-dehors soufflant en bourrasque.

— Parlementer, peut-être. Avez-vous songé un seul instant que vous pourriez parlementer avec eux ? Mais à ce que je vois, vous n'êtes pas en état de le faire. Pour cela, il faut montrer de la détermination. Sinon, l'affaire risquerait de se compliquer. Alors, résuma de Jandelles, vous ne pouvez rien. Vous en êtes réduit à l'impuissance. Ce n'est pas la situation qui me convient.

Émile François quitta son siège dépité. Il en avait assez entendu. Cette fois, le comte ne le ferait pas rasseoir. À reculons, il s'éloigna vers la porte du cabinet qui était restée entrouverte.

— Je sais ce qu'il me reste à faire, balbutia-t-il. Monseigneur me laisse seul avec ces cannibales.

Oh, mon Dieu, donnez-moi la force de surmonter l'épreuve !...

À peine de Jandelles se retrouva-t-il seul que Hippolyte Dormoix apparut, comme un fait exprès. Le médecin pénétra dans le bureau en coup de vent, la mine enjouée. Il avait le feu aux joues et la chevelure en désordre, chahutée par le vent. C'était rare de l'apercevoir avec une telle mine, lui qui d'ordinaire traînait à ses basques un air sinistre.

— Avez-vous vu ? s'écria-t-il. L'affaire a été rondement menée.

Les deux hommes se congratulèrent avec de petites tapes amicales dans le dos.

— Changarnier, Cavaignac et Lamoricière sont aux arrêts. Et Thiers n'a pas résisté à la vue d'un bon pistolet.

— Et la rue ? s'inquiéta Firmin.

— Saint-Arnaud a la situation bien en main. N'ayez crainte. On parle de quelques barricades du côté du faubourg Saint-Antoine. Des coups de feu. Quelques morts, sans doute. Rien de grave. On ne peut pas faire d'omelette sans casser des œufs.

— Vous aurez toujours le mot pour rire, fit de Jandelles en hochant la tête.

— Il serait étonnant que le peuple descende en masse dans la rue pour défendre monsieur Thiers. Ce serait cocasse.

— En effet.

— Morny est l'artisan du coup de force. Sans lui, je doute que le président ait franchi le Rubicon. Morny, toujours Morny. Un noble sang qui ne saurait mentir. Il tient de Flahaut son impétuosité et de la reine Hortense l'indolence du noceur blasé.

Firmin fixait la pointe de ses chaussures, l'air dubitatif. L'enthousiasme du docteur Dormoix ne semblait pas déteindre sur lui.

— Vous ne me paraissez guère convaincu, s'étonna Polyte, alors que vous devriez danser de joie avec moi.

— Mes vignerons se soulèvent. Je n'aime pas ça.

— Une jacquerie de plus ou de moins ne changera rien à l'affaire.

— Les Jacques, comme vous dites, occupent la mairie. Cet idiot d'Émile François a pris la fuite. Si l'ordre n'est pas rétabli dans les heures qui viennent, il nous faudra aviser.

— En effet, déplora Polyte, la moindre faiblesse serait une fatale erreur. Appelons les cuirassiers de Périgueux. La vue du sabre suffira à chasser ces brigands.

— Comme vous allez vite en besogne, soupira de Jandelles. Au contraire. J'entends parlementer. Ce sont mes vignerons. Cela ne se traite pas comme de la piétaille.

— Décidément, fit Polyte, troublé par autant d'hésitation, vous ne changerez pas. Il y va de cette affaire comme de vos chaudes-pisses, attendre est un facteur aggravant. Est-ce que Morny parlemente, lui ? Il fait donner ses brigades. Et cela suffit.

— Je n'ai rien à défendre dans cette affaire. Sinon mes vignes et mes vignerons. Qu'est-ce qui compte le plus ? La gloire de Louis Bonaparte ?

— Vous vous félicitez, tout de même, qu'il soit revenu sur le devant de la scène ?

— Assurément. Je n'ai jamais souscrit au parti des cravates rouges. Comment pourriez-vous en douter ?

— Maintenant que le Rubicon est franchi, on devra se battre à ses côtés, ou dire pourquoi…

— Mon soutien est tout symbolique.

— Que de mollesse !

Le comte fit un petit geste d'agacement.

— Vous me donnez la migraine.

Et Polyte sentit alors qu'il ne pourrait en dire plus sans risquer une réprimande. Et il s'éclipsa de la sorte, sans un mot de plus, avec un air courroucé.

Enfin seul, Firmin promena un regard las sur le décor de son bureau. De son point de vue, il s'y était trop attardé, ce 4 décembre. C'était, somme toute, un jour ordinaire, pour un fortuné propriétaire terrien de sa trempe. Désormais, il ne songeait plus qu'à gagner, au plus vite, la tiède atmosphère de son salon. Les domestiques y avaient préparé un grand feu de cheminée. Un bon livre l'y attendait, les *Mémoires* du cardinal de Bernis, dont il avait entrepris la lecture, depuis quelque temps, après ceux de Casanova. L'existence dissipée de ce prélat le ravissait, et il partageait avec lui l'opinion que l'usage des plaisirs mérite mieux que l'exercice du pouvoir.

À peine fut-il installé que Philippine vint le déranger. De colère, il lança son ouvrage à travers le salon.

— Les gendarmes d'Ayen viennent de nous apporter un télégraphe de la préfecture de Tulle. Il provient de monsieur de Lancre, en personne.

— Le préfet Hubert de Lancre ? sursauta Firmin. Qu'est-ce que cela signifie ? Me le direz-vous enfin ? De quel droit un préfet dérange-t-il un gentilhomme ?

La servante déposa le pli sur la table du salon et se retira aussitôt. Bien qu'il se fût promis de ne pas bouger avant midi, de continuer sagement sa lecture et ne plus se laisser distraire quoi qu'il advînt, Firmin alla chercher, au bout de dix minutes, le message télégraphique. Sa lecture le versa aussitôt dans une vive colère.

Monsieur le Comte et Cher Ami, des séditieux ont pris position dans la mairie de Chantegrêle. C'est une rébellion gravissime qu'il convient de réduire au silence. Je compte sur vous pour m'instruire de cette affaire au cas où elle viendrait à empirer ou à se maintenir en l'état d'insurrection. S'il n'est pas possible de ramener vos gens à la raison, je donnerai l'ordre, dans la journée, de mater cette révolte. J'attends votre opinion par la voie confidentielle de notre gendarmerie que je place, pour la circonstance, à votre disposition. Hubert de Lancre, Préfet de la Corrèze.

— Ah, s'écria Firmin, le fonctionnaire se souvient soudain que je suis son ami ! Mais quand donc le suis-je devenu ? Je m'interroge. J'aurais cent fois mieux préféré qu'il ne se souvienne plus de moi, car je ne suis point payé pour le servir. Ni son obligé, ni son laquais !

Le comte s'empêtra dans sa colère. L'agitation lui faisait perdre la rigueur habituelle de sa pensée.

Marthe n'en revenait pas de l'entendre ainsi fulminer à haute voix. Ses hauts cris avaient fini par l'attirer dans le salon, à moins que ce ne fût la simple curiosité que l'arrivée de cette dépêche avait suscitée.

— Il ne manquait plus que vous, ma chère femme ! lança Firmin d'un ton ironique. Je ne doute pas que vous n'ayez sur le sujet une idée originale à m'opposer.

Marthe de Jandelles portait encore sa coiffe de nuit qui emprisonnait une lourde chevelure blonde. La peau de son visage luisait de cette huile d'amande douce dont elle se pommadait chaque matin. Le comte n'aimait guère l'apercevoir dans un tel équipage, lui qui affectionnait les toilettes apprêtées. Il n'y avait qu'Izilda, sa jeune maîtresse, qu'il prisait dans le simple appareil. Mais sa jeunesse lui autorisait toutes les hardiesses. Et il ne lui déplaisait pas d'aller quelquefois la visiter à son réveil, d'ajouter, au désordre du sommeil, le sien propre.

Il y avait longtemps que le couple de Jandelles faisait chambre à part, depuis la naissance de leur dernière fille, Mathilde, lorsque Marthe avait découvert les frasques de son mari. « Désormais, vous ne m'honorerez plus. À moins que vous ne renonciez à votre commerce dégradant. Je ne tiens pas à ce que vous me flanquiez une de ces cochonneries qui pullulent chez vos gourgandines… »

Souvent, Firmin se demandait comment Marthe pouvait supporter une telle continence. Lui, il en eût été bien incapable, tant l'idée de la chair le taraudait, jour et nuit.

— Je pense que vous devriez tenir votre rang. Le prince-président attend de vous des coups d'éclat.

— Vous voulez dire que je dois me mêler au plus vite de cette agitation ?

— Une insurrection ! reprit Marthe. Au dire du docteur Dormoix.

— Polyte vous a parlé ?

— Il vous a trouvé mou et irrésolu. Et cela le peine, profondément.

Le comte poussa un profond soupir. Il se sentait prisonnier d'une nasse, lui qui n'aspirait, quelques minutes plut tôt, qu'à se plonger dans les arcanes du traité de 1756 – dont le renversement des alliances avait entraîné subséquemment la fameuse guerre de Sept Ans.

— Je vais tenter de raisonner nos gens, admit Firmin.

Du bout des doigts, il lui ôta son bonnet de nuit. Et la belle chevelure se répandit sur ses épaules. Marthe se recula, prestement. Cette vive réaction l'affecta.

— Vous ne venez me parler que pour m'adresser des réprimandes, fit-il. Est-ce l'attitude normale d'une épouse ?

— Faites donc honneur au nom que portent vos enfants et nous en reparlerons.

— Ah ! s'écria Firmin. Je sens poindre une ouverture.

La porte vint se claquer devant son nez. Il demeura, un instant, interdit, à réfléchir. Il m'arrive parfois de soupçonner notre confesseur, songea-t-il. L'abbé Bonneval possède un certain charme. Et lui, au moins, il garde un avantage sur moi, il est abrité par la grâce sacerdotale.

La petite cinquantaine de républicains formant le gros du bataillon des insurgés s'apprêtait à passer la nuit dans la salle d'honneur de la mairie, sous des couvertures que les femmes avaient apportées avec une ration de soupe, lorsque Laloy des Escurres proposa d'allumer un feu de joie. L'endroit idéal, selon lui, était le jardin jouxtant la mairie. C'était là, en 1794, à la fête de l'Être suprême, que les insurgés avaient planté l'arbre de la liberté, un beau tilleul où les enfants du village avaient pris l'habitude, à la belle saison, de jouer à l'escarpolette. L'idée fut chaleureusement applaudie par des gens désœuvrés qui ne comprenaient guère où cette aventure allait les entraîner. On avait passé les premières heures dans l'allégresse, à chanter des rengaines révolutionnaires, à boire du vin et de la gnôle, plus que de raison.

Les hommes vidèrent les placards où étaient entreposées les archives de la commune. En les voyant s'attaquer aux dossiers qui contenaient les actes d'état civil, Octave Pierrebrune s'interposa vivement :

— Que signifie ce désordre ?

— Quoi ? fit Laloy dont l'haleine empestait l'eau-de-vie. Ça fera du ménage. Toutes ces vieilleries vont partir en fumée. Ça nous réchauffera le cœur.

Les compagnons d'Octave comprirent qu'il leur fallait venir à la rescousse pour éviter que la fête ne dégénère.

— On a dit qu'on occupait la mairie. Rien de plus, rappela Vérinaud d'un ton ferme.

— Et après ?

— Après ? Il fera jour et il sera toujours temps d'aviser, ajouta Octave.

— C'est bien ce que je pensais, t'as rien dans le ventre.

— Le pays est-il en état d'insurrection ? argumenta Dupret. Nous n'en savons foutre rien. Que ferions-nous, seuls ? Notre affaire sera vite réglée.

— Des révolutionnaires en peau de lapin ! voilà ce que vous êtes ! s'écria Laloy en basculant par la fenêtre ouverte un paquet d'archives.

Dupret le tira par la manche.

— Essaie donc de faire fonctionner ta petite cervelle. Les actes d'état civil, les décès, les naissances, les mariages... Ça n'a rien à voir avec l'usurpateur.

— Mon père a brûlé les papiers des curés en 1794. Ça continue, mes amis ! Brûlons ! Brûlons !

Il se trouvait cinq à six énergumènes pour lui prêter main-forte. Quant au reste de la troupe, elle ne savait plus qui croire. Elle était attirée par l'envie d'accomplir quelques coups d'éclat qui rendraient cette journée du 4 décembre mémorable. Et l'excitation d'un Laloy leur paraissait plus conforme à l'idée qu'ils se faisaient d'une révolution que la tranquille assurance d'un Pierrebrune.

— Faut que ça brûle, jura un des fiers-à-bras, sinon à quoi que ça servira d'être venu jusqu'ici ?

Dupret tenait toujours Laloy d'une poigne ferme. Octave sentit qu'une bagarre générale allait éclater. Il ordonna à son compagnon de le relâcher. Ce que Dupret fit à contrecœur.

— Mes amis, s'écria Octave, écoutez-moi ! Nous avons pris possession de notre mairie et nous y resterons tant que l'on ne nous garantira pas que la république est préservée. Nous ne voulons pas d'un nouvel empereur. Et c'est pour cela que nous sommes ici. Mais nous ne gagnerons rien à saccager la maison commune. Au contraire, nous agirons contre nos intérêts.

Ce petit discours ébranla les certitudes des plus excités. Et Laloy comprit alors la manœuvre de Pierrebrune. On voulait l'isoler. Comme le bonhomme n'était pas d'une bravoure à toute épreuve, il préféra s'effacer pour mieux méditer son affaire, calmement, dans son coin. Octave ordonna ensuite à ses hommes d'aller récupérer les dossiers qu'on avait déjà versés dans le jardin. Puis il fit signe à Vérinaud et Dupret de le suivre dans le cabinet du maire.

L'endroit se trouvait déjà dans le plus grand désordre. Des bouteilles vides et des écuelles de soupe traînaient sur les cadastres. Dans la petite cheminée d'angle, des cendres finissaient de se consumer. Les hommes y avaient brûlé le portrait officiel du président de la République, ainsi que les dossiers personnels d'Émile François, son écharpe et un chapeau orné d'une cocarde fleurdelisée que le maire de Chantegrêle avait coutume de porter dans les grandes cérémonies.

— Savons-nous combien de mairies sont occupées à cette heure ? s'inquiéta Octave.

— À peine une dizaine autour de Brive, dit Vérinaud en baissant la tête.

Il avait glané ces informations auprès du conducteur de la diligence qui faisait la navette entre Tulle et Périgueux. Et il énuméra les noms des communes qui s'étaient déjà rangées sous la bannière rouge de la révolte. Au passage, Vérinaud omit de parler de La Croix-de-Méry, où la troupe venait d'enlever la place en un tournemain, laissant sur le pavé nombre de blessés. Les premiers prisonniers avaient été conduits à la prison de Brive, sous bonne escorte. Et l'on parlait déjà de fusiller tout homme qui serait pris les armes à la main.

— Notre combat est sans issue, pronostiqua Pierrebrune à voix basse.

Dupret n'était pas loin de penser la même chose, mais il préféra garder le silence pour ne pas ajouter au désespoir.

— Nous avons suivi Laloy sans réfléchir. Maintenant, nous sommes dans de sales draps, jugea Vérinaud.

Dans les lueurs du petit matin, les veilleurs distinguèrent les silhouettes inquiétantes d'une dizaine de gendarmes qui avaient pris position en contrebas de la place. On apercevait même leurs chevaux entravés aux piliers du lavoir. L'un des hommes monta à l'étage réveiller Pierrebrune. La nouvelle entraîna aussitôt un branle-bas de combat dans toute la mairie. Au milieu de ce désordre, Octave et ses deux compagnons gagnèrent la salle d'honneur.

Pendant ce temps, Laloy avait investi en catimini les greniers et en était redescendu les bras chargés de fusils 1777 et de pistolets d'arçon. Ces armes dataient de l'époque où Chantegrêle avait levé une milice républicaine pour assiéger le château de Puyfaye. Il fit la distribution à ses proches compagnons en conseillant de les cacher.

De l'autre côté de la place, dans la maison Duroux, le maire Émile François avait, lui aussi, passé une nuit blanche. Les gendarmes ne l'avaient pas écouté lorsqu'il avait donné l'ordre d'attaquer. Et ce refus catégorique du chef Mangein l'avait dérouté. « Si vous attendez une décision du comte, vous serez encore là aux calendes grecques ! avait-il ironisé. Et ne rien tenter, c'est encourager la canaille dans son entreprise. »

Le chef de gendarmerie n'ignorait pas que des armes pouvaient circuler parmi les insurgés, mais, du haut de son optimisme naturel, il se disait que, le premier coup parti, ses soldats ne leur laisseraient pas le temps de recharger les vieux tromblons.

Une heure plus tard, la place grouillait de monde. Tout Chantegrêle s'était donné rendez-vous pour assister à l'assaut. Cette manœuvre, annoncée à cor et à cri, partageait l'opinion.

Dans le pays, Octave Pierrebrune jouissait d'une belle estime, même si les paisibles villageois avaient du mal à comprendre pourquoi il s'était lancé dans cette aventure. Seuls les gens qui entouraient Madelbos avaient sur le sujet un avis tranché. Ceux-ci étaient impatients de voir enfin les factieux sortir entre deux cordons de gendarmes. C'était tout ce qu'on souhaitait, cette ultime humiliation. Et, assurément, pas du sang versé. Il n'eût alors pas manqué de retomber sur le village tout entier, comme cela avait été le cas en 1794, après que le marquis de Puyfaye eut levé une armée de malandrins pour punir les révolutionnaires d'avoir mis le feu au château de Chantegrêle.

Une Constitution violée était-elle, au juste, une raison suffisante pour mettre des vies en péril ? C'était la question qui taraudait Octave et ses compagnons. D'un pas nerveux, ils arpentaient la salle d'honneur. Depuis la levée du jour, ils savaient que les hommes n'attendaient plus d'eux qu'une sortie digne. L'enthousiasme des premières heures s'était vite estompé. Quelques garnements trouvaient encore le courage d'agiter des drapeaux tricolores aux fenêtres en lançant des insultes aux forces de l'ordre. Celles-ci demeuraient prudemment postées derrière le muret de la place. De temps à autre, on voyait briller les baïonnettes d'un bord à l'autre du rempart.

Excédé par l'attente, Octave décida de se montrer à la foule pour juger de la situation. Y aurait-il des applaudissements, des vivats ? Dupret et Vérinaud sortirent aussi, un pas en arrière. Les canons des fusils prirent appui sur le muret. Et un silence de mort gagna la foule. On craignait que les gendarmes n'ouvrent le feu. Et les gens se mirent en mouvement, ostensiblement, pour faire obstacle à cette tragédie. Le chef Mangein tenait un sabre à la main et il le dressa en direction de ses hommes. Les fusils s'abaissèrent, ensemble. Et soudain, la peur s'estompa sur la place.

Émile François suivait le déroulement de la scène avec dépit. Ils ne tireront pas ! se dit-il. Et l'on voudrait que j'aille offrir mon poitrail à ces fous ! C'est bien là une idée du comte, généreuse, trop généreuse. Où je dois être, de toute évidence, le dindon de la farce ! Qu'il s'y risque lui-même. Après tout, il y va de son honneur de gentilhomme. Le mien ne mérite pas de s'exposer ainsi. Je n'ai rien à me prouver. Et d'un pas las, il s'en revint à la maison Duroux, dans l'indifférence générale.

À plusieurs reprises, dans la matinée, Mangein lui proposa d'aller parlementer avec les séditieux. Chaque fois, il refusa avec la plus vive énergie. « N'ayez aucune crainte, nous vous couvrirons », lui assurait le chef de gendarmerie pour le décider. Peine perdue. Et finalement le major renonça à lui parler lorsqu'il comprit que le bonhomme était un lâche et qu'il ne méritait guère la confiance qu'on avait logée en lui en le nommant maire de Chantegrêle.

En fait, le major n'attendait plus que l'arrivée du comte. La calèche aborda la rue au pas cadencé du barbe qui la tirait. Quand l'attelage fut parvenu à l'entrée de la place, le chef alla ouvrir la portière noire sur laquelle était peint le blason des de Jandelles.

Firmin en descendit d'un bond et, sans hésitation, avança vers les gens qui l'applaudissaient déjà. Des mains fébriles se tendaient vers lui qu'il serrait, une à une. Mangein se tenait derrière lui, immobile. Il n'affectait aucune surprise. Pourtant, il jubilait intérieurement de voir les habitants de Chantegrêle acclamer ainsi le seigneur du pays. Cela le confortait dans l'idée que la république n'avait pas encore acquis ses assises dans cette Corrèze profonde, et qu'un rien pouvait faire basculer les opinions d'un côté ou de l'autre. Pour la tenir fermement dans le droit chemin, il suffisait d'administrer les affaires au plus près des mentalités, sans violence ni mépris. Juste un peu de doigté. Les appels à la répression invoqués par Émile François lui parurent, soudain, bien exécrables. Et il ressentit du soulagement à se trouver enfin aux côtés d'un de Jandelles, si sûr de son autorité.

Le major le pressa d'entrer dans la maison Duroux. Des armes, des caisses de munitions étaient entreposées dans le salon, près d'un piano droit. Sur une table ronde, le plan cadastral du village était déroulé. Le major expliqua de quelle manière il comptait investir la place, en simulant une attaque par l'avant de la mairie, alors que les meilleurs éléments de son escouade pénétreraient par l'arrière. De Jandelles ne daigna porter un seul regard sur ce funeste projet.

— Je n'attends plus qu'un ordre de vous. Mes hommes sont prêts.

Le comte laissa glisser sa pelisse de fourrure sur une chaise d'un geste las.

— L'homme qui dirige l'insurrection s'appelle Pierrebrune. Je le connais bien.

— Une forte tête. Un Montagnard enragé, fit le maire.

— Un de nos courageux vignerons, opposa Firmin.

Le débordement verbal et le jugement hâtif ne lui paraissaient guère propices à débloquer la situation.

— Et de surcroît, ajouta-t-il, un père de famille. Un homme estimable. Je ne vois guère en lui l'enragé que vous dites…

Émile François alla s'asseoir près de la fenêtre, l'air abattu. Il y avait quelque chose dans l'attitude du comte qu'il ne parvenait pas à comprendre. La réflexion souleva un tel malaise que le major se crut obligé d'ajouter :

— Je me permettrai de faire observer à monsieur le comte que la situation est grave, périlleuse. Un acte de rébellion de cette sorte mérite un châtiment exemplaire. Dois-je rappeler l'ordonnance lancée à toutes les autorités ? Tout homme pris les armes à la main doit être fusillé sur-le-champ !

Le comte roula le plan qui trônait sur la table et le tendit au maire.

— Tenez, monsieur, reprenez votre bien.

Émile François hésita en regardant tour à tour ses deux voisins, ne sachant trop à qui il devait obéir.

— Dois-je vous rappeler, major, que j'ai les coudées franches ? Je tiens mon pouvoir de monsieur de Lancre…

— Assurément, fit Mangein en inclinant la tête. Toutefois, si nous ne parvenons pas à une reddition, quels seront vos ordres ?

— Nous en informerions monsieur le préfet. Et nous déciderions alors ce qu'il convient de faire.

— J'ai connu des jacqueries sanglantes, rétorqua le major.

— Contre des seigneurs qui abusèrent de leur autorité en prélevant des redevances exorbitantes. Aurais-je à craindre un tel soulèvement ? J'ai toujours été respectueux de mes engagements.

— Que d'optimisme, monseigneur ! souffla Émile François. Quand vous connaîtrez les doléances de ces gens, la raison vous reviendra. Et nous conviendrons, vous et moi, qu'il ne reste d'autre solution que de faire parler la poudre. Sinon, vous y perdrez aussi de votre pouvoir, de vos vignes et de vos affaires. Et si nous laissons les armes à ces gens, qui vous dit que votre château du Mazet ne subira pas le même sort que celui du marquis de Puyfaye ?

— J'ai pleine confiance en votre jugement, trancha le major en rajustant sa tunique.

À onze heures, Firmin de Jandelles se présenta devant la mairie. Mangein s'était proposé pour l'accompagner, mais le comte avait refusé. La simple présence d'un chef de gendarmerie à ses côtés risquait de faire échouer son plan. En le voyant faire mouvement, Octave décida de sortir, malgré l'avis de Laloy, qui voyait d'un mauvais œil la perspective d'une négociation, lui préférant une épreuve de force avec les autorités.

— Je viens parlementer ! cria le comte en levant la main.

— Vous pouvez approcher ! répondit Octave sur le pas de porte. Nous n'avons rien contre vous. Mais je doute que vous puissiez répondre à nos doléances.

— Je suis mandaté par le préfet de la Corrèze.

Et pour preuve, il agita le message télégraphique que Hubert de Lancre lui avait adressé.

Pierrebrune s'avança pour s'en emparer. Mais le comte refusa.

— Je ne tiens pas à ce que vous le lisiez. Il contient des propos fort peu aimables à votre encontre.

Les insurgés se mirent à rire. Et Octave eut le plus grand mal à garder son sérieux.

— Alors ? Me laisserez-vous entrer ? insista le comte.

Pierrebrune s'effaça et de Jandelles pénétra dans la mairie d'un pas décidé. On l'invita à venir s'asseoir à la grande table qui occupait le centre de la salle d'honneur. La vue de ces gens agglutinés autour de sa personne lui serra le cœur ; ça lui rappela les heures tragiques de la Révolution. Et, la gorge sèche, il annonça d'une voix troublée :

— Je ne serai ni votre otage ni votre prisonnier. Que cela soit entendu. Je viens ici de mon plein gré, afin de dénouer une situation délicate à laquelle il nous faut mettre un terme.

Des cris, des jurons, des insultes fusèrent. Des poings même furent brandis devant ses yeux.

— Nous ne serons pas vos hôtes obéissants, répliqua Octave.

Et les ricanements redoublèrent d'intensité. Les insurgés se pressaient contre la table. Il sembla au comte qu'elle reculait sous la poussée humaine et qu'il était embarqué sur un bateau sans gouvernail livré corps et biens aux éléments déchaînés. Il essaya de se lever mais des mains énergiques le maintinrent assis. Il se sentit prisonnier, perdu, sans espoir de prendre la situation en main.

Pierrebrune et ses compagnons réalisèrent qu'il ne serait pas possible d'amorcer la moindre discussion dans cet environnement hostile. Aussi, il pria ses gens de s'écarter de la table. Laloy s'y opposa en clamant que cette assemblée n'avait pas délégué de chef pour la représenter. Vérinaud sauta sur l'occasion et offrit aux insurgés d'en élire un à main levée. Laloy se proposa. Il obtint à peine une dizaine de voix. Dupret suggéra alors qu'on nommât Octave. Et une large approbation s'établit sur son nom. Aussitôt investi, Pierrebrune vint s'installer en face du comte.

— Cela vous a fait une leçon de démocratie à peu de frais, railla-t-il. Vous n'aurez pas tout perdu.

Firmin de Jandelles hocha la tête, beau joueur.

— J'appartiens à un monde qui a acquis le droit de commander sur des champs de bataille… Les quartiers de mon blason attestent de ma puissance.

— Nous ne sommes plus au Moyen Âge, où l'on adoubait les écuyers des princes pour leur soumission. Les nouveaux champs de bataille sont ceux de l'esprit, répliqua Octave. On y apprend à conquérir la liberté du peuple, à honnir l'injustice et la tyrannie, à défendre le droit des misérables. Telles sont les valeurs de la nouvelle chevalerie républicaine.

— Ai-je porté atteinte à vos libertés à quelque moment ? interrogea le comte.

— Vous ne manquez jamais l'occasion de montrer que vous êtes le seigneur de ce pays.

— Ne le suis-je pas par le sang ?

— On vous dénie ce titre et les droits qui en découlent.

— Alors, qui aura à exercer ces droits ?

— Les représentants du peuple.

— En occupant illégalement cette mairie ? Que je sache, il y a un maire, qui s'appelle Émile François. Un représentant du peuple. Vous l'avez chassé.

— Nous l'avons chassé parce qu'il a refusé de constater la déchéance du chef de l'État français et de se proclamer en insurrection.

— Pourquoi exiger la déchéance de Louis Napoléon ? N'a-t-il pas été élu par les Français ?

— Il a violé l'article 68 de la Constitution et s'est mis hors la loi de la république. Dès lors, les simples citoyens sont tenus de lui refuser obéissance. C'est ce que nous faisons.

Le comte posa une main sur le poing serré d'Octave, un poing qui martelait en cadence la table au fur et à mesure de l'énoncé des arguments.

— J'ai bien compris, fit le comte. Je connais aussi bien que vous la Constitution. Et je suis de ceux qui n'approuvent guère le coup d'État.

La réflexion inattendue de Firmin de Jandelles souleva une rumeur dans l'assemblée.

— Si vous désapprouvez, s'écria Laloy, alors vous allez signer avec nous la déchéance du Bonaparte ! Ça nous fera un allié de qualité. Et de noble essence ! railla-t-il.

Les rires accompagnèrent la réflexion du bonhomme. Enhardi par ce succès, il se rapprocha de la table et entraîna avec lui l'assemblée. De nouveau, il fallut qu'Octave les gendarmât pour desserrer l'étau qui venait de se reformer.

— Dans ce concert-là, ma voix importe peu. Maintenant que le Rubicon est franchi, prévint le comte, je doute que votre assemblée parvienne à inverser le cours des événements. Tout juste vous suffit-il de marquer votre désapprobation. L'affaire me semble entendue. Alors, il nous faut aller de l'avant…

— Notre intention est de déposer Émile François et de nommer une commission municipale provisoire, annonça Pierrebrune.

Des applaudissements retentirent. À n'en plus finir. De Jandelles fixait Octave droit dans les yeux en songeant que son voisin n'était pas aussi stupide qu'on pouvait le croire. Rien à voir avec ce braillard de Laloy, agité comme un lion en cage.

— Ce sont là toutes vos doléances ? fit-il d'une petite voix ennuyée, comme si une telle exigence pouvait le toucher dans sa chair.

— Une fois nommée, poursuivit Octave, la commission déclarera la déchéance de Louis Napoléon.

— Je vous obtiendrai la démission du maire dans la semaine, promit Firmin en joignant les mains pour donner plus de solennité à son propos. Par la voie légale. Alors qu'un vote de votre assemblée sera sans conséquence. Il suffirait que les gendarmes se mettent en mouvement et votre affaire serait terminée.

Octave regardait le tapis recouvrant la table, où se décomptaient les taches de vin. La proposition du comte était certes séduisante, mais à la condition de faire son deuil de la commission municipale.

— Pourquoi nous aidez-vous ? Émile François n'est-il pas un de vos fidèles ? Et vous le sacrifiez sans vergogne. C'est à n'y rien comprendre, s'étonna Vérinaud.

— J'applique la volonté populaire, admit le comte. Me le reprocherez-vous ? Ce serait un comble. Je préfère sacrifier cet homme que de voir couler le sang de mes vignerons. J'ai tout à perdre d'une guerre entre républicains et bonapartistes à Chantegrêle. Et comme je ne suis ni l'un ni l'autre, cela m'importe peu.

Laloy vint s'interposer. La tournure des événements ne faisait pas partie de son plan.

— Ne l'écoutez pas. Vous voyez bien que monsieur le comte vous mène à la foire. Il vous vendra au plus offrant, et encore, il ramènera le licol.

— A-t-on le choix ? interrogea Dupret. Il n'est pas un seul homme, ici, qui veuille mourir pour un article violé de la Constitution. Par contre, on nous débarrasse d'un maire qui a fait ses preuves en matière d'intolérance, d'étroitesse d'esprit et de sectarisme. C'est une grande victoire que nous obtenons là, sans coup férir. Les conditions me semblent remplies pour que nous nous retirions de la mairie. En attendant de nouvelles élections, nous resterons vigilants, prêts à revenir si la trahison se met de la partie.

— Je vous donne ma parole d'honneur, insista le comte.

Firmin de Jandelles jubilait intérieurement. Les choses allaient au mieux. La tête d'Émile François, c'était le plus petit gage qu'il pouvait accorder dans de telles tractations où le moindre faux pas eût pu mettre le feu aux poudres. Octave mit aux voix la proposition du comte et elle obtint une nette majorité.

Laloy et ses fidèles quittèrent aussitôt la salle en protestant.

— Maintenant, il nous faut discuter des représailles…

— Il n'y aura aucune charge retenue contre vous et vos hommes, coupa Firmin. Sur mon honneur.

— Vous vous en portez garant ?

— Aussi vrai que je m'appelle de Jandelles.

Le comte sortit le premier. Les gendarmes massés le long du muret dressèrent leurs armes. Firmin leur adressa un signe d'apaisement. Le major s'approcha à pas comptés. Les deux hommes se consultèrent brièvement. Puis le comte informa les insurgés qu'ils pouvaient quitter la mairie en toute sécurité.

La foule, qui attendait sur la place depuis deux heures, se rapprocha par petits groupes hésitants. La nouvelle se répandit rapidement qu'il n'y aurait pas de sanctions contre les séditieux. Et on se mit à rire, à chanter, à danser. La peur accumulée durant les longues heures d'attente se vida d'un coup.

C'est alors que du dernier étage de la mairie, par une des lucarnes en forme d'œil-de-bœuf, un coup de feu retentit. Il entraîna aussitôt un mouvement de panique. La foule se dispersa en tous sens et, en l'espace de quelques secondes, la place fut vidée. Sur ordre du major, les gendarmes se regroupèrent à l'abri du muret. Puis, une fois en place, ils ouvrirent le feu. L'odeur âcre de la poudre brûlée se répandit dans l'air. Seuls Firmin et Octave étaient restés debout près d'un pilier. Ils suivaient la scène, hébétés.

— C'est Laloy qui fait l'imbécile ! cria Pierrebrune.

— C'est fâcheux, murmura le comte. Vous auriez pu me dire qu'il y avait des armes dans la mairie.

— Je ne l'aurais pas cru capable de ça, soupira Octave.

Seul un petit gendarme avait écopé d'une volée de plombs. Le sang coulait le long de sa manche. De nouvelles détonations retentirent dans la mairie, des bruits de verre brisé, des cris, des jurons. Un premier gendarme sortit de l'immeuble en portant une brassée d'armes qu'il jeta au bas de l'escalier. Puis Laloy apparut à son tour, les mains posées sur la tête. Un soldat le tenait en joue. L'insurgé portait sur le visage une estafilade sanglante. Le major le prit par la manche et le fit avancer au milieu de ses hommes, sans ménagement.

— Tout homme pris les armes à la main doit être fusillé sur-le-champ, rappela Mangein.

Le comte s'approcha de Laloy et vint le gifler.

— Pourquoi as-tu fait ça, imbécile ! ?

L'insurgé baissait la tête. Le sang coulait sur ses chaussures. Le major avait déjà formé son peloton d'exécution ; à peine cinq hommes, qui vérifièrent d'un mouvement de culasse que leurs fusils étaient bien chargés. Pour que l'exemple fût payant, il fallait qu'on l'accomplît en public. Telle était la consigne.

— Je m'oppose à cette fusillade, dit le comte.

Mangein le regarda, le visage rouge de colère.

— Monsieur le comte, ne me compliquez pas la tâche. C'est assez pénible comme ça !

— Vous n'avez pas le droit d'agir de la sorte, insista Firmin.

Le major dégagea son sabre avec lequel il allait ordonner le feu.

— La Corrèze ne fait pas partie des départements français en état d'insurrection ! cria de Jandelles. La loi d'exception ne peut donc s'appliquer.

Mangein hésita.

— La canaille aura donc droit à un procès régulier. C'est partie remise. Le jugement le conduira quand même à la mort.

Le major rengaina son sabre d'un geste rageur.

La convocation de Hubert de Lancre n'était guère explicite. Hormis la petite formule amicale qui la concluait, on eût plus songé à une injonction qu'à une invitation. Ne s'était-il pas acquitté de la tâche dans l'honneur ? L'autorité du régime n'y avait pas perdu un bouton de guêtre. Au contraire, il en sortait renforcé pour sa mansuétude. Eût-il fallu quelques morts, des fusillés pour l'exemple, des arrestations en pagaille ? Était-ce cela qu'on attendait de moi ? songeait Firmin en battant la semelle dans le boudoir de la préfecture de Tulle, où un huissier l'avait introduit. Le plus difficile, sans doute, fut l'instant où il avait dû décliner son identité, puis fournir la preuve qu'il était le comte de Jandelles. « Est-ce ainsi qu'on traite les amis du régime ? » avait-il lancé au bonhomme qui promenait ses mains moites sur son gilet de soie pour vérifier qu'il ne portait pas d'arme.

L'huissier l'avait observé avec un rictus coincé sur le bord des lèvres. Et aussitôt, Firmin s'en voulut d'avoir répondu à la convocation.

Ce n'était pas une sinécure, une journée de voiture par ces mauvaises routes, sous la pluie et le froid. Il n'avait pas même pris le temps de s'arrêter à Brive pour laisser un message à Izilda. Toutefois, il comptait bien la trouver au retour, même passé minuit. Qu'importe ! La drôlesse était toujours visible, aussi infatigable que les alezans qui tiraient sa berline. C'était une piètre comparaison dont il faisait grand usage, en privé. On ne l'en blâmait guère, car celle-ci s'adressait d'ordinaire à de joyeux lurons de son espèce. Et puis, il était sincère, le comte de Jandelles, lorsqu'il pensait qu'il n'y avait pas plus séduisant sur la terre qu'un fier cheval racé et qu'une jolie fille à la croupe élancée. Il raffolait de l'un et de l'autre, avec des soupirs dans la voix et des larmettes dans les yeux. C'était tout le bonheur de sa vie que de conquérir chevaux et femmes, quitte à dépenser des fortunes. Et parfois, il se surprenait aussi à leur parler le même vocabulaire, à confondre les mots d'amour. Sa jument Dragonne était sa « jolie drôlesse » et sa maîtresse sa « fière monture ».

L'huissier le pria de s'asseoir, mais Firmin refusa. C'était une manière de lui faire comprendre qu'une si longue attente était inconvenante pour un homme de sa condition. Le comte avait ôté ses gants en pécari et les triturait nerveusement.

Il n'y avait rien d'intéressant dans cette antichambre de préfecture qui eût pu lui procurer quelques distractions. Les tapisseries d'un vert bouteille portaient encore les enluminures napoléoniennes. Le portrait du prince-président avait remplacé celui de Louis-Philippe. Et à peine avait-on eu le temps de suspendre celui de Cavaignac qu'il avait fallu le faire disparaître… C'était la seule décoration qui pouvait retenir l'œil. Firmin fixa l'image avec attention. Il le trouvait aussi fade que son oncle et jugea qu'il ne serait rien de plus qu'un dictateur, comme son prédécesseur. Changera-t-il un jour ce bon Dieu de pays où les martyrs sont en adoration devant leurs bourreaux, comme eût dit le marquis de Custine ? Il suffit d'une guerre fratricide pour faire naître un despote, pensa-t-il, comme si le sabre pouvait un jour accoucher de la paix civile…

L'huissier s'en revint le chercher, enfin. On se promena dans une enfilade de couloirs, longeant de petits bureaux où s'activaient des gratte-papier. Cela sentait la sueur et l'encre. Puis on arriva devant le préfet. Il portait un costume civil, débraillé. La cravate grise était dénouée sur une chemise de soie blanche. Il tendit une main molle. L'encre noire avait taché les phalanges qui enserraient la plume.

— Monsieur le comte de Jandelles ! ânonna-t-il.

Firmin observa son visage osseux de rapace.

— Êtes-vous sûr ?

Le préfet redressa la tête, surpris.

— Votre domestique vous l'a-t-il bien assuré, que je suis le comte de Jandelles ? Car j'ai dû subir un interrogatoire fort déplaisant. Aussi déplaisant, reprit-il, que dans l'une de vos officines de police.

L'homme le considéra par-dessus ses lorgnons et quand il se fut assuré qu'il y avait dans le propos plus de raillerie que d'aigreur d'âme, il se risqua à lui prendre les mains, qu'il tapota amicalement. Firmin se laissa dorloter. C'était une sorte d'aménité à laquelle il était sensible.

— Pardonnez-nous. Mais nous devons obéir à de strictes consignes de sécurité, vous et moi. Que cela n'affecte pas la suite de notre entrevue, c'est tout le vœu que je formule.

Ils traversèrent le cabinet en se faufilant entre les piles de dossiers. Il sembla au visiteur que la belle administration était sous le coup d'une fiévreuse effervescence et qu'on la devait, à coup sûr, aux récents événements qui secouaient le pays.

— Je vois que vous avez fort à faire, nota le comte par politesse.

Il se fichait bien du remue-ménage qui occupait la nouvelle autorité. Comme tout le monde, il avait lu dans *Le Constitutionnel* que le président envisageait, pour asseoir ses futures réformes, de s'appuyer sur le corps préfectoral en le dotant de pouvoirs renforcés. Hubert de Lancre serait, sans doute, l'un de ces futurs « empereurs au petit pied » qui trouveraient vite la manière de se fondre dans le moule des grands commis de l'État, fort négligés sous la Deuxième République.

Les deux hommes allèrent s'installer dans le salon doré. Il y régnait une douce pénombre. Les tapisseries fauves étaient ornées de croûtes figurant des scènes campagnardes : des laboureurs, des faneurs, des lavandières... L'une d'elles parut assez coquine au comte pour qu'il s'en approchât. Elle représentait une jeune paysanne, la gorge fort dénudée, servant à boire à un moissonneur éreinté par l'effort. La cruche tendue avait la rondeur d'un ventre juvénile qu'il aimait imaginer sous le coton léger des petites paysannes qu'il côtoyait sur son domaine. Il chaussa son lorgnon et promena sur la scène un regard amusé. Mais le préfet n'attachait guère d'intérêt à cet art républicain qui avait sévi des décennies dans les académies de peinture où l'on exhortait l'éclat du travail et du travailleur. Firmin prisait surtout le rose de la chair, épanouie et diaphane, que le peintre avait su rendre.

— J'ai lu votre rapport, dit le préfet. Et je vous avouerai que j'en ai été courroucé.

Le comte se laissa glisser dans un fauteuil, face à une table ronde. De l'autre côté, il y avait un siège que l'hôte semblait négliger. Il allait de droite à gauche, sans se décider à s'asseoir aussi, comme si ce qu'il avait à dire requérait de sa part une certaine concentration.

— Je n'ai fait qu'agir pour le bien de l'État.

— En proposant aux rouges la tête d'un de nos maires ? Vous rendez-vous compte ? Un maire ! Vous croyez que ça se dépose en claquant des doigts ?

Le comte soupira en jetant la tête en arrière. Il fixait le lustre du plafond, avec ses éclats de cristal qui accrochaient la pâle lumière.

— Émile François n'est qu'un imbécile. C'est une erreur de l'avoir placé sur une telle orbite. J'en assume la responsabilité. Je n'aurais jamais dû lui faire confiance.

— Vous dites cela, aujourd'hui, parce que sa disgrâce vous arrange.

— Mais non ! C'est dans le péril qu'on juge un marin. Cet édile n'a fait que dresser la populace contre lui, sans en tirer le moindre avantage. N'importe quel idiot aurait su manœuvrer ces pauvres gens.

— Des séditieux ! Des factieux ! Vous appelez ça des « pauvres gens » ?

— Ce sont mes vignerons. Je les connais. Il a fallu qu'on les excite pour qu'ils en arrivent à ces extrémités. Rien à voir avec ces Montagnards qui dressent des barricades et qui volent les armes aux gardes nationaux.

— Un de mes gendarmes a été blessé.

Le comte détourna le regard. C'était le point sensible de sa démonstration.

— C'est une faute. Je ne savais pas que certains de mes gens disposaient d'armes.

— Un aimable vigneron qui tiraille sur la force publique… C'est un crime. Un crime contre l'État. Votre vigneron sera passé par les armes.

Le comte se leva. Il en avait assez entendu. Il reprit ses gants qu'il avait posés sur la table ronde, les enfila patiemment. Hubert de Lancre le regardait agir, incrédule.

— Que faites-vous ?

— Je prends congé.

— Mais je ne vous en ai pas donné l'autorisation…

Firmin éclata de rire.

— Je ne suis pas votre domestique. Et je ne mérite pas le procès que vous me faites ! J'ai agi au mieux de vos intérêts, comme vous me l'aviez recommandé. Vous ne vous rendez pas à mon jugement, alors je rends le tablier.

De Lancre s'en revint, en catastrophe, le prier de se rasseoir. Mais le comte refusa d'un geste énergique.

— Vous êtes un sacré personnage, nota le préfet. Je connais bien votre frère, Huguelin. C'est un ami. Nous faisons des affaires ensemble. C'est lui qui m'a conseillé de vous confier cette mission.

— J'ai évité que le sang coule. Et hormis ce petit gendarme, légèrement blessé, il ne s'est rien passé de gravissime. Pour reprendre un terme que vous affectionnez.

Hubert de Lancre sourit. Il aimait bien sa manière de jouer avec les mots. Et cela fit tomber le ton passionné de l'entretien.

— S'il y avait eu une dizaine de morts à Chantegrêle, un village en état de siège, l'intervention de la cavalerie de Périgueux, croyez-vous que cela irait mieux pour nous ?

Firmin avait compris que, sous ses airs de rapace et d'arriviste, et malgré la haine farouche qu'il vouait aux républicains, le préfet tenait avant tout à préserver les intérêts d'une carrière prometteuse. Et présentement, le comte ne voyait guère quel avantage de Lancre eût pu tirer d'une répression féroce. Au contraire, on ne le louerait que mieux d'avoir su éviter un bain de sang. C'était bien assez que le pavé de Paris fût ensanglanté, sans y ajouter la province.

— Il reste le cas du maire, souligna le préfet. Nous cédons à un ultimatum. Cela fera tache d'huile.

— Nous préparerons des élections pour le remplacer.

— J'ai bien compris, sourit de Lancre. Et d'ores et déjà, il s'agit de lui trouver un remplaçant qui ait assez de poigne et de prestige.

— Nous le trouverons, assura le comte d'un ton débonnaire.

Ce dernier jubilait déjà d'entendre le préfet se ranger enfin à son avis. Car un refus net de sacrifier

Émile François eût à jamais ruiné son influence à Chantegrêle.

— Le candidat est tout trouvé, lança le préfet avec un sourire perfide. Ce sera vous !

— Oh non ! s'offusqua le comte. N'y comptez point. Je me suis toujours juré de me tenir éloigné de ces joutes politiques. Cela m'insupporte, ce goût populaire pour le plébiscite. Il est contraire à toute morale. La révolution a fait de nous des parias de l'Ancien Régime. Et notre seul honneur, désormais, consiste à nous tenir loin de ce que nous avons honni. Ce serait trahison pour nos pères que d'aller nous confondre avec les commettants du suffrage universel.

— Vous êtes pris à votre propre piège, insista de Lancre. Vous avez créé une situation inextricable. À vous de la dénouer. Je m'en lave les mains.

— C'est un chantage ?

— Je vous débarrasse du pauvre Émile François et vous occupez la place. C'est donnant-donnant.

Firmin de Jandelles comprit qu'il ne pourrait reculer, à moins d'y perdre son âme, car il était aisé pour le préfet de lui refuser la chute du maire de Chantegrêle. Que faire, s'il décidait de le confirmer à son poste ? L'homme avait toutes les bonnes cartes en main. C'est alors que le comte sollicita la grâce pour le pauvre Laloy des Escurres.

— Une exécution ne ferait que conforter les républicains, affirma-t-il.

Le préfet accueillit sa requête d'un air songeur. Le destin du paysan de Chantegrêle lui importait peu. Mais il avait à cœur, depuis le coup d'État, d'apparaître en fonctionnaire intraitable. C'était une qualité qu'on ne manquerait pas d'observer favorablement à Paris, lorsque Morny nommerait ses préfets de première classe. Hubert de Lancre avait déjà commencé à soigner son image en télégraphiant au préfet de police Maupas que les révoltes étaient matées en Corrèze, sans dégâts.

— Donnez-moi une belle victoire électorale à Chantegrêle et nous en reparlerons, fit-il en rajustant sa cravate.

Il jeta un œil sur sa montre de gousset. L'entretien avait trop duré à son gré. Et d'autres tâches l'attendaient, alors que les circulaires de Morny pleuvaient sur son bureau. On ne recensait plus les nominations qu'il devait examiner, car le temps était compté si l'on voulait que, d'ici le 6 décembre, tous les postes décisifs soient entre ses mains.

— Je veux en avoir l'assurance, insista le comte.

— Que représente cet homme pour vous ? Décidément, tout cela est bien énigmatique. Je ne saisis guère l'intérêt que vous portez au sort du petit peuple.

— Laloy est un de mes vignerons, fit-il. Rien de plus. Cette graine d'homme m'est sacrée !

3

Le 12 mai 1852, la population de Chantegrêle se donna rendez-vous au Mazet, dans le parc ombragé. Les bonapartistes, les républicains, et même les plus enragés des deux camps ennemis… C'était un de ces rares moments dans la vie d'une communauté villageoise où l'histoire semble s'arrêter. L'artisan de cette trêve n'était autre que Firmin de Jandelles. Il avait réussi ce prodige en se faisant élire à la tête de Chantegrêle avec un score qui ressemblait à celui de Louis Bonaparte quelques mois plus tôt, à plus de quatre-vingts pour cent. Pour couronner le tout, le comte obtint la libération du pauvre Laloy des Escurres. Et son retour fut l'objet d'une fête sur la place du village, à l'endroit même où l'affaire avait commencé. Cette liesse populaire inspira Firmin. Je ne peux demeurer en retrait de la sorte, se dit-il, alors que je suis l'instigateur de cette réconciliation. Et dans la foulée, le nouveau maire lança ses invitations. Pour la circonstance, se promit-il, on tuera le veau gras et on mettra des barriques en perce.

Les amis de Mathurin Chambon dressèrent un trône près de la longue table où se tenait le banquet.

Ils exigèrent de voir paraître le tonnelier dans son uniforme de la Garde. Depuis ces années glorieuses, le vieux soldat s'était empâté, aussi fallut-il donner un peu de mou aux entournures et, surtout, sacrilège, porter quelques coups de ciseaux et d'aiguille dans le tissu sacré. Mais chacun nota qu'il avait toujours fière allure, le soldat de Waterloo. Le comte lui-même vint le féliciter, tout en serrant les mains de ses invités. Aussitôt, il se retira lorsqu'on voulut trinquer avec lui. Il jugeait cette familiarité prématurée. Marthe, du reste, n'avait cessé de lui répéter qu'il devrait tenir son rang et que son dernier exploit ne l'obligeait en rien à jouer les politiciens. Sur ces points, Firmin était obéissant. Il ne saurait y avoir meilleur conseil que son épouse.

Le comte rejoignit au salon du premier étage ses invités. Il y avait là son frère Huguelin et ses filles, Eugénie, Marcelline et Adèle. Elles se tenaient à l'écart, bien sagement assises, à discuter à voix basse avec les enfants de Firmin, Pierre et Mathilde. Ce n'était pas si souvent que la famille se trouvait réunie. Polyte était aussi de la partie, ainsi que le curé Bonneval. On buvait du porto que les domestiques avaient mis à fraîchir dans le puits.

Marthe palabrait avec l'abbé. La conversation des hommes ne l'intéressait guère, puisqu'il s'agissait d'argent, de placements mirifiques et de politique. Le curé essayait de convaincre son hôtesse, une fois encore, de lui trouver cinquante mille francs pour réparer le toit de son église. Il avait déjà tenté de les obtenir du comte, mais celui-ci lui avait juste promis qu'il examinerait sa demande après les vendanges. On se demandait bien ce que les vendanges venaient faire ici.

À la vérité, Firmin reprochait à Bonneval de trop s'occuper des affaires de son âme ; cela le contrariait qu'il fût du côté de sa femme, et cette attitude ne l'inclinait guère à la générosité. Après tout, se disait-il souvent, ma chère Marthe possède des biens, pourquoi ne l'en fait-elle pas profiter ? Mais elle avait, comme tous les Lamarre – des industriels porcelainiers de Limoges –, la bourse en peau de hérisson.

Huguelin de Jandelles, la quarantaine bien frappée, ne possédait pas la prestance de son frère ; il portait l'embonpoint avec bonhomie. Le sourire constant aux coins des lèvres, l'homme avait acquis cette jovialité dans l'exercice du commerce, de tous les commerces auxquels il s'était essayé. Il avait traversé, sans dégât, des faillites retentissantes, ce qui dénote un talent rare chez cette catégorie d'hommes d'affaires. Finalement, il avait opté pour l'immobilier.

Huguelin finançait, fabriquait, gérait quelques immeubles de rapport à Brive, à Périgueux, à Limoges et à Bordeaux. Il avait l'art d'embobiner son auditoire. En d'autres temps, il eût été doué pour la carrière politique, avec son art consommé du paradoxe qu'il maniait à merveille. Mais il y avait sans doute plus à gagner dans les transactions financières. L'argent jaillissait sous ses doigts chaque fois qu'il posait la main sur une affaire, là même où un simple quidam eût perdu son dernier sou. Il n'avait aucun scrupule, ignorait la pitié ou la compassion, tout en se jurant bon chrétien.

En vérité, le financier de Brive n'aimait que lui-même, mais cette infatuation était tempérée par les airs enjôleurs qu'il réservait à ses adversaires comme pour se faire pardonner par avance ses coups bas. Il clamait volontiers qu'il ne possédait aucun ennemi. Sans doute avait-il compris que tout a un prix, même l'inimitié. Bref ! Huguelin de Jandelles était l'exemple même de l'homme nouveau que le Second Empire allait sanctifier.

Il avait perdu sa femme d'une de ces mystérieuses affections que les médecins de l'époque ne savaient pas encore diagnostiquer et il ne s'était jamais remarié, bien qu'il eût été fortement courtisé, au point que ce long veuvage ressemblait à une belle histoire d'amour et de fidélité qu'on se plaisait à citer en exemple devant l'existence dissolue du comte.

Mais ce qui eût pu aiguiser les critiques d'Huguelin, ce n'était pas les aventures amoureuses de son frère. Au fond, cela le laissait indifférent. Il n'avait guère plus de morale à opposer, sinon il l'eût appliquée à sa conduite d'homme d'affaires. À la vérité, les femmes ne l'intéressaient pas. Elles n'avaient exercé sur lui aucun pouvoir attractif du moment où il avait compris qu'il eût pu en posséder à la pelle, simplement en ouvrant son portefeuille. Non. Ce qui le désespérait, c'était de voir Firmin sans ambition. L'argent de ses vignes lui suffisait. Alors qu'il aurait voulu l'entraîner vers les conseils d'administration de sociétés lucratives où se jouait le sort des grandes fortunes.

Les deux frères étaient installés près du balcon ouvert sur le parc. On entendait les rires et les cris des gens qui banquetaient sous les tilleuls.

— Il aura fallu que ce cher Hubert de Lancre te bouscule pour que tu te décides enfin à devenir maire.

Le comte lui toucha la main avec un petit sourire de connivence.

— Tu lui as parlé ?

— Nous nous voyons une fois par semaine. C'est un allié précieux.

— Un saint-simonien comme toi, fit-il en repoussant du pied le battant de la porte-fenêtre pour atténuer les rumeurs de la fête qui contrariaient leur conversation.

Huguelin se retourna pour vérifier que le curé ne s'était pas approché d'eux. Cela fit sourire le comte, que son cher frère pût être démasqué.

— Je suis maintenant avec les Pereire, confia-t-il à mi-voix.

— Émile et Isaac, ajouta Firmin.

— Ils viennent de créer le Crédit foncier. Ça va donner du ressort à nos entreprises, fit-il en se frottant les mains.

— Ça ne te suffit plus de boursicoter ?

— C'est pour le plaisir. Mais le reste, mon petit, est d'une tout autre nature.

Polyte vint se resservir une rasade de porto. Il en proposa aux deux frères, qui refusèrent.

— Je vous trouve bien sérieux pour un jour de liesse comme celui-ci. Nous fêtons, tout à la fois, le plébiscite du président et la conquête de Chantegrêle.

Et pour appuyer ses dires, le médecin leur fit un clin d'œil.

— Le coup d'État est venu à point nommé, indiqua Huguelin. Sans cette entreprise, que l'on doit à Morny, ne l'oublions pas, nous eussions essuyé une victoire des socialistes cette année même.

— C'est un fait que Louis Napoléon leur a coupé l'herbe sous le pied, ricana Polyte. Regardez-les, fit-il en désignant le banquet qui faisait rage dans le parc, nous les avons matés.

Et il serra le poing comme s'il voulait les broyer, un à un, entre ses doigts.

— Tous ces républicains, nous les avons rendus doux comme des agneaux. Les nôtres, aussi acharnés qu'ils étaient encore au mois de décembre, viennent nous manger dans la main. Engraissons-les un peu pour leur faire abjurer leur ignoble révolution sociale. Engraissons-les, que diable !

Les deux frères ne prirent pas part à cette belle envolée lyrique. Et cela surprit Polyte qu'on pût ainsi demeurer sur sa réserve. Ce n'était pourtant un secret pour personne que ni l'un ni l'autre ne prisaient Bonaparte. Puisqu'il en fallait un qui fût capable d'éviter le pire, alors soit, semblaient-ils penser. De là à sauter comme un cabri…

— Alors, explique-moi ce qu'est ce fameux Crédit foncier des frères Pereire ?

— Un réseau bancaire qui va nous permettre de collecter les épargnes, même les plus modestes. Nous allons ainsi accumuler des sommes colossales, qui dorment au fond des armoires. On sait que la peur des révolutions a alimenté le principe mortel du bas de laine. Maintenant que nous voici engagés dans un État fort et stable, la confiance va renaître.

— Le petit n'a jamais risqué ses économies à la corbeille, fit le comte, perplexe.

— Il ne s'agit pas de capitaliser des actions. Non. Nous offrons le capital-obligation, avec une perspective de rémunération, certes plus modeste, mais certaine. Sans risque aucun pour le souscripteur. Et avec ces valeurs engrangées, mon petit, nous allons alimenter les sociétés, lesquelles construiront des logements salubres, installeront des usines, aménageront des routes, développeront le chemin de fer.

— En Corrèze même ?

— Bien entendu. Je compte y prendre une part fort active. Émile Pereire m'a donné des garanties. Et il s'est adjugé le concours d'Achille Fould.

— Le ministre des Finances ?

— Il a l'appui du président et des grands argentiers de la Banque de France. En Corrèze, Hubert de Lancre a fait dessiner des projets par ses ingénieurs du génie civil. Nous savons ce qu'il faut faire : construire des lignes de chemin de fer entre Brive et Périgueux, relier Brive à Paris par Limoges. Et pour ce faire, nous projetons de créer une compagnie de travaux publics. J'en serai, mon petit. C'est pourquoi il nous faut les bas de laine. On ne les attrape pas avec du vinaigre.

— Surtout, ne leur annoncez pas que c'est pour faire rouler des locomotives à vapeur, ricana Firmin. Ce serait le plus sûr moyen de les décourager.

— Quoi ? sursauta Huguelin. Tu n'y crois pas ?

— Non. Je ne risquerai pas un sou dans vos opérations. Le rapport de ma terre me suffit. Mes deux cent soixante-huit hectares de vignobles me rapportent, bon an mal an, dans les cinquante mille francs nets. Et je ne compte pas le commerce de mon vin bouché Château du Mazet, parce que la production en est encore trop minime, à mon goût, ni le rapport de mes faire-valoir indirects, mes baux à complant, à Saint-Girque et à Beytefols, mes distilleries d'eau-de-vie... Cela me paie le personnel de service.

— Tu n'as pas réfléchi, un seul instant, que l'aménagement de la voirie et du chemin de fer permettra la conquête de nouveaux marchés...

— J'alimente le Limousin. Un peu le Périgord, où la concurrence est rude. Cela suffit à mon bonheur.

— Pourtant, insista Huguelin, l'avenir est dans la technique et les inventions nouvelles. Elles nous apporteront la révolution industrielle. Et si l'on veut qu'elle triomphe, il faut des banques, de l'argent, des sociétés et des actionnaires.

Firmin se mit à rire, à cause du mot « révolution ».

— Oui, répéta Huguelin, la révolution industrielle. C'est la seule qui vaille. Elle va donner du travail aux chômeurs, réduire la paupérisation, ce mal de notre société qui fabrique des révoltés et qui arme le bras des socialistes.

Le comte avait lu le fameux petit essai qu'avait rédigé Louis Napoléon, *L'Extinction du paupérisme*, et il retrouvait, là, dans la bouche de Huguelin, les théories du cher homme. Nul doute que ce texte prophétique allait devenir le catéchisme des nouveaux bonapartistes.

— Moi, je reste, envers et contre tout, un homme de la terre, rétorqua Firmin en rouvrant le battant de la porte-fenêtre pour faire entrer dans son salon les bruits de la fête. Je suis un descendant de l'Ancien Régime. Une sorte d'aristocrate fossilisé. Nous n'avons pas su aimer le peuple. Nous l'avons négligé, méprisé. La Révolution est arrivée. Et il était trop tard. Alors qu'il aurait fallu réformer nos institutions, nous avons proposé des États généraux, écouté distraitement les doléances qui montaient des profondeurs de la France. Celles-ci ont mis en évidence la nature inégalitaire de notre système. Et quand la république fut proclamée, nous n'avons eu que le choix de l'exil ou du reniement.

— Oui, soupira Huguelin. Nous savons cela. C'est de l'histoire ancienne. Il ne m'intéresse pas de pleurer sur les fautes de l'Ancien Régime. J'en ai fait mon deuil. Déjà, notre grand-père, souviens-toi, ne croyait plus que la monarchie parvînt un jour à reconquérir son trône. Si notre famille doit servir à quelque chose, c'est bien dans les affaires qu'elle trouvera à accomplir son destin.

Le comte bascula son long corps vers le balcon qui dominait la fête.

— Aujourd'hui, je suis heureux de voir mon village rassemblé autour de moi. C'est un instant que je savoure. Je me dis que la France, ce pourrait être cela, une image de concorde, jour après jour. Au point que je voudrais que le temps s'arrête…

— Mais le temps ne s'arrête pas. Il court, il court. Employons-nous à ce qu'il ne nous dépasse pas.

— La révolution industrielle, ricana Firmin, ce sera l'irruption d'une nouvelle société plus inégalitaire encore que celle de l'Ancien Régime, avec pour seuls maîtres non plus nos antiques valeurs chevaleresques, mais l'argent, le dieu argent. Je crains que ce maître-là ne dévore tout, sans ne rien offrir, en échange, que l'égoïsme, l'individualisme et la cupidité. Il suscitera chez l'ouvrier le goût du lucre et de la mollesse. Et nous irons vers des révolutions pires encore que celles que nous avons connues.

En claquant dans ses mains, Marthe vint annoncer le début du repas. Un ballet, traditionnellement réglé, se mit en mouvement. L'usage voulait qu'on installât d'abord l'abbé Bonneval. Le centre de la table lui était dévolu. Et c'est toujours sans surprise, avec un air de gourmandise, qu'il retrouvait sa chère place.

La maîtresse de maison s'assit à sa droite et Firmin à sa gauche. Il était significatif que l'ecclésiastique fût entre eux deux, comme il l'était dans leur vie de couple, confesseur, directeur de conscience, guide spirituel, médiateur. Polyte en face. Huguelin alla se placer près du médecin. Il prisait ses récits de voyage. Il avait même quelques questions à lui poser sur l'Italie. Les enfants s'installèrent à leur guise. On ne s'occupa pas de l'ordonnancement, car on savait, d'expérience, qu'ils ne resteraient pas longtemps à table.

Le menu était d'une autre qualité que celui qu'on avait servi aux gens de Chantegrêle. Mais Firmin eût tout autant préféré le partager avec ses villageois plutôt que d'écouter les discours de son voisin sur les aléas de sa cure. Les idées sociales contribuaient, selon lui, à disperser son troupeau. Et le bon berger qu'il était ne savait plus comment ramener ses ouailles à la bergerie. « Ça ne craint même plus le jugement dernier », rapporta-t-il à un Firmin distrait, que ces questions de religion n'intéressaient guère. Il se disait qu'il lui serait toujours temps de s'occuper de son âme, lorsqu'il approcherait du soir de sa vie. Car il ne concevait l'usage de la foi autrement que comme un sauf-conduit pour atteindre le paradis. Et s'y adonner, précocement, eût fait la part trop belle à un sentiment morbide de l'existence.

Au moment du dessert, l'attention de la tablée fut attirée par les cris d'Adèle et les gloussements de sa cousine Mathilde. Dans les jardins du Mazet, on était en train de dresser un mai à la gloire du nouveau maire. Ce spectacle ravissait les filles, surtout les torses nus, ruisselants de sueur, des garçons du village en plein effort. Les de Jandelles et leurs invités s'avancèrent sur le balcon. Polyte n'avait d'yeux, lui, que pour les drapeaux tricolores qui ornaient le mât. Ce lui paraissait relever de la pure provocation.

— Encore un coup de ces satanés socialistes ! marmonna-t-il aux oreilles du comte.

Mais Firmin n'attacha guère d'importance à la réflexion. Il se mit à applaudir l'exploit, lorsque le mai fut entièrement dressé. Et ses voisins furent contraints de l'imiter, sauf le curé Bonneval, qui se signa à trois reprises, pour qui ce rite païen était une insulte à Dieu.

— Vous eussiez espéré qu'on nous dressât une croix géante, persifla Firmin. Mais le peuple ne prise guère vos symboles funestes. Et à vrai dire, je préfère cette sorte d'érection. C'est vivant ! Ça respire le bonheur de vivre. Étant petit, à carnaval, je me mêlais à nos petits paysans pour grimper au mât de cocagne. Il y avait un petit garçon, me souvient-il, agile comme un singe, qui redescendait la tête en avant. Je l'admirais, ce gredin. Je me disais : Comment se fait-il qu'il sache faire ça ? Alors qu'un enfant d'aristocrate, comme moi, en est bien incapable… Je m'en ouvris à mon père. Et savez-vous ce qu'il me répondit : « C'est que son cerveau n'est pas plus lourd que son derrière, sinon il culbuterait cul par-dessus tête. »

Ils se mirent tous à rire ; même Marthe, qui ne prisait guère les plaisanteries de son mari.

— On te fait grand honneur, à ce que je vois, fit Huguelin avec une pointe de jalousie.

— Oui, fanfaronna le comte. Je suis proche de mon peuple. C'est une leçon à méditer.

Polyte se retira, agacé par le spectacle. Il n'était pas le seul, du reste. Les amis de Pierrebrune se tenaient aussi à l'écart. Si on les avait écoutés, ce n'est pas un mai qu'on aurait dressé devant le balcon du comte, mais une effigie à la gloire de la république bafouée. Autour d'eux, on se demandait bien pourquoi les républicains étaient de la fête. Pourtant, la réponse était toute trouvée. Le maître des lieux avait sauvé la vie de Laloy, et ce geste méritait bien une messe. Une défection eût paru d'une insolente ingratitude. Et Octave Pierrebrune, malgré le camouflet retentissant des dernières élections – il s'était porté à la mairie en adversaire déclaré du comte –, tenait à conserver l'estime des gens de Chantegrêle dans la perspective de jours meilleurs.

Contre l'avis de Marthe, Firmin se décida à descendre parmi ses invités pour les remercier. Il serra les mains, embrassa les enfants, complimenta les femmes. Il trinqua même avec le vieux Chambon, essaya son shako, se fendit de quelques paroles avec le clan des Madelbos, qui l'avait tellement soutenu pour son élection. Bref, le comte donnait l'impression d'être fort à l'aise parmi ses gens.

Du balcon où il observait la scène, Polyte trouva que son ami en faisait trop, qu'il n'était pas dans les attributions d'un maire de se donner ainsi en spectacle. Marthe souligna qu'il avait toujours eu un goût prononcé pour la populace. À vrai dire, sa réflexion ressemblait à une de ces phrases assassines et à double sens dont elle avait le secret. L'abbé Bonneval comprit, lui, ce qu'elle voulait dire, que son diable de mari aimait la fréquentation des basses classes de la société, surtout côté jupons. Polyte feignit de ne pas comprendre, car il eût alors paru trahir un homme pour lequel il conservait une forte estime.

L'apparition de Firmin de Jandelles incita Pierrebrune et ses compagnons à s'éloigner encore plus. La manœuvre n'avait pas échappé à l'attention du comte. Que croient-ils ? S'en tirer à si bon compte ! se dit-il. Le maître du Mazet s'enhardit à les rejoindre.

— Je suis bien heureux de vous voir parmi nous ! fit-il en tendant la main à Octave.

Ce dernier ne put faire autrement que la serrer. Et quand il fut devant Laloy, celui-ci le salua en se pliant en avant comme s'il voulait lui baiser la main. Depuis que de Jandelles l'avait sorti du guêpier, il n'avait pas de mots assez forts pour le louanger, ce qui agaçait fortement ses amis républicains. « Tu ne lui dois rien », lui rétorquait-on. Mais Laloy savait, lui, ce qu'il devait au comte. Sans son intervention, il eût fait partie du millier de morts que compta la répression. « Ça ne change rien à mes idées, répétait-il d'un air contrit, mais je dois admettre que cet homme a quelque chose en plus des autres… » Et Octave était de ceux qui comprenaient cette sorte de réaction. Les duretés de la prison, la certitude de perdre la vie avaient rendu Laloy perméable à des sentiments qui lui étaient auparavant étrangers.

— J'ai une dette envers vous, fit-il.

Et il ne sut ensuite ce qu'il fallait ajouter. Le comte sentit son embarras et l'en délivra d'un petit geste amical.

— Tu m'as donné du souci, animal ! Mais je suis heureux de te voir parmi nous. Sache donc à l'avenir conserver ta tête sur tes épaules, releva Firmin.

Puis l'hôte se dirigea à nouveau vers Octave. Les événements avaient montré qu'il était le chef des républicains à Chantegrêle. Et même si ce parti n'avait obtenu qu'une bonne centaine de suffrages, il pressentait que, tôt ou tard, on aurait à en découdre avec lui, et peut-être dans une conjoncture moins favorable. Octave le vit s'approcher avec appréhension. Il redoutait surtout le jugement de ses compagnons qui, pour une parole ou un geste de trop, eussent pu le trouver trop conciliant.

— Vous avez ôté du fronton de la mairie les trois mots qui fondent notre république : Liberté, Égalité, Fraternité… C'est un crime de plus. De même, ajouta-t-il, notre Marianne a été remplacée par le buste de votre mentor…

Le comte s'inclina légèrement.

— En effet. Mais je ne doute pas qu'un jour ces symboles retrouvent leur place.

La réflexion déconcerta le camp républicain. On s'attendait à tout, sauf à cette réaction désabusée.

Puis de Jandelles s'effaça, aussi rapidement qu'il était apparu.

— Je vous dis que cet homme-là n'est pas ordinaire ! confia Laloy en hochant la tête.

Les floches de brume se dispersaient, peu à peu, sur la pente des collines. Parfois, plus denses, elles semblaient s'accrocher au relief pour s'y éterniser, puis se dissolvaient dans la chaleur montante d'un matin d'août. Perché sur son cheval rouan cavecé de noir, Firmin de Jandelles avait gagné, dès les premières lueurs du jour, ses terres hautes, jusqu'à Bonavent. Là, il ne se lassait plus de regarder ses possessions, aussi loin que portait son regard.

Chaque fois qu'il grimpait ici, dans la magie de l'aube, le comte repensait à son grand-père. Avec une poignée d'hommes décidés, Pierre-Louis avait défriché ce domaine pour y planter de la vigne. Auparavant, les garennes y régnaient en maîtres et l'on devait y poursuivre, sans fin, les gens du pays qui s'adonnaient au braconnage. Cela avait fini par créer un climat détestable dans le pays. Alors le vieux Pierre-Louis de Jandelles s'était juré d'y mettre un terme et d'entreprendre avec le voisinage des relations paisibles. Les vignes, avec des cépages tels que le chabrillon, le mancep, le goutiéras, se mirent à peupler les coteaux les mieux exposés au fur et à mesure que rapetissaient bois, taillis et garennes. Le travail qui fut donné aux paysans permit de ramener la bonne entente dans le pays en même temps que se développait le goût pour la petite propriété. Les journaliers trouvèrent, avec le peu d'argent gagné, le moyen d'acquérir quelques arpents où l'on cultiva les primeurs qui rendirent, au fil des ans, les marchés d'Objat célèbres en Limousin.

D'une flexion du talon, le comte engagea son cheval sur le chemin pierreux qui traversait sa propriété jusqu'au Bos. Il dévala la colline, à petit trot, sans forcer l'allure de son rouan, qui avait passé l'âge des galopades héroïques. Une armée de femmes et d'enfants travaillait entre les rangs à ramasser les sarments pour les fagoter avec des vimes torsadés. D'autres ébourgeonnaient les souches et relevaient les rameaux sur les tuteurs.

Cette armada colorée, vue de la position dominante que le maître du Mazet occupait, lui arracha un sentiment de puissance. C'était à cela, cette application à l'ouvrage de tous ses gens, qu'on pouvait voir qu'il était encore le seigneur de la contrée. Les récents événements l'avaient une fois de plus démontré. Ce lui parut même un peu frustrant de penser à cela, seul, devant l'étendue de ses terres.

Sans doute eût-il désiré que Polyte fût à ses côtés pour l'entendre fanfaronner… Polyte n'était-il pas, malgré ses défauts, l'ami fidèle, le confident idéal ? Mais surtout pas son cher frère Huguelin… À coup sûr, il lui eût éclaté de rire au nez. « Tu t'esbaudis pour quelques hectares de terre. Mais sais-tu seulement ce que sont les forges de messieurs Talabot, Schneider ? Là, mon ami, nous pouvons mesurer la puissance de tels hommes dans l'art industriel ! Nous nous trouvons en face de titans qui vont bouleverser la face du monde par la multiplication des objets qu'ils fabriquent. »

Tout à ses pensées, Firmin se laissa guider par son rouan jusqu'aux premières parcelles du Bos. La géométrie avait changé avec celle des coteaux abrupts. La pente rendue plus douce, on avait aligné les ceps au cordeau, en rangs espacés d'un mètre pour faciliter le travail et le rendement.

Firmin se décida à traverser rapidement pour ne pas distraire ses ouvriers. Il emprunta une bordure protégée par un mur de sarments à l'abri duquel il tenta de s'éclipser. Par ce beau matin d'août, il projetait de traverser la forêt des Brades par ses laies ombragées fleurant la bonne odeur du sous-bois. Il s'arrêterait à la gourgue de la Seyre, où il irait se jucher sur le rocher formant une assise solide d'où il pourrait contempler les chevesnes, dans la clarté de l'eau. Ce genre de plaisir le mettait en « état de grâce » – comme il disait, lorsqu'il était repu de la compagnie d'Izilda et de ses sœurs.

Au moment de s'éloigner, Augustin Madelbos lui fit un grand signe. Certes, il n'était pas dans la nature du comte de répondre à la simple injonction de ses gens, fussent-ils ses meilleurs informateurs. On savait où le trouver quand on avait besoin de lui. Toutefois, Firmin tira instinctivement sur les brides pour cabrer son cheval. À sa manière de gesticuler, le maître comprit que son ouvrier avait quelque chose d'important à lui dire.

— Qu'y a-t-il, mon brave ? s'écria Firmin en calmant sa monture par de petites tapes sur l'encolure.

Augustin le salua platement, comme il avait acquis l'habitude de le faire, ou plutôt comme son père le lui avait appris et comme il l'enseignerait ensuite à ses fils. Cela agaçait chaque fois Firmin qu'on le gratifiât de ces simagrées, mais sans doute eût-il été ulcéré si elles avaient manqué.

— Qu'as-tu à me dire, pour interrompre ainsi ma promenade ?

Des têtes se dressèrent par-dessus les rangs de vigne. Le comte pensa qu'il s'agissait encore d'une de ces histoires entre journaliers.

— Il y a comme une maladie ! marmotta Madelbos.

Et il répéta plusieurs fois sa phrase. Presque à voix basse pour qu'on ne l'entende pas.

— Une maladie ? Tous nos gens sont là ? Non ?

Augustin hocha la tête, de droite à gauche, et se ravisa à poursuivre comme s'il craignait de dire une bêtise qui eût fini par lui coûter. Le comte se rendit à l'évidence que son ouvrier était perturbé par quelque chose qu'il venait de découvrir. Il fit monter son rouan sur la crête, à l'abri du tas de sarments. Augustin y monta aussi en quelques enjambées.

— Vas-tu me dire, oui ou non, ce qui se passe ?

— Il y a comme une poudre blanche sur les grappes et les feuilles de certains pieds.

— Une poudre blanche ?

— C'est comme une farine qui pourrit les grains.

— Où as-tu vu ça ?

— Pas très loin, mon maître. Plusieurs ceps sont atteints. C'est comme s'il avait neigé à gros flocons. J'ai point vu une horreur pareille de toute ma vie !

À sa manière de s'exprimer, le comte se mit à rire. De la neige au mois d'août ! Où a-t-il été trouver une idée pareille ? Pour se rassurer, il fit avancer sa monture jusqu'aux ceps de bordure. À la vue des belles grappes vertes, il fut rassuré. La production serait en avance avec un si bel été, quelques petits orages, de la pluie sans abondance, juste ce qu'il fallait pour que le raisin fût de bonne composition. Là-dessus, le régisseur, le contremaître s'accordaient et aucun n'avait signalé la fameuse anomalie. À moins qu'ils n'eussent préféré se taire. Il était vrai que ceux-ci n'avaient qu'un souci, monnayer leurs services au prix fort.

On ne trouvait pas, chez eux, ce goût inestimable de la soumission qui flatte tout maître qui se respecte. Mais le maniement des chiffres tendait par trop à leur faire croire qu'ils étaient les instigateurs de ces belles combinaisons financières, au point de s'autoriser, parfois, quelques jugements sur l'art de mener le négoce.

— C'est vers le milieu, insista Augustin avec de grands gestes. Ça gagne tous les cinq ou six pieds. Des fois, il s'en trouve deux ou trois qui passent au travers.

Toujours juché sur son cheval, le comte offrait un air sceptique. Il jouait avec sa badine à caresser les feuillages. Tout lui paraissait bien en ordre, conforme à ce qu'on était en droit d'attendre d'un si beau vignoble, entretenu avec soin, au point qu'on pouvait compter les brins d'herbe entre les cavaillons. C'était par cette sorte de discipline que le Mazet avait acquis sa réputation. Il n'existait pas un seul marchand de vins de Brive qui eût rechigné à venir s'approvisionner au château. Au contraire, un tel chai était une garantie. Et de Jandelles faisait souvent le prix. Sauf en 1850. Ce fut une si mauvaise année, une de celles que l'on s'empresse d'oublier, comme une punition du ciel.

— C'est le gribouri, ou l'altise, suggéra de Jandelles.

— Avec tout l'honneur que je vous dois, mon maître, j'sais ce que c'est que le gribouri. Ça donne des feuilles toutes déchiquetées, racornies...

— Ou alors le ver de la grappe, celui que l'on appelle le cochylis, ajouta le comte pour se rassurer. Ce sont de petites chenilles de papillons qui perforent les grains de raisin et cela favorise, évidemment, la pourriture. Mais c'est vite circonscrit. Il s'agit de suivre les pieds de vigne et de les débarrasser de ces parasites.

Augustin ne l'écoutait plus. Il savait, lui, qu'il s'agissait de tout autre chose, d'une maladie nouvelle. Une anomalie, jamais vue encore. Et il avait compris qu'il ne pourrait tenir tête longtemps à son maître sans paraître présomptueux.

— Vous devriez aller vous rendre compte par vous-même, suggéra le paysan.

C'était sa dernière tentative. Après, il ne lui resterait plus qu'à reprendre ses activités, la conscience en paix. La pointe de la badine vint effleurer le large bord de son chapeau de paille. Puis elle le souleva légèrement. Confus, l'homme le retira, comme s'il venait, soudain, de s'apercevoir qu'il avait manqué de respect en le conservant sur la tête.

— Crois-tu, mon brave, que je n'ai rien d'autre à faire que d'écouter tes balivernes ?

Le paysan sembla s'effacer à pas comptés, presque à reculons, comme s'il n'y avait plus rien, désormais, à ajouter, sinon disparaître de la visée de son regard. Le maître du Mazet fit mine de diriger son cheval vers le chemin qu'il avait désiré emprunter au prime abord, puis, soudainement, il lui fit faire demi-tour, à la grande surprise d'Augustin qui dut faire un pas de côté pour l'éviter.

— Montre-moi ça ! ordonna-t-il.

Madelbos se mit à courir devant le cheval, aussi vite qu'il le pouvait, car le cavalier ne lui laissait pas le temps de reprendre son souffle. Le comte arriva enfin devant un pied malade. Comme on le lui avait expliqué, les feuilles et les grappes étaient poudrées d'un blanc farineux, épais et gras. Firmin n'en revenait pas. Et sa surprise fut telle qu'il se laissa glisser de sa selle. Pourtant, il fallait d'ordinaire une sacrée raison pour l'en dévisser. Il se mit à ausculter le fruit avec attention. La maladie avait gagné les grappes, grain après grain, comme un chancre. Et là où elle s'était incrustée, il ne restait plus rien qui ressemblât à du raisin, sinon une sorte de pourriture grisâtre. Il n'y avait aucun doute, le parasite était d'une autre nature que tout ce qu'il connaissait à ce jour. De la poche de sa veste en coton bistre, il tira son couteau et sectionna une des grappes malades. Il voulait la montrer à son ami Polyte. Le médecin ne se piquait-il pas d'être, à ses heures, un chercheur en ampélographie ? Ce serait l'occasion, pour une fois, de mettre ses connaissances à l'épreuve.

Alors que Firmin allait se relever, son regard fut attiré par de belles jambes nues et brunies par le soleil. La fille s'était accroupie pour ébourgeonner les ceps. Et afin de faciliter ses mouvements, elle avait retroussé sur ses cuisses la longue robe en cotonnade bleue. Le comte se déplaça, légèrement, pour jouir du spectacle. Par malheur, elle serra les genoux et cela ruina son entreprise. Pourtant, son attente fut comblée lorsque la jeune ouvrière se déplaça vers un autre pied de vigne, simplement en basculant le fessier. Il lui sembla entr'apercevoir, furtivement, son intimité. Car il savait, ou du moins se plaisait-il à le croire, que les femmes ne portaient rien sous leur longue jupe en drap, par ces fortes chaleurs. Même pas une de ces culottes fendues en grosse cotonnade qui étaient d'un usage pratique.

Mais cette observation, aussi discrète fût-elle derrière l'écran de feuillage, finit par attirer l'attention de la jeune femme. Et elle se leva aussitôt, prête à tempêter contre l'intrus qui s'était ainsi installé, à ras du sol pour satisfaire son examen. Le comte essuya son œil noir sans désemparer, avec sur le visage le sourire béat de qui vient de réussir une bonne blague. Mais il vit aussitôt que la colère qui s'était allumée dans ce regard blessé sombrait dans la confusion. Sans doute devait-il cette volte-face à son état de maître des lieux. À moins que sa victime n'y trouvât quelque satisfaction, d'être ainsi l'objet d'attention d'un personnage aussi influent. Le comte n'était pas loin de le penser, lui qui se croyait irrésistible avec les femmes, confondant par vanité, tant la vanité rend aveugle, le pouvoir de son argent avec celui qu'eût pu opérer son charme propre.

En un éclair, la jeune femme avait compris qu'elle n'aurait pas le dernier mot. Pourtant, l'œil noir revint à la charge. Et, cette fois, ne le quitta plus. Le comte se sentit un peu honteux, désarçonné par cette belle effronterie. Ce n'était guère son habitude de mollir devant une jolie femme. Au contraire, il cherchait ce genre d'affrontement, d'autant mieux qu'il était assuré, chaque fois, d'avoir le dernier mot. Mais il sentit d'instinct que celle-ci était d'un caractère autrement plus crâne que les servantes qu'il avait l'habitude de courtiser au château. Et c'était ce qui le troublait le plus, l'enrageait et l'émouvait à la fois, qu'on lui résistât de la sorte.

Regardez-moi ça ! se dit-il. Ça a à peine seize ans et ça veut déjà griffer le mâle... Bon Dieu de bon Dieu ! Firmin sentit une vapeur de désir monter en lui, au point qu'il en fut tout remué, à tourner autour de son cheval, ne sachant plus quelle attitude adopter devant cette fille qui l'observait sans rabattre son regard d'un pouce.

— Quel est ce joli brin de fille ? demanda-t-il à Augustin, qui n'avait rien perdu de la scène.

Le paysan hésita à répondre. C'était sa manière de désapprouver l'attitude du comte. À la vérité, Madelbos réservait trop d'admiration à son maître pour lui trouver, en cet endroit, la moindre excuse. Ça pourrait être ma fille, se disait-il.

— Vas-tu me répondre ? Ce n'est point de ta famille, au moins ?

— C'est la petite de Louise Meynoux, soupira-t-il.

De Jandelles parut réfléchir. Il avait une piètre mémoire des noms. Hormis ceux de son milieu, il ne faisait guère attention au monde qui grouillait autour de lui. On pouvait naître ou mourir, cela lui importait peu. Et depuis qu'il était maire, il remplissait et signait les actes d'état civil sans attacher la moindre importance aux noms qui défilaient devant ses yeux.

— La fille de la sorcière, précisa Augustin.

— La guérisseuse des Brades ?

— La petite s'appelle Manelle, ajouta Madelbos.

Puis, sans autre explication, le comte rangea la grappe de raisin malade dans le sac de cuir qui pendait à la selle de son cheval.

Dans un des recoins de la serre où le jardinier préparait les bouturages qui alimentaient les parterres du parc, le maître du Mazet avait abandonné un espace à Polyte pour y installer son laboratoire. Le médecin éprouvait une grande fierté d'avoir ainsi obtenu le droit d'œuvrer au sein même du domaine. Le comte lui avait octroyé cet agrément en sachant qu'il en tirerait bien des avantages. Ainsi avait-il sous la main un éminent chercheur qui adressait régulièrement des communications à l'Académie des sciences sur la vinification, le marcottage et le provignage. Même si ces études n'avaient jamais révolutionné la viticulture moderne, elles lui avaient surtout permis de tisser un réseau de relations qui profitaient évidemment à de Jandelles par contrecoup.

Le plan de travail se composait d'une table aux pieds surélevés, accolée à la verrière, afin d'y jouir du meilleur éclairage qui fût. Elle était occupée par une collection de tubes, d'éprouvettes, de pipettes, d'appareils de mesure tels qu'un calcimètre, un ébullioscope ou un densimètre. De sa boîte noire capitonnée, Dormoix dégagea un microscope. Et après s'être soigneusement essuyé les mains au revers de sa chemise de soie, il mit en place la lentille.

De Jandelles s'était assis, derrière, sur un tabouret, les bras sagement croisés sur la poitrine. Il attendait le verdict du docteur, sans montrer la moindre inquiétude. À la vérité, il ne croyait pas beaucoup à cette nouvelle maladie. Tout au plus s'agissait-il d'une anomalie qu'un scientifique un peu perspicace ne tarderait pas à analyser. Et l'on verrait qu'il n'y aurait pas de quoi fouetter un chat.

Armé d'un scalpel, Polyte découpa un fragment de feuille qu'il glissa entre deux lames de verre. Il amena ensuite sa préparation sous l'œilleton du microscope. Puis du bout des doigts, tout en finesse, Polyte fit jouer la molette de réglage, jusqu'à ce qu'il obtînt une image nette.

— Alors, cher docteur ? s'impatienta Firmin.

Dormoix se retourna d'un air ahuri. Il n'était pas fréquent, pour ne pas dire rarissime, que de Jandelles lui reconnût ce titre. Docteur ! Cher docteur ! Et à la réflexion, il se demanda s'il n'y avait pas de la moquerie dans cette manière de l'interpeller, comme s'il s'amusait de le voir user d'une science dont il n'était pas diplômé, surtout que, par ailleurs, il avait la réputation d'être un médecin fort peu captivé par sa vocation.

— C'est bien ce que je soupçonnais, fit-il en conservant l'œil plombé sur son microscope.

Le comte tendit l'oreille. Polyte n'était pas décidé à livrer son verdict aussi vite. Cela l'amusait aussi de laisser planer un peu de suspens. Dormoix se frotta les paupières, qui avaient été en contact avec la gorge en laiton de l'appareil.

— Je ne suis pas ingénieur agronome, se défendit-il, perfide, mais cela a bien l'air de correspondre au croquis de monsieur le comte de La Vergne. Lui est un véritable ingénieur, une sommité, un chercheur fort écouté à Bordeaux où les plus grands propriétaires tirent profit de son savoir. Et sans le railler à tout instant.

Firmin fit pivoter le fauteuil de son ami pour l'avoir enfin dans la visée de son regard.

— Que voudriez-vous que je fasse ? Que je vous tresse une couronne de lauriers ? Vous le savez, mon cher Polyte, que vous êtes un ami de la famille. Et cela sera aussi longtemps que dureront les de Jandelles. Mettons de côté nos petites chicanes journalières et sachons nous retrouver sur l'essentiel.

À ce genre de réaction, Dormoix savait reconnaître les qualités de Firmin. L'homme était ainsi capable de mesurer illico le seuil indépassable de la raillerie et du dédain. Il faisait machine arrière avec la même aisance qu'il employait à persifler. On se demandait alors à quoi pouvait bien servir cet art de la volte-face. Peut-être montrer l'indéfectible supériorité de son rang.

— Monsieur le comte de La Vergne a répondu à mon appel. C'est un homme simple, bien que célèbre, et qui a autre chose à faire, je vous l'assure, que d'écrire à un pauvre médecin de ma condition.

— Ce La Vergne est un savant que je ne connais pas, reprit Firmin, mais il a bien raison de réserver ses observations à un homme tel que vous. Il ne peut douter un seul instant que vous n'en ferez pas le meilleur usage.

— Ne soyez pas flatteur, sourit Polyte.

Et il sortit de sa poche son portefeuille d'où il tira une feuille pliée en quatre. La lettre, soigneusement calligraphiée, était accompagnée d'un croquis. Il montrait des sortes d'excroissances, en forme de tétines, développées sur une surface plane.

— Voyez ! fit le médecin en montrant le dessin du professeur de La Vergne. Ce sont des filaments conidifères fixés sur le mycélium.

Le dernier mot fit sursauter le comte.

— Vous voulez dire que toute cette poudre blanche, ce sont des champignons microscopiques ?

— D'après le comte de La Vergne, ça ne fait aucun doute. Il étudie le phénomène depuis 1848. Jusqu'à présent, nos vignes avaient été épargnées. Ce n'est malheureusement plus le cas.

— Comment se nomme cette odieuse chose qui tue mon raisin ?

— L'*Erisyphe Tuckeri*.

— Quel vilain nom !

— On appelle cela aussi, plus communément, l'oïdium.

— Cela ne me paraît guère plus rassurant.

Le docteur Dormoix livra ensuite quelques explications savantes sur cette maladie qui venait de faire son apparition en Corrèze. Les récentes petites pluies répétées à longueur de temps en étaient sans doute responsables. La réflexion irrita le comte. Ce n'était pas la première fois qu'on connaissait une fin août pluvieuse et, pour autant, cette pernicieuse maladie ne s'était pas révélée. L'observation fit sourire le médecin.

— Pour qu'une maladie se déclare, fit-il, il faut que le germe trouve un milieu favorable. Dès que la température tombera au-dessous de dix degrés, l'oïdium disparaîtra. En attendant, cette chaleur lourde et humide offre un terrain favorable à l'expansion de la maladie, alors que la véraison a commencé.

Polyte rangea avec précaution le microscope dans son étui et repoussa la boîte noire contre la verrière. Il avait assez joué le savant homme. D'autant qu'il n'était pas nécessaire de prendre un microscope pour détecter la nouvelle maladie. Le professeur de La Vergne, dans sa missive, et en réponse aux descriptions fournies, avait émis un diagnostic fort juste.

— Il n'y a pas que votre vigne qui est malade, fit le médecin en fixant son ami droit dans les yeux. Comment vous portez-vous, maintenant ?

Le comte courut fermer la porte de la serre d'un coup de talon. Il craignait les indiscrétions de ses gens, surtout depuis qu'il avait acquis la certitude qu'ils étaient ligués contre lui, ceux-là mêmes qui désapprouvaient son appétit pour les amours ancillaires.

— Le traitement prescrit a été efficace. Je ne ressens plus aucune brûlure, si ce n'est celle qui me titille de l'intérieur, ajouta-t-il avec un clin d'œil de connivence.

— Évitez tout de même les filles de la rue de Frappe. Elles pourraient vous contaminer de nouveau. Et une rechute serait fâcheuse. Nous risquerions des séquelles autrement plus graves que celles que nous avons connues.

Firmin soupira. Son ami, décidément, ne manquait jamais l'occasion de lui faire un peu de morale. Ai-je tellement besoin d'un directeur de conscience ? se dit-il. Déjà que l'abbé Bonneval a renoncé. Ce n'est pas pour retrouver un curé laïc.

— J'ai mis un peu d'ordre dans ma vie, concéda-t-il. Une telle souffrance, fichtre, ça porte à réflexion. Croyez-moi, je m'y reprends à deux fois avant de jouer de mon éperon.

Le médecin éclata de rire.

— Je n'en crois rien. Vous êtes un érotomane forcené. C'est un penchant qui ne se contrôle pas aisément lorsque nous en sommes toqués. Au contraire, plus on veut se l'interdire et plus le désir s'en trouve augmenté.

— Je jure de ne plus m'intéresser qu'aux petites paysannes.

— Un mécréant de votre espèce peut bien jurer tout ce qu'il veut. Mais il n'en est aucune dans le pays qui soit à votre goût, m'avez-vous dit.

— Détrompez-vous, répondit-il avec un sourire énigmatique.

Polyte flaira anguille sous roche. Le comte n'avait pas l'habitude de parler pour ne rien dire. Et s'il était un sujet sur lequel cet homme ne plaisantait pas, c'était bien celui de ses aventures galantes. Il traitait avec le plus grand sérieux l'assouvissement de ses plaisirs et, comme tout libertin qui se respecte, il s'employait à raisonner, analyser chacun de ses actes, avec une froideur déconcertante.

— J'ai noté que vous établissiez une comparaison entre les deux maladies, celle de la vigne et la mienne, dit-il à l'instant où ils quittaient la serre. Croyez-vous qu'il s'agisse, comme le penserait Bonneval, d'une punition divine ?

— Les deux affections ont chacune une origine aisément explicable. Votre blennorragie n'a pu se contracter que dans un milieu favorable à l'expansion de cette sorte d'infection microbienne.

— En changeant de milieu, je m'éloigne de la maladie.

— En effet. Mais il n'est pas certain non plus que vous y éprouviez autant de satisfaction. Les endroits que vous hantez sont les plus à même de satisfaire vos fantasmes. En serait-il ainsi s'ils n'étaient pas des lieux à haut risque ?

Ils longèrent les couloirs qui menaient au cellier et aux caves. La fraîcheur les cueillit en même temps que la pénombre. Leurs yeux mirent quelques secondes à s'accommoder, le temps qu'il fallut pour arriver aux alignements de barriques gerbées sur quatre étages. Le maître de chai et régisseur, Ségur, toussota en les voyant apparaître, pour signaler sa présence. Le domestique était d'une espèce discrète. Il ne voulait surtout pas que son maître pût imaginer qu'il avait surpris un traître mot de la conversation. Il s'effaça devant le comte, docile, et alla se poster près de la table de la régie.

C'était l'endroit où l'on notait scrupuleusement, sur un grand livre à couverture noire, les sorties de la marchandise. Tout lui passait sous le regard. Et lorsque les marchands de vins venaient charger au quai, Ségur comptait et recomptait, de peur qu'on lui escamotât une barrique, comme cela s'était déjà vu, un foudre de « supérieur » pour un chabrillon courant.

— Alors, quel est ton remède ? demanda le comte.

Polyte s'adossa au mur de futailles. Il aimait l'odeur de cave où circulait un petit vent frais. C'était là le saint des saints de l'empire de Jandelles, le centre vital d'une affaire qui avait traversé, sans embûches, trois siècles d'histoire.

Rien n'avait changé depuis François Ier. Dans les murs épais, en pierre chaulée, on retrouvait les crochets d'amarrage des anciens attelages. Et le pavage du quai était usé là où avaient roulé les charrois, deux longues rigoles parallèles, droites et profondes, ciselées dans la pierre de granit, saison après saison. En poussant plus loin, on s'enfonçait dans la cave creusée à même le roc, à la pique, dans la falaise de grès contre laquelle était adossé le bâtiment. On avait gagné de l'espace dans les profondeurs de la terre, parce que cela convenait à la maturation du vin, dans ce grès rose, teinté de silex et veiné d'eau, qui apportait, goutte après goutte, l'hygrométrie idéale.

— Contre l'oïdium, le comte de La Vergne préconise le soufre. Il s'agit de l'épandre avec une sorte de soufflet, comme ceux que l'on utilise pour raviver la flamme d'une cheminée, à la différence qu'il faut y adjoindre un embout évasé pour que l'air puisse propager la poudre en éventail.

— Il faut m'en livrer une cinquantaine. Ainsi que du soufre. Une centaine de sacs pour commencer.

— Là où le raisin est atteint, je crains qu'il ne soit trop tard. La pourriture grise va se mettre de la partie.

Et il faudra laisser cette vendange-là couler, sinon nous gâterons le vin.

— Mais pour le reste de ma vigne, ce remède aura bien un effet préventif ?

Polyte fit une moue de scepticisme. Le professeur lui avait écrit qu'on devait commencer les traitements contre l'oïdium dès la sortie de l'hiver, alors que les pousses ont dix centimètres de longueur.

— Inutile après la véraison, expliqua Polyte. À ce stade, le raisin ne redoute plus la maladie. Au contraire, on risquerait d'introduire dans la cuve une certaine quantité de soufre qui pourrait se transformer en acide sulfhydrique. Ça nous donnerait un goût d'œuf pourri. Je préconise qu'on utilise une solution de permanganate de potasse à raison de cent vingt-cinq grammes par hectolitre d'eau. Cela se pulvérise. On peut augmenter l'adhérence du permanganate sur la vigne avec de la chaux. Deux à trois kilos par hectolitre. Cette solution a pour effet de détruire immédiatement l'oïdium, sans aucun effet préventif. Un pis-aller.

— Je veux qu'on projette du soufre sur le raisin vert. Pour le plus avancé, nous nous contenterons du permanganate.

— Comme vous voudrez, s'inclina le médecin.

Le comte ordonna aussitôt à Ségur de se mettre à la disposition de Polyte pour préparer le soufrage des vignes. Celui-ci débuta trois jours plus tard, le temps qu'il fallut pour acheminer, de Périgueux, les sacs de soufre. Au préalable, le médecin fit rassembler les vignerons, tous les journaliers disponibles à

Chantegrêle et dans les villages alentour, Galiane-sur-Sévère et Chèvreroche, pour leur expliquer le maniement du soufflet.

Comme il n'y avait pas assez d'appareils, tant l'apparition de la nouvelle maladie avait rendu l'outil rare dans la région, les vignerons se procurèrent en remplacement des sabliers à soufrer. Leur utilisation s'avérait plus archaïque. Il suffisait d'agiter, comme un encensoir, le sablier empli de poudre jaune au-dessus du pied de vigne. Le soufre se trouvait dispersé non plus par l'air, mais par une houppe en crin de cheval qui pendait sous le récipient en fer-blanc.

Les vignerons comprirent qu'une nouvelle maladie aux effets dévastateurs venait de faire son apparition. Et il n'y avait aucune raison pour que leurs propres vignes ne soient pas, elles aussi, contaminées. Par la voix d'Octave Pierrebrune, ils demandèrent à Dormoix l'autorisation de prélever sur la réserve un peu de soufre. Le médecin accueillit les doléances avec amusement. Il promit seulement d'en parler au comte de Jandelles, ce qu'il oublia de faire, naturellement. Ségur fut aussi contacté. Mais il n'osa pas plus le demander à son maître. Au risque de déplaire, pour une affaire qui ne le concernait pas.

Alors, Laloy des Escurres jugea que le moment était venu d'entrer en scène. Depuis que le comte l'avait sauvé d'une mort certaine, il cherchait dans chaque instant de la vie matière à se rendre indispensable. Mais il ne savait pas par quelle sorte d'action il parviendrait à gommer cette folie qui s'était emparée de lui et qui avait failli ensanglanter le village. Comme il était au mieux avec le maître du Mazet – autant qu'on pouvait l'être dans sa situation –, Laloy se proposa pour intercéder en leur faveur.

De son côté, de Jandelles n'éprouvait aucun intérêt pour ce misérable idiot. Au moins lui reconnaissait-il un avantage : sans le fameux coup de fusil, l'intervention du comte n'eût pas obtenu ce panache qui avait frappé l'imagination des villageois et encore plus, sans doute, d'un Hubert de Lancre, qui ne jurait plus, désormais, que par lui. Pour toutes ces raisons, Firmin réservait de l'indulgence au bonhomme. Et celui-ci, bien que républicain forcené, n'était pas peu fier de montrer à ses voisins qu'il avait ses entrées au Mazet. Aussi, Octave Pierrebrune trouva sa démarche séduisante. « Obtiens-nous quelques sacs de soufre et de permanganate de potasse, et tu seras notre héros ! » l'assura-t-on. Il n'en fallait guère plus pour exciter sa hardiesse.

La première demande d'audience échoua, parce qu'elle se fit à l'heure de la sieste. La seconde initiative fut la bonne. Le comte sortait juste de l'écurie avec son palefrenier, Jupin, sur les talons. Il venait de lui passer une engueulade. Le maître avait trouvé sa jument fiévreuse et son domestique avait omis de lui en parler. Encore une fois, le cher docteur Dormoix jouerait les vétérinaires, non sans bougonner, car un tel usage de la médecine n'était-il pas déshonorant ?

La figure de Laloy amusa le comte. Son ahurissement sans doute, mélangé à la peur. Elle reflétait à peu près l'image simplifiée qu'il se faisait du petit peuple. Aussi le toisa-t-il de haut, avec un œil critique. Le misérable avait toujours l'air de sortir, tout habillé, d'un infâme plumard d'où on l'aurait tiré de force. Car il puait toutes les suées du monde, celles, agressives et aigres, du travail, et les autres aussi, doucereuses et surettes, du sommeil.

En le voyant en colère, Laloy jugea qu'il valait peut-être mieux ne pas insister. Mais c'était méconnaître le caractère du comte, qui pouvait passer, alternativement, de l'ombre à la lumière, en un souffle de seconde.

— J'voudrais point vous importuner, mon bon seigneur…

— Voilà qui est fait ! répliqua Firmin. Et trop tard pour réparer. Mais tu as de la chance… Malgré les apparences, je suis dans de bonnes dispositions.

Ils traversèrent la cour pavée, évitant les tas de crottin que les montures des filles avaient laissés de bon matin. C'était une habitude, à la première heure du jour, qu'elles allassent caracoler à petits trots sous les châtaigniers centenaires des Brades. Ils entrèrent dans la petite alcôve par la porte basse. Laloy hésita à avancer, au point que de Jandelles dut le tirer par la manche. C'était un territoire interdit pour un petit paysan comme lui, un de ces endroits réservés aux régisseurs et aux contremaîtres, à tous ceux qui exerçaient sur le domaine un pouvoir, en lieu et place du comte. Laloy en ressentit une fierté sans égale. Puis, très vite, cet égard lui parut suspect. Mais il comprit enfin quand il en vint à poser sa requête.

— J'ai une faveur à vous demander, mon seigneur…

Le comte le contemplait avec un sourire pincé. Et il effleurait le flanc de ses bottes avec la badine qu'il tenait plaquée contre sa jambe. Puis il gifla le cuir d'un geste appuyé.

— Je ne t'ai pas fait venir ici pour écouter des doléances, lâcha-t-il d'un ton cassant, aussi sec que le coup de stick qui avait frappé sa botte.

Il dirigea son regard sur Laloy, cherchant des yeux qui se dérobaient. Le comte finit enfin par les atteindre, ces prunelles grises, vissées derrière des sourcils broussailleux.

— Je t'ai sauvé la vie. Tu me dois, mon garçon, une reconnaissance éternelle.

Le dernier mot lui prêta à sourire. Le comte en mesura le ridicule, surtout pour l'usage qu'il voulait en faire. Mais Laloy, lui, n'en percevait que l'accent pathétique. C'était une parole de maître. Une de ces tournures de langage qui vous glacent le sang. À la vérité, le paysan n'aimait guère la perspective qu'on pût lui arracher en échange une obéissance tout aussi éternelle. C'était contraire à l'idéal républicain, un brin frondeur, qui voulait qu'il n'eût plutôt ni dieu ni maître.

— Te souvient-il de ce que tu m'as dit, lors de la fête au Mazet ? Que tu avais une dette envers moi ? Renierais-tu ta parole ? Cela ne m'étonnerait pas, venant d'un républicain. Nous en avons connu plus d'un qui mangea le bonnet phrygien.

Piqué au vif, Laloy se dressa sur ses talons.

— Je n'ai qu'une parole ! jura-t-il. Mais avec tout le respect que je vous dois, mon seigneur, je resterai républicain.

Le comte dodelina de la tête. Ce lui importait peu, en vérité, qu'il fût de ce parti ou d'un autre, quand lui-même les avait survolés tous, bien des fois, sans se décider à en choisir aucun.

— Je ne te demande point un reniement. Sinon te mettre à mon service. C'est le seul parti que je connaisse, mon brave, le mien, et je ne suis pas assuré, non plus, qu'il me satisfasse, tant l'homme est versatile quand il s'agit de conduire son existence.

Le comte semblait se parler à lui-même. Il n'était pas assuré que son voisin pût comprendre un traître mot de ce qu'il énonçait d'une voix claire. Du reste, c'était le dernier de ses soucis. La solitude avait forgé le caractère de cet homme, à penser à haute voix, devant ses gens, comme s'ils fussent de simples figurants dans un théâtre d'ombres.

Laloy se grattait le menton, perplexe. Il ne voyait pas où le de Jandelles voulait en venir. Sa manière de tourner autour de lui, avec les mots, l'étourdissait, comme un joueur de colin-maillard avec le bandeau sur les yeux.

— Mais, monsieur le comte, ne suis-je pas déjà à votre service ? Que pourriez-vous exiger de plus ?

De Jandelles chercha un siège pour se poser. Dans le coin de l'alcôve, sous un rideau de Jouy, il trouva une chaise et s'y assit à califourchon.

— Ne comprends-tu pas ce que je veux obtenir de toi ? Que tu m'entretiennes, régulièrement et en secret, des activités de tes amis républicains…

Laloy parut joindre les mains comme s'il implorait quelques dieux personnels de venir le délivrer de ce mauvais cauchemar. On l'eût violé, qu'il n'eût ressenti pareille honte. Et de Jandelles vit se dessiner dans son regard le brouillard des larmes qu'il contenait.

Il ressentit une profonde satisfaction de tenir cet homme dans sa main et de flairer l'humiliation au plus profond de sa chair.

— Tu verras, mon pauvre garçon, tu y prendras goût. La délation a des effets corrupteurs sur l'âme, certes. Mais cela nous donne l'ivresse de la puissance. Et une telle activité, que tu honnis présentement, te deviendra aussi nécessaire que de respirer.

Le paysan baissait la tête.

— Tu aimes ton seigneur qui t'a sauvé, ajouta le comte. Tu as de la chance. Celui-ci a de la compassion pour toi.

Firmin abandonna la chaise qu'il poussa devant lui, comme s'il voulait qu'elle quittât la pièce d'elle-même et qu'il n'y eût plus que les quatre murs nus et le lourd silence.

— Crois-tu que ça ne m'a pas coûté d'aller te défendre ? Avec ce préfet enragé qui voulait ta tête, pour l'exemple. On l'a mise en balance, selon ces termes : « Si je vous l'accorde, en ferez-vous un bon espion au moins ? » Je me suis avancé. J'ai répondu oui. J'ai pensé que ce Laloy des Escurres serait bien assez intelligent pour comprendre où logeait son intérêt.

Le bonhomme se laissa glisser jusqu'au sol et s'en vint étreindre les bottes du comte.

— Redresse-toi, idiot ! ordonna Firmin de Jandelles en le repoussant du pied.

Le paysan se recula contre le mur. Il avait semblablement passé des heures entières dans une sorte de prostration, à la prison de Tulle, dans l'attente de son jugement. Durant ces journées terribles, les gardiens n'avaient cessé de lui faire comprendre, par des gestes tangibles, qu'il n'avait plus rien à attendre, sinon le coup de grâce d'un capitaine de gendarmerie, en plein front…

— En ce moment, je me fiche de savoir ce que tes amis pensent de moi, fit le comte. J'ai bien le temps de m'en soucier. Il n'est aucun signe inquiétant qui plane sur ma tête. Cela me suffit. En tout cas, si tu entends parler de soulèvement, de jacquerie, de rébellion, tu viens m'en aviser aussitôt…

De Jandelles releva la chaise qu'il avait fait rouler au sol dans un de ces mouvements d'humeur qui s'emparaient fréquemment de lui, surtout dans ces secondes où l'excitation intérieure parvenait à son comble, et la déposa devant Laloy. C'était une invitation à s'asseoir. Ce geste impérieux lui fit penser à l'interrogatoire qu'il avait dû subir dans le poste de police de la rue de la Barrière, à Tulle, où on l'avait traîné ensanglanté. On avait été assez aimable au début, puis la situation s'était envenimée au fur et à mesure que jaillissaient les pressantes questions. Avec la même sorte de geste, ferme et autoritaire, dont on avait usé avec lui, le comte l'obligea à s'asseoir.

— Je voudrais que tu me renseignes sur une jeune personne de notre village, demanda Firmin, allant et venant à pas lents.

Laloy dressa la tête, s'obligeant à l'accompagner du regard.

— Comme il vous plaira, mon bon seigneur !

— Il s'agit de la fille de notre guérisseuse qui habite la forêt des Brades. Tu situes l'endroit ?

— Manelle ! sursauta Laloy. Bien sûr que je la connais, la donzelle !

— Que sais-tu d'elle ?

— Une sacrée sauvageonne ! Tenez, mon maître, je porte encore sur le visage un de ses coups de griffe.

— Tu as essayé, saligaud ?

— Oh non, mon bon seigneur, tout juste une taquinerie.

— Elle a un galant ?

— J'n'en ai point entendu parler.

— Tu veux dire que…

Le comte parut hésiter.

— … qu'elle n'a jamais vu le loup ?

— Je le parierais, fit Laloy. Sinon elle aurait bien, comme les autres, ses chaleurs !

— Tais-toi donc, idiot. Tu n'entends rien à ces choses.

Laloy baissa la tête, vexé.

— J'en parle comme je sais. Y a pas trente-six façons de bouquiner. Quand ça s'accorde, c'est rien que du plaisir.

Firmin arrêta ses allées et venues. Et, avec la pointe de son stick, il vint lui toucher l'épaule pour qu'il se mît enfin à le regarder en face.

— Je voudrais que tu lui dises quelque chose. Un quelque chose qui doit rester secret entre nous.

Laloy hocha la tête. Ce n'était pas la peine d'insister de la sorte, il avait compris ce qu'on désirait obtenir de lui. Cette mission n'était pas pour lui déplaire. Aussi devança-t-il les pensées du maître :

— Vous voudriez que j'intercède en votre faveur ?

Le comte lui sourit, un sourire glacial et nerveux qui figeait les traits de son visage.

— Finalement, tu es peut-être intelligent, s'étonna-t-il.

Les deux hommes se quittèrent sur ces mots. Une fois dans la cour, Laloy des Escurres réalisa qu'il avait avalé sa commission et qu'il était, désormais, trop tard pour revenir en arrière. Il chercha comment il allait bien pouvoir expliquer à Octave son retour bredouille. Il ne trouva aucun argument satisfaisant, aussi finit-il par admettre qu'il ne lui restait plus qu'une solution pour sortir de ce mauvais pas la tête haute : voler le sulfate, tout en faisant croire qu'on l'avait obtenu par la mansuétude du comte. Tout en imaginant comment il s'y prendrait pour le soustraire, Laloy mesura aussi qu'il ne courrait pas grand risque puisqu'il avait désormais ses entrées au château.

La nuit suivante, le filou mit son projet à exécution. Dans le cellier, où était entreposée la vaisselle vinaire, il s'empara de trois sacs de soufre et deux de sels de potasse. Il les chargea sur son charreton, qu'il avait fait avancer sous la tonnelle de muscat. Puis le mulet les transporta jusqu'à la cabane du Jolet, où il avait l'habitude de remiser ses outils de vigneron. Souvent, il lui arrivait aussi d'y dormir, lorsqu'il avait trop bu. L'endroit était surtout assez éloigné du village pour qu'on n'y vît pas son micmac.

Au matin, il courut avertir Octave. Celui-ci fut fort surpris que le comte eût accepté de se dessaisir d'un peu de sulfate. Après tout, il était de l'intérêt de Firmin de Jandelles que la maladie affecte les vignes de ses rivaux, même si celles-ci ne pouvaient guère concurrencer le Mazet.

— Que t'a-t-on demandé en échange ? s'inquiéta Octave.

— Mais rien ! rétorqua Laloy, embarrassé.

Pierrebrune fit distribuer équitablement le soufre et les sels de potasse à ses amis républicains. On se félicitait déjà à l'idée que les bonapartistes, tout le clan des Madelbos en somme, en fussent démunis. On se doutait bien qu'ils n'avaient pas eu l'audace d'en mendier au comte.

Les vignerons redoublèrent d'ingéniosité pour enduire les pieds malades de permanganate. On usa de brosses, de plumeaux, de petits balais de genêt et de toupets en paille. Cette activité souleva chez les vignerons de l'amusement. On n'espérait guère en l'efficacité d'un tel traitement.

Cela ressemblait aux potions de Louise Meynoux. Personne n'y croyait, mais chacun allait tout de même la consulter. Sur l'oïdium, la guérisseuse n'avait aucune opinion. C'était une de ces nouvelles maladies qui venaient des Amériques et que les marins avaient ramenées dans le ventre de leurs bateaux. « On ne gagne rien à étendre l'espace civilisé de la planète », disait-elle.

Le curé Bonneval partageait la même opinion. Dieu se venge des mauvais traitements infligés aux indigènes. « Plus on colonisera de terres, pacifiera de peuplades, sermonnait-il à un Firmin de Jandelles indifférent et un Hippolyte Dormoix goguenard, et plus on rencontrera de maux nouveaux, des affections qui contamineront la vieille Europe. » Et l'abbé

Bonneval évoquait, chaque fois, le cas des épidémies de peste qui avaient dévasté au Moyen Âge nos contrées, après le retour des croisés d'Antioche et de Saint-Jean-d'Acre.

Pourtant, les effets furent spectaculaires. En un mois, les champignons disparurent sur les feuilles et les grappes. Les grappes surtout. Les parties malades se desséchèrent et, ailleurs, la véraison put se poursuivre, sans embûche. Polyte expliqua à son ami ce qu'il serait advenu si le traitement n'avait pas été opéré. Et, pour preuve, on visita les vignes des petits paysans de Chantegrêle. On commença par les parcelles de Madelbos. La maladie avait poursuivi son office dans le raisin vert au point que des rangées entières étaient dévastées. Mais on nota qu'elle s'était stoppée dans les parties élevées des coteaux sans autre médication qu'un salvateur soleil du matin.

Quand les deux hommes visitèrent celles de Pierrebrune et qu'ils virent les pieds de vigne blanchis par le traitement, ils eurent un moment de doute… Mais Polyte apporta une explication qui ôta toute idée de recherche. Cet esprit, prétendument rationaliste, n'avait-il pas réponse à tout ? Souvent par des jugements hâtifs et fantaisistes. Des interprétations qui eussent mérité un éclaircissement scientifique. Bref, le médecin en conclut que les petits paysans de Chantegrêle avaient chaulé leurs vignes pour imiter le maître du Mazet. Et que cela leur avait servi comme un emplâtre sur une jambe de bois.

Sous la ferme Pierrebrune, un large escalier conduisait à une cave voûtée entièrement taillée dans le tuf. C'était là que le vigneron entreposait sa petite récolte destinée aux marchands de vins. Ce négoce lui permettait, avec les trois ou quatre années d'argent économisé, d'agrandir sa propriété. Et, lopin après lopin, Octave rêvait de devenir l'un de ces nouveaux propriétaires, indépendants et fiers, qui n'avaient plus besoin de se louer à un maître.

La cave était si vaste qu'elle eût pu loger trois ou quatre fois sa récolte. Qu'importe ! Elle était comme les anciens l'avaient taillée, dans des temps les plus reculés, pour abriter les villageois contre les hordes qui ensanglantaient des contrées entières. On s'y terrait dans la peur et le silence, des jours et des nuits durant, avec pour seul éclairage la pâleur des lumignons posés dans les niches et le rai de soleil étroit, dardé comme une épée, que laissaient filtrer les lucernaires.

De longues galeries parcouraient le sous-sol de Chantegrêle, d'un bord à l'autre de la colline, du château à l'église, des maisons nobles aux fontaines du canal. Des boyaux, fort étroits, des échappatoires allaient se perdre dans les champs. Une artère principale courait d'une cave à l'autre, si bien que toutes les demeures du village se trouvaient ainsi reliées, sans qu'il fût nécessaire de mettre le nez dehors. Mais avec le temps, et pour mieux s'isoler, chacun avait obturé sa cave en remblayant les issues.

Rares furent les orifices conservés. Du moins, la cave de Pierrebrune. Celle-ci se terminait par une voûte surbaissée qui donnait sur un corridor. L'endroit était idéal pour y stocker les pommes de terre. Puis, de ce lieu, un souterrain s'éloignait dans les entrailles de la terre. Deux hommes pouvaient y cheminer de front, à l'aise, à la condition qu'ils ne fissent pas plus d'un mètre soixante de taille. Octave était obligé de s'y mouvoir cassé en deux, ce qui ne l'incitait guère à la promenade.

Par contre, c'était le royaume rêvé de ses enfants. Paul-Antoine et Jean-Baptiste, quatorze et douze ans, en avaient fait leur terrain de jeux favori, surtout depuis qu'on avait évoqué devant eux, au cours d'une veillée, l'existence du veau d'or. Désormais, ils cherchaient le fameux trésor qui dormait à côté d'eux. Pour d'autres, cette histoire de veau d'or n'était qu'une légende. Ceux-là préféraient plutôt parler du pécule des Puyfaye qu'ils auraient planqué avant de disparaître devant la meute révolutionnaire lancée à leurs trousses. Il y avait fort à parier que le sol de Chantegrêle ne recelait aucun trésor, sinon quelques cruchons en terre cuite qui devaient dater de l'époque gallo-romaine et que les garnements du village prenaient un malin plaisir à saccager.

De temps à autre, Hermine Pierrebrune, la mère des deux enfants, venait les récupérer dans les profondeurs de Chantegrêle, qu'elle maudissait à cause des chauves-souris agglutinées aux anfractuosités de la pierre. La simple lumière d'une lampe à huile suffisait à affoler les pipistrelles, frôlant les visages avec un bruissement de soie. Aussi la mère s'était-elle promis d'obtenir de son mari qu'on mure les galeries, prophétisant mille drames à force de voir les enfants parcourir ces lieux sinistres. N'y avait-il pas quelques funestes mécanismes cachés datant des temps barbares qui risquaient de précipiter le visiteur dans des fosses profondes ?

Octave ne croyait pas à ces balivernes. Il avait lui aussi, dans son enfance, parcouru ces ruelles souterraines ; il y avait rencontré ses premières peurs, ressenti ce penchant, commun à tous les hommes, de vouloir dépasser incessamment les limites de l'inconnu. Nulle chausse-trape ni piège ; à peine s'était-il parfois égaré dans ce réseau de boyaux qui semblait reproduire, sous la terre, celui du village, de sorte que chaque maison d'importance avait accès – comme on pouvait le supposer – à ces échappatoires des temps féodaux.

Lors des leçons de catéchisme, le marguillier ne manquait pas de renouveler ses interdictions contre ce terrain de jeux. René Fadat y prédisait quelque rencontre avec le diable. Sans doute, une telle prédiction avait incité la jeune Manelle à hanter cet endroit. Elle devint tellement coutumière du fait qu'elle s'y sentit bientôt aussi à l'aise que dans la forêt des Brades, au point d'en connaître chaque recoin. On disait même que la Menou l'avait initiée à cet exercice pour y installer, sous l'église, un sanctuaire propice à accueillir les adorateurs de Satan.

Octave se raillait de ces ragots. Si Louise Meynoux avait la réputation d'être une prêtresse de messes noires, elle la devait certainement à ses idées avancées de républicaine. Elle avait réussi ce prodige, à Chantegrêle, de cristalliser sur elle toutes les haines des bigotes. Et à ses yeux, cela inspirait plutôt le respect.

Aussi s'amusait-il de voir Manelle courir les souterrains, s'attarder à la crypte de l'église où gisaient des sarcophages abritant les dépouilles des vieilles familles de Chantegrêle. Elles dormaient là depuis le treizième, voire le douzième pour certaines d'entre elles. Manelle avait essayé de déchiffrer le sens des inscriptions latines gravées dans la pierre. Sa mère lui avait expliqué que les défunts recommandaient leur âme à Dieu, dans l'attente du jugement dernier.

Cela fascinait Manelle de penser que ces anciens seigneurs pussent un jour sortir de leur prison de pierre, quitter la crypte qui les avait si longtemps abrités. À voir la manière dont les animaux se décomposaient dans la nature, jusqu'à ce que leurs os devinssent aussi blancs que l'ivoire, elle subodorait que les reclus de Chantegrêle, tout seigneurs qu'ils avaient été, ne devaient pas être frais. Et ce l'écœura, l'idée même qu'on pût, de la sorte, enterrer les morts dans un cercueil de pierre, comme pour les préserver de la terre commune, des intempéries du dehors et du dedans, à supposer que l'humidité du sol ne vînt pas tarauder ces nobles cadavres drapés dans leur tenue d'apparat, qu'on voulut faire disparaître du regard des vivants avec leur gloire, leur puissance et leur morgue.

C'est en allant chercher les deux petits Pierrebrune, à la demande d'Octave, que Laloy des Escurres trouva Manelle quelque part sous l'église. Au fur et à mesure qu'elle se rapprochait de la demeure Franchet, où elle comptait sortir à l'air libre, elle éteignait derrière elle, une à une, les petites lampes à huile installées dans les caches. Laloy la surprit alors qu'elle s'était haussée sur un quartier de granit sculpté, qui provenait de l'ancien château de Puyfaye, pour souffler l'une des flammes. Elle poussa un cri d'orfraie en découvrant son voisin planté derrière elle. Il s'amusa de sa peur.

— Décidément, ça devient une habitude. Je ne peux plus faire un pas sans que tu sois derrière moi à m'espionner !

— Je cherchais les petits de Pierrebrune. Et je suis tombé sur toi, sans penser à mal, se défendit-il.

— Je les ai vus tout à l'heure. Ils sont remontés par la vieille maison de Franchet, indiqua Manelle. C'est l'endroit où ils jouent tout le temps. Depuis que le vieux s'en est allé, ça devient une auberge espagnole.

Avec l'ongle du pouce, épais et dur comme une lame de greffoir, il se gratta la joue. La barbe drue grésilla sous son doigt.

— Je regrette pas d'être là.

— J'espérais qu'on allait te pendre. Mais le bourreau n'a pas voulu de toi, fit Manelle.

Laloy ne prit pas au sérieux sa réflexion. C'était devenu un jeu entre eux. Et s'il lui avait levé le jupon, au bord de la Seyre, ce n'était qu'une manière ordinaire de lui faire comprendre qu'elle lui plaisait, même s'il n'avait guère d'illusions à se faire. Sa dernière entrevue avec de Jandelles l'avait vite éclairé. Maintenant que le bonhomme a posé les yeux dessus, chasse gardée ! pensa-t-il.

— Tu n'as pas de bâton, aujourd'hui ? Dommage ! Ça me donnerait l'occasion de te crever un œil.

Instinctivement, Laloy caressa la balafre qui lui marquait la joue. Il se souvenait encore du coup de griffe qu'elle lui avait lancé, comme une chatte en furie.

— C'est plus la peine, fronda-t-il. J'ai vu ce que je devais voir.

— Tu n'as rien vu du tout.

Et elle pensa au regard troublé du comte dans le rang de vigne. Elle ne songeait plus qu'à cette scène, depuis des jours et des jours, par intermittence. Elle s'en voulait qu'il eût pu la surprendre ainsi.

— J'ai gardé le secret.

— Je me fiche de ce que tu peux dire, rétorqua-t-elle en soufflant la flamme.

La nuit épaisse se fit autour d'eux, un noir qui amplifiait les bruits des profondeurs. On percevait juste des sortes de murmures étranges, des chuintements d'eau qui sourdaient dans la roche. Laloy jugea qu'elle était drôlement téméraire, la petite Manelle, d'étouffer la lumière autour d'elle et risquer ainsi de se mettre à sa merci. Elle devenait du même coup une proie facile dans ce dédale où personne ne les entendrait. Mais il comprit qu'elle ne le craignait pas plus que s'il s'était agi d'un des petits d'Octave. C'est alors qu'il distingua son pas étouffé qui s'éloignait vers la gauche. Elle se dirigeait vers la cave de Franchet, où une cuve était taillée à même le rocher et donnait au vin une saveur de pierre à briquet.

— Tu sais que tu plais au comte ? s'écria Laloy.

La réflexion eut pour effet immédiat d'interrompre son pas. Il avait du mal à la situer dans la nuit. Il avança en rasant le bord du tunnel. Et il lui parut entendre, à quelques pas seulement, sa respiration. Il tendit un bras en avant et se heurta au vide.

— Où es-tu, garce ?

— À côté de toi, idiot !

— Comment peux-tu voir dans cette nuit ?

— C'est le comte qui t'a chargé de faire cette commission ?

Laloy hésita à répondre. Ce n'était pourtant pas sorcier de deviner.

— Tu diras au comte que c'est un malappris. On ne regarde pas les filles de la façon dont il les regarde !...

Laloy se mit à rire.

— Il ne fait pas que les regarder !

— Tu lui diras ça, insista Manelle. Mot pour mot.

4

C'était une règle bien établie. Une tradition. On commençait par vendanger les vignes du Mazet. D'ailleurs, comment aurait-il pu en être autrement ? Le comte de Jandelles n'aurait jamais permis qu'on dérogeât à cette règle, selon laquelle le seigneur, depuis des temps immémoriaux, était servi le premier. Chez les petits propriétaires employés au domaine, on se résignait donc à attendre patiemment que la vendange fût close au château pour espérer enfin tirer parti de la sienne.

Cet état de fait n'avait jamais soulevé la moindre contestation. Même durant les journées révolutionnaires, où l'on rêva de faire disparaître les privilèges. Cela faisait sans doute partie des coutumes ancestrales de travailler sans désemparer pour son maître avant de penser à soi.

Les journaliers de Chantegrêle n'avaient pas toujours possédé un lopin de terre, une petite vigne, un brin de pacage, un étroit jardinet. La première acquisition leur avait permis d'entrer enfin dans le club très fermé des propriétaires fonciers, de s'affranchir d'un semi-esclavage en découvrant l'illusoire liberté de fouler enfin sa propre terre. Ce bonheur-là, gagné dans l'épreuve et la souffrance, valait bien quelque allégeance. Et chaque fois que de Jandelles soulignait leur état de nouveau propriétaire, les paysans s'inclinaient devant lui avec gratitude, comme s'ils le devaient à ses libéralités.

Ségur avait personnellement donné le coup d'envoi de ces vendanges de 1852. Il avait préparé dans le détail l'entrée en scène des hordes de travailleurs. Les cueilleurs, les porteurs, les coltineurs, les éplucheuses envahirent les vignes dans une discipline toute militaire.

En général en chef, Ségur ne manquait pas d'allure. Pour ce premier jour de vendange, il s'était drapé dans le grand tablier blanc des contremaîtres et portait une cravate noire nouée près du col sur une chemise de coton du même blanc amidonné. La casquette affleurant les sourcils, il suivait l'ordre de marche de sa belle armée. Quand tout fut en place, il alla rejoindre Polyte et Firmin dans le chai. Ces derniers accueillirent son rapport avec mansuétude. On ne nourrissait aucun doute. La saison était prometteuse, malgré la maladie jugulée dans le dernier mois. Et l'organisation du travail était telle qu'il suffirait de deux semaines pour rentrer la vendange.

Les ramasseurs les plus habiles, les plus robustes aussi, Ségur les avait envoyés sur les coteaux de Bonavent. Les basses vignes étaient réservées aux femmes, aux enfants et aux vieillards. Certains d'entre eux avaient rusé pour être maintenus parmi les équipes des hautes terres. On éprouvait toujours une forte honte à être versé, à cause des rhumatismes, de la fatigue, du poids inexorable des ans, parmi le gros bataillon des ramasseurs ordinaires. Ne plus appartenir à l'élite des vendangeurs relevait déjà de l'antichambre de la mort pour ces hommes qui avaient passé leur existence à travailler les vignes hautes, à décavaillonner dans la pente, à remonter les coulées de terre au bayart.

Firmin et Polyte accueillirent les premiers chargements avec curiosité. Le raisin des coteaux était précisément le meilleur que l'on pouvait vendanger, celui qui avait mûri au grand soleil, échappé aux premières gelées printanières, à l'humidité dévastatrice des rosées du matin. Il s'était gorgé de sucre dans les derniers jours d'octobre. Aussi le traiterait-on à part de la grosse production, qui donnerait un vin de consommation courante. À force de temps et de patience, de savantes manipulations, on en ferait un vin bouché pour le servir, ensuite, sur les meilleures tables du pays, dans les restaurants de Brive et de Limoges, pour y accompagner quelques soupers fins dans les hôtels particuliers où se réunissait la fine fleur de la société.

Le ramassage était difficile. On descendait le raisin des coteaux abrupts, où il avait aimé mûrir, à dos d'homme, jusqu'à la lisière des parcelles, là où s'interrompaient les sentiers ravinés par l'eau, encombrés de pierrailles et de sable. Chaque mètre de terrain était planté de vignes, au gré du relief, en cavaillons inégaux. Là, les hommes versaient leurs hottes dans les paniers mannequins suspendus aux flancs des mulets. Dressés au bât, il n'y avait plus qu'à leur claquer la croupe, vigoureusement, pour les faire cavaler jusqu'aux charrois de la plaine. Des bras robustes attendaient pour délester les bêtes de somme. Le raisin partait alors en comportées vers le chai.

Quand le premier chargement des coteaux parvint à quai, Polyte se jucha sur le charroi et se mit à caresser amoureusement la vendange, ôtant de-ci de-là une feuille, un grappillon vert ou chétif, une vrille desséchée qui avaient échappé au regard des éplucheuses. Puis il se saisit d'une belle grappe et y mordit à pleines dents, sans retenue. Le jus lui dégoulina sur le menton. Il ne prit pas même la peine d'en effacer les traces, tant il était excité par ce qu'il venait de découvrir.

— Ça n'aura pas besoin de sucre ! s'écria-t-il. C'est un sacré bon Dieu de vin que nous allons faire…

De Jandelles s'amusait de la jubilation de son ami, lui qui affectait toujours un air blasé après toutes ces années d'activités vigneronnes, avec ses hauts et ses bas. La prophétie du médecin sur l'avenir du cru 1852 ne l'étonnait même pas. Du reste, le comte ne s'abaisserait pas à goûter le raisin. C'était un rituel qu'il jugeait d'ordinaire puéril, propre à satisfaire un anxieux tel que Dormoix, un atrabilaire qui distinguait, dans chaque signe du temps qui passe, matière à se gâter l'esprit.

— Nous le prendrons comme il sera, ce cru 1852, fit de Jandelles.

— Je vous assure que nous en ferons un vin exceptionnel. Rendez-vous compte, après toutes ces craintes que nous avons eues !

Le maître du Mazet se refusa à verser dans l'optimisme. Il savait, quel que fût l'état du raisin, que Ségur parviendrait à fabriquer un vin bouché fort convenable.

Le comte surveillait la vinification. Il aimait qu'on lui fît souvent un rapport sur l'évolution du cuvage, histoire de montrer à l'entourage qu'il entendait conserver la haute main sur son vignoble, malgré qu'on pût le croire quelquefois indifférent.

À la vérité, le docteur Dormoix veillait au grain, une surveillance de tous les instants. Il ne se gênait guère pour donner des ordres à Ségur, dans le dos de Firmin, sur le dosage à employer pour le sulfitage de la vendange, pour un décuvage précoce en cas de fermentation excessive, ou sur la fréquence du soutirage. De Jandelles feignait d'ignorer les initiatives de son ami ou affectait d'en être l'instigateur, lorsqu'il ne pouvait faire autrement et que l'un de ses hommes de chai lui demandait confirmation d'un ordre.

En tout état de cause, jamais le comte ne se serait risqué à contredire Polyte. Il reconnaissait – même s'il les raillait souvent – ses qualités d'œnologue. Et cela le surprenait toujours lorsqu'il annonçait, simplement en goûtant une gorgée de vin nouveau, qu'il fallait le soutirer sans attendre et y adjoindre du tanin à alcool pour supprimer le trouble. Le comte se serait tout autant satisfait d'une application empirique des méthodes de vinification, sans y apporter le moindre correctif. Puisqu'on pratiquait de la sorte depuis des centaines d'années, on continuerait donc. Au diable les expériences ! Chaque fois, Polyte s'arrachait les cheveux devant une telle opinion rétrograde.

Le médecin se désespérait donc de voir Firmin de Jandelles aussi peu soucieux de son activité première, car tout de même ce ne pouvait pas être une profession, hobereau, même si l'étendue de ses biens lui garantissait une confortable existence. Et sur ce plan, il rejoignait l'abbé Bonneval, pour qui l'oisiveté était la mère de tous les vices ; le curé ne faisait qu'exprimer à haute et intelligible voix l'opinion de Marthe, l'épouse flouée par tant d'infidélités grossières.

Évidemment, Polyte parlait de tout autre chose. C'était de l'avenir du Mazet qu'il s'agissait et, sur ce point, ni Marthe ni l'abbé Bonneval ne possédaient le moindre avis. Le Mazet existait en l'état au moins depuis trois siècles, il n'y avait aucune raison pour que ça ne dure pas. Sans doute le médecin était-il le seul à estimer que son ami ne faisait pas suffisamment d'efforts pour sa vigne, pour son chai, pour son négoce. On se contentait d'appliquer les vieilles recettes qui avaient installé la splendeur des de Jandelles dans ce pays, mais rien ne prouvait que le miracle continuerait à s'accomplir tranquillement, alors que la société tout entière semblait prise de frénésie, écartelée entre les révolutions sociales et les empires industriels.

Vers le milieu de l'après-midi, le comte redescendit dans son chai pour humer la bonne odeur du raisin écrasé. Il commençait à s'ennuyer dans son bureau, seul, alors que lui parvenaient, par la fenêtre entrouverte, les rires de ses gens.

Sur l'instant, il trouva que c'était une grande injustice que le destin lui avait jouée en faisant de lui un hobereau craint et vénéré, condamné à la solitude des hauteurs, alors qu'il eût cent fois préféré n'être qu'un de ces hommes ordinaires composant le bon peuple.

Évidemment, de Jandelles ne mesurait guère les inconvénients qu'il y avait à être pauvre. C'était une notion qu'il ignorait totalement, puisqu'il n'avait jamais eu, dans son existence, à se baisser pour ramasser un sou. Au fond, ce lui paraissait naturel qu'il possédât de l'argent à satiété, pour se servir et pour jouir de l'existence. Que le petit peuple en fût dépourvu ne l'effleurait guère, du moment où il était né ainsi, sans autre appétence que de survivre. La véritable injustice, ne serait-ce pas plutôt d'en être privé un jour, après en avoir goûté les délices ?

Souvent, Marthe lui avait recommandé de ne pas se mêler à ses journaliers. Elle avait appris, de son père, la distance à observer avec l'ouvrier. Aussi, avant de mettre un pied dans le chai, il chercha des yeux son contremaître et ne le trouva pas. Tant pis, le comte se décida quand même à entrer dans « la fosse aux lions », comme il disait quelquefois. Et il déboutonna son gilet, puis se passa une main dans la chevelure, histoire de paraître affairé et hirsute, comme il sied à un maître débordé de travail.

Le spectacle qui s'offrit à lui le stoppa net. La besogne achevée, les hommes s'étaient regroupés près de la cuve où une dizaine d'entre eux pilonnaient le raisin. Ils barattaient la vendange à pleines poignes, ahanant et soufflant comme des diables enragés. Parfois, on entendait le choc sourd du pilon qui heurtait le plancher du foudre.

Firmin se recula pour qu'on ne le vît pas encore, par crainte d'interrompre cette fête folle qui se déroulait sous ses yeux, dans la lumière mordorée de la fin du jour. La couleur, les cris, les mouvements, tout cela formait un tableau étonnant. Ce n'était pourtant pas la première fois qu'il observait des vendangeurs. En quelque sorte, cette scène rejoignait celles qui occupaient les murs du salon de monsieur Hubert de Lancre. Des croûtes émouvantes. Il était, de la même manière, placé devant un tableau attendrissant, qu'il eût aimé peindre s'il avait possédé le moindre talent.

À les voir s'exciter, Firmin comprit que ses gens avaient bu avec excès, tout le jour, un de ces vins piqués qui restaient de l'année précédente, quelquefois mélangés à des fonds de cidre aigre. L'idée que le vin nouveau allait bientôt remplir les barriques leur donnait le courage d'en venir à bout, histoire de faire de la place dans la futaille. Peut-être eût-il mieux valu débonder et verser le tout au caniveau. Mais c'était méconnaître les capacités gustatives de ces hommes qui, en état de manque, eussent bu du vinaigre.

Lorsqu'on eut jugé que la vendange était assez foulée et que le moût commençait à submerger le raisin écrasé, les hommes poussèrent des cris d'allégresse en jetant en l'air bérets et casquettes. Laloy sortit de la foule agglutinée au pied de la cuve. Il portait un mouchoir à carreaux noué autour du cou.

— Si on veut que ça fasse du bon vin, s'écria-t-il, faut aller chercher la petite de la Menou !

La proposition de Laloy des Escurres fut saluée par un tumulte d'acquiescements bruyants. Il se trouva même quelques types pour applaudir l'idée.

Surplombant la scène, à l'abri des regards, le comte se demandait bien ce que tout cela voulait dire. Il soupçonna quelques pratiques rituelles, aussi anciennes que la vigne elle-même.

Manelle arriva, juchée sur les épaules de Jeannet. Le garçon titubait, bien plus à cause du vin qu'il avait bu que de sa précieuse charge. Mais la foule se fendit en deux pour ménager un passage à l'étrange équipage. Et ce lui fit un couloir pour ne pas tomber, ni s'égarer. Car celui-ci menait à la cuve où pétillait le jus de raisin.

— La belle pucelle que voilà ! s'écria-t-on.

Les rires s'enchaînèrent.

— Il nous la faut aussi pure que l'air si l'on veut que le vin soit bon, ajouta Laloy.

— S'agit pas d'y fourrer une virago, dit un autre bonhomme qui tenait un pilon graissé de verjus et de pulpe écrasée.

— Qui peut l'jurer ? demanda un vigneron au rire édenté.

— Le vin nous l'dira ! dit l'homme au pilon. S'il est gâté, ça sera tout vu !

— Vu quoi ?

— Qu'elle avait les pieds sales, rigola-t-on.

Les hommes déposèrent Manelle sur l'estrade, assez délicatement. Elle paraissait, elle aussi, avoir abusé de ce vin qu'on avait servi aux journaliers, pour désaltérer les gosiers secs, échauffés par le doux soleil d'octobre. Jeannet monta, lui aussi, à côté d'elle, répondant aux mille sollicitations dont il était l'objet. Tout le monde espérait qu'il allait promptement pousser sa voisine dans la cuve. N'était-ce pas tout ce qu'on attendait de lui ? L'ouvrier de Mathurin voulut la soulever à bras-le-corps, mais Manelle résista en lui envoyant sa main dans la figure.

— Laisse-moi, imbécile heureux !

Les paysans se mirent à rire en voyant les deux amoureux se chamailler, car il était admis pour tout le monde qu'on les marierait l'année prochaine. L'arpète n'apprécia guère la réaction de son amie. Aussi s'en détourna-t-il, ostensiblement, vexé. Manelle fixait la cuvée. Elle eut un haut-le-cœur, à l'idée qu'il lui faudrait patauger dans ce jus de raisin. Si je tombe, pensa-t-elle, je ne parviendrai jamais à garder la tête hors de… Et cette vision saugrenue la fit pouffer de rire. Mais non, idiote ! Ça t'arrivera à peine aux genoux. T'auras juste à marcher dans la vendange. Ça se foule tout seul. Avec un peu de grâce dans le geste.

Déjà, les journaliers s'impatientaient. On avait hâte de voir la jolie pucelle maculée de raisiné.

— Si tu veux, s'offrit Jeannet, je descendrai avec toi !

— Ça fera un beau couple ! souffla-t-elle en dégageant sa chevelure de la paume de la main.

L'arpète se libéra de ses socques et retroussa ses braies jusqu'aux genoux.

— T'es puceau aussi ? lança un des vignerons.

— Lui ? L'a les pieds propres, j'peux en jurer ! rétorqua un autre bonhomme.

Et les rires se firent assourdissants au bas du cuvier. Pierrebrune et Dupret distribuaient des goulées de pinard à la régalade. Pissant d'une outre de cuir jaune, un filet rouge allait de gosier en gosier, sans s'interrompre, parfois arrosait les visages rigolards qui s'agitaient comme des poissons dans un vivier.

— Nous les marierons quand le vin aura dit son dernier mot, suggéra l'un des types d'un ton sérieux, comme s'il venait d'énoncer une sentence définitive.

Jeannet se glissa le premier dans la cuve. Et ensuite, Manelle. Cela ne se fit pas sans réticence. Des mains secourables s'offrirent à l'aider à enjamber le rebord du foudre. Puis les trognes s'en vinrent couver la scène, au sommet de la cuve. On entendait juste le raisin chuinter sous le pas des danseurs. Ils allaient d'un bord à l'autre, se croisant, se frôlant, et parfois les corps se mélangeaient pour se défaire aussitôt. Les vignerons ne pouvaient détacher le regard du couple prisonnier de la cuve, tandis qu'une marée rouge montait, peu à peu, dans un jusant d'écume rosâtre.

Firmin de Jandelles ne perdait rien non plus du spectacle qui s'offrait à lui. Sans se lasser, il observait la frénétique agitation des longues jambes nues de Manelle qui fouettaient la vendange. Elle était comme une abeille étourdie, ivre de nectar, ne sachant plus comment se dépêtrer de ce mascaret de miel qui l'envahissait; sa tête aussi, de plus en plus lourde, au fur et à mesure que montaient, dans la cuve, les exhalaisons d'alcool. Cette vision le remplit d'émotion, le même trouble qu'il avait ressenti la première fois dans la vigne. Et en même temps, il éprouva un sentiment d'impuissance et de rage. Malgré le chantage exercé sur Laloy, son affaire n'avait pas avancé d'un pouce.

Les hommes mirent quelques minutes à s'apercevoir de la présence du comte. Il avait voulu jouer la discrétion jusqu'au bout pour ne pas interrompre la danse sauvage de la belle vigneronne. Laloy entra alors dans une folle agitation. Sa peur fut décuplée par sa mine sévère. Il avait deviné par avance quelle sorte de reproche le maître allait lui faire.

Les deux danseurs émergèrent du foudre. Les vignerons brûlaient d'envie de les applaudir, mais la présence du comte figeait leur ardeur. Pourtant, de Jandelles se trouvait à cent lieues de ces mesquineries de petit contremaître. Ce lui importait peu que ses gens se livrassent à ces jeux puérils.

— Voyez-moi ça ! s'écria le maître du Mazet. Ils sont beaux, ces deux-là, comme des dieux. Dionysos doit en pâlir de jalousie.

Il s'était appuyé sur le pommeau de sa canne. Manelle lui adressa un regard noir.

— Ce jeune homme, interrogea le comte comme s'il ne le savait pas déjà, c'est bien l'arpète de Chambon ?

Laloy confirma d'un mouvement de tête.

— On parle de les marier, ces deux enfants.

— Je croyais, s'étonna Firmin, qu'on ne prêtait à cette jeune fille aucune amourette. N'est-ce pas toi qui m'as affirmé qu'elle était aussi sauvage qu'une biche ?

— Mon seigneur, soupira Laloy, nous allons vite en besogne. À Chantegrêle, on a tôt fait de marier les jeunes gens.

De Jandelles se mit à rire. C'était tout à fait le genre de réflexion qu'il avait envie d'entendre. Il examinait attentivement les jambes de Manelle, qu'elle essuyait avec un sac de jute.

— Je veux que tu l'envoies dans mon bureau, ordonna Firmin.

— Et si elle refuse ? prévint Laloy.

— Tu entendras parler de moi, fit-il en lui touchant la poitrine avec la pointe de sa canne.

Le comte avait eu bien raison de menacer son factotum. Sans cette intimidation, la petite Manelle n'eût point paru devant lui, car Laloy l'aurait plutôt traînée de force que de risquer une disgrâce. Elle entra, non sans hésitation. Firmin avait pris soin de laisser sa porte entrebâillée. Manelle trouva le comte assis dans son fauteuil, le dos tourné.

— Avance ! ordonna-t-il. N'aie pas peur.

— Mais je n'ai pas peur ! se défendit-elle.

— À la bonne heure ! clama le comte en balançant juste le bras pour lui faire signe d'avancer.

Manelle se trouva de la sorte à hauteur du bureau, à la place même que le propriétaire des lieux eût dû selon toute logique occuper. Cette disposition suscita une gêne, car la jeune femme comprit aussitôt que son hôte avait voulu qu'il en fût ainsi. L'homme se leva enfin et se mit à tourner autour d'elle, sans parler. Elle se sentait mal à l'aise. Sa peau fleurait le verjus dans lequel elle avait trempé. Ses mains étaient collantes de sucre. Et, à force de rejeter sa chevelure en arrière, elle y avait transporté, jusqu'aux racines des cheveux, les sucs poisseux de la vendange.

Pourtant, il n'y avait rien qui excitait plus de Jandelles que cette belle ouvrière, dans l'odeur forte de ses œuvres, avec la même fièvre qu'il réservait à ses lorettes de la rue de Frappe. À la vérité, le désir s'était transporté des bas-fonds de Brive au domaine du Mazet. N'était-ce pas ce qu'il avait espéré depuis le conseil de Polyte ? Aussi le comte se voyait-il déjà en train de lutiner sa belle visiteuse à la peau sucrée.

D'ordinaire, il ne s'agissait que de tourner autour pour qu'elles fondissent dans ses bras. Mais là, nous n'étions plus rue de Frappe, où la couleur de l'argent, le bruit d'un billet défroissé suffisaient à asseoir une ascendance amoureuse.

— As-tu l'intention de te marier, comme on vient de me le rapporter ?

Manelle pouffa de rire. Il avait suffi qu'elle s'exhibât avec Jeannet pour qu'on lui en prêtât l'intention.

— Il te plaît au moins ?

— Un gentil garçon.

— C'est tout ? fit le comte d'un air satisfait.

— Et en quoi cela vous intéresse-t-il ?

Firmin de Jandelles alla poser un doigt sur son minois, d'un geste conquérant, comme s'il voulait d'un coup marquer son autorité dans le même temps où elle s'était défendue du mariage. À croire qu'un tel aveu pouvait constituer une promesse engageante…

— Sache, ma belle enfant, que je suis le maître ici, dans notre village. Et tout ce que pensent et font mes gens me concerne en premier chef. Ce n'est pourtant pas difficile de comprendre cela. Une fille intelligente comme toi…

Et quand il fut à même de l'approcher, au point de sentir son souffle, la palpitation de sa chair comprimée dans un bustier étroit, alors il se hasarda à caresser sa longue mèche de cheveux du bout des doigts, pour mieux dégager la poitrine qu'elle cachait à sa vue. Elle se recula un peu, mais pas suffisamment pour échapper à son emprise. Il avait déjà pris sa taille d'une poigne ferme, en se promettant de ne plus la laisser échapper. Et cette seule idée, de la posséder, dans l'instant, quelles que fussent les conséquences, lui prêtait tous les courages.

Sans rien ignorer de cet œil noir et pénétrant qui s'était posé sur lui, un regard effaré qu'il avait déjà eu l'occasion d'essuyer dans la vigne, la première fois, de Jandelles se croyait encore assez puissant pour que la belle vigneronne ne lui résiste. Au fond, ce lui importait assez peu qu'il dût sa conquête à son seul pouvoir de hobereau craint et vénéré.

Manelle se recula encore. Plus hardiment, cette fois. Elle sentit une résistance derrière elle, le bureau contre lequel il l'avait amenée. Et elle comprit qu'il lui serait aisé, désormais, de l'y renverser.

— Oh monsieur ! s'écria Manelle. Ce serait pas correct.

— Toi, souffla de Jandelles, je veux que tu deviennes ma chose. Le double de moi-même. Mon ombre aimée. Et ainsi, la nuit, nous fusionnerons. Un seul et même corps.

— Et Madame ? Madame… balbutia-t-elle en repoussant la main qui s'insinuait dans son bustier.

— Laisse donc Madame à sa place ! Je te veux, toi. Rien que toi. Dussé-je y mettre le prix. Car je le sens, foutredieu, que je ne te dévorerai pas sans y mettre le prix. Mais cela me plaît. Car mon or ne peut connaître un meilleur sort que de couler comme une fontaine sur ton corps.

Une main du comte pétrissait sous le tissu les seins juvéniles, tandis que l'autre cherchait, désespérément, les boutons qui les livreraient à son regard. Cette hésitation lui fut fatale. Manelle se glissa hors de ses bras, comme une anguille. Et elle se précipita vers la porte. Le comte se mordit la lèvre de dépit.

— Je te veux. Et tu seras à moi, jura-t-il en se jetant sur elle.

Mais la belle sauvageonne avait déjà ouvert la porte du couloir.

— Reviens ! supplia-t-il. Reviens donc. Je te promets de ne plus te toucher. Allez ! Je l'ai compris, que tu n'es pas une de ces filles de ferme faciles. Si c'est cela qui peut te rassurer, je te l'accorde. Nous y mettrons la forme, désormais, ainsi qu'il sied à une belle et grande histoire d'amour.

Elle se tenait prudemment à l'écart. Là même où il ne pouvait l'atteindre sans éveiller tout le château.

— Quels sont tes désirs ?

Elle ne répondit pas. C'était la première fois qu'un homme d'une telle importance venait s'humilier à ses genoux. Elle trouva de Jandelles fort pitoyable dans sa déconvenue, le cheveu hérissé et la mise en désordre, et se dit que ce devait être un sentiment stupéfiant que celui de l'amour, pour n'en avoir pas encore ressenti elle-même les effets enivrants et dévastateurs.

— Tu as bien des désirs ? Venir travailler au Mazet ? Sous ma protection. Je peux tout t'offrir.

— Je ne veux rien, monsieur, fit-elle avec un soupir ennuyé.

Le comte la fixait, déconcerté. Elle ne veut rien, se dit-il. Et moi, je veux tout. Décidément le monde est mal fait.

Comme la vendange fut abondante, cette année-là, le comte de Jandelles autorisa ses gens, par une largesse de cœur dont il était peu coutumier, à recueillir sur ses terres les grains de raisin oubliés. Il consentit même à ses journaliers de faire provision sur une parcelle ravagée par la maladie.

Chacun savait que ce maigre « arlot » ne donnerait qu'un mauvais vin piqué. Mais c'était quand même quelque chose à boire, pour les longs jours de soif et de grande fatigue. Ces activités clôturèrent la saison des vendanges à Chantegrêle. Puis un petit vent du nord amena le froid avant l'heure. Et les vieux du pays, qui avaient l'art de composer des prophéties au moindre signe de la nature, promirent un hiver précoce et rigoureux.

Le dernier dimanche d'octobre, tous les vignerons se rassemblèrent sur le terrain vague qui abritait les ruines du château de Puyfaye. En cet endroit était installé le pressoir banal où chacun venait faire presser son moût, gracieusement. Maintenant que le pressurage était terminé, qu'on avait exsudé de la vigne toute sa richesse, on pouvait festoyer.

À la tombée du soir, les hommes allumèrent quatre grands feux de sarments sur lesquels on fit brasiller des volailles, des pièces de gibier braconnées. On déposa ensuite les victuailles sur de longues tables. Sans façon, chacun vint ripailler à son aise et boire dru les fonds de tonneaux. Un vielleux et deux violoneux s'en vinrent pousser la ritournelle. Des bourrées, des valses, des polkas.

Au château, ce même soir, on faisait table longue. Les maîtres du Mazet fêtaient, eux aussi, la fin des vendanges, à leur manière. Carpes farcies à la truffe, viandes lourdes accommodées de vins capiteux, alcools forts pour terminer.

De la terrasse, on pouvait distinguer les lueurs rouges des feux que les paysans avaient allumés sous les murs sinistres de Puyfaye. Et, avec le vent qui portait plein nord, on entendait distinctement les flonflons de la fête. Ce spectacle rappelait à l'abbé Bonneval les pires heures des jacqueries et lui semblait être la répétition de ces événements tragiques.

Cette peur irraisonnée amusait Firmin. Polyte était du même avis, à la différence que, lui, il essayait d'opposer quelques arguments qui avaient l'heur de plaire en ces jours de chambardements napoléoniens : « Il n'y aura plus jamais de révolutions comme celles que nous avons hélas connues. La révolution, la seule, se fera désormais dans nos fabriques. Elle sera industrielle ou ne sera pas. Avec le salariat, nous donnerons au peuple tout ce que mille révoltes sanglantes n'ont jamais réussi à lui apporter, le bien-être, la prospérité, le goût du progrès… »

En entendant ces mots, Firmin hochait la tête d'ennui. C'était le genre de discussion qu'il avait souvent eu avec Huguelin et il lui semblait que tout était dit à jamais sur le sujet, selon lequel le capitalisme serait, une fois pour toutes, l'avenir de l'homme.

Le comte prétexta le besoin d'une promenade digestive pour se retirer, non sans avoir auparavant offert quelques-uns de ses bons cigares. Marthe, qui avait compris où son mari passerait sa soirée, jeta en l'air des recommandations confuses. Ces prévarications parurent à Firmin au-delà de l'entendement normal, comme s'il ignorait, depuis le temps, les dangers encourus à frayer dans un monde qui ne serait jamais le sien.

De Jandelles n'aimait que cela, dans la vie, la fête. Qu'elle fût bourgeoise, populaire, collet monté, canaille, la fête était son horizon, et tout le reste, au fond, lui semblait d'une fadeur déconcertante. Même s'il prenait la peine, parfois, de s'intéresser au sérieux de l'existence, ça le reprenait, bien vite, la certitude que les brillantes mécaniques morales n'étaient pas conçues pour lui. En cela, sans doute, se sentait-il plus proche des prosateurs du dix-septième, qui avaient privilégié le style à la profondeur de la pensée, l'art de la futilité à l'examen de la raison.

Polyte refusa de le suivre. Il trouvait que la nuit était trop fraîche. Mais ce ne lui causa aucune peine, au comte, qu'on le laissât seul, avec ses manants. Il n'en avait aucune crainte. C'était seulement, pour lui, une manière de se dévergonder, ce pas de trop vers le terrain vague où la fête battait son plein. Et le comte, du reste, ne se trompa guère de direction. Car son premier geste fut d'aller trinquer avec les républicains. Ça devenait même une habitude. Le vin était une horreur. Et au fond, c'était ce qui le gênait le plus, l'aigreur du breuvage qu'il devait partager avec les cravates rouges.

Près du feu, il s'était formé un cercle d'hommes. Tous les visages, cuivrés par la lumière fauve du foyer, regardaient la frêle silhouette qui dansait au centre du rond. Son cavalier avait renoncé à l'accompagner jusqu'au bout, d'épuisement. La danseuse était désormais possédée par l'archet fou qui scandait son pas endiablé, corps et âme suspendus à la cadence que le musicien imprimait sauvagement.

Le comte avança au premier rang et se mit à claquer des mains. Toute l'assistance se joignit à lui, ensorcelée par le rythme du violon. Puis un vielleux vint à la rescousse. À forts coups de moulinet, le bonhomme releva la cadence qui commençait à fléchir.

Manelle ne pouvait plus s'arrêter, prise au piège du cercle qui se resserrait peu à peu. Quand elle fut à la limite de ses forces, bel oiseau blanc blessé, elle s'en vint trébucher contre le barrage d'hommes. Et aussitôt, elle fut emportée comme un insecte dans une fourmilière.

De Jandelles la suivit à table, où elle alla s'abreuver d'une gorgée prise à la régalade. Son servant était trop ivre pour viser juste la gorge offerte. Le comte s'empara de l'outre. Cette fois, le jet descendit droit entre ses lèvres.

— Tiens, mon chevalier servant ! fit-elle en considérant Firmin dans son bel habit de tweed anglais.

— Oh non ! déplora-t-il. Je ne suis que ton amoureux transi.

Il mesura aussitôt la bêtise de sa réflexion, mais n'en éprouva aucune honte. Il n'avait jamais su parler aux femmes que d'une manière triviale et falote ; cela lui avait réussi dans les cercles où il les pêchait. Firmin tira de sa poche un mouchoir de soie blanche et essuya le vin qui avait coulé sur son visage. Puis il chercha des yeux Jeannet dans la foule agitée.

— Il est soûl comme un goret, révéla Manelle en prenant appui sur son épaule.

Le comte tira nerveusement ses ultimes bouffées de cigare et jeta le mégot au loin, d'une chiquenaude. Il jugea alors qu'il y avait trop de lumière en cet endroit pour engager la conversation. Il l'attira vers le mur du château au pied duquel avaient poussé des touffes de frênes. Il fallait bien que Manelle fût un peu ivre, elle aussi, pour se laisser embarquer de la sorte, surtout après la fameuse scène dans le bureau où il avait tenté de l'enfermer. Mais, dans son for intérieur, elle se sentait fière d'être l'objet d'autant d'attention. Qu'on en fît des gorges chaudes la flattait aussi, sans qu'elle en mesure les conséquences.

Cette fois, malgré la nuit qui les entourait, Firmin ne chercha pas à la prendre dans ses bras, à la hussarde. Sa dernière mésaventure lui avait fait comprendre qu'une telle audace le conduirait au même fiasco.

— Si j'étais ton Jeannet, fit-il, je délaisserais la dive bouteille.

— Mais il se trouve que vous n'êtes pas mon Jeannet.

Manelle se mit à rire, un petit rire agacé où se devinait un peu d'embarras. Elle brûlait d'envie de lui répondre qu'il ferait mieux d'aller s'occuper de ses affaires, mais elle ne se sentait pas assez libre d'esprit pour une telle audace.

— Ton amoureux a le visage bien tourné, reconnut Firmin. Des traits réguliers, des membres robustes... Et il te fera de beaux enfants, sans y penser. Car je doute qu'il saura s'y prendre pour...

Le comte hésita.

— Ça n'a aucune expérience des choses de l'amour, jeta-t-il brutalement. Et ce serait bien dommage pour une belle fille comme toi de te donner au premier clampin venu. Il t'engrossera coup sur coup. Et adieu grâce, adieu beauté ! Bon Dieu ! Quel gaspillage ! Seul un homme d'expérience, de bon goût, peut prendre soin de toi, ma jolie.

— Un homme comme vous, avança Manelle. Décidément, monsieur le comte est trop bon.

— Je ferai, dans les règles de l'art, ton éducation sentimentale. Et une fois armée, ma jolie, tu ne te donneras pas au premier venu, je peux te l'assurer. Tu sauras enfin que tout a un prix en ce bas monde, surtout les privautés du beau sexe.

— J'ai déjà eu ma première leçon, railla Manelle. Ça me suffit.

— Tu te méprends sur mon compte, se défendit de Jandelles. J'ai du sentiment pour toi. Et je ne crains qu'une chose, qu'un de ces petits paysans ne détruise en toi cette beauté qui m'émeut. Tout ce que je désire, c'est te préserver des horreurs d'une mauvaise vie. Avec mon argent, certes. Mais aussi par l'esprit, en armant ton âme contre les horreurs du mariage.

Accepte de te laisser conduire les yeux fermés, tu n'auras pas à le regretter.

Sur un rire, dont elle avait le secret et qui avait le pouvoir de lui déchirer le cœur, elle disparut furtivement, leste comme un chat sauvage qu'une main tendue voudrait apprivoiser. Cette fois, la fuite lui créa plus de chagrin que la veille même, dans le bureau. Il avait commis des efforts surhumains pour lui plaire, plus qu'il n'en avait jamais consenti à une femme, et cela ne marchait guère mieux. De rage, il se mit à maudire son pauvre Polyte, avec ses recommandations. Arriverai-je à conquérir une drôlesse qui me fait de l'effet ? se demanda-t-il en revenant d'un pas compté vers les fêtards. Sur la table où traînaient encore des restes de volailles et de gibier, parmi le jus gras et les sucs de venaison, il s'empara d'une outre de vin et but à la régalade, jusqu'à la dernière goutte.

— M'sieur l'comte, on vous f'ra payer la pension ! brava une maritorne dans son tablier hachuré de jets de sang et de graisse, les mains posées sur les hanches.

Le comte sortit un napoléon de quarante francs de sa poche et le jeta sur la table. L'éclat doré de la pièce fit approcher les visages. On ne savait plus que penser. Certains crurent même que de Jandelles avait voulu faire son petit effet et qu'il allait sur-le-champ reprendre son dû. Mais on se rendit à l'évidence. Il y avait de quoi payer grassement les agapes de toute la soirée.

— Vous pensez tous que j'approuve le coup d'État, dit-il en haranguant une foule qui commençait à faire cercle autour de lui. Vous vous trompez !

La réflexion tombait comme un cheveu sur la soupe.

— J'ai toujours considéré qu'il n'y avait rien à espérer de Louis Napoléon. Je désapprouve son plébiscite, tout comme vous.

Les modérés, qui peuplaient l'assistance, ne comprenaient pas où le comte voulait en venir. Car eux étaient prêts, fin prêts, à accorder leurs voix au prince-président.

— Cet aventurier nous conduira au désastre, poursuivit-il. Mais pour l'heure, braves gens, il triomphe avec son Morny, ses banquiers, ses chemins de fer, et sa future couronne d'empereur qu'il va se poser sur la tête. Avec des sénatus-consultes, on peut tout faire, même marcher la tête en bas. Sachez, quoi qu'il arrive, que je ne serai jamais de ce camp-là ! Jamais ! Aussi vrai que je m'appelle de Jandelles. Ne votez pas pour cet homme, je vous en conjure. Il n'est pire canaille qu'un Napoléon.

Le silence se fit autour de lui, un silence pesant. On craignait quelques accents de provocation. Dans le pays, on embastillait pour moins que ça. Mais le comte n'avait-il pas tous les droits, même celui d'abjurer ce qu'il avait adoré la veille, car à Chantegrêle les villageois croyaient, dur comme fer, après l'affaire de la mairie, qu'il était du camp bonapartiste ? Quelques hommes se consultèrent, néanmoins, pour parvenir à la conclusion que le maître du Mazet était pris de boisson et qu'il n'avait plus sa tête à lui.

Dans le pays, on se souvenait encore que le comte Mirabeau, avant la Révolution, battait campagne pour y haranguer les foules incrédules, jurant que le roi Louis XVI était en train de lever une armée de bretteurs pour sabrer les paysans, violer les femmes, trucider les enfants. Ainsi tâtait-il le pouls de la populace pour éprouver ses idées révolutionnaires. Peut-être le comte de Jandelles se livrait-il, lui aussi, à la même manœuvre ? À moins qu'il ne fût devenu fou, comme son oncle Joseph, qui passait ses journées à palabrer seul dans la campagne, à parler aux oiseaux et à apostropher les vaches dans leur enclos.

Sa déception fut grande lorsque, le 23 novembre au matin, on lui apporta les résultats du second plébiscite en Corrèze : 50 838 oui, contre 4 022 non. Polyte ne comprenait pas ce qui avivait sa mauvaise humeur. Le comte de Jandelles avait espéré que le score du prince-président serait plus serré et qu'il augurerait d'une forte résistance dans le pays, entre monarchistes et républicains, entre marteau et enclume. Aussi ce lui fit l'effet d'une douche froide de devoir, désormais, vivre sous le règne de Napoléon III. À vrai dire, il était bien le seul, dans sa famille, à trouver l'événement amer. Huguelin, lui, était aux anges. Il allait enfin pouvoir se livrer, sans retenue, à ses affaires favorites. Et Marthe estimait, à tout bien réfléchir, que ça valait mieux qu'une république.

La colère du comte éclata à l'instant où il ouvrit le pli que le préfet de Lancre lui avait adressé. C'était une invitation pour fêter, en grande pompe, dans les salons de la préfecture de Tulle, la renaissance de l'Empire.

— Que croit-il, ce niais, que je vais me mêler à leur mascarade ! ?

— Comment ? déplora Marthe. Vous refusez de vous y rendre ? Vous rendez-vous compte ? C'est une chance inespérée pour nous qui sommes à l'écart de tout, à cause de votre esprit original qui nous met en quarantaine. Ah, je voudrais bien voir ça ! Ce n'est pas le moment de nous faire mal voir. Nous avons un rang à tenir. Regardez votre frère ! Ce cher Huguelin, prenez-en de la graine. Voilà un de Jandelles qui s'occupe de ses affaires, qui fait fructifier ses revenus. Ce n'est pas comme vous, qui refusez, obstinément, d'entendre parler de l'industrie. Croyez-vous que la terre nourrira toujours votre famille ? Il est des privilèges qui s'estompent au fil du temps.

— Ce Napoléon est un jean-foutre.

— Taisez-vous donc. On pourrait vous entendre. Et il en serait fini de notre honneur. Souhaitez-vous déshonorer votre famille ? Pensez à vos enfants. Est-il sentiment plus coupable que le vôtre lorsque vous préférez la frivolité à la vertu ?

Firmin ne supportait pas les larmes de sa femme, ni d'aucune femme du reste. Il possédait au cœur cette sorte de lâcheté qui lui évitait de devoir souffrir suppliques et prières. Il nourrissait une telle estime de sa personne qu'il se croyait protégé par le sang de ses ancêtres. On ne devait toucher à sa statue, pontifiant sur ses belles hauteurs où l'avaient juché trois ou quatre siècles au moins de seigneurs et de hobereaux adulés. Aussi préféra-t-il battre en retraite, plutôt que s'enfermer dans la colère, qui lui eût inspiré des vilains mots et des jugements irréparables. De guerre lasse, il admit enfin, la mort dans l'âme, qu'il se rendrait à la fête de l'Empire « pour faire comme tout le monde ».

Tout ce que la société corrézienne comptait de notables, bourgeois, affairistes, nobliaux, politiciens emplissait les salons de la préfecture. La journée avait commencé par un banquet et des discours. Entre la poire et le fromage, les jeunes invités furent autorisés à gagner le bal. On l'avait installé dans la salle des réceptions, sous des lustres vénitiens en forme de méduses géantes. Un petit ensemble de musique de chambre jouait des valses, des quadrilles et des polkas. On prisait fort, à ce moment-là, dans le confort bourgeois des antichambres du pouvoir, fût-il provincial, le goût viennois.

Les premières crinolines y faisaient leur apparition, bien qu'on eût jugé superflu d'imposer une toilette particulière, et le mot avait couru, pour la fête de l'Empire, qu'il valait mieux se mettre au goût du jour. Ainsi les salons de la préfecture furent-ils, pour un de ces rares moments, convertis en petit bal des Tuileries. Il n'y manquait que l'empereur et la belle Eugénie. Qu'importe, Hubert de Lancre donnait largement le change, dans son uniforme d'apparat bleu chamarré d'argent et son bicorne sous le bras.

Pendant que la jeunesse s'amusait à garnir les carnets de bal, sous le regard chaviré des mères alignées sous les tentures dorées, les hommes, eux, s'étaient réservé le fumoir où des laquais en livrée rouge et or servaient des alcools forts. Huguelin de Jandelles était très entouré. On avait remarqué la sollicitude que lui témoignait le préfet lui-même. On devinait qu'il avait l'oreille de Hubert de Lancre, qu'il était pressenti pour de grandes actions. Et tout amateur de finance, aussi peu futé soit-il, avait compris qu'il se tramait dans son sillage d'audacieuses combinaisons.

— Les frères Pereire n'attendent plus que les études de nos ingénieurs, jurait-il, les pouces glissés dans l'encolure de son gilet de soie écrue. Et nous lancerons les marchés.

Pour appâter les convoitises, Huguelin fit tinter quelques chiffres faramineux. Et tandis que l'homme d'affaires agitait les millions, crûment, de Lancre opinait du chef, discrètement, pour apporter un peu de véracité à ces propos.

— La première ligne de chemin de fer que nous ouvrirons reliera Brive à Périgueux, fit le préfet. Monsieur de Jandelles, dont nous connaissons les qualités d'organisateur en matière boursière, se chargera de nous trouver les financiers. Ce ne sera pas une mince affaire. Le temps est venu, mes amis, de délier vos bourses, car il y a du dividende dans l'air. Et je ne saurais trop vous encourager à l'action…

Le mot d'esprit du préfet souleva de petits rires nerveux. Les notables avaient compris qu'il leur fallait placer, séance tenante, leurs économies, comme ils l'eussent fait devant un tapis de jeu, avec le même énervement. À la différence que, en suivant les recommandations du petit empereur de Corrèze, on tirerait le bon numéro à tous les coups.

— Je crée la Compagnie des travaux du chemin de fer, fit Huguelin. Une association qui a les appuis des

Pereire, inutile de le préciser. Une association d'investisseurs à but lucratif. Nous travaillons pour le progrès…

— Et pour nous enrichir ! ajouta l'un des notables.

Chacun trouva la repartie fort à son goût. Sauf le préfet, qui demeura de marbre. Il est des évidences qui ne se chantent guère.

— Nous y installons à la tête un conseil d'administration, poursuivit Huguelin. Puis un directeur. De préférence un ingénieur. Nous l'avons trouvé. Et je crois qu'il n'est pas meilleur choix que monsieur Castillard.

Les hommes s'observèrent, incrédules.

— Ce jeune Castillard dont vous m'avez parlé, ajouta le préfet pour couper court à toute discussion. Il fera très bien l'affaire. J'ai fait ma petite enquête. C'est un ingénieur des Arts et Métiers. Une famille remarquable, chrétienne, fort bien-pensante.

— Parce que vous avez déjà décidé qui nous devrons élire ? s'inquiéta l'un des bonshommes.

Huguelin joua les étonnés.

— Mon cher Dubois, sur cette affaire, nous avons avancé en besogne. Que croyez-vous ? Nous ne disposons pas d'assez de temps pour tergiverser. Il ne fait nul doute que nous pourrions envisager mille autres candidatures tout aussi valables. Mais Castillard fait l'affaire, je vous l'assure. Un homme d'industrie pour qui l'art du chemin de fer ne pose aucune difficulté ! Apportez-nous l'argent, vos cautionnements, et nous ferons le reste.

— Et les dividendes ? Quand commencerons-nous à les toucher ? questionna le voisin de Dubois, un homme fort corpulent qui avait conservé son chapeau limousin à large bord sur la tête. Rien ne prouve que le train aura le succès escompté.

Le préfet sursauta. C'était une question qu'il n'avait pas envisagée. Pourtant, ce n'était pas faute d'avoir été prévenu par son entourage, dont son secrétaire général qui lui avait assuré que les gens de Corrèze étaient près de leurs sous.

— Nous misons sur l'avenir, s'enflamma de Lancre en agitant devant lui son bicorne. Et l'avenir, c'est le transport des marchandises sans lequel tout commerce se trouve paralysé.

Il fit un pas en arrière, histoire de donner de l'importance à son propos.

— Nous ouvrirons la Corrèze au reste de la France. En une demi-journée, nous mettrons nos bourgades aux portes de Limoges, de Périgueux, de Bordeaux. Nous irons à Paris en un jour. Ne mesurez-vous pas l'immensité de notre projet ? Dans dix ans, au moins, la France aura changé de visage, grâce au chemin de fer.

Les hommes se mirent à hocher la tête de concert. Huguelin jubilait intérieurement. En quatre petites phrases, Hubert de Lancre avait emporté la décision. Ce que c'est le talent, tout de même ! pensa-t-il en ouvrant son carnet de rendez-vous.

Firmin avait suivi sans faillir le fil de la conversation. Et celle-ci n'avait éveillé en lui qu'une forte incrédulité. Il persistait à ne pas prendre au sérieux cette affaire de chemin de fer. Ce lui importait assez peu qu'on mît moins de temps à livrer son vin. Car il faisait un métier qui ne se souciait pas de ces contingences, au contraire le temps travaillait à bonifier sa production à la condition de ménager la belle œuvre de la nature. Et il était, plus que jamais, résolu à ne pas risquer le moindre sou dans l'aventure. Aussi se détacha-t-il du groupe, d'un pas nonchalant. L'activité du bal l'intéressait bien plus que ces plans tirés sur la comète.

En le voyant s'éloigner, le préfet se précipita pour le rejoindre avant qu'il ne disparût dans la foule des invités. Cet homme n'avait cessé de l'intriguer. Il avait encore en mémoire l'étrange marché conclu pour clore la révolte dans son village.

— Vous n'êtes pas des nôtres ? Votre présence, mon cher comte, ne détonnerait pas dans la compagnie, bien au contraire.

— Je ne m'intéresse qu'à mes vignes et à mes vignerons. Pourquoi irais-je perdre mon temps et mon argent dans des combinaisons hasardeuses ? Vous disposez de mon frère, cela suffit bien. Vous avez rallié à votre cause le meilleur des de Jandelles.

— Vous ne croyez pas au progrès ? C'est étonnant pour un homme d'esprit comme vous, émancipé et libéral.

— Je ne suis pas joueur, c'est ce qui me différencie de Huguelin. Comment pourrais-je rallier de pauvres diables à ma cause, si je ne suis pas moi-même convaincu ?

Au sourire sous-entendu du préfet, le comte comprit ce qu'on pensait de lui en haut lieu. Ses fréquentations tapageuses n'étaient qu'un secret de Polichinelle. Et sur ce terrain-là, l'aîné des de Jandelles était imbattable.

— Je comprends, fit Hubert de Lancre. Vous êtes trop jouisseur pour cela. Votre commerce à vous est d'un genre qui se défie du progrès.

— Comment dois-je le prendre ? se dressa Firmin, dont la pâleur soudaine sur le visage trahissait une émotion mal contenue.

— Oh ! Simple taquinerie de mauvais goût. Venez donc me voir quand il vous plaira, nous trouverons peut-être un terrain sur lequel nous rejoindre ?

Firmin effleura du bout des doigts sa fine moustache et laissa apparaître un sourire. Le préfet flaira l'ombre d'une blessure. Cet homme appartient à une autre époque que la nôtre, pensa-t-il.

— Vous n'aimez pas l'empereur ?

— En toute franchise, non !

— Et la république ? Ne me dites pas que vous êtes devenu républicain ? Je n'en serais pas surpris. Je n'ai pas oublié avec quelle énergie vous avez défendu ce pauvre diable. Ce ne peut pas être seulement de la générosité…

— La république nous reviendra, avec ses cortèges de rêves égalitaires, tôt ou tard, fit de Jandelles. Si c'est ce que vous désirez entendre de moi…

De Lancre hocha la tête. C'était un homme trop intelligent pour ne pas saisir que l'ironie ordonne le courant de l'histoire plus sûrement que les savantes stratégies.

— J'ai servi sous la gueuse, mon bon ami. Et je ne voudrais y revenir…

— … pour un empire, ricana Firmin.

— L'utopie tue les peuples aussi commodément que le temps qui passe.

— Oui, mais les peuples ne se résignent pas à vivre sans les rêves. À moins qu'ils ne fussent décervelés. Cela leur arrive, un temps. Puis la fougue les reprend, comme une source qu'on a voulu un temps détourner de son cours. À trop en comprimer le mouvement, elle rejaillit en mille surgeons impétueux et sauvages. Tels sont les hommes depuis que Dieu leur a donné une âme et une raison pour s'affranchir de l'asservissement. Les idées de la Révolution française ont balayé la monarchie parce qu'elle n'avait rien à offrir, sinon le spectacle de sa suffisance. Il en ira de même de l'Empire. La fête dans les palais et la servitude dans les chaumières. Voilà un vilain programme, mon ami.

Le comte se laissa porter par les couples qui valsaient dans la lumière pâle. Il rajusta sa longue écharpe de soie blanche. C'était un signe de frivolité, un aimable tic qui le poursuivait jusque dans les maisons de rendez-vous. Là, il comprit qu'il n'y avait aucun cœur à séduire qui fût à la mesure de son désir. Les femmes du monde étaient ridiculement belles. Quelques-unes s'en vinrent même le saluer. Il répondit à ces avances, distraitement. Cette mollesse, cette lascivité dans le geste ne l'émouvaient guère, lui qui ne pensait qu'à sa belle sauvageonne rétive, férocement rétive même.

C'était tout ce dont il rêvait, Firmin de Jandelles, se confondre à elle qui le méprisait, sans doute, pour tout ce qu'il représentait sur la terre. Et il ne connaissait pas les mots qui eussent pu lui ouvrir le cœur de la belle étrangère. Les siens, désuets et surannés, ne lui servaient qu'à se maintenir, la tête haute, dans cette froide arrogance où se consument les sentiments.

Le regard du comte se porta en direction de sa nièce Eugénie qui dansait avec un gringalet. Une courte tête de moins qu'elle… Cela le surprit et l'amusa à la fois ; le comte savait ce que la jeune femme pensait de cette sorte d'homme, elle qui ne se laissait courtiser que par des éphèbes. Il avait eu à observer, à maintes reprises, son caractère volage.

Si cette inclination naturelle désespérait le pauvre Huguelin, qui eût plutôt souhaité une fille rangée, cela ravissait Firmin, qui disait souvent que le sang inconstant des de Jandelles avait trouvé de quoi s'épanouir.

Eugénie n'avait guère à se forcer pour plaire. Elle était née avec de solides atouts et, pour se choisir ses amants, elle avait l'embarras du choix. Qu'ils fussent de noble extraction ou de basses classes lui importait peu, puisqu'elle ne les gardait pas plus qu'il ne faut pour s'en lasser. Elle était même passée maître dans l'art de la rupture. À croire que son oncle lui avait soufflé mille recettes en la matière…

Mais la chance d'Eugénie était, sans doute, dans le fait que son père avait trop d'occupations pour surveiller de près les activités de sa fille. L'argent, qui roulait à ses pieds, facile et abondant, lui ouvrait toutes les libertés, qu'une fille de son âge – vingt-quatre ans – avait rarement l'occasion de connaître. Et si le père ne comprenait guère pourquoi Eugénie dépensait autant sans compter, il ne trouvait pas en lui assez de courage pour en brider le flux. La belle enfant était coléreuse, impétueuse, aussi indomptée qu'habile à jouer sur tous les registres du sentiment.

Firmin rassurait son frère en lui promettant qu'elle s'assagirait avec le temps et qu'elle finirait par rencontrer l'homme de sa vie, et qu'alors elle deviendrait, par un prodige qui est le propre des paradoxes de l'âme humaine, la femme la plus fidèle qui fût.

À tout bien réfléchir, Firmin eût tout autant préféré le caractère d'Eugénie à celui de sa chère Mathilde, sombre et austère. Sa fille était donc tout le contraire de sa cousine, timide et gauche. Elle aimait s'isoler du monde, pour ne pas dire se cloîtrer comme l'eût fait une nonne, et poursuivre, entre quatre murs froids, ses chimères et ses rêves, prenant plaisir à écrire de sottes histoires dans lesquelles s'accomplissaient de naïves passions. La chair n'y tenait aucune place. Elle y magnifiait tellement le sentiment amoureux que le goût charnel y perdait toute consistance. Et ces écrits, dont il avait violé le secret en forçant le tiroir qui les enfermait, désespéraient le père qu'il était, se disant qu'elle ne trouverait jamais un homme pour se mesurer à cet idéalisme sentimental.

Quand Eugénie aperçut son oncle, elle interrompit aussitôt sa danse pour lui présenter son cavalier. Et de près, Firmin nota qu'il était encore plus laid qu'il n'avait imaginé. Une fine moustache soulignait à peine des lèvres pincées. Un regard, plutôt vif et gris, de fouine animait seul son visage d'adolescent attardé. Le cheveu blond et long coulait sur son front.

Et incessamment, il le dégageait d'un mouvement preste qui était devenu une sorte de tic nerveux. Les membres semblaient fluets et maigres, faute sans doute d'avoir embrassé la vie au grand air.

— Oh, mon oncle ! s'écria Eugénie en venant lui passer le bras autour de la taille.

Le comte l'entraîna aussitôt dans une valse folle dont il avait le secret, sous l'œil dépité de son chevalier servant. L'assistance se recula pour leur faire place. C'était un spectacle qui ravissait les belles, cramponnées à leurs danseurs. Il donnait une leçon à tous, qui ne tarda pas à soulever des tonnerres d'applaudissements. De Jandelles n'en attendait pas plus, lui qui avait passé sa vie au bras des plus jolies femmes et qui savait comment les étourdir.

— Tu seras toujours l'homme qu'on rêverait de posséder, fit Eugénie, perfide.

C'était un compliment qu'elle avait eu souvent l'occasion de prononcer et qui titillait toujours autant la vanité du comte. Leur complicité venait sans doute de ce qu'elle jouissait avec lui d'une affection exclusive. La nature de ce sentiment intriguait l'entourage, car il n'en était pas de même avec son autre nièce, Marcelline. Cette dernière, qui faisait tapisserie sous les tentures mordorées, n'avait pas été épargnée par le destin. La nature l'avait gratifiée d'un visage ingrat, aux traits hommasses ; un handicap dont elle souffrait dans sa chair. Et cette détestation avait fini par lui gâter l'âme, surtout à cet âge où le désir de partager les émois du cœur se manifeste. Son père, Huguelin, redoublait à son égard d'affection, comme s'il voulait panser les blessures cruelles de la nature.

Comme son père, Marcelline avait un sens aigu des affaires. Aussi s'entendaient-ils à merveille, au point de ne rien entreprendre sans confronter leurs avis. De surcroît, elle manifestait une capacité de travail peu commune, à croire qu'elle voulait s'étourdir dans ce surplus d'activités. Tandis qu'elle suivait des yeux le beau couple de danseurs que formaient Eugénie et Firmin, elle se déchirait la chair autour des ongles, jusqu'au sang, en se demandant, anxieusement, ce qu'elle était venue faire au bal de l'Empire, où personne ne la remarquait, pas même un de ces jolis militaires, en habit d'apparat, qui étaient pourtant réputés pour ne pas être très regardants sur la mine de leurs cavalières.

Eugénie prit son chevalier servant par le bras et le conduisit devant le comte.

— Mon cher oncle, je te présente Geoffroy Castillard.

Firmin sursauta.

— Je viens d'entendre parler de vous, jeune homme, il y a moins d'une minute. Et de la bouche même du préfet.

— Ah oui ! Et que disait-on de moi ?

— Vous êtes pressenti pour diriger la Compagnie des travaux du chemin de fer. Toutes mes félicitations.

Le jeune homme rougissait de plaisir. Cela ne faisait qu'accentuer la laideur de ses traits. Geoffroy Castillard avait entendu parler de Firmin de Jandelles. Il avait la réputation d'un seigneur froid et distant pour qui la société roturière ne mérite que mépris.

— Vous en êtes aussi ?

— Dieu m'en garde !

— Mon oncle n'a que faire de ces machines modernes qui prétendent révolutionner le monde. N'auriez-vous pas compris, mon bon Geoffroy, qu'il est un authentique aristocrate, sorti d'un rang où l'on ne se compromet pas avec les marchands d'argent ?

Le comte se haussa du col. Le portrait qu'elle venait de brosser lui convenait à merveille. Il appuya ses dires d'un petit clin d'œil de connivence.

— On vous réclame dans le fumoir, conseilla le comte. Mon cher frère a rallié à sa cause tout ce que la Corrèze compte d'épiciers de la finance. Allez donc les rassurer sur leurs débours, avant qu'ils ne changent d'avis.

Firmin n'avait pas son pareil pour éloigner l'importun.

— Je sens que tu n'aimes pas mon Castillard.

— Oh, soupira le comte, il est d'une race commune. Ça nous fera un excellent directeur de compagnie, souple et docile comme les aime Huguelin. Et quand il aura assez pressé le bonhomme et lui aura fait rendre son jus, je ne parierai guère sur son avenir.

Eugénie se recula d'un pas avec un sourire triste.

— Tu fais fausse route. Car Geoffroy va devenir mon mari.

Le comte éclata de rire en portant à ses lèvres l'écharpe de soie blanche.

— Ça ? Ton mari ? Tu es sérieuse ?

— C'est papa qui l'a décidé.

— Sans demander ton avis ? C'est un comble, ma pauvre enfant.

— Ne te mêle pas de ça.

Soudain, Firmin devint grave.

— C'est avancé à ce point ?

— La question est tranchée. Il ne s'agit pas de mon bonheur. Ce sera un mariage d'affaires. N'est-ce pas le propre de notre monde que d'échafauder des accordailles de convenance ? Toi-même, n'as-tu pas épousé une Marthe Lamarre, grande famille porcelainière de Limoges, parce qu'elle apportait cinq millions dans sa corbeille de mariée ? Car tu ne l'as jamais aimée. Cela se voit comme le nez dans la figure.

— Que va-t-il apporter, ce Castillard ? Il est sans le sou, laid comme un pou. Et s'il en est un qui fera une bonne affaire, c'est bien lui. C'en est même révoltant de penser qu'il puisse poser une main sur toi.

— Derrière son air falot, se cachent une belle intelligence, un talent rare, un bâtisseur qui va faire fructifier notre fortune. C'est tout ce que nous lui demandons.

— Et il t'aime, je présume ? Bien sûr. Comment pourrait-il en être autrement ?

— Il est fou de moi. Que m'importe. Je n'éprouve rien. Heureusement.

— Le mariage est un abominable piège, fit de Jandelles.

— Celui qui fera de moi sa chose exclusive n'est pas encore né. Je suis trop volage pour cela, reconnut Eugénie. Et puis le mariage n'a jamais rendu personne fidèle. Tu en es un exemple vivant.

— Je ne doute pas que tu ne sacrifies à l'adultère. Et ce niais ne méritera pas un autre destin.

— Toi, souffla Eugénie, tu peux comprendre cela. Tu es aussi immoral que moi.

— Dans le fond, soupira le comte en caressant du bout des doigts une mèche brune tombant en accroche-cœur, ce Castillard est un gentil bougre. Tout ce qu'il te faut. Il sera malheureux d'être trompé. Mais il en prendra son parti, ascension oblige. Il souffrira en silence.

Comment se pouvait-il qu'elle lui fût si semblable, jusque dans le cynisme ? Il avait longtemps cru que cette manière de vivre, légère et inconstante, était réservée aux hommes, aussi avait-il fini par admettre qu'elle possédait ce quelque chose en plus qui en faisait une nature exceptionnelle, affranchie des principes moraux. Cela ne faisait désormais plus aucun doute, Eugénie, mariée, atteindrait enfin le stade ultime de sa métamorphose, en flamboyante Aphrodite.

DEUXIÈME PARTIE

L'alliance

Chaque époque rêve la suivante.

Walter BENJAMIN

5

Dos voûté, dans le vent chaud qui moutonnait les nuages, les journaliers s'activaient à biner, sans désemparer. Ségur avait distribué le matin même ses ordres, et marqué l'étendue qu'il fallait abattre par de petits jalons en bois de châtaignier. On était encore loin du but. Les pluies abondantes du printemps avaient encouragé le chiendent et la traînasse. Une fois les rangs décavaillonnés, il fallait tirer l'herbe à la main, soigneusement, là où le bigot ne pouvait passer, au risque de blesser les ceps de vigne.

Le chef était intraitable sur la besogne : les cavaillons devaient être aussi nets qu'une couche de semis et, au moindre brin de mouron ou de pousse de liseron oubliés, Ségur notait sur son carnet le nom de l'ouvrier qui avait ainsi négligé son travail. Les manquements se traduisaient, invariablement, par des ponctions sur le gain. Aussi se dessinait-il entre manouvriers et journaliers une solidarité de principe. Les vieux, surtout, gardaient l'œil sur l'ouvrage et rappelaient à l'ordre les négligents avant que ne tombent les punitions.

Depuis le matin, Octave Pierrebrune ne décolérait pas. L'idée de savoir sa propre vigne gagnée par les mauvaises herbes le désespérait. Le maître du Mazet lui volait tout son temps, au point qu'il ne lui restait pas une seconde à lui. D'autres paysans étaient dans le même cas, mais bien peu osaient se rebeller. « Maintenant que le pli est pris, leur disait-il, on pourra même vous faire travailler la nuit. Si nous n'y prenons garde, nous perdrons nos récoltes avant de les avoir ensemencées. Ça lui importe guère à cette canaille de Jandelles que nous crevions de faim, pourvu que ses affaires prospèrent… » Si sa colère ne servait pas à grand-chose, du moins lui permettait-elle de tenir en éveil sa haine du hobereau, qui le dévorait corps et âme depuis que le maître avait décidé, en faisant monter le prix de la terre, que plus un seul paysan n'en achèterait dans le pays.

C'est un fait qu'après huit années d'exercice le nouveau régime napoléonien avait rendu le pouvoir aux nobliaux et creusé le fossé entre riches et pauvres. Cela venait aussi de ce que les paysans de Chantegrêle et d'ailleurs n'étaient pas assez solidaires entre eux. « Qui nous empêche de jouir d'un dimanche chômé ? disait-il. Ça nous ferait au moins une journée de libre pour vaquer à nos occupations sans rendre de comptes à personne, ni se faire réquisitionner par le contremaître. » En période d'intense activité agricole, Firmin de Jandelles avait décrété le travail le dimanche. Le curé Bonneval s'était élevé contre cette décision contraire à tous les sacro-saints principes du *dies dominicus*. Le comte l'avait renvoyé à sa cure, sans ménagement : « Mes gens seront aussi bien dans ma vigne que dans votre église, à écouter des niaiseries sur la réincarnation. »

Avec les années, Firmin de Jandelles avait affirmé une farouche autorité que la défense ou la préservation du Mazet ne justifiait pas. Sa mairie, où il officiait aussi, n'était qu'une chambre d'enregistrement. Il tenait méticuleusement le registre de son royaume : naissances, décès, mariages. Les décisions, il les prenait sans jamais s'inquiéter de ce que ses conseillers pouvaient en penser.

Du reste, il ne s'en trouvait pas un seul pour les contester. Une simple lettre au préfet eût suffi à les faire renvoyer. Lorsque l'argent venait à manquer, dans sa commune, pour réparer un chemin ou capter une source qui lui faisait grand besoin, il allait quêter chez son ami Hubert de Lancre. Et si l'attribution ne suffisait pas, il décidait de lever l'impôt vicinal. On connut même une année où il le leva deux fois. Les pauvres, qui ne pouvaient s'en acquitter, le payaient en journées de corvée.

Cette tyrannie ne faisait pas que des malheureux. À Chantegrêle, il se trouvait encore assez de gens pour glorifier leur maire, prêts à jurer que la commune était bien tenue grâce à cette poigne de fer. D'autant que de Jandelles savait ménager ses amis par de menues libéralités, en autorisant par exemple l'accès à ses fontaines ou en maintenant certains chemins praticables aux pires périodes de pluie. Les autres, les frondeurs, les rebelles, les insoumis, ne disposaient d'aucun avantage, jusqu'à ce que leurs caractères s'en trouvassent amollis.

Que cette situation demeurât en l'état étonnait Polyte… Cent fois, il avait prédit quelque rébellion.

Nul ne pouvait oublier qu'en 1848 Chantegrêle était encore un fief républicain. Un tel entichement n'avait pu se gommer, sans qu'il en restât des traces profondes. Que couvait-il sous la cendre froide ? Nul n'était en mesure de le deviner, sauf de Jandelles, qui répétait à l'envi, et le plus souvent avec des accents de provocation inutiles, que Badinguet avait castré la misérable populace française avec ses grands discours sur le progrès et la révolution industrielle. « Mes gens sont abasourdis et s'y complaisent, disait le comte. Profitons de l'aubaine. Car le moindre relâchement nous sera fatal ! »

C'était loin des grands principes d'Alexis de Tocqueville, dont le comte avait fait son auteur de chevet. Ce paradoxe n'échappait guère à un esprit avisé tel que celui de Hippolyte Dormoix. « Vous ne mettez pas vos idées en accord avec vos actes », critiquait-il. Cela faisait ricaner de Jandelles ; il ne voyait pas, dans la population de Chantegrêle, les hommes du futur qui eussent pu bâtir une démocratie telle que la rêvait Tocqueville. « Avec nos petits paysans de Corrèze, nous sommes aux antipodes des pionniers de l'Ouest américain. Je n'en vois qu'un qui puisse tenir la comparaison, c'est ce diable de Pierrebrune. Mais celui-là, je l'ai à l'œil ! »

Octave se fit un point d'honneur d'atteindre, avant tout le monde, le jalon que Ségur avait posé. Si je gagne une heure, ce sera autant pour ma ferme, pensait-il en accélérant la cadence.

Son voisin de labeur, Eugène Madelbos, le fils d'Augustin, qui allait maintenant sur ses trente-quatre ans, avait du mal à le suivre. Il peinait, à trente pas en arrière, éreinté et furieux que son fidèle ennemi fût aussi rapide. Depuis le matin, les deux hommes ne s'étaient pas adressé la parole. À peine un salut. Le salut ombrageux des gladiateurs avant d'entrer dans l'arène.

Quand Octave eut terminé, il se redressa enfin dans un cri de douleur. La ceinture de flanelle qui lui enserrait les reins avait glissé sur sa peau. Il se déculotta pour la remettre en place, méticuleusement. Puis, en redescendant la rangée de vignes, son regard croisa celui d'Eugène. Il y vit des larmes qui coulaient sur son visage. Pierrebrune s'arrêta à sa hauteur. Le petit Madelbos fit mine de ne pas le voir.

— Oh ? Ça ne va pas ?

Octave répéta sa question jusqu'à ce que le bonhomme consente enfin à relever la tête.

— Augustin est en train de mourir, fit-il d'une voix étranglée.

— Ton père en est là ? reprit Octave en baissant les yeux. Aussi, je m'étonnais de ne plus le voir sur ses terres. C'était plus fort que lui... Bon Dieu oui ! Faut que ça soit drôlement grave...

Puis il se tut, religieusement.

— Le sort de mon père doit bien peu te préoccuper, répliqua le fils Madelbos en crachant dans ses mains avant de reprendre le manche du bigot. Y a bien des années que tu lui as pas adressé la parole.

Pierrebrune s'appuya contre un tuteur. Il comprit qu'il gênait, mais il avait envie de dire des choses qui ne pouvaient sortir de ses lèvres. De son côté, Eugène avait honte de lui montrer son chagrin. La pitié, qu'il sentait poindre dans le silence, était tout ce qu'il y avait de plus humiliant. Il lui semblait encore entendre la voix cassée de son père : « N'adresse jamais la parole à un Pierrebrune, même porteur de bonnes intentions !… » Depuis des années, c'était la règle, l'impérieuse observance, et rien, aucune force, nulle raison, ne pouvait en dévier le cours. Tout avait été dit, commenté, jugé, de cette querelle antique, immémoriale. Elle s'étendrait jusqu'à la fin des temps, ravageuse et destructrice, tant qu'il y aurait sur la terre du sang des Pierrebrune et des Madelbos.

— Nous ne sommes pas des bêtes sauvages ! s'écria Octave. Devant la mort, il n'est aucune chicane qui vaille un bouton de guêtre. Dix pieds sous terre, nous nous ressemblons tous. Les vers ne se soucient guère qu'un jour nous nous soyons appelés Madelbos ou Pierrebrune.

— N'essaie pas de m'attendrir, ça ne servira à rien. Je sais qui tu es, ce que tu vaux. Ça me suffit.

— Ne faudra-t-il pas un jour mettre cartes sur table et en finir ?

— Tu viens me proposer ça, maintenant que père est malade, si malade qu'il ne peut se défendre. Je trouve ça misérable de ta part !

— Alors, ce sera reparti pour cinquante ans de plus, la suspicion, la haine, qui ont fait tant de mal à nos deux familles.

Pierrebrune sentit qu'il ne tirerait pas un mot de plus de son voisin, que ce dernier n'avait pas encore l'autorité suffisante pour engager une conversation sérieuse sur le sujet. Peut-être cela finirait-il par arriver, lorsque le vieil Augustin serait passé de vie à trépas. À moins qu'avant de disparaître il n'obtînt de son fils la promesse de ne rien changer. C'était la solution la plus probable, celle du moins qui avait l'heur de plaire à ces enragés.

Octave repensa à son père, Louis. Avant de mourir, en 1849, d'une pleurésie, ne lui avait-il pas fait jurer que jamais un Pierrebrune n'adresserait la parole à un Madelbos ? Certes, il n'avait pas tenu sa promesse. Et le ciel ne lui était pourtant pas tombé sur la tête. Mieux encore, en désobéissant, il n'avait pas ressenti la moindre culpabilité. Toute l'intelligence d'Octave ne se bornait-elle pas, chaque fois qu'il repensait à la malheureuse affaire, à se répéter que l'homme n'est point sur la terre pour haïr, mais pardonner, s'il y a quelque chose à pardonner ?

Que savait-il, au juste, des origines de la querelle ?

Ce qu'on avait bien voulu lui en dire, une histoire de parcelle volée par un faux acte de propriété… Cette fameuse terre s'appelait le Tous-vents. Un peu plus de vingt ares de vignes, bien exposés, à flanc de coteau. Les Madelbos en tiraient du bon vin, mais au prix de quels efforts ! La moindre pluie d'orage descendait la terre, qu'il fallait ensuite remonter à bras d'hommes, au bayart, si l'on ne voulait pas que l'arpent devînt aussi raviné et aride que le puy Caput voisin, où ne poussaient plus que les genévriers et la bruyère.

Pour retenir la terre, les Madelbos avaient bâti des murets avec de la pierre montée à dos de mulet. Eux non plus n'avaient pas suffi. La violence des averses de mars, armées de grosses gouttes ou de grêle, suffisait à tout redescendre, murs et terre, déchaussant les pieds de vigne, quand ils ne se trouvaient pas, eux aussi, entraînés dans cette débâcle causée par la déclivité. À croire qu'une malédiction entourait le Tous-vents et qu'il y faudrait plus que la raison pour le délivrer des sortilèges.

Après le dîner, Octave décida de se rendre à la ferme Madelbos. Il ne savait pas encore comment Louise le recevrait, car elle avait, elle aussi, épousé la cause de la famille, sans chercher plus à comprendre.

Lorsque le maître de maison ouvrit la porte de la cuisine, où toute la famille était réunie, dans la pâle lumière d'une lampe à huile pendue à une solive, elle poussa un cri d'effroi. Et les larmes jaillirent sur son visage qu'elle essuya avec le pan de son tablier gris. Les enfants, Pierre et Alain, se levèrent, par respect. Josée, la bru, resta assise. Mais Eugène, qui occupait le bout de la table, à la place dévolue d'ordinaire au vieil Augustin, leur ordonna de se rasseoir. Ce qu'ils firent sans broncher. Cette obéissance étonna Octave, car il n'était pas dans la nature du père de faire montre d'une telle autorité avec ses fils qui n'avaient pas vingt ans. Le visiteur hésita à avancer. Il s'était promis de ne pas insister si la famille décidait de le mettre à la porte.

Louise ôta son tablier qu'elle jeta sur sa vaisselle qui encombrait l'évier de pierre. Le poids du tissu entraîna la chute d'une couade posée en équilibre sur le seau d'eau fraîche.

— Je viens voir Augustin, annonça Octave d'une voix blanche. Si vous me le permettez…

La mère regarda son fils. Elle ne savait quelle décision prendre. Eugène fixait le fond de son assiette, comme s'il ne voulait pas répondre. Il lui semblait avoir tout dit, l'après-midi, dans les vignes du Mazet.

— Attendez voir ! fit Louise en se faufilant dans la chambre où reposait le vieux.

Un grognement se fit entendre, puis un éclat de voix. Une réflexion en patois dont Octave ne comprit pas le sens. Il se passa encore une longue minute, puis elle revint.

— Il veut bien vous voir, fit-elle. Seul à seul, ajouta-t-elle en regardant son fils.

Eugène hocha la tête. Il se sentit trahi, au plus profond de sa chair. Puis, il essaya de lui trouver quelques excuses en marmonnant à ses enfants que le vieux n'avait plus sa tête à lui.

Louise tira soigneusement la porte derrière elle, jusqu'à ce que la serrure s'enclenchât d'un coup sec. Octave fit un pas vers le lit où l'on distinguait à peine le mourant. Un simple drap de lin le recouvrait. Son visage gris et émacié reposait sur un large coussin. Une main maigre se tendit dans sa direction. Et Octave ne sut s'il devait la saisir ou si elle ne s'avançait vers lui, tremblante et hésitante, que pour lui faire signe de s'approcher. Mais elle demeura suspendue à son approche. Alors il la prit. Et les doigts du mourant se fermèrent sur les siens de toute la force dont ils étaient capables.

— J'ai appris par ton fils que tu étais malade, dit Pierrebrune.

— Fichu, oui, tu veux dire, fichu…

— Tu as toujours eu le sens de l'exagération.

— Je suis content que tu sois venu. C'est un peu tard, à mon goût. Mais tant pis.

— Je ne savais pas que je pouvais venir te parler.

— Je ne t'en ai jamais donné l'occasion. À cause de toutes nos histoires.

— Croyais-tu que ça en valait la peine ?

Le vieux tourna légèrement la tête de l'autre côté du lit pour y cacher des larmes qui se dessinaient sur ses joues. Octave comprit qu'il ne pouvait plus parler à cause de l'émotion. Puis son visage revint, lentement, à sa position initiale. Les yeux, grands ouverts, fixaient le plafond où se promenaient des ombres démesurées et vacillantes.

— Tu as fini par faire le premier pas. C'est toi le plus intelligent de nous tous. Sans ta visite, je ne serais pas parti en paix.

— Je n'ai jamais compris ce qui nous opposait. Ce ne peut être cette misérable possession de terre ? Ça serait trop bête.

Augustin lui fit signe de s'asseoir. Pierrebrune traîna une chaise près du chevet et approcha pour mieux entendre ce que le vieux avait à dire.

— Ton père, Louis, a toujours prétendu que le Tous-vents était à lui. Nous possédons l'acte notarié.

Et il désigna l'armoire, en face de son lit, où le document devait être caché.

— Je sais tout ça, confirma Octave. À la différence que mon père m'a toujours soutenu que cette terre vous avait été attribuée à tort, suite à une erreur de transcription du notaire.

Le vieux esquissa un sourire.

— Ne te fais pas plus aimable que tu n'es. Je comprends que tu ne veuilles pas me faire de la peine, dans mon état, mais tu en sais plus que tu ne veux bien le dire.

— Est-ce bien utile de remuer tout ça ? Qu'y gagnerons-nous ?

— Ton père a prétendu que nous avions payé le notaire pour qu'il nous fasse un faux. C'est là que le drame a éclaté.

— Quel drame ?

Augustin reprit son souffle. L'émotion lui paralysait la voix. Et au fond de lui-même, il craignait de n'avoir plus assez de force pour aller jusqu'au bout. Son cœur tambourinait la chamade dans sa poitrine.

— Un matin de novembre 1811, mon père et mon oncle François se sont disputés avec Louis. La discussion s'est envenimée à un point tel qu'ils en sont venus aux mains. Ton père s'est emparé d'un bigot et a frappé mon oncle en pleine tête. Le sang s'est mis à couler par le nez, par les oreilles. Une heure plus tard, François était mort.

Les yeux embués de larmes, Octave fit le tour du lit. Le vieux le suivait du regard. Tout aussi ému que lui.

— Je savais, fit-il, que tu ignorais cette histoire.

— Mon père n'a pas été inquiété ?

— Nous avons gardé le secret dans la famille. Ces histoires ne regardent personne. Surtout pas les gendarmes. C'est un coup malheureux. Un coup de sang. Louis a souffert de ce drame tout le restant de sa vie. Je l'ai souvent vu pleurer sur la tombe de notre oncle. Il se frappait la poitrine en jurant qu'il irait en enfer, qu'il ne demandait aucun pardon.

— C'est vrai, admit Octave. Lorsque la pleurésie l'a emporté, il a refusé l'extrême-onction. Il disait qu'il ne croyait pas en Dieu. Et le curé a dû repartir comme il était venu, au grand désespoir de la famille. Puis nous l'avons enterré sans passer par l'église. Comme un chien.

Le vieux soupira, longuement. Son visage rayonnait d'un étrange sourire.

— Il s'est puni de la sorte. En s'interdisant la porte du paradis.

— C'est ce secret qui a fait notre malheur à tous, dit Octave en se rasseyant près du mourant. Il aurait mieux valu qu'il paye pour son crime. S'il est en enfer, pardonnons-lui. Ayons pitié de son âme. Car il n'était pas un mauvais homme.

— Je lui pardonne, fit Augustin. Je lui ai pardonné depuis longtemps.

Octave serra les mains du vieux avec force. Ce dernier essaya de se soulever. Et son voisin l'aida en glissant un bras derrière son épaule.

— J'ai une faveur à te demander, à toi qui es le meilleur de nous tous…

Pierrebrune hocha la tête.

— Il faudrait que vous reconnaissiez enfin, toi et tes enfants, Paul-Antoine et Jean-Baptiste, que nous n'avons pas volé cette terre, qu'elle a toujours été à nous, et que ce procès fut une erreur grossière.

Octave lâcha les mains du vieux.

— Je ne peux pas. Je ne pourrai jamais. J'ai juré à mon père avant qu'il meure…

— Tu as juré quoi ? Mon pauvre petit.

— J'ai juré…

Et il hésita à poursuivre. L'image de son père frappant François Madelbos lui occupait l'esprit.

— Je lui ai juré de récupérer cette terre par tous les moyens.

Le vieux ferma les yeux, doucement.

— Tu peux t'en aller, maintenant.

Octave ne pouvait se résoudre à partir ainsi, comme un voleur. Il avait compris que cette conversation était la dernière, qu'il ne pourrait plus jamais la reprendre, et qu'il serait désormais condamné, lui aussi, à vivre avec ce lourd secret.

— Je ne voudrais pas que tu croies…

— Je ne crois rien, mon petit. Je ne crois rien. J'ai besoin de réfléchir avant de passer. C'est comme de mettre en ordre sa vie. Les bonnes actions d'un côté… les lâchetés de l'autre. Aurai-je la force de démêler tout ça ? Toi aussi, tu y viendras. Et tu auras du regret…

Le vieux Madelbos mourut au petit matin, après avoir appelé son fils. Dans la chambre, on éteignit la chandelle, car le jour était déjà fort avancé. C'était une belle journée d'été ensoleillée, avec un ciel sans nuages. Pas un souffle de vent. Puis les hommes montèrent au grenier chercher quatre planches de noyer qu'Augustin avait préparées en prévision. Le grincement des scies, les coups de marteau emplirent la cour. Quand le cercueil fut terminé, on y glissa le père, vêtu de son costume étroit qui lui avait servi, autrefois, pour le mariage. Eugène récupéra dans l'armoire, sous une pile de linge, le fameux acte de propriété du Tous-vents et le plaça sous l'oreiller du mort. Louise demanda juste ce que tout cela signifiait. Et le fils, sans se départir de son calme, répondit qu'il accomplissait la dernière volonté du défunt.

C'était l'heure sacrée du thé, à la dernière mode, saupoudré de gingembre. Lorsque la vieille Mélie apporta le plateau dans le cabinet de travail, elle trouva les « enfants », comme elle avait coutume de dire, allongés sur le tapis persan. Pierre et Adèle dressèrent à peine la tête, tant ils étaient absorbés par leur conversation. La servante déposa les thés infusés sur le bureau, à côté d'un amas de feuilles noircies à la plume, et se retira aussitôt.

Pierre de Jandelles venait de lire son dernier article consacré au port d'Argentat et au passage de Coligny et de Henri de Navarre en octobre 1569 sur la Dordogne. Le voyage en terre corrézienne du futur roi fut semé d'embûches : les crues de la rivière, la pénurie des bateaux, l'opposition de Des Cars… Au passage, le jeune homme en profitait pour tordre le coup à une légende tenace selon laquelle le petit Henri eût couru le guilledou avec les bergères du voisinage. Il n'avait que quinze ans et, sans doute, son protecteur n'aurait point souffert que l'enfant, tout précoce qu'il fût, eût risqué une aventure dans un secteur peu sûr en ces temps troublés.

Le fils de Firmin allait devoir remettre son pensum le lendemain même à la *Revue scientifique et historique corrézienne*, à laquelle il collaborait. C'était même sa principale occupation. Si ce travail d'historien ne nourrissait pas son homme, du moins lui donnait-il l'impression d'exister. Chaque fois, Pierre de Jandelles exhibait fièrement son nom inscrit au sommaire de la revue, qui comptait à peine une centaine d'abonnés. Le seul titre de gloire de la publication confidentielle était une courte lettre de l'empereur lui-même, suite à un article d'un Corrézien, Louis Forest de Faye, témoin du mariage de Napoléon III et d'Eugénie de Montijo. Cet événement, vu et commenté par un provincial, avait ému l'empereur, qui avait tenu à exprimer aussitôt son sentiment en quelques mots.

Après la lecture du fameux article sur le jeune Henri de Navarre, Adèle applaudit, de ses petites mains potelées, habillées d'un gantelet en coton tricoté.

— Hypocrite ! s'écria Pierre. Tu n'en penses pas un mot. Je le sais, va, que tu te fiches bien de ma prose. Que m'importe, ça me distrait. Et j'ai pris beaucoup de plaisir à décrire l'étrange équipage formé par un vieillard angoissé et un petit prince sans éducation.

— Rien ne prouve que ça s'est passé ainsi. Peut-être que Coligny était un affreux bonhomme qui passait son temps à rudoyer le futur roi. À moins qu'il ne fût gâteux et que Henri, profitant de cette débilité, ne fît les quatre cents coups…

— Ma chère cousine prétend en savoir plus que son savant, rétorqua Pierre en se jetant sur elle.

Adèle portait une robe à fleurs, ample et volutée, gonflée par une armada de jupons où il aimait égarer les mains.

— C'est aussi compliqué à défaire qu'un mille-feuille, dit-il en cherchant sous la mousseline les cuisses blanches et satinées.

Roulant sur elle-même, emportée par l'agitation, elle réussit à s'entortiller dans sa robe à volants. Alors, le garçon vint à califourchon sur elle, pour la maintenir plaquée sur le tapis.

— Vois comme je suis, maintenant, toute froissée ! gloussa-t-elle. C'est une honte, mon cher cousin.

Elle avait une manière provocante de prononcer ce « mon cher cousin » qui le ravissait chaque fois un peu plus et lui faisait perdre tout contrôle. Par ces mots, Adèle voulait incessamment lui rappeler que leur relation particulière était teintée d'un parfum d'interdit. C'était comme une barrière qu'elle lui opposait. Et ses yeux chargés de reproches semblaient lui dire que la faute lui incombait, malgré qu'elle fût, pour moitié tout de même, dans le filet de cette passion, prise au piège des jeux de l'amour. Il la fixa longuement, dressé au-dessus d'elle, les genoux repliés contre son flanc.

— Je suis en effervescence, ma chère. Tu peux toucher si le cœur t'en dit…

— Qu'est-ce qui te fait croire que je veux toucher ?

— On ne résiste pas à ça.

— Prétentieux avec ça, mon cher cousin. C'est une chose que mon regard ne saurait effleurer. Ah non !

— Ton regard, non. Mais cette main-là ? Ne s'insinuerait-elle pas ?

— Oh non, pouffa-t-elle. Oh que non ! À moins que…

— À moins que quoi ?

— À moins que ma main ne soit indépendante de mon esprit, qu'elle ne sache trop pourquoi lui obéir…

— Surtout n'ôte point ton gantelet. Le bout des doigts est suffisamment dégagé. C'est parfait. Et tu verras, ma chère cousine, c'est tendu et brutal, certes, mais à toucher délicatement on s'aperçoit que cette rudesse est bien trompeuse. Le toucher est aussi doux qu'une peau de pêche. Ou plutôt une soie. Une soie qui serait un brin mouillée.

— Tais-toi donc.

— Fais ! Fais ! Je t'encourage.

— Je ne veux pas que tu me parles. C'est une insanité. Tout de même !

— Nous pouvons tout nous dire sur ces secrètes sensations.

— Et honteuse avec ça. Je suis honteuse.

Adèle avait fermé les yeux. Trop de lumière. Aussi amena-t-elle l'autre main sur son visage, la paume ouverte vers l'extérieur. À travers ses doigts fins, il vit qu'elle se pinçait les lèvres. Ça l'encouragea. Et se détachant de ce corps qu'il avait tenu plaqué sous lui, il troussa les falbalas.

— Je parie qu'elle est fendue, ta jolie culotte ? C'est une habitude. Je l'ai remarqué, va !

— Quoi donc, mon beau cousin ?

— Que tu portais, chaque fois que nous nous rendions visite, une culotte fendue. C'est un crime, ça !

Elle poussa un petit cri de souris. Et ses mains se mirent à frapper en cadence le tapis.

— Prends garde à te retirer à temps, petit salaud ! soupira-t-elle.

Pierre rabattit la robe et lui effleura la joue du bout des doigts. Elle les saisit pour les approcher de ses lèvres. Elle les huma, puis promena sa langue sur sa peau. De justesse, il échappa à une gifle qu'elle lui lança à toute volée.

— Je ne veux pas que tu recommences. C'est une sale habitude que nous avons prise.

— Nous ne sommes que des animaux.

— Tais-toi donc. Tu es aussi perverti que ton père. La première fois, j'aurais dû te dénoncer.

— Tu ne l'as pas fait.

— Ce n'est pas une raison pour te sentir encouragé.

Le garçon se tenait debout, près du bureau. Il contemplait rêveusement ses pages manuscrites. Je ne suis qu'un raté, pensait-il. On me loue pour toutes ces futilités que je produis, et je minaude comme un animal de cirque, bien dressé. D'une main rageuse, il balaya les feuillets qui s'éparpillèrent autour du meuble.

Adèle courut à la porte et découvrit, avec un cri d'horreur, qu'elle était restée entrouverte sur le couloir.

— On a pu nous voir.

Pierre éclata de rire.

— La pauvre Mélie, qu'est-ce que ça peut bien lui faire que nous jouions à ça ?

— Dégénéré ! lança-t-elle. J'ai honte d'appartenir à cette famille.

— Plains-toi ! Tu aurais pu naître dans la peau d'une de ces paysannes, laides comme des truies.

— Je me sens aussi laide qu'elles après que tu m'as touchée. Mais je te jure bien que c'est la dernière fois.

Ils allèrent s'installer près du bureau et burent le thé en silence.

— Si je pouvais, je t'épouserais, dit Pierre au front triste.

— Tout cela a commencé par des jeux stupides. Et puis, un jour, nous nous sommes réveillés dans la peau d'adultes. Ça ne ressemble pas à la vie.

Le garçon haussa les épaules. Il ne se sentait pas adulte, lui. Pas encore. Au contraire, il s'y refusait avec la plus féroce énergie. À quoi cela pouvait-il bien servir d'être à l'image des parents ?

— Ça ressemble à quoi, la vie ?

— Rencontrer un homme qui m'aime. Un homme qui me respecte. Et ensuite, avoir des enfants. Aimer, sans se sentir coupable.

— Moi, je ne ressens rien, dit Pierre.

— Tu es égoïste. Tu ne penses qu'à toi. Je parie que tu n'as jamais connu une autre fille ?

Il baissait la tête. En avait-il eu envie ? Seulement une seule fois ? Jamais. Il lui semblait que sa cousine serait toujours là, à tendre vers lui sa belle âme meurtrie pour qu'il vînt s'y accrocher, comme un naufragé.

— As-tu du désir pour ces jolies filles qui te tournent autour ? Le diras-tu enfin ?

— Je ne m'intéresse qu'à toi.

— Ce n'est pas aimer, cela. Cela, insista-t-elle, c'est du désespoir. Je n'ai pas à partager ta vision morbide de l'existence.

— Si nous ne devions plus nous voir, je me tuerais, dit-il avec des sanglots dans la voix.

La tournure de la conversation lui devint insupportable. À ce jeu, elle ne pouvait rien gagner, sinon de l'apitoiement. Il la savait sensible au chantage qu'il pouvait exercer sur elle ; de cette manière obtenait-il tout ce qu'il désirait, sans effort.

— Je dois me rendre aux Modes parisiennes pour essayer une nouvelle robe que mon père a commandée.

— Tu as bien assez de vêtements. Pour l'usage que tu en fais ! Je hais ces bals interminables. C'est stupide de tournoyer comme une toupie.

Elle était déjà dans le couloir, arrangeant sa mise. C'était défait, surtout côté coiffure. On voyait bien qu'elle avait fait autre chose que de jouer au bouchon. Dans le salon du bas, Mélie astiquait les cuivres. Elle passa près d'elle en rougissant, car elle subodorait que la servante les avait espionnés. Ce n'était pas la première fois qu'elle « jouait » avec son cousin, dans le bureau. Mais, d'ordinaire, les amants prenaient soin de fermer la porte à clé.

Pierre la rejoignit avant qu'elle n'eût appelé son cocher. Il y avait toujours une voiture qui attendait dans l'allée de l'hôtel particulier qu'occupait Huguelin de Jandelles, avenue de Bordeaux.

— Tu te souviendras bien de ce que je t'ai dit ! hurla-t-il.

Elle lui fit un petit geste de la main et attendit que le cocher eût déplié le marchepied pour s'engouffrer dans la berline. Adèle avait inventé, en dernière minute, cet essayage de robe. Elle ordonna au chauffeur de la conduire avenue du Théâtre. À cette heure, la fine jeunesse de Brive musardait et flânait sous les platanes. Ainsi perdrait-elle le reste de l'après-midi jusqu'à ce que Phil James la rejoigne. Son ami avait coutume de lui donner rendez-vous au Constantinople, un café de la place du Civoire. Le jeune ingénieur de la Compagnie des travaux du chemin de fer ne savait comment révéler l'intérêt qu'il éprouvait pour la petite de Jandelles. De son côté, elle attendait qu'il se déclarât, mais sa timide réserve repoussait, de semaine en semaine, l'instant où il la prendrait enfin dans ses bras. La valse-hésitation n'était pas pour déplaire à Adèle, qui entrevoyait dans cette gaucherie un garçon enfin à sa mesure, tellement différent de ceux qu'elle avait connus jusqu'alors. Et une heure plus tôt, en conversant avec son cousin de la manière dont elle voyait son avenir, c'était à Phil James qu'elle pensait. Souvent, elle s'imaginait que lui seul parviendrait à la délivrer du poison incestueux qui la dévorait. Sans doute l'avait-elle choisi pour ces qualités, qui eussent fait pâmer de rire Eugénie, pour qui l'apprentissage de l'amour se faisait à la deuxième ou troisième rencontre, sur le coin d'un sofa. Enfin quelqu'un qui ne ressemble pas aux de Jandelles, se disait-elle en buvant ses grands silences ou en surprenant sur son visage empourpré ses timides embarras. Elle se promettait aussi de ne rien tenter pour hâter ses aveux, même si, parfois, elle se désespérait de ne pas le voir plus entreprenant.

Phil James reculait l'instant de vérité en discourant de la seule chose qui lui tenait à cœur dans la vie, le chemin de fer. Les aménagements de la ligne Brive-Périgueux avançaient à grands pas. Les premiers ouvrages d'art en pierre de taille, solidement jointoyée, se dressaient dans la campagne, devant des paysans qui n'en revenaient pas qu'on pût consacrer autant de temps et d'argent au nouveau dieu Progrès. C'était parmi eux, du reste, que la compagnie recrutait ses manœuvres. De solides gaillards, ça ne manquait pas dans les villages environnants. Ceux-ci possédaient un avantage sur les ouvriers de la ville, ils ne discutaient pas les salaires. Les paires de bœufs réquisitionnés dans les fermes tiraient les charrois de pierre dans de vastes carrières nouvellement ouvertes. L'activité principale de Phil James consistait, précisément, à rassembler hommes et bêtes pour la grande œuvre. Il était habile à la négociation et faisait gagner, par son intransigeance, de l'argent à la compagnie. Aussi, Castillard ne tarissait plus d'éloges sur le jeune homme. Et si ce dernier nourrissait la secrète ambition d'épouser Adèle, c'était seulement pour entrer de plain-pied dans la famille de Jandelles, asseoir à jamais sa position. Mais n'était-ce pas trop beau ? À la vérité, il n'éprouvait pas ce sentiment qu'Adèle soupçonnait. Phil James n'avait jamais ressenti le moindre désir pour une femme. C'était même une catégorie humaine qui lui faisait peur, une peur maladive. Et l'idée de devoir un jour se dévoiler à elle, d'exécuter les gestes de l'amour, l'emplissait d'effroi.

À dix-neuf heures, le jeune homme se présenta au Constantinople. Adèle l'attendait en discutant avec un couple d'amis. Une table leur était réservée au fond de la salle, près d'un billard. Le garçon avait conservé, de ses origines anglaises, l'élégance froide et hautaine. Il portait, sans se lasser, les mêmes costumes, en prince-de-galles, et affichait une moustache blonde roulée en pointes. Il n'était ni beau ni laid, indéfinissable. On ne savait quel âge lui donner, bien qu'il fût jeune, à peine vingt-cinq ans. Adèle le plaisanta sur sa casquette en tweed, mais il resta sans voix. Il était insensible aux critiques, aux compliments ; rien ne semblait l'émouvoir. Sans doute tenait-il ce caractère de la rudesse avec laquelle il commandait ses ouvriers. C'était un chef impitoyable, fort imbu de son bagage en génie civil. Il commanda un porto. C'était la seule boisson qu'il prisait, après le cherry-brandy qu'on ne trouvait pas à Brive en ce temps-là. Adèle demanda un thé à la menthe.

— Vous avez l'air fort enjouée, nota-t-il.

— Pourquoi ne le serais-je pas ? Vous êtes à mes côtés, de nouveau. C'est un moment agréable. Pas pour vous ?

Phil James humait son porto en le faisant rouler entre ses doigts. Il vérifiait que le liquide fût bien huileux, laissant sur le verre sa pellicule visqueuse. C'était un gage de qualité, tout comme pour la fine cognac, qu'il avait appris à apprécier avec Huguelin.

— Croyez-vous que je serais auprès de vous si je ne souffrais votre compagnie ? avoua-t-il sans lever le regard.

— Pourquoi ne trouvons-nous pas une solution durable à notre situation ?

— Une solution durable, répéta Phil James.

Et un silence marqua ces derniers mots. Jamais encore Adèle n'avait poussé aussi loin ce genre d'insinuation. Elle trouva même qu'elle avait fait preuve de beaucoup de hardiesse, au point qu'il ne pourrait guère se défiler plus longtemps. Elle en avait trouvé la force après avoir quitté Pierre, dans l'espoir de se libérer enfin de son emprise.

— Croyez-vous que votre père serait d'accord ? Je ne suis rien. Un petit ingénieur. Sans fortune personnelle.

— Cessez donc de vous dévaloriser. Cela est démoralisant.

— Je ne saurais pas vous rendre heureuse, balbutia Phil James, qui avait envie de disparaître dans un trou à rat plutôt que d'affronter son regard qui semblait lire au plus profond de ses pensées.

— Vous ne savez rien de la vie, dit-elle avec un singulier accent maternel qui lui remuait l'estomac, mais je vous apprendrai tout. Sans doute êtes-vous un meneur d'hommes, mais il n'empêche que les femmes vous effraient, parce que vous ne les connaissez pas. Cela se voit comme le nez au milieu de la figure. Venez donc poser votre main sur la mienne.

Adèle alla la chercher. Elle était froide et rétive, hésitante. Mais elle sut la garder à l'instant où elle allait se retirer.

— N'aimez-vous pas toucher ma peau ? J'ai ôté mon gantelet pour vous être agréable. Caressez-la donc ! Ne sentez-vous pas ce fluide étrange qui nous traverse le corps ? Cela est un appel à nous mieux connaître.

— Où avez-vous appris tout ça ?

— C'est un secret. Les femmes naissent avec ce don.

Phil James but son porto d'un trait, pour se donner du courage.

— Je vais parler à votre père, lui assura-t-il.

Et il se commanda sur-le-champ une nouvelle boisson.

Alain Madelbos attendit que le dernier journalier se fût éloigné pour rebrousser chemin. Les ultimes feux du crépuscule faisaient rougeoyer l'horizon, une langue de feu incandescente qui épousait la ligne épurée des mamelons formés par les puys d'Ayen et d'Yssandon. C'était le moment de la journée où il se sentait revivre. Toute la fatigue accumulée semblait, d'un coup, se dissoudre. Il n'y avait plus de Ségur, de Hippolyte Dormoix, de Firmin de Jandelles, plus de cadence à tenir ni de rebuffades à essuyer, d'humiliations à subir, seul le silence face à l'immensité du paysage. Il se disait que l'homme était né pour se mesurer à la liberté, et non pour vivre à genoux. Sans ce combat, que serions-nous, pensait-il, pauvres rats méprisants, à fouailler la terre pour y dénicher l'ordure.

Il avait vu son grand-père glisser dans la terre et, pelletée après pelletée, disparaître de la surface sensible du monde. Quel sens donner à la vie, sinon naître pour souffrir et mourir ? Augustin l'avait tellement aimée, cette glèbe rouge, au point de s'y confondre. Et, en guise d'adieu, le jeune homme avait jeté sur le cercueil une ultime poignée de glaise. Un geste de semeur de mort. En ces profondeurs, la vie ne repousse pas, avait-il songé. La parole sacrée de l'abbé Bonneval lui parut ensuite obscène, lorsqu'il promit que les morts se dresseraient au dernier jour du monde. Ce lui parut inimaginable, cette reptation de taupe pour recouvrer la lumière. Ce lui parut une promesse stupide et trompeuse. Il comprit alors que le temps régnait sur toute chose humaine, que le robuste noyer protecteur s'ouvrirait comme une coquille de noix, et que la boue envahirait cette bouche pour la clore à jamais.

D'un pas nonchalant, Alain remonta vers la cabane. Il faisait le trajet inverse des journaliers, pressés de retrouver la douceur de leur maison. Sa douceur à lui l'attendait sur la colline, au soir mourant.

La maison de vigne du Jolet était bâtie en pierre rouge. Un carré chapeauté par une toiture d'ardoises aux pans volumineux. Elles étaient toutes semblables dans la région, ces cabanes, comme de petites maisons chinoises aux toits évasés. L'espace du bas servait à remiser les outils des vignerons. On accédait à l'étage par une échelle meunière. Le plancher était usagé, mais il avait fini par se consolider avec les strates de paille qui en recouvraient la surface. Ces réserves servaient à emmailloter les boutures de vigne pour fixer l'humidité et ainsi les conserver dans l'attente de futures plantations.

Alain escalada l'échelle et alla directement s'asseoir au fond de la soupente, près de la lucarne qui donnait sur la vallée. La nuit était tellement avancée qu'on ne distinguait plus le relief environnant. Pour tromper l'attente, le jeune homme se mit à compter les feux qui brillaient au loin, à situer et nommer les fermes qu'il connaissait autour de Chantegrêle.

Le bruit d'un pas léger fixa son attention sur une tache blanche qui sautillait sur le chemin, comme un feu follet. Son cœur se mit à battre. C'était toujours avec la même émotion qu'il retrouvait, soir après soir, Albine Pierrebrune ; à croire que le rituel n'en déferait jamais le charme. Cela faisait des mois que cet amour durait, un amour secret et menacé, à cause de la querelle qui divisait les deux familles. La mort d'Augustin n'avait rien changé. Au contraire, Eugène se sentait désormais en charge de l'affaire. Il était devenu celui par qui la haine pouvait perdurer, défiant le temps et la raison. Avant de mourir, le vieux Madelbos n'avait laissé aucune consigne claire, comme on eût pu l'espérer. Au contraire, sa dernière volonté, être inhumé avec le titre de propriété du Tous-vents, avait été interprétée comme une nouvelle déclaration de guerre. En cet endroit, personne n'irait le chercher pour en discuter les termes… À moins qu'il n'ait voulu ainsi marquer son intention d'enterrer avec lui l'objet du litige.

— Je ne supporte plus de me cacher pour te voir, dit Alain en accueillant Albine dans ses bras.

Il sentit au rythme accéléré de sa respiration qu'elle n'était pas comme d'habitude. Et quand il voulut glisser une main hardie sous ses jupons, elle le repoussa.

— Je n'ai pas le cœur à ça ! fit-elle.

— Tu n'es pas contente de me rencontrer ?

D'ordinaire, à peine se retrouvaient-ils que, déjà, leurs corps se mélangeaient dans la paille, sans retenue. La nuit alentour partageait leur silence. C'était pourtant ainsi, dans le noir, qu'il parvenait à la mieux aimer ; l'obscurité les libérait de leur peur, leur ouvrait toutes les portes de la fantaisie. Il se repaissait de ses soupirs et guettait l'instant de sa petite mort. C'était un vrai bonheur qu'ils eussent du plaisir ensemble, accordés au souffle de la terre. Et, à peine détaché d'elle, il venait lui prendre les lèvres pour goûter jusqu'au dernier spasme le souffle qui la ramenait peu à peu au monde des vivants. Le jeune homme n'avait jamais connu une femme avant elle et croyait qu'aucune autre ne fût capable de s'accommoder de la sorte à son désir. Les gestes maladroits et hésitants du début laissèrent place au ravissement. Albine aimait se donner, sans frein, à ce garçon qui passait le plus clair de son temps à l'attendre, à la rassurer enfin sur le sens de leur passion lorsqu'un éclair d'inquiétude rôdait dans son regard gris.

Alain l'accompagna jusqu'au fond de ce bateau renversé auquel ressemblait la voûte de la maison charpentée en châtaignier. Et ils allèrent se blottir contre une meule de paille. Elle s'y abandonna, recroquevillée sur elle-même, le visage collé à ses genoux. Il passa une main dans sa chevelure désordonnée, à laquelle s'étaient accrochés des brins de paille. Il en ôta quelques-uns, délicatement.

— Je suis prise ! fit-elle dans un cri rauque.

Le garçon la fit répéter. Il ne comprenait pas ce qu'elle voulait dire. Son visage se dressa avec fureur.

— Prise ! Prise ! Que faut-il te dire de plus ? Tu m'as engrossée, sale idiot !

Et son cri s'éteignit au fond de la gorge. Et de nouveau, Albine se renversa dans la paille, comme pour s'y enfouir, disparaître. Elle ne supportait plus qu'il la regarde, incrédule et hébété.

— C'est une bonne raison pour nous marier. Je n'avais jamais osé te le demander…

— Pauvre idiot ! Tu choisis bien ton moment ! Nos parents n'accepteront jamais. Unir ces deux familles, les Madelbos et les Pierrebrune, ça serait comme concilier l'eau et le feu.

Alain était debout, devant elle, les épaules basses. Il se recula, pensif et malheureux.

— Nous nous marierons, jura-t-il, même si on nous en empêche. Nous nous marierons en secret. Et nous élèverons l'enfant que tu portes.

Albine poussa des cris effrayants, comme pour étouffer des promesses auxquelles elle ne croyait pas. La jeune femme avait longuement réfléchi avant de se décider à parler à Alain, pour en arriver d'elle-même, dans le désespoir et le désarroi, à penser que cette union était impossible. Jusqu'alors, elle avait cru, naïvement, malgré ses recommandations, qu'il ne la mettrait pas enceinte. Mais cela aussi relevait de la chimère. Elle ne lui en voulait certes pas. Le plaisir, ils l'avaient pris ensemble. Désormais, il fallait en payer le prix fort. Et cela l'enrageait de penser qu'elle serait seule à en assumer le fardeau, que les hommes étaient décidément bien gâtés dans cette vie.

— Tu ne sais pas ce que tu dis ! Dans une heure, tu regretteras tes promesses, ajouta Albine d'une voix calme, parce que tu réaliseras enfin que tu ne peux pas les tenir.

— Mais je t'aime, se défendit-il. Et notre amour sera plus fort que les haines anciennes.

Albine s'était relevée, reniflant son chagrin qu'elle essuyait sur son visage avec le pan de sa robe. Elle l'observait, debout devant elle, olympien et céleste, et se disait qu'il prendrait vite la poudre d'escampette devant cette situation inextricable, comme les autres.

— Je le sais, que tu m'aimes. Mais ce qui nous arrive est plus puissant que notre amour. Je porte dans mon ventre quelque chose qui va nous séparer.

Elle avait retrouvé la sérénité. Les mots avaient eu ce prodigieux effet de la libérer du poids qui l'écrasait. Il lui semblait voir plus clair en elle-même, maintenant qu'elle s'était délivrée du terrible secret. Alain se sentit, alors, submergé par un sentiment de dégoût contre ces familles qui avaient passé tant d'années à se haïr.

— On m'avait prévenue que je ne devais pas aimer un Madelbos, fit-elle d'une voix fluette. Qu'il n'y avait rien à espérer du côté de cette famille…

Et la résignation qu'il sentait poindre en elle était pire encore que la colère, pire que ses cris, ses larmes.

— Donne-moi une chance, proposa-t-il en se rapprochant d'elle. Les parents finiront par céder. Et nous élèverons l'enfant. Enfin, Albine, tu n'envisages pas qu'il naisse en secret ? Ce serait pure folie.

Devant son air lointain, il parut réfléchir. Que pouvait-il promettre encore qui fût en mesure de la convaincre ? Et soudain, son visage s'éclaira.

— Si nos parents ne veulent rien entendre, alors nous partirons ensemble, loin du pays, et nous irons nous installer là où l'on voudra bien de nous. Je trouverai du travail à la Compagnie du chemin de fer. Il paraît que ça embauche des gens comme moi. C'est pas le courage qui me manque.

Les mots glissaient sur elle sans rien entamer de sa détermination. Elle possédait le caractère entier du père Octave, roc immuable contre lequel viennent battre les vagues.

— La Menou des Brades va m'arranger ça ! fit-elle en plaquant les mains sur son ventre, douloureusement. Elle va m'arracher la faute. Et après, je serai pure comme avant. Je redeviendrai la petite Albine d'autrefois.

Alain poussa les hauts cris. Il avait tout imaginé pour sortir de la situation, mais non cette féroce extrémité. Il fixait Albine avec des yeux hallucinés.

— Tu ne feras pas ça ! s'écria-t-il.

— De quel droit m'en empêcherais-tu ? Je voudrais bien le savoir.

— Cet enfant m'appartient aussi. Et tu ne pourras rien tenter sans mon accord.

— Je suis seule à assumer la faute. Je préférerais mourir que de mettre au monde un enfant sans famille. Un petit malheureux, haï de tout le monde…

— Voudras-tu au moins me laisser le temps d'y réfléchir ?

Elle haussa les épaules.

— C'est tout réfléchi.

Jour après jour, Mathurin Chambon se demandait s'il allait garder son ouvrier. Le garnement lui coûtait de plus en plus cher, avec son caractère de cochon. Il était maintenant la désobéissance même, après qu'il fut devenu, par on ne sait quel prodige, l'amant de la sauvageonne. Aussi, le vieux se disait que la garce, la belle garce, lui pourrissait le caractère en lui mettant en tête des idées rebelles.

Au début, le tonnelier mit l'indiscipline sur le compte de la passion. Il comprenait que son arpète fût tourneboulé par la fille. Elle venait frapper au carreau de l'atelier, sans même entrer, ni faire un salut, un bonjour, rien, et le garçon tombait aussitôt le tablier. Chambon regardait partir son ouvrier en se lissant les moustaches : La diablesse le travaille ! Suffit qu'elle apparaisse et, pfut, ça pense plus qu'à caracoler…

Au passage, Mathurin lui reconnaissait quelques circonstances atténuantes. Après tout, il avait été lui aussi amoureux, en son temps, d'une belle cantinière de Mayence. Et il avait failli déserter le sixième léger pour ses beaux yeux. Seul le devoir l'en avait dissuadé. Et à tout bien réfléchir, il se demandait encore s'il avait eu raison de sacrifier sa belle au Petit Tondu. Ça ne lui avait rien rapporté, sinon une jambe en moins à Waterloo. À son retour, la belle s'était envolée avec un sergent, et il ne lui était resté que des souvenirs douloureux, qu'il ressassait, de temps à autre, en fumant une pipe.

Ce jour-là, l'ouvrier arriva sur les quatre heures de l'après-midi. Pour lui signifier sa mauvaise humeur, Mathurin Chambon lui envoya un marteau, qu'il rattrapa de justesse avant qu'il ne vînt lui heurter la cuisse.

— Monte-moi cette douelle, sinon je te fais la peau ! grommela-t-il.

Depuis le temps, Jean Segond avait pris l'habitude des engueulades de son maître. Ça ne lui faisait plus ni chaud ni froid. Et celles-ci n'infléchissaient guère son comportement, même quand le vieux lui promettait d'amputer son salaire. À croire que le jeune homme biglait vers un autre horizon que l'atelier du tonnelier de Chantegrêle.

— Et surtout, t'avise pas à marquer le bois de coups de marteau maladroits, il t'en cuirait, l'ami !

Jeannet se mit aussitôt au travail, comme si de rien n'était. Il ne répondait jamais aux remontrances. C'était ce qui agaçait le plus Mathurin, cette manière sournoise de faire le gros dos. Il eût tout autant préféré, en vieux grognard qu'il était, que le garçon se rebiffât. Cela eût fait un peu de sport et lui eût remis les idées en place.

Avec l'âge, soixante-sept ans, Mathurin avait songé se reposer sur lui et prendre enfin du recul. Mais il comprit vite que le garnement n'était pas mûr pour diriger un atelier, qu'il n'avait pas le goût à satisfaire la demande du client. Alors, il se prédisait un triste avenir, se voyait déjà mourir à la tâche, entre la selle et la colombe.

Quand l'assaillaient ces funestes perspectives, il se mettait à plaindre son ouvrier, en se demandant bien ce qu'il deviendrait sans lui et ce qu'on ferait du magasin et quelle sorte de destinée aurait sa belle enseigne de maître tonnelier. Ces inquiétudes laissaient Jeannet de marbre, à croire que le garçon était sans cœur et que tout ce qu'il lui avait appris, année après année, était voué à disparaître, tout ce beau savoir sur l'art de tailler le merrain, d'assembler les douves, de cercler la futaille, de cheviller la barre…

Le maître vint promener son nez sur l'ouvrage qu'il avait entrepris. Ce n'était pas de sa maladresse qu'il avait le plus à se plaindre, mais de son manque d'assiduité. Sans ce défaut, on eût fait de lui un ouvrier fort convenable. Le vieux cherchait ce qu'il allait bien pouvoir lui reprocher. D'un geste d'agacement, il l'obligea à rectifier sa position devant le bâtissoir, comme il aurait fait avec un apprenti. C'était une manière de lui dire qu'il avait encore beaucoup à apprendre. L'ouvrier se retourna, en soupirant. Mathurin enserra sa nuque d'une poigne ferme et lui fit plier la tête sur l'ouvrage.

— Je parie que tu sais mieux manier la donzelle. Pas vrai ?

Jeannet ne répondit pas.

— Comme je te comprends, renchérit le vieux. C'est qu'elle a du caractère, la petite. Mais faudrait penser à raccrocher un peu. Depuis le temps, bon sang, tu dois avoir fait le tour de la question, non ! À moins que tu n'en viennes jamais à bout, de cet apprentissage-là ! Qu'a-t-elle donc de plus que les autres, la diablesse ? Tu devrais m'en causer un peu. Ça compléterait mes connaissances. Mais, regardez-moi ça, c'est sournois. Ça fait ses petits coups en douce et ça ne veut pas en faire profiter son vieux Mathurin…

Chambon lui avait posé une main sur l'épaule, amicale. Après tout, il l'aimait bien, le garnement, avec ses défauts, avec ses manies de massacrer le merrain, comme si le bois de chêne, ça valait pas tripette. Jeannet se recula. Trop de caresses, ce n'était pas son genre. D'autant que l'haleine forte du vieux le dérangeait, au passage, une haleine qui sentait l'ail. Le bonhomme, à coup sûr, s'était offert une « frotte », un bon gros quignon de pain badigeonné de lard. Ça le prenait souvent, dans ses moments de solitude, histoire de se donner du cœur à l'ouvrage, avec par-dessus une bonne rincée de rouge.

— Patron, dit Jeannet, j'aime pas la façon dont vous parlez de Manelle. C'est pas ce que vous croyez.

— Ah, on sait ce que c'est ! s'écria le vieux en lui flanquant une tape dans le dos. Tout ça, c'est manière de plaisanter. Je le sais, mon garçon, que ta fiancée est une fille sérieuse. Tu ne m'apprends rien. D'autant qu'elle aurait pu se placer depuis longtemps…

— Que voulez-vous dire ?

— Jandelles lui a couru après ! Mais, m'sieur l'comte, malgré qu'il soit m'sieur l'comte, n'est jamais arrivé à ses fins. La petite l'a toujours envoyé sur les roses. Et même qu'elle a joliment eu raison, parce qu'elle aurait rien gagné au change, avec ce vieux bouc !

— Je le sais aussi, fit Jeannet d'un air triste.

— C'est donc qu'elle est entichée de toi, mon gars. Qu'est-ce que t'attends pour l'épouser ?

Jean Segond éclata de rire. Il ne se voyait pas dans ce rôle.

— Vous traitez votre seigneur bonapartiste de vieux bouc. C'est nouveau. Je vous ai connu plein de respect pour de Jandelles.

C'était une question épineuse, douloureuse même, un sujet qui avait fait l'objet d'interminables discussions avec Fadat, le marguillier, jusqu'à ce qu'ils se fâchent à mort.

— Firmin de Jandelles, bonapartiste ? Ça reste à prouver. Aux élections de 1857, le comte a refusé de briguer le Corps législatif. C'était pourtant tout cuit. Il avait juste à lever le petit doigt.

Jeannet n'entendait rien aux affaires politiques. Et il était rare qu'il se mêlât à la conversation, lorsque Pierrebrune venait asticoter son vieux rival. Mais si on lui avait demandé de quel côté son cœur balançait, il eût dit, sans une hésitation, les républicains, par égard pour Octave qu'il aimait bien.

— Et puis, je suis un bonapartiste de la vieille école, s'emballa Chambon, celle du Petit Tondu. Badinguet, ça ne m'inspire pas. Ça pue trop la finance. Rien à voir avec l'oncle. Lui, bon Dieu, c'était un stratège hors pair, un chef. Fallait voir comment que la Grande Armée le suivait, partout où il fallait occire du Prussien, du Russe, de l'Italien, de l'Anglais… Ça marchait comme un seul homme. Tête droite… Tête gauche… Fixe… Portez armes… Le Tondu a mis l'Europe à sa botte. Napoléon le Petit, c'est du chiqué. Un aigle chétif. Un aigle de pacotille. Un coq de basse-cour, oui. À côté de ce que nous avons connu, nous, les grognards, y a de quoi rigoler. Ça n'impressionne personne, c't'empereur-là, avec ses courtisanes, ses élégantes, ses fêtes et ses bals pompeux. Ça pète dans la soie, la crinoline. Ça pense qu'à bringuer, à se pavaner au bois, à ripailler et à s'encanailler ! Mais quand il a fallu monter sur un champ de bataille, quelle déculottée, mes aïeux ! Sébastopol… Une boucherie pour des nèfles. On a saigné la jeunesse, notre belle jeunesse, pour quoi, pour qui ? De l'orgueil mal placé. Il en est fini de ces grandes épopées guerrières, mon petit. Le petit peuple a trop souffert dans sa chair. Ça n'aspire plus qu'à la paix. Et je doute que notre Badinguet puisse comprendre cela, lui qui nous rêve de changer la face du monde, d'asseoir la supériorité de notre empire. Faut être un génie pour ça. Y avait que le Petit Tondu pour réaliser des chimères pareilles. Ce Napoléon III est un jean-foutre qui ne sait porter sur ses épaules que des uniformes d'opérette. Ça se tient mieux au plumard à cavaler les lionnes du demi-monde que sur un cheval de hussard.

Mathurin avait la larme à l'œil en regardant sa tunique poussiéreuse trônant au fond de la pièce. Le garçon l'écoutait, ébahi. C'était la première fois qu'il l'entendait s'exprimer ainsi contre la guerre, lui qui l'avait habitué aux grands récits héroïques, aux veillées d'armes fraternelles, aux charges de cavalerie épiques, aux canonnades dantesques.

Le vieux grognard tournait en rond dans son atelier, en claudiquant sur son pilon qui martelait le sol, traînant à sa suite des écheveaux de bois. Il était comme un lion en cage, à ruminer son amertume, parce qu'il avait cru, lui aussi, que le nouvel empereur recommencerait le rêve perdu de 1815, qu'il inscrirait au fronton des monuments quelques nouvelles victoires, aussi glorieuses que celles d'Austerlitz, Iéna, Friedland, Wagram, qu'il vengerait les humiliations du reclus de Sainte-Hélène.

— Je viens de signer un engagement, dit Jeannet d'une petite voix dépitée.

Mathurin se retourna vivement. Il le fit répéter. Puis sa large figure burinée par les ans s'inclina doucement.

— Tu n'as pas fait cette bêtise ? Dis-moi que tu ne l'as pas faite ? Tu n'es pas si idiot, tout de même ?

— Je dois partir pour Périgueux, dans un régiment de ligne.

Puis un silence tomba, lourd et pesant. Le vieux se rapprocha de son ouvrier et l'attrapa au col de la chemise, puis se mit à le secouer vivement. Jeannet n'essaya pas de lui résister. Il se laissa traîner devant l'uniforme.

— C'est à cause de lui, n'est-ce pas ? C'est lui qui t'a chevillé cette idée en tête.

— À force d'entendre vos histoires. J'ai pensé que…

— Tu as mal pensé, mon petit. Tu aurais dû me demander conseil.

— Pourquoi ne deviendrais-je pas, moi aussi, un héros, comme vous ?

— J'ai rêvé de faire de toi un maître tonnelier, pas un sabreur, nom de Dieu !

Le vieux l'éloigna d'un geste brusque et, soudain, piqua la plus grosse des colères auxquelles il lui avait été donné d'assister. Les outils volèrent à travers l'atelier et, tempêtant, jurant, criant, il expédia de grands coups de botte dans les tonnelets qui encombraient son passage. Puis, pris de fatigue et de douleur, Mathurin Chambon alla se pelotonner sur sa banquette.

— Fous le camp ! hurla-t-il. Je ne veux plus te voir !

À peine Jeannet fut-il dehors, désappointé devant la porte brutalement refermée sur lui, que Chambon revint le chercher. Le tonnelier le traîna de force dans sa demeure. Il ne voulait pas que les cris ameutassent la population alentour, friande de querelles et disputes en tous genres. Le garçon ne comprenait pas les raisons d'une telle volte-face. Aussi se maintint-il prudemment au garde-à-vous, comme devant un général. Le vieux suffoquait en cherchant une respiration qui lui faisait défaut.

— Je ne veux pas que tu partes comme un voleur. Ce n'est pas le genre de la maison.

— Mais c'est vous qui…

— Tais-toi, ingrat !

Jeannet baissa la tête. Il n'était pourtant plus un enfant. Et ce lui était au fond égal que le vieux se mît dans un tel état. Il y avait même dans cette colère quelque chose de profondément comique, dont il sentait, déjà, qu'il en rirait une fois la porte franchie.

— Je ne reviendrai pas sur ma décision, dit-il d'une voix mesurée, comme s'il voulait éviter de relancer la discussion.

— Je le sais, que tu es têtu comme un mulet. C'est bien de ton âge. D'ailleurs, il faut être jeune et niais pour commettre une telle bêtise.

— Vous l'avez bien faite, vous ?

— Je n'avais pas un bon métier entre les mains, mon petit. Et un mariage en vue avec la plus jolie fille de Chantegrêle. Au fait, as-tu pensé à Manelle ? Que vas-tu lui dire ?

— Rien, assura Jeannet, dépité. Je m'en irai sans lui parler. Ce sera plus facile pour nous deux.

— Quoi, rien ? Tu ne vas pas disparaître comme par enchantement. Ce serait de la lâcheté.

Le garçon hésita à répondre. Après tout, leur relation ne regardait personne. Il n'était pas assuré de vouloir faire un mari. Et la réciproque était vraie. Il ne sentait pas la jeune femme suffisamment accrochée à lui. Le couple avait pris l'habitude de vivre au jour le jour, sans se soucier du lendemain. Et jamais ils n'avaient évoqué l'avenir, à croire que les pauvres n'ont pas ce genre de souci, sinon survivre. « Nos deux misères ne feront jamais un bonheur », disait-il souvent. Et la triste réflexion amusait tout autant Manelle que lui. Jamais, au grand jamais, elle n'avait jugé utile de battre en brèche ce pessimisme, qui est la politesse des gueux.

— Je comptais faire de toi un maître tonnelier. J'avais de l'ambition, des rêves immenses, mon petit. Vous m'auriez donné des enfants, car tu es le fils que je n'ai jamais eu. Peux-tu comprendre ça ?

— C'est trop d'honneur pour moi. Je ne me sens pas assez fort pour une telle confiance.

À sa mine renfrognée, Mathurin Chambon comprit alors, la mort dans l'âme, qu'il ne le ferait pas revenir sur sa décision, d'autant que l'engagement, à ce qu'il avait cru comprendre, était déjà signé et que l'Empire avait besoin de chair pour accomplir ses conquêtes. Seul Firmin de Jandelles était assez influent pour remédier à cette bêtise. Et le vieux se promit de lui en parler à la première occasion. Une lettre au maréchal Vaillant, le ministre de la Guerre, suffirait à annuler l'inconséquence de Jeannet. Il serait toujours aisé de le considérer inapte au service. Après tout, n'était-ce pas ce qui arrivait journellement aux fils de bonnes familles ? Ceux-là ne tiraient pas le mauvais numéro. Mais quel argument pourrait décider le comte à agir de la sorte ?

Mathurin ruminait déjà sa parade en se grattant la barbe. Ce garçon est nécessaire à la bonne marche de la tonnellerie à Chantegrêle, se dit-il, voilà tout ! Et qui mieux que le comte souhaite que sa futaille soit bien entretenue ? La mine enjouée de Chambon surprit le jeune homme.

— Vous ne m'en voulez plus. À la bonne heure !

Le vieux lui tapota l'épaule, affectueusement. Ce n'était pas l'envie de le prendre dans ses bras et de le serrer contre lui qui manquait, mais le bonhomme était trop bourru pour cela. Les sentiments, il les dissimulait au plus profond de son être ; à peine percevait-on parfois de petites larmes mises sur le compte de l'ivrognerie.

— Après tout, s'écria Mathurin, tu n'es pas encore parti ! Rien ne prouve que tu seras déclaré bon pour le service. Tu es bien chétif pour un piou-piou. Et de petite taille…

Jeannet haussa les épaules. Ce n'était pourtant pas ce que lui avait certifié le sergent recruteur en lui mesurant, au mètre à ruban, le tour du crâne. « Ça n'a pas grosse cervelle, mais assez pour faire un bon soldat ! »

Firmin de Jandelles était arrivé le dernier à son rendez-vous. Les réunions de famille, ce n'était pas son fort. D'un commun accord, l'hôtel particulier de Huguelin, avenue de Bordeaux, avait été choisi. Pour la discrétion, c'était mieux ainsi. Le personnel était plus sûr qu'au Mazet.

Le comte déposa d'abord Marthe en jurant que sa course ne le retiendrait pas longtemps. Pendant le trajet, Firmin n'avait pas même cherché à comprendre ce qui motivait un tel concile. « Une affaire gravissime », avait dit Marthe, d'un ton secret. Le maître du Mazet avait tout de suite subodoré quelques projets financiers, dont son frère était devenu le chantre.

Cela faisait des mois et des mois qu'il voulait l'embarquer dans les affaires de l'Empire. Et, plus que jamais, Firmin était décidé à s'y refuser, devrait-il y perdre, comme il le croyait, l'estime et le respect de sa chère épouse.

À vrai dire, le comte faisait fausse route. Le mot « gravissime » avait pourtant été employé à dessein. Et une réflexion attentive eût dû, selon toute logique, lui mettre la puce à l'oreille. Sur sa lancée, il alla acheter une poignée de cigares et revint avec une bonne heure de retard. Le conseil de famille s'était retranché dans le bureau du premier étage. Huguelin présidait avec une mine catastrophée. Marthe séchait ses larmes. Ce ne l'impressionna guère, car il avait l'habitude de voir sa femme pleurnicher pour des motifs tous plus futiles les uns que les autres. Il prit place dans le fauteuil qui lui était réservé, près de la bibliothèque.

— Tu pourrais être plus ponctuel, lui reprocha Huguelin.

Le comte fit semblant de regarder sa montre et soupira.

— Une affaire urgente.

— Une affaire urgente ? répéta Marthe. Rendez-vous compte, mon pauvre Huguelin, il n'est pas facile de vivre aux côtés d'un tel homme. Ah, que n'eût-il pas eu votre caractère, et mon existence en eût été changée du tout au tout.

— Vous seriez devenue une administratrice du chemin de fer, persifla Firmin. Cela aurait été ronflant sur une carte de visite. Mais voilà, vous avez épousé un paysan.

En compagnie, les de Jandelles usaient volontiers du voussoiement, bien que cela parût fort étrange devant Huguelin seul. Ce dernier comprit que la coquetterie n'était due qu'à l'irritation qui avait crû entre eux deux. Un voussoiement de circonstance, en somme. Combien de fois le comte en avait-il justifié l'usage pour se préserver des propos désobligeants qu'un « tu » excessif génère. Firmin n'aimait guère la façon dont Marthe exhibait ses défauts devant son frère. Pourtant, elle savait que cette disconvenance lui serait reprochée plus tard, mais c'était un plaisir dont elle ne pouvait se défaire. Il lui semblait naïvement que cette manière triviale aurait à la longue le pouvoir de le corriger. Au contraire, les humiliations ne faisaient que renforcer le goût de la vengeance qu'il exerçait en courant le jupon. Il se disait : Je vous tromperais, ma chère, d'un cœur plus léger. Cela me dédommagera un peu de vos vexations. Avec un regard alangui qui en disait long sur son appétit de l'adultère.

Huguelin croisa les doigts devant sa belle figure. Il portait un col en celluloïd qui lui allongeait le cou. Et une fine cravate en soie mauve. C'était là sa tenue favorite, le blanc et le mauve, sous des costumes gris ou noirs, comme s'il portait encore le deuil de sa femme, après toutes ces années de veuvage tranquille. Bien sûr, c'était ce que Marthe admirait le plus en lui, une sorte de fidélité. Le geste attira le silence. Firmin s'était appuyé négligemment contre la main courante de la bibliothèque.

— Ne perdons pas trop de temps, s'impatienta le comte. S'il s'agit de m'embarquer dans ta compagnie, je déclare forfait. Mais ma chère Marthe peut s'y lancer, si le cœur lui en dit. Après tout, elle fait ce qu'elle veut de ses rentes.

— La cause est entendue, soupira Huguelin.

— Alors, de quoi s'agit-il ?

Et Firmin réalisa enfin qu'il s'était trompé sur les intentions de son frère. Marthe lui jeta un regard de triomphe. Elle jubilait de le voir pris à son propre piège, passer pour un vieux radoteur aux yeux de son frère.

— Un peu de patience, que diable ! J'ai provoqué cette réunion pour débattre d'une question qui concerne notre famille. Une question fâcheuse et embarrassante. Je te prie de croire que je voudrais être à cent lieues plutôt que de devoir rapporter cette horreur. Mais toutes les familles ont leur drame secret. Et celui-ci devra être bien gardé. C'est pourquoi j'ai choisi cet endroit pour en parler.

Le comte décroisa les jambes et approcha son fauteuil d'un mouvement de reins.

— Notre gouvernante, Amélie, m'a transmis un petit mot. Elle n'osait me parler de vive voix. Comme je la comprends ! Ce message est venu m'apprendre une chose inouïe : la liaison contre nature de nos enfants…

En entendant ces mots, Marthe se remit à sangloter.

— Précise ta pensée, insista Firmin.

— Il s'agit de Pierre et d'Adèle.

— Et alors ? Qu'ont-ils fait ?

— Ce que la nature réprouve. La nature et la morale.

— Un acte incestueux ! meugla Marthe dans son mouchoir grand ouvert devant son visage.

— Tu veux dire que ta gouvernante les a surpris en train de faire l'amour ?

— Faire l'amour, releva Huguelin, tu appelles ça « faire l'amour », entre...

— Cousin-cousine... Cela est fréquent, dit Firmin d'un air indifférent.

— C'est tout ce que ça te fait ? Je ne te comprendrai jamais.

— Je n'approuve certes pas. Mais nous n'y pouvons rien, maintenant que la chose est faite. Peut-être nous faudra-t-il acheter le silence de ta domestique ? Afin que l'affaire ne s'ébruite pas. Nos ennemis en feraient des gorges chaudes. C'est un sujet fort apprécié par nos rivaux que les stupres de l'aristocratie bourgeoise.

— Tu peux compter sur son silence, assura Huguelin.

— C'est déjà un point positif.

— Je ne comprends pas ce qui a bien pu se passer dans la tête de mon petit Pierre, déplora Marthe.

— Ce garçon a été trop choyé, expliqua le comte. Les jupons de sa mère lui ont amolli le caractère au point d'en faire un jeune homme sensible et renfermé sur lui-même. Un jour, la nature a fini par parler. Et il s'est jeté, comme un imbécile, sur la seule jeune fille qu'il avait sous la main, sa cousine.

— La nature, la nature… Est-ce si difficile de se retenir ? ajouta Huguelin.

— Pierre n'est pas un de Jandelles pour rien. Cette espèce a le sang chaud.

— Je suis bien un de Jandelles, moi, s'éleva Huguelin, et cela fait vingt ans que je m'applique une continence absolue.

— Tu es l'exception qui confirme la règle, ricana Firmin.

— Ta réaction me navre, fit son frère en baissant la tête.

Le comte sentit qu'il l'avait blessé. Mais cet homme-là ne ratait jamais l'occasion de faire un mot d'esprit, au risque de provoquer les pires inimitiés.

— J'ai de la peine pour ta petite Adèle, se rattrapa-t-il. Sans doute est-il urgent de lui trouver…

— Quoi ? se dressa Huguelin.

— Un mari. Un bon mari. Et les plaisirs de la vie conjugale lui feront oublier la mésaventure.

— Je pense la même chose que toi, affirma Huguelin, mais je ne l'aurais pas dit de la même façon.

— Ne faites pas attention, votre frère est un mécréant, jugea Marthe.

Le comte leva les yeux au ciel.

— Le pire a quand même été évité.

— Tu veux dire, précisa Huguelin, que ces idiots auraient pu faire un enfant…

— Un enfant ? s'écria Marthe. Ça serait le comble !

— Pourtant, ma pauvre, dit le comte, c'est le risque que nous avons couru. Il y a tout de même une morale dans cette histoire : notre imbécile de fils a pris ses précautions.

— Je ne peux pas rester plus longtemps à entendre ces sornettes ! s'éleva Marthe.

Huguelin eut un mouvement de tête de connivence. Tout compte fait, le franc-parler de son frère était préférable à l'hypocrisie de sa belle-sœur.

— L'idée du mariage est excellente, renchérit Firmin. As-tu quelqu'un en vue ? Un parti acceptable ?

Agacé par ses hauts cris, le comte demanda à sa femme de sortir.

— Allez vous jeter un peu d'eau sur la figure. Et pensez à autre chose. Nous allons régler cette bêtise entre hommes.

Il l'accompagna dans le salon en répétant ses recommandations, puis revint en fermant soigneusement la porte derrière lui.

— Marthe est un être tellement sensible, l'excusa le comte.

Huguelin ne put discerner s'il parlait sérieusement ou s'il se moquait. Une telle réflexion n'était pas dans sa nature d'homme cynique.

— Il faut la comprendre. Elle a découvert tout d'un coup que son délicieux petit enfant était un homme comme les autres.

Le comte fit un geste de lassitude.

— As-tu parlé à Adèle ?

Le frère acquiesça de la tête.

— Et quelle fut sa réaction ?

— Elle a nié.

— Forcément.

— Alors je lui ai apporté les preuves…

— Sans brutalité ?

— Pour qui me prends-tu ?

— Ce n'est pas de sa faute. Pierre est un petit pervers.

— Comment peux-tu dire ça ?

— Une sorte de timide maladif, dit le comte. À son âge, je courais déjà. Et s'il avait suivi mon exemple, notre pauvre Adèle eût été préservée.

— J'en suis malade, avoua Huguelin.

— Qui est le parti que tu envisages ?

— Un jeune ingénieur de ma compagnie. Un certain Phil James.

— Sera-t-il assez bête pour ne pas se rendre compte que…

— Il est ambitieux. Son rêve est d'entrer dans notre clan.

— Ça change tout. Et plaît-il à ta chère petite ?

— Je le crois.

— Alors, c'est parfait. Marions-les ! Quant à Pierre, j'en fais mon affaire.

— Sans brutalité, lui retourna Huguelin.

— Tu peux me faire confiance. J'ai des connaissances, hasarda-t-il en se raclant la gorge, qui lui feront oublier sa cousine.

Le frère balança la tête de dégoût. C'était ce qu'il haïssait le plus en Firmin, son indifférence. Durant sa vie, il n'avait jamais pu le prendre tout à fait au sérieux, ni lui accorder le moindre crédit. Aussi les rapports en étaient-ils restés à l'état des artifices et du faux-semblant. De son côté, le comte n'avait jamais admis que son frère le jugeât pour ses frasques libertines. Son attirance précoce pour les filles lui avait valu l'admiration du père, tandis que, dans le même temps, ce dernier raillait chez son second fils le goût de l'étude. À croire que, chez les de Jandelles, on prisait les valeurs humaines à l'envers du sens commun. Cette injustice contribua à séparer les frères sur l'essentiel, à les jeter l'un contre l'autre, comme des bêtes fauves, jusqu'à ce que les années eussent adouci les haines fratricides. Le comte n'était pas loin de penser que la passion pour l'argent était plus coupable, au regard de la morale, que celle d'Éros. Ce sujet philosophique combla bien des conversations entre eux, sans que jamais ils ne trouvassent le moindre terrain d'entente. « Toi, disait Firmin, tu te damnerais pour de l'or ; moi, je me ruinerais pour les beaux yeux d'une lionne du demi-monde. »

6

Mathurin Chambon fit appeler la sauvageonne. Elle n'aimait pas beaucoup le tonnelier de Chantegrêle. Sur lui, elle avait fini par partager l'opinion de son amant. Et Jeannet ne manquait pas, chaque fois que l'occasion se présentait, de montrer son maître sous les apparences les plus noires. Aussi se demanda-t-elle aussitôt ce qu'il lui voulait, ce vieux bonhomme radoteur au milieu de ses hochets napoléoniens, uniforme, médailles, reliques. Le vieux avait fait savoir qu'il désirait la rencontrer seule ; c'était déjà douteux.

Manelle arriva, un soir, par la porte de la cuisine. Le tonnelier vivait dans un trou à rat infâme qui contrastait, du reste, avec la tenue de son atelier. Là, on eût pu manger à même le sol. Tandis que, dans l'arrière-boutique, la crasse et la saleté régnaient en maîtresses. Mathurin se sentit gêné et voulut, en hâte, faire disparaître les reliefs accumulés de plusieurs repas. Dans un récipient en terre s'élevaient les relents aigres d'un hochepot oublié. Les mouches pullulaient. Elles avaient trouvé dans ce galetas un terrain favorable pour se multiplier en grappes noires, molles et collantes.

— Pas la peine de faire le ménage pour moi, prévint Manelle avec un air dégoûté, je ne fais que passer.

Chambon la toisa avec attention. Ce n'était pas si souvent qu'il avait l'occasion de regarder une jolie fille. Et ce lui rappela sa belle cantinière, avec ses petits seins qui tendaient le tissu. Il se mit à caresser sa barbe rêveusement, en pensant à sa jeunesse perdue.

— Qu'as-tu à me fixer ainsi, ce n'est pas la première fois que tu me vois ?

Le vieux chercha des yeux un endroit où s'asseoir. Mais tout était encombré autour de lui. Il est vrai qu'il n'avait pas l'habitude de recevoir, et rien n'était prévu pour installer un second larron, pas même un tabouret bancal ou un recoin de banquette. Il désigna sa chaise, où il se posait d'ordinaire. Mais le coussin crasseux et usé qui la recouvrait la dissuada. Et ce lui fit de la peine, à Mathurin, cette manière à peine courtoise de tout refuser. Alors, il se résolut à demeurer auprès d'elle, debout aussi, appuyé lourdement sur sa grosse canne en buis.

— Tu ne m'aimes pas beaucoup, nota le vieux.

Manelle ne dissimulait guère ses sentiments. Elle avait été élevée ainsi par Louise Meynoux, dans l'esprit républicain de l'Être suprême vers lequel tout bon citoyen doit tendre. Et elle avait la haine du bonapartiste chevillée au corps, même si elle ne pouvait la justifier autrement que par des a priori.

— Mais ce n'est pas important, poursuivit-il. Tu es encore bien jeune. Et la vie a tout à t'apprendre. Au terme, je ne gage pas que tu sois amenée, comme tout un chacun, à réviser tes jugements. De plus, tu es belle comme un ange, alors on peut te pardonner.

— Et flatteur avec ça ! L'âge ne t'a pas ôté le goût des jolies femmes, ricana-t-elle.

Mathurin Chambon baissa les yeux. La petite était l'effronterie même. Et ce ne l'étonna guère qu'un de Jandelles s'y fût cassé les dents, comme les autres. Il n'y avait bien que Laloy des Escurres pour assurer, parfois, fin soûl, qu'il l'avait dépucelée, alors qu'elle n'était encore qu'une enfant. C'était assurément une flagornerie de trop.

— J'ai toujours eu un petit faible pour les femmes. Mais c'est une inclination qui a été rarement partagée. Hélas ! Mille fois hélas !

— Ça ne m'étonne pas. As-tu vu, bonhomme, ta tête ? C'est à faire peur.

Le vieux Chambon soupira en dissimulant une envie de rire. Ce n'était pourtant pas les occasions qui lui avaient manqué, à l'époque où il allait encore réparer la futaille à domicile. Il se trouvait toujours quelque paysanne disposée à jouer, mais lui ne prisait guère cette manière hâtive et prohibée de copuler. Il eût aimé posséder une femme à lui, dévouée et aimable, que le destin ne lui procura pas, peut-être parce qu'il était écrit qu'il devait être, en définitive, l'homme d'un seul amour.

— Je n'ai pas toujours été un vieux bouc disgracieux, plaida Mathurin en caressant sa barbe de ses gros doigts abîmés par l'ouvrage. Ma jolie, le temps n'arrangera pas non plus tes affaires. Tu deviendras une de ces vieilles haridelles édentées. Il ne te restera plus alors que la joliesse de ton esprit pour plaire aux hommes, pourvu que tu saches le préserver de l'aigreur et du fiel.

— Je ne peux croire que tu as aimé une femme, un jour.

Mathurin hocha la tête tristement. Et elle comprit qu'elle avait touché un point sensible et en ressentit aussitôt de la peine.

— J'ai été méchante, reconnut-elle.

— Tu possèdes l'insolence de ton âge. Un trait de caractère que tu partages avec ton Jeannet. Lui aussi est insolent, parfois, et je n'arrive pas à lui en vouloir.

Manelle chassait de la main chaque mouche gloutonne qui venait se poser sur elle. Il y en avait aussi de minuscules, excitées par la chaleur orageuse de l'été, qui venaient lui piquer les jambes et qu'elle éloignait en agitant sa robe. Cette danse amusait le bonhomme.

— Tu ne m'as pas fait venir pour examiner le fond de mon âme.

— Bien sûr que non. C'est de ton Jeannet que je voudrais parler.

— Qu'a-t-il encore fait ?

— Il vient de signer un engagement dans l'armée.

Les traits de la jeune femme se figèrent de stupeur.

— Le petit salaud ! s'écria-t-elle. Il ne m'en a pas parlé.

— Je le savais, qu'il ne te dirait rien. Pour t'éviter de la peine.

Elle se détourna vers l'encoignure de la porte pour cacher l'émotion qui l'avait gagnée.

— Pourquoi a-t-il fait ça ?

— J'en suis responsable, dit Mathurin. Pendant des années, je n'ai cessé de lui raconter mes campagnes. J'ai toujours été un beau parleur. Et sans m'en rendre compte, je lui ai décrit une vie militaire idyllique, pleine de victoires et de conquêtes faciles. La réalité était tout autre. Mais celle-là, je l'ai passée sous silence. Je voulais avoir le beau rôle. Ça lui a donné goût à la chose. Quel malheur ! Comment ai-je pu être aussi bête ? Je ne lui rêvais que de devenir, comme moi, maître tonnelier. Je me disais que vous alliez bientôt vous marier et faire de beaux enfants, des enfants qui seraient venus égayer mon antre de loup solitaire.

La jeune femme l'écoutait à peine. Elle était absorbée par son idée, une douleur muette qui la déchirait intérieurement et dont elle ne voulait rien montrer.

— Ne te fatigue pas, Mathurin, l'interrompit-elle, ça me laisse de glace, tout ça. Je me fiche de ce Jean, comme de tous les autres Jean de la terre. Tous les hommes sont pareils. De beaux parleurs. Quand ça vous fait l'amour, ça vous susurre à l'oreille mille promesses. Mais après, toutes ces belles paroles s'envolent. Je ne suis pas une si grosse bête.

Chambon avait de la peine pour elle. Il savait qu'elle ne pensait pas ce qu'elle disait. C'était juste là les effets d'un pur orgueil.

— J'ai compris que tu tiens à lui.

— Tu dois le savoir mieux que moi, vieux bouc.

— Il faut que tu fasses ajourner son départ. Nous sommes assez malins, toi et moi, pour y parvenir.

— Sans doute, reconnut Manelle d'un air songeur, mais je n'en ai pas la moindre envie.

— Est-ce que tu veux le garder, oui ou non ? Cesse donc de jouer au chat et à la souris. Avec moi, ça ne sert à rien. Je sais ce qu'est l'orgueil d'une jeune fille flouée. Il faut te ressaisir, ma petite. Le bonheur est à ce prix. Et ne le laisse surtout pas s'éloigner de toi, nul ne sait quand il reviendra. Crois-en mon expérience.

Ils sortirent dans la cour encombrée de vieilles tonnelleries. Un cimetière de futailles et de roues de charrettes. Un petit vent frais portait des odeurs de tilleul. La nuit sentait l'orage. Il grondait assez loin, et parfois illuminait l'horizon vers les puys d'Yssandon.

— Pourquoi te donnes-tu autant de peine ?

— Je tiens tout autant que toi à cet idiot, répliqua Mathurin.

— Pourtant, tu ne cesses de le sermonner.

— C'est ma manière à moi d'aimer ce garçon. Il représente le fils que la vie ne m'a jamais donné. Je lui ai tout appris. Quelquefois à coups de pied au cul.

— Je voyais les choses autrement, fit Manelle.

Ils avancèrent sur la route, dans la pâleur de la pleine lune. On entendait le froissement des feuilles dans les tilleuls. Ces rumeurs du silence prêtaient l'illusion d'une foule muette qui les observait. Mathurin aimait s'attarder au-dehors par des nuits semblables ; il se sentait si proche des âmes rassemblées de ses amis d'infortune. Il poursuivait avec elles des conversations que les combats avaient interrompues. C'était sa seule religion, l'amitié partagée par-delà la mort.

— Il faut que tu voies Firmin de Jandelles. Cet homme est puissant. D'un trait de plume, il peut défaire l'engagement de Jeannet.

— Je ne veux rien devoir à cet homme.

— Tais-toi donc ! Il ne te refusera rien. Il te tient en haute estime.

— Tu serais bien le dernier à ignorer ce qu'il m'a fait.

— Il te respecte parce que tu as su lui résister.

Manelle se sentit gagnée par la fierté. Mathurin Chambon résumait à merveille ce qu'on pensait d'elle dans le pays, qu'elle était la seule fille, jolie et désirable, sur laquelle le comte n'avait pu imposer sa loi.

— Il sera même flatté, poursuivit-il, que tu viennes lui demander un service.

— Est-ce que ça en vaut la peine ?

Le vieux bonhomme vint la prendre par les épaules et la secoua énergiquement.

— Et tu te poses encore la question ? Mon Dieu, ce que c'est compliqué, les femmes. Tout mon malheur vient de là, n'avoir su leur parler avec des mots justes. Celle que j'ai aimée, autrefois, à Mayence, je n'aurais jamais dû la laisser partir. Et Jeannet, aujourd'hui, fait la même ânerie. Mais toi, ma belle, tu n'es pas comme les autres. Tu es la fille Meynoux. Une espèce qui ne renonce jamais à ses rêves.

Avant d'opérer, Louise Meynoux lui fit ingurgiter un verre de gnôle. Puis elle lui demanda d'une voix apaisante de fermer les yeux. Il lui sembla qu'on lui enfonçait mille poignards dans le ventre. Instinctivement, Albine serra les jambes. Mais c'était un geste de défense inutile, car la longue aiguille avait déjà fait son œuvre. D'une caresse au front, la guérisseuse tenta de la rassurer. Albine Pierrebrune eût voulu éloigner cette main maudite, mais elle ne pouvait plus penser à autre chose qu'à cette douleur vive qui la torturait. Alors, la Menou lui offrit un second verre d'eau-de-vie, qu'elle repoussa.

— Ne fais pas la forte tête ! Ça t'aidera à supporter le mal.

La jeune femme but à contrecœur, en toussotant.

— Les hommes prennent leur plaisir, ajouta Louise Meynoux, et à nous, ensuite, de nous débrouiller. C'est notre destin, à nous, pauvres femmes, de souffrir. Ne pleure pas. Tu n'es pas la seule. Cette aiguillette-là, fit-elle en l'essuyant sur un chiffon comme elle eût fait d'une lame de couteau, elle a soulagé bien des femmes du pays. Tu peux me croire. Si j'avais dû dresser une liste, ça ne tiendrait pas sur un parchemin.

Albine tenta de se lever du lit où la guérisseuse l'avait installée, mais la douleur l'arrêta net. La Menou esquissa un sourire. Elle n'en avait encore jamais vu, de ces bonnes chrétiennes, repartir chez elles sans se tordre le ventre.

— Tu as mal. C'est bon signe. Ça prouve qu'il va descendre. Mais la première fois, ça étonne toujours. À force, ma petite, ça deviendra une habitude.

— Je ne crois pas que je recommencerai, gémit-elle en tenant les poings serrés contre sa poitrine.

— Elles disent toutes ça ! Mais la nature est plus forte. Tu feras deux ou trois enfants. Et après, tu choisiras de me revoir. Nous autres, les pauvres, avons-nous un autre choix ? Comment nourrir tant de bouches affamées ? Et un moutard, c'est vite fait.

D'autant plus que t'as une belle conformité, ma petite. Ce ventre-là nous fera des gosses à répétition, si nous n'y prenons garde ! Je connais la chanson. À moins de se faire nonne. Encore que je connaisse des nonnes qui n'évitent pas le péché. Les capucins sont comme les autres, quand ça les démange. Ça ne rechigne pas à besogner. Et c'est encore moins précautionneux que nos mécréants de bonshommes. Ça ne veut pas perdre une goutte de leur bon Dieu de foutre. Ça aussi, ma petite, c'est du péché, de répandre la semence hors du temple. Pourtant, y a pas d'autre moyen d'éviter les polichinelles. Faudra que t'expliques ça à ton bel amoureux, avant qu'il revienne te titiller.

Louise Meynoux prenait plaisir à ces sermons. Ce n'était pas tous les jours qu'elle avortait une jouvencelle. Son ordinaire, c'était plutôt les bonnes mères de famille. À celles-là, inutile de leur faire la leçon. Ce n'était pas du genre à geindre non plus. Ça escaladait le lit sans barguigner et, hop, il n'y avait plus qu'à « tricoter », comme disait la guérisseuse. À peine une grimace, un soupir, et l'affaire était faite. Au passage, elle récupérait le salaire de son bel ouvrage. On ne pouvait pas dire que c'était du travail salopé. Toute guérisseuse a sa réputation à tenir. Et il était rare qu'on s'y reprenne à deux fois. Ça descendait dans les trois jours.

— Cataplasme de feuilles de mauve à appliquer brûlant sur le ventre, indiqua la Menou. Et une prise, matin et soir, d'une décoction d'orge et de chiendent... Maintenant, mademoiselle Pierrebrune, faut se lever. Et marcher. Marcher. Ça facilitera la chose.

La petite tendit les pièces qu'elle avait préparées, en évitant de croiser son regard. Elle ne supportait pas ces yeux noirs qui la fixaient intensément. Elle ressentait trop de honte. La Menou lui avait toujours fait peur. Cela remontait à l'enfance, quand on recommandait de fuir la sorcière comme la peste. On disait qu'elle entretenait avec le diable des commerces coupables. Et même si, en ce temps-là, la petite Pierrebrune ne comprenait pas ce que les mots signifiaient, il lui était resté une profonde crainte. Albine était loin de penser qu'elle dût un jour recourir à ses services.

Quand elle quitta la masure des Brades, la nuit était déjà fort avancée. D'ordinaire, Albine ne se serait jamais aventurée dans cette partie de la forêt. C'était un lieu, sans qu'elle pût du reste s'en expliquer la raison, qui la terrorisait. Ce ne lui faisait pourtant rien de cheminer sur les chemins du Jolet, où, par la nuit noire, elle allait à la rencontre de son Pierre. L'endroit était, à vrai dire, plus rassurant. On ne risquait pas d'y croiser les étranges bruits qui peuplaient la profondeur des bois, de la sauvagine ou, qui sait, quelques esprits malins que la sorcière manipulait comme des marionnettes. Là-haut, sur les collines, la nuit n'était jamais aussi noire que dans la forêt des Brades. On n'y voyait que des ombres familières, des fayards centenaires isolés en plein vent, des bosquets tranquilles habités de merles, des hulottes coursant les musaraignes. Rien qui eût pu justifier cette peur qui l'étreignait en cet instant où elle avançait à grands pas vers Chantegrêle. Albine essayait de ne penser à rien, en tenant serré contre sa poitrine le sac de toile qui contenait les médications. Elle voulait ignorer la douleur qui lui taraudait les reins, pour ne pas perdre la moindre seconde. Elle avait hâte de retrouver son lit, sous le toit de sa maison, et d'oublier au plus vite toutes les émotions qui lui avaient brisé l'âme.

À la rivière, elle s'arrêta pour reprendre son souffle. La douleur était sourde, maintenant. Ce la rassura. Dans une bonne semaine, il ne restera plus qu'un mauvais souvenir, pensa-t-elle. Et l'idée qu'elle dût ne plus revoir Alain la rendit triste. J'aurai la force d'en finir, se persuada-t-elle, puisqu'il est écrit que le sang des Pierrebrune et celui des Madelbos ne doivent point se mélanger. Il n'est d'autre solution que la rupture. Ce ne sera pas si douloureux. Depuis notre dernière rencontre, le misérable n'a pas donné signe de vie. À croire qu'il se désintéresse de moi. À moins qu'il ne soit aussi lâche et veule que les autres... Elle longea la berge sur plusieurs centaines de mètres, dans l'espoir de trouver le gué où les troupeaux avaient l'habitude de franchir la Seyre. En cette saison, la rivière n'était pas très haute, mais elle n'en connaissait pas assez les dangers pour s'y aventurer. La lune moirait la surface. Ce n'était pas bon signe, ce courant calme et étale. En certains endroits, se cachaient des trous d'eau, de deux ou trois mètres de profondeur, où on pouvait se noyer par surprise. À force d'avancer, en se faufilant entre les cépées de chênes, de piétiner la fougère, sans rien trouver, elle se sentit gagnée par le découragement. La nuit, plus rien ne ressemblait à la réalité. La nature tout entière semblait coalisée contre elle, comme si chacun des éléments voulait l'empêcher de traverser cette maudite rivière. Elle s'arrêta, enfin, décidée à en finir. Qu'importe le risque encouru. Elle avait hâte de retrouver le chemin familier des collines.

Prudemment, Albine s'avança dans un endroit qui ne lui parut pas trop profond. Et, en effet, elle parvint à traverser, sans encombre, l'eau aux genoux. Mais à cet endroit, la rive était haute et abrupte. En plein jour, c'eût été un jeu d'enfant que de se hisser sur le bord. Ses mains fouillèrent le talus à la recherche de racines. Elle en dénicha d'assez solides que l'eau avait déchaussées au moment des crues. Elle s'y agrippa, fermement. L'effort réveilla sa douleur. Et ce fut comme un vigoureux coup de poing qu'on lui eût porté au bas-ventre. Elle en perdit le souffle au moment même où elle crut parvenir au but. Elle se laissa retomber dans la Seyre, juste le temps de reprendre son souffle. Elle recommença, deux fois, trois fois, et chaque fois l'effort engagé lui déchirait les reins. Puis elle se lança résolument, en s'aidant des pieds, qui ripaient sur la glaise. Des paquets de terre glissaient entre ses jambes. Il lui parut que le talus s'en allait sous elle au fur et à mesure qu'elle se haussait, centimètre par centimètre. Quand ses mains agrippèrent le sommet du talus, elle comprit enfin qu'un seul coup de reins suffirait à la délivrer de cette ascension douloureuse, quel que fût le prix à payer. Le souffle coupé, elle rampa encore quelques mètres dans la fougère. Puis elle se renversa sur le dos. Cette position seule limitait l'ampleur des spasmes qui lui sciaient le ventre. Sans bouger, elle attendit que le malaise s'estompât. Mais celui-ci dura plus longtemps qu'elle ne l'aurait souhaité. Et elle sentit le sang couler le long de ses jambes, en un filet noir et persistant, mélangé à la terre. La vieille serait contente ! pensa-t-elle. Ça descend plus vite que prévu !

Albine réalisa alors qu'elle n'aurait plus la force de se relever, à cause du sang perdu que rien ne pouvait plus arrêter. Elle jugea qu'il ne lui fallait plus bouger, que le moindre mouvement ne ferait qu'aggraver l'hémorragie. Je me vide, pensa-t-elle, comme un lapin. Et un engourdissement la gagna, peu à peu, dans le silence de la nuit, seulement teinté par la clarté du ciel. Et Albine, qui s'interrogeait souvent sur l'immensité du monde, sentit qu'il rétrécissait pour la recevoir. Ce n'est pas si terrible de mourir, se dit-elle. Je n'ai plus mal. C'est déjà ça de gagné. Et doucement, ses lèvres murmurèrent les paroles d'une ancienne comptine que lui chantait sa mère, autrefois, pour l'endormir.

Pour obtenir un rendez-vous au château du Mazet, la meilleure façon était encore de le demander à Laloy des Escurres. Qu'un tel homme jouît de la pleine confiance de Firmin de Jandelles restait néanmoins à prouver. Pourtant, cela étonnait à Chantegrêle que le républicain, enragé à ses heures, fût devenu le factotum du comte. Cela étonnait et intriguait à la fois, surtout qu'il avait réussi, dans le même temps, à conserver l'estime d'un Octave Pierrebrune. Les événements de 1851 étaient encore présents à l'esprit.

Nul n'oubliait au village comment on avait frisé la guerre civile à cause du coup de folie de ce Laloy, énigmatique. Aujourd'hui, un tel retournement avait de quoi surprendre dans ce petit monde où chaque fait et geste était analysé à la loupe. Chacun lui prêtait des pouvoirs qu'il n'avait sans doute pas et des défauts bien exagérés.

Aussi, pour rencontrer le comte, Manelle usa de la position qu'occupait son fidèle ennemi. Aussitôt, Laloy accourut au château pour en informer de Jandelles. Le comte reçut la proposition avec incrédulité. Cela faisait des années qu'il avait perdu toute illusion. Et ses vues sur la jeune femme s'étaient effacées de son esprit depuis longtemps, ainsi que meurt un rêve, dans cette désespérance de l'âme. Il s'était consolé en séduisant l'épouse de Ségur. Ce n'était pas une jolie femme, comme pouvait l'être Manelle, un genre assez commun de paysanne émancipée par la bonne fortune du mari. Mais pour un de Jandelles, elle se révéla à la hauteur de son appétit sexuel, en comblant tous ses désirs, plus par intérêt du reste que par goût, car elle semblait tout autant s'ennuyer dans le mariage que dans les plaisirs adultérins. Qu'à cela ne tienne, le comte prisait cette divertissante situation. Le chagrin de son régisseur, pour ne pas dire l'humiliation, pimentait son plaisir. Ce jeu, entre eux trois, occupait assez de temps pour qu'il ne ressentît la solitude dans laquelle un seigneur de sa condition se trouvait en ces temps ingrats de disette intellectuelle. Il avait refusé le Corps législatif, alors que celui-ci l'aurait maintenu à Paris, où il eût pu, loin des petitesses et des médisances de la campagne, se livrer à ses vices préférés. Mais le comte possédait des principes que rien ne pouvait subvertir. Sa haine de l'empereur suffisait amplement à justifier son dédain du pouvoir. Celui-ci se vérifiait chaque fois qu'un événement venait corroborer sa thèse sur la médiocrité de Louis Napoléon, un désastre militaire ou un scandale financier. « Qu'irais-je faire aux Tuileries ? Salir mon nom au contact de cette ploutocratie impériale ! » disait-il à Polyte, qui était resté, plus que jamais, le seul homme de Chantegrêle à le comprendre.

— Tu te moques de moi, espèce de républicain abâtardi ! s'écria-t-il en frappant de sa badine la poitrine de Laloy.

Il avait pris cette habitude pour lui signifier le peu de cas qu'il faisait de lui.

— Mon seigneur, je vous demande de me croire. Sur ma tête.

— Fais bien attention. Tu as déjà failli la perdre.

Laloy s'inclina, gauchement.

— Ne soyez pas méchant avec moi. Un homme reconnaissant mérite quelques égards. Vous savez bien que je suis resté fidèle à votre personne, bien que je ne partage pas votre cause.

— Tu dis que la belle sauvageonne a requis une audience. Et pour quel service, grand Dieu ?

— Ça, monsieur, je l'ignore.

— Tu devrais le savoir. À quoi me sert-il de payer un espion ?

— Cela ne relève-t-il pas d'une audience privée ? Les raisons du cœur échappent à mon entendement. Vous ne souhaiteriez pas que je m'en mêle ?

— Tu es rusé, espèce d'animal ! Cela s'appelle l'art de se défiler.

— Mais si vous le souhaitez, je peux le savoir. Par Mathurin Chambon…

— Ce vieux fou, que vient-il faire là-dedans ?

— Ces temps-ci, la petite est toujours fourrée dans son atelier.

— Elle va y retrouver son amant. Comment s'appelle-t-il, déjà, le freluquet ?

Laloy se mit à sourire en baissant la tête. Le comte se leva et, frappant le cuir de sa botte avec sa badine, fit le tour de son visiteur en le toisant de haut.

— Tu en sais plus que tu ne veux bien le dire. Mais j'ai compris. Tu ne vas rien faire de plus que me la conduire ce soir, notre belle sauvageonne. Avec discrétion, s'entend. Je n'ai pas envie que tout le château soit alerté.

— Cela va sans dire.

— Neuf heures à mon cabinet. Par la porte du chai. Tu as bien compris ? Tu l'accompagnes à l'étage et tu disparais, non sans avoir… Tu vois ce que je veux dire.

Et il fit mine de tourner dans la serrure une clé imaginaire.

Laloy à peine disparu, Firmin de Jandelles regagna son bureau. Ségur l'y attendait pour lui donner lecture des derniers comptes du semestre. Cela faisait suite à une longue conversation avec Polyte. La maladie avait atteint vingt-cinq pour cent de la future production. Les vendanges ne se présentaient donc pas sous les meilleurs auspices. Toutefois, on avait encore quelques bonnes raisons de se réjouir. Les vins fins Château du Mazet avaient connu, sur les deux dernières années, une vente record, au point que le docteur Dormoix préconisait un rajeunissement des cépages par la mise en place de nouveaux plants. Le médecin avait développé son idée dans un mémoire. Le comte l'avait lu en diagonale, selon son habitude. Puis il avait balayé les préventions de son ami, d'un trait : « Je suis un conservateur. Il n'y a aucune raison que je change ce qui nous a si bien réussi jusqu'à présent. »

Dans le seul souci de plaire à son maître, Ségur avait souligné au crayon gras les lignes comptables qui étaient le mieux à même de résumer l'état des finances. L'examen ne devait pas s'éterniser plus d'une demi-heure. Au-delà, c'était trop demander à cet homme impatient. Le régisseur s'était placé au bureau, debout, devant son grand livre de comptes ouvert.

— Mon bon ami, je vous écoute, ordonna de Jandelles en s'asseyant dans le fauteuil réservé aux visiteurs.

Le comptable assortissait l'énumération des chiffres de brefs commentaires que le comte écoutait en hochant la tête. La cérémonie eût pu paraître comique pour un non-familier de la famille, car un tel exposé était de pure forme. Il prêtait l'illusion que le comte s'intéressait méticuleusement au bilan financier de son affaire. À vrai dire, il ne retenait aucune des observations qu'on pouvait lui faire. Cela faisait des décennies que le Mazet fonctionnait sur le modèle empirique, selon un ordre immuable, saison après saison, sans qu'on s'ingéniât jamais à en changer une virgule.

Quand il eut terminé, Ségur ferma le livre. Tout était dit. Le maître opina de la tête. Maintenant, le régisseur n'attendait plus qu'un ordre pour disparaître. Mais de Jandelles pensait à tout autre chose. Que me veut-elle ? se demandait-il. Et cette question lancinante l'obsédait, car la seule perspective de la voir réapparaître avait rallumé la passion qu'il croyait éteinte, malgré les années. Certes, il lui était arrivé, depuis, de la croiser, dans les rues de Chantegrêle ou sur ses terres, mais avec l'œil distrait d'un homme floué pour qui la proie, aussi appétissante soit-elle, ne sera jamais qu'un fantasme d'érotomane.

Soudain, du fond de sa rêverie, le comte parut s'apercevoir que son employé était toujours là, à attendre qu'un ordre le délivrât de son attente. Et, d'humeur joyeuse, il eut alors envie de s'offrir un peu de divertissement.

— Cela fait trois jours que je n'ai pas croisé votre chère Francette, fit le comte. Est-elle malade ?

Ségur se racla la gorge, ennuyé.

— Mon épouse est allée passer quelques jours à Brive, chez sa sœur.

Une telle question ne ressemblait à rien. Elle lui faisait l'effet de violer un secret. Après tout, que pouvait-il bien lui faire que sa femme fût absente de Chantegrêle ? Sinon que, durant ce sursis, il ne risquait pas de la courtiser. Se pouvait-il qu'il en fût déjà alangui, de ne pas la voir depuis trois jours ? Car

Ségur en était à se demander s'il parviendrait à conserver l'épouse qu'il aimait par-dessus tout et pour laquelle il était prêt à sacrifier son honneur. Au début, il avait espéré qu'une telle aventure, qu'il nommait par ironie « le bon plaisir du prince », se fût dissipée en quelques mois.

— Il faut prendre grand soin d'elle, conseilla le comte, c'est une personne sensible. Parfois, il lui arrive de s'ennuyer dans nos terres, dans nos vignes, dans nos misérables villages.

— Je pense connaître ma femme mieux que vous, se rebiffa Ségur.

— Bien entendu, admit le comte. Ce que j'en disais, c'était pour votre bien, mon bon ami. Après tout, cela ne me concerne guère. Mais j'ai le souci de voir mes gens heureux autour de moi.

— Avez-vous encore besoin de ma présence ? demanda le régisseur, qui s'impatientait, à subir ces ignominies.

De Jandelles se releva de son fauteuil et vint tapoter, du plat de la main, le grand livre de comptes.

— Vous avez fait un excellent travail. Le Mazet vous en sera reconnaissant. Du reste, je compte relever vos émoluments. Cela vous permettra d'aller à Brive plus souvent et d'y accompagner votre épouse au théâtre. Savez-vous qu'elle adorerait cela ?

Ségur sortit sans un mot, avec sa raideur habituelle de serviteur accompli.

Laloy conduisit Manelle au Mazet à l'heure convenue. Pour la circonstance, elle portait une robe près du cou, fort boutonnée, et un chapeau de paille à large bord. La mise stricte amusait le factotum. Il n'était pas dans les habitudes de la fille Meynoux de se vêtir de la sorte. Elle prenait plutôt plaisir à mettre en valeur sa poitrine par un corsage pigeonnant ou une robe à large encolure. Tout en guidant sa voiture, celle que la maison lui avait prêtée, Laloy guettait attentivement les réactions de sa passagère. Il était impatient de connaître la suite des événements. Ce soir, notre bon seigneur va lui faire sa fête ! se dit-il en imaginant les longues jambes nues s'ébattre dans la soie. Même que ça fera pas un pli !

Laloy se souvenait du fameux matin où il avait voulu la prendre de force, au bord de la rivière. Il s'en était fallu d'un cheveu. Pourquoi avait-il soudain renoncé à son projet ? La peur de la Menou, sans doute, la crainte qu'elle ne se venge ensuite en lui nouant l'aiguillette, comme elle l'avait si souvent pratiqué sur de pauvres bougres comme lui. Pourtant, je la tenais au bout de mon bâton, regretta-t-il en se tortillant sur le siège. Je n'avais plus qu'à la culbuter… Combien de fois, dans sa vie, Laloy des Escurres avait-il raconté l'histoire ? Le plus souvent à l'estaminet, chez Guillemette, en buvant sec. On ne le crut jamais, à Chantegrêle. Pas même l'idiot du village.

— Tu te rappelles le fameux temps où t'étais encore une jeunette ? demanda-t-il, sans même se retourner, juste en inclinant la tête sur le côté.

— Je n'ai pas conservé de bons souvenirs de ces années-là. Sans doute à cause d'un type comme toi. Tu t'amusais à nous courser, à nous faire peur. Et même des fois, tu nous menaçais de ton bâton.

— Je ne t'ai jamais menacée avec le moindre bâton.

— Décidément, tu as une mémoire défaillante, Laloy !

Le factotum fit accélérer les chevaux en sifflant deux coups brefs entre les dents. C'était une façon de détourner la conversation. Pourtant, il n'y avait pas de quoi être surpris. Cela faisait des années que Manelle ne lui adressait plus la parole, depuis qu'il faisait des gorges chaudes sur elle. Pour l'heure, le serviteur se sentait fier de conduire cette mission de confiance, fier, et amer aussi, de voir que Manelle allait enfin tomber sous la coupe du maître. Et dans son for intérieur, il morigénait la race des nobliaux à qui les plus appétissantes donzelles sont destinées par droit de cuissage. Et ça nous laisse les laiderons, comme si nous n'étions pas capables, nous autres, d'apprécier la courbe harmonieuse d'une hanche, la fermeté d'un sein, le duvet d'une motte… Et cette pensée ravageuse éveilla en lui la petite flamme républicaine qui sommeillait au fond de son cœur. Mais tout compte fait, se consola-t-il, je préfère que ce soit de Jandelles, plutôt qu'un autre, mille fois plus un de Jandelles qu'un de ces hobereaux arrogants qui nous traitent de haut, nous autres, les manants, à croire que nous n'avons pas aussi une âme pour souffrir les mille tourments de l'amour, un nez pour sentir l'odeur de la rose et de la marjolaine.

Le comte avait soigneusement réfléchi au sens de cette visite. Il voulait lui montrer qu'il la recevait, subrepticement, entre deux portes. Il la fit asseoir dans le cabinet de travail où elle patienterait un bon quart d'heure. Manelle nota que l'endroit n'avait guère changé depuis le fameux jour où elle avait dû le fuir. Elle y retrouva la même odeur de poussière et de renfermé, et cela lui souleva le cœur.

Firmin de Jandelles parut en robe de chambre mauve et liseré doré.

— Excusez ma tenue négligée, dit-il en augmentant la luminosité de la lampe à pétrole qui était posée sur le coin du bureau, mais ce que vous avez à me dire souffrira bien le débraillé.

Manelle se sentit intimidée par ce vouvoiement qu'il n'avait jamais employé avec elle, jadis. Elle se demanda même s'il consentirait à l'écouter plus d'une minute, tant il lui parut froid et cassant, avec sa façon hautaine de la regarder. La jeune visiteuse avait sans doute oublié avec quelle vigueur elle l'avait fui, la dernière fois, pour échapper à ses avances. Tout cela était bien noté dans la mémoire de Firmin de Jandelles, comme une des étapes les plus douloureuses de sa longue et impétueuse carrière de séducteur. Et cette fois, les rôles se trouvaient inversés. C'était elle maintenant qui venait mander un privilège. Manelle comprit que sa réapparition au château, dans de telles conditions, était une erreur et que Mathurin Chambon avait présumé des qualités du personnage.

— J'ai une faveur à vous demander, balbutia-t-elle, sans même se lever du fauteuil où le valet de chambre l'avait installée.

À ces mots, Firmin s'éloigna d'elle en passant derrière son bureau, les mains fermement enfoncées dans les poches de sa robe de chambre.

— Une faveur ? s'étonna-t-il. Bien sûr, une faveur. Suis-je bête. Je me doute bien que vous n'êtes pas venue pour mes beaux yeux.

Il secoua la tête avec un air grave. Manelle palpait nerveusement, du bout des doigts, les tresses de son chapeau de paille. Cela faisait un bruit agaçant. Mais rien ne semblait contrarier la patience du comte, qui guettait l'instant où il pourrait enfin avancer ses pions. Ses silences, ses mimiques, ses interjections étaient bien pesés, au gramme près, en tâchant de maintenir entre elle et lui la distance qui avait le divin pouvoir de mettre sa visiteuse dans l'embarras.

— Je vois que ma démarche vous ennuie, dit Manelle.

— Pourquoi cela ? Au contraire, j'ai grand plaisir à vous voir. Après toutes ces années… sans que vous ayez donné signe de vie.

— Je ne suis pas une personne bien importante pour vous, au point que vous ayez remarqué cela.

Le comte parut embarrassé. Il n'avait pas prévu cette saillie, qui pouvait remettre en question le bel échafaudage de son plan. De Jandelles flaira qu'il devait conserver à tout prix les bonnes cartes en main et prendre garde d'ouvrir, par maladresse, la moindre brèche dans son système.

— Vous êtes ce que vous êtes, c'est-à-dire une de mes administrées. Et je vous traiterai comme je le dois à mes gens. Ne suis-je pas aussi votre maire ?

Le mot la fit sourire. Puis elle se décida enfin à abandonner son chapeau sur le bureau, à libérer ses mains pour qu'elles participassent, elles aussi, à la conversation, plutôt que trahir une inutile fébrilité.

— C'est à propos de mon fiancé. Vous le connaissez, sans doute ?

— N'est-ce pas un jeune homme qui travaille dans l'atelier de monsieur Chambon ? Assurément. Bien que je n'aie jamais eu l'occasion de lui adresser la parole…

— Il vient de s'engager dans le régiment de ligne de Périgueux. Un engagement de plusieurs années.

— Et vous eussiez préféré qu'il le signât avec vous, devant monsieur le maire ?

Manelle baissa la tête. Elle ne pouvait répondre à une telle question. Cela faisait quatre ans qu'ils se fréquentaient. Chacun à Chantegrêle connaissait leur histoire. Firmin savoura sa perfidie. Car il eût aimé ajouter que le pauvre garçon, à force d'attendre le mariage, avait sans doute choisi de se tourner vers d'autres horizons.

— Je souhaiterais le garder près de moi. Jean Segond n'est pas taillé pour la vie militaire. De l'avis même de monsieur Chambon. Et monsieur Chambon sait de quoi il parle.

— Mathurin a surtout envie de conserver son ouvrier. Il commence à se faire vieux. Et on ne forme pas un tonnelier en quelques mois.

La visiteuse abonda dans son sens. Le comte lui avait fait comprendre à demi-mot qu'il ne croyait pas à son mariage, que si celui-ci avait dû intervenir, il aurait été célébré depuis longtemps. Mais il importait assez peu à Firmin de s'accrocher à cette découverte. Au contraire. Cette sorte de confusion lui convenait parfaitement. Elle apportait de l'eau à son moulin en confortant son opinion selon laquelle Manelle était la fille la plus indépendante qui fût, soucieuse de conserver sa liberté plutôt que de s'enfermer dans les servitudes du mariage. En son temps, ne lui avait-il pas soufflé cette bonne parole ?

— Et alors, qu'attendez-vous de moi ? Que je m'entretienne avec votre galant pour le faire changer d'avis ? Je crains que…

— La solution, coupa Manelle, serait d'obtenir l'ajournement de son départ. Avec les relations que vous possédez au sein du gouvernement…

— Que l'office du recrutement de Périgueux le déclare inapte au service ? reprit le comte. C'est bien cela que vous désirez obtenir de moi ? Et de préférence à son insu… Ainsi, nous passerions-nous de son avis. Jusqu'au bout, le brave garçon croirait qu'il n'est pas bon pour le métier des armes. Vous êtes redoutable, vous, encore plus perfide que moi. À la différence que vous êtes amoureuse de lui…

Firmin de Jandelles scruta son visage, dans l'attente d'une réaction. C'était la seule question qui lui importait, lui faire avouer la nature exacte de ses sentiments. Il renifla quelque tiédeur et cela l'encouragea à poursuivre :

— L'aimez-vous, votre Jean Segond ? Oui ou non ? Vous me devez bien une réponse franche.

— Je ne voudrais pas qu'il lui arrive malheur. On n'entend parler que de ça, des guerres à l'Autriche, des conquêtes lointaines en Cochinchine, de batailles sanglantes…

— Bah ! sursauta le comte. Ce n'est pas de l'amour, ça, c'est de la compassion. Vous avez de la compassion pour ce garçon. Vous voudriez le préserver parce que vous avez une dette morale envers lui. Cela me convient, fit-il sans lui laisser le temps de répondre. Cela s'accorde à mes principes. C'est une chance, une vraie chance, pour lui. J'intercéderai donc en sa faveur. Et il ne sera pas nécessaire de déranger un ministre de l'Empire pour autant. Un de mes amis, préfet, ne peut rien me refuser, se vanta le comte. Nous introduirons dans le dossier de votre ami un certificat médical fort alarmant.

Toute à sa joie, Manelle se dressa vivement pour venir lui serrer la main.

— Alors, c'est bien entendu, vous intercéderez en sa faveur ?

Le comte se mit à rire.

— Me croyez-vous capable de vous refuser quelque chose ? Auriez-vous oublié les sentiments que je vous porte ? Même si je ne suis pas payé en retour…

Manelle hésita à retirer sa main, que de Jandelles tenait fermement dans la sienne. Il savait qu'elle ne pouvait se permettre un second affront, aussi exploita-t-il honteusement sa position en venant embrasser son visage, à la sauvette. Néanmoins, les lèvres se dérobèrent, comme il sied la première fois à une femme honnête et hésitante, pensa-t-il. Mais la deuxième tentative fut la bonne. Manelle se dégagea en douceur lorsque le comte voulut glisser une main sous la robe qu'il troussait de l'autre, tout en délicatesse. Elle se recula à l'instant même où il allait prendre possession d'elle.

— Me refuserez-vous encore ce que j'attends depuis des années ?

— Comment pouvez-vous imaginer un seul instant que je trahisse mon fiancé ?

— Il n'a pas hésité, lui, à s'engager. N'est-ce pas une trahison ? Et si nous y mettons bon ordre, il le devra à votre bonté, bien plus qu'à votre amour. Allons ! Vous ne pouvez soutenir le contraire ? Ce beau visage ne saurait mentir.

— Je suis assez malheureuse, j'en conviens. Mais est-ce une raison suffisante pour trahir ?

Le comte rajusta sa robe de chambre qui bâillait sur un torse nu.

— Vous me devez un peu de compassion, à moi aussi.

Manelle ne put s'empêcher de sourire. Cet homme est prêt à tout pour me posséder, pensa-t-elle. Et cela la flatta qu'un comte fût à ses pieds, suppliant et pathétique.

— Un homme de votre qualité ne peut se résoudre à monnayer de la sorte un tel service.

— Qui parle de monnayer ? C'est d'amour qu'il s'agit. D'un pur amour. Je l'ai ressenti la première fois que je vous ai aperçue. Mais le destin s'est mis en travers. Moi, je suis comte, et vous manouvrière. C'est dire le monde qui nous sépare. Fatalement. Serons-nous, néanmoins, assez intelligents, tous deux, pour dépasser ce dilemme tragique ? Parviendrons-nous à oublier qui nous sommes, à nous délester du carcan qui nous enferme dans nos rôles ? Et laisserons-nous parler la pure passion qui ignore caste, coterie et chapelle ?

— Je ne sais jusqu'où va votre sincérité, fit Manelle, mais je suis sensible de voir que vous allez m'aider à préserver mon fiancé. Néanmoins, je ne peux répondre à votre attente, dans l'instant.

La main du comte effleura le beau visage de sa visiteuse, s'appliqua à le caresser comme si elle voulait en connaître chaque linéament, pour n'en perdre plus jamais le souvenir au cas où il s'éloignerait encore, trop longtemps. Puis elle approcha d'un sein qu'elle parcourut, attendant juste que l'aréole, qui pointait sous le tissu, se mît à durcir.

— Promettez-moi de revenir, au plus vite. Nous apprendrons à mieux nous comprendre, dit le comte, et ainsi, peu à peu, s'estomperont nos craintes.

— Je vous l'assure, dit Manelle en venant l'embrasser sur le front.

— C'est un bien petit gage que vous me donnez là.

Elle s'effaça dans une pirouette, alors que la main du comte tentait de saisir le jupon qui s'éloignait. Il se précipita dans le couloir. Juste pour lui arracher encore un furtif baiser.

— Ne faites pas l'enfant.

— Il me semble bien, pourtant, avoir rajeuni de vingt ans.

— Je ne peux vous donner plus.

— Le colifichet que vous portez autour du cou ? Comme cela, je suis sûr que vous reviendrez le chercher.

Manelle le lui tendit en soupirant. De Jandelles le porta à ses lèvres. Ce geste enfantin lui parut ridicule et attendrissant à la fois.

— Rien que l'idée qu'il a touché votre peau… Vous ne pouvez imaginer ce qu'il apporte à un homme amoureux comme moi.

— C'est fini pour ce soir, jura-t-elle, une main plaquée sur sa poitrine. Je ne vous écoute plus.

— Je suis heureux à l'idée que vous me reviendrez. Sinon, j'irai vous chercher, où que vous soyez. Même dans les souterrains de Chantegrêle. Voyez ? Je sais tout de vous.

Manelle avait déjà franchi le couloir. Le comte attendit encore que son pas se fût éloigné dans l'escalier. Puis il glissa le petit objet dans sa poche, précautionneusement.

Laloy des Escurres déposa Manelle devant sa maison de la forêt des Brades, puis fit tourner la carriole. Que s'était-il passé, au cours de la soirée ? Il ne le savait pas, malgré toute l'attention portée sur la jeune femme. Elle n'avait pas, sur les joues, ce feu particulier qu'imprime le plaisir. Au contraire, elle avait conservé la tranquille assurance qu'il avait constatée à l'aller. Ça n'a point dû se faire ! subodora-t-il. Sinon, ça aurait la crête rouge... Et le factotum en ressentit une grande déception, aussi vive que s'il avait été le principal acteur. Je maintiens que ce genre de bonne femme doit être forcée, se dit-il en l'examinant encore une fois, de pied en cap. Manelle n'attacha guère d'attention au regard qui la scrutait insolemment.

Avant de s'éloigner, Laloy lui fit un petit signe de la main auquel elle ne répondit pas. Bah ! M'est avis que de Jandelles se fait vieux, se dit-il. Le timon ne se dresse plus aussi gaillardement qu'avant !

En longeant la Seyre, il lui prit une envie de se soulager. Il gara le cabriolet près d'un chêne et s'avança de quelques pas sous les hautes ramures. Son attention fut alors attirée par une plainte qui venait de la rivière. Ce doit être quelque chiot abandonné, pensa-t-il. Un chiot qu'on a voulu noyer. Cela lui était déjà arrivé de trouver au bord de la Seyre des chiens ou des chats que les paysans du voisinage avaient voulu immerger. Un chat, ce lui importait peu, parce que cette espèce était si prompte à se reproduire qu'il y en avait légion dans le pays. Mais un jeune chien, c'était une autre histoire. Laloy en faisait le commerce. Il les dressait pour la chasse ou la garde des troupeaux. La vente lui rapportait de quoi se payer un coup.

Il alla fureter dans les recoins du sous-bois et finit par buter contre un corps pelotonné dans la haute fougère. Bon Dieu de bon Dieu ! C'est une fille, ça ! Une fille qu'on a violée et laissée pour morte. En dégageant la chevelure empoissée par la terre humide, il reconnut aussitôt la petite des Pierrebrune.

— C'est-y ton amoureux qui t'a fait ça ? Le sagouin ! dit-il en touchant l'étoffe mouillée de sang. Si c'est pas malheureux de mettre une beauté dans un état pareil ! C'est un crime, ça !

Laloy se jura qu'il ne ferait jamais à une donzelle des horreurs pareilles. Ses nobles sentiments ne lui rapportaient pourtant pas grand-chose. Ça faisait des mois qu'il n'en avait pas touché une, à croire qu'elles le fuyaient, avec sa gueule de satyre. C'est pourtant vrai que j'suis porté dessus ! Mais pour le plaisir, grand Dieu. J'aime pas que ça souffre. Au contraire, rien ne vaut le cri de la jouissance. Ça redonne de l'ardeur, grand Dieu, oui !

L'homme la souleva, prestement, et l'installa dans la voiture. En la secouant, il crut qu'elle était perdue, mais se persuada qu'il n'y avait rien à faire d'autre que la reconduire chez elle. Laloy fit avancer sa carriole, aussi vite qu'elle le pouvait. La fille continuait à geindre, doucement, péniblement. C'était plutôt bon signe.

Au bas de la côte de Chantegrêle, il n'entendit plus rien. Et un sentiment de peur le rattrapa. La pauvrette a dû passer, se dit-il, avec tout le sang perdu. Et qui nous dit qu'elle n'a pas pris un coup de surin ? Par ce temps de folie, ça surine facilement, pour un oui, pour un non. Même que s'il fallait trouver un coupable, je ferais un candidat fort présentable.

Laloy arrêta l'attelage pour vérifier ses craintes. Il lui trouva un souffle court. Que ça tienne une bonne demi-heure, souhaita-t-il, et on pourra point dire que c'est moi qui l'ai surinée du ventre et du bas-ventre. Près du falot où vacillait une flamme bleue, il chercha sa fiole de gnôle. Il s'en jeta un gorgeon, histoire de se donner du courage. Si ça crève avant la butte, se jura-t-il, je l'abandonnerai. Tant pis si c'est pas des manières de bon chrétien, mais je veux point finir aux galères ! Bon Dieu non ! J'aime trop la belle vie. Et se faire embastiller pour un crime qu'on n'a pas commis, y a pas pire misère.

Hermine Pierrebrune était seule, ce soir-là. Le mari était allé prêter la main pour la moisson dans le village voisin, à Galiane-sur-Sévère. Elle accueillit sa fille avec des cris de bête.

— Je l'ai trouvée au bord de la Seyre, expliqua Laloy en la portant jusque dans la chambre.

En retroussant la robe ensanglantée, la mère comprit aussitôt ce qui était arrivé.

— C'est un coup de la vieille sorcière ! marmonna-t-elle entre ses dents.

— Quelqu'un a voulu la tuer ? demanda Laloy.

Hermine ne répondit pas. Elle avait autre chose à faire que de donner des explications à cet idiot. Elle prit tout de même le temps de lui servir une prune, puis en fit avaler à sa fille qui faillit s'étouffer.

— Mon bon Laloy, demanda-t-elle, faudrait que tu me ramènes Hippolyte. Tu sais où il se trouve, à cette heure ?

Le factotum avait sa petite idée. Ça devait discuter le coup, entre gens de bonne compagnie, dans le salon du Mazet. Il repartit rassuré. À ce qu'en avait perçu la mère Pierrebrune, ça ne devait pas être une affaire crapuleuse. Et ses craintes s'envolèrent. Quand donc cesserai-je de me croire coupable de tout ? se dit-il. Et, chemin faisant, il se souvint qu'il n'avait jamais voulu tuer le gendarme, tout juste faire l'intéressant pour qu'on parle de lui, dans le pays.

Comme l'avait prévu Laloy, le médecin goûtait l'air du soir sur la terrasse du château. Marthe prisait sa conversation et lui demandait souvent de rester auprès d'elle. L'homme de science possédait un avis sur toute chose, qui complétait, en somme, les sermons rigoureux du père Bonneval. À ce moment de la conversation, elle s'intéressait aux effets de la consanguinité. L'intérêt pour un tel sujet lui était venu après la découverte de la liaison incestueuse de son fils. Le prêtre lui avait déjà expliqué qu'une alliance de cette nature conduirait inéluctablement à la dégénérescence et à l'abâtardissement de la race, fût-elle aristocratique ou non. Polyte estimait, quant à lui, que c'était là une pure sottise, que les rois de France s'étaient souvent épousés entre cousins sans que le royaume eût à en pâtir.

— La Genèse n'est-elle pas un texte édifiant en la matière, où l'inceste est érigé en principe fondateur de l'humanité ? expliquait le médecin.

— Ne me dites pas, cher docteur, que Dieu justifie une telle horreur ?

— Si Adam et Ève sont les parents de l'humanité naissante, il nous faut aussi admettre que leur descendance n'est que frères et sœurs, cousins et cousines, et qu'ils s'accouplent à qui mieux mieux pour la bonne cause.

— Quelle horreur !

— À moins que notre humanité ne descende du singe.

— Du singe, grand Dieu ? Quelle idée saugrenue…

— Nous ne serions même que le produit élaboré, au fil des millénaires, par le principe de la sélection des espèces.

— C'est à mourir de rire.

— Un éminent physiologiste anglais, Charles Darwin, vient de publier sur le sujet des travaux fort troublants.

— C'est une théorie de mécréant.

— Il est vrai que la tradition chrétienne n'admet qu'un dogme, l'immuabilité des espèces. C'est une vision simpliste de l'évolution de l'humanité. Elle ne satisfait plus un esprit rationnel comme le mien. Déjà, Montesquieu, Diderot avaient soupçonné que les espèces se transforment et descendent d'une origine commune.

— Pour moi, trancha Marthe, il ne fait aucun doute que Dieu a créé l'homme à son image. Voilà tout. Comment un savant comme vous peut-il donner foi à de telles idioties ?

— Il n'empêche, ma chère, que nous sommes le produit d'une sélection dont l'origine commune est le singe.

Le pauvre Laloy intervint à ce moment de la conversation où elle prenait un tour passionné. Marthe en ressentit un fort agacement, car elle s'apprêtait à opposer au médecin quelques arguments puisés dans sa connaissance de la Bible, qu'elle possédait sur le bout des doigts. Elle voulait lui assener que toute l'histoire de l'humanité se résumait, en somme, dans le mystère de la Création. Une horlogerie pensée et révérée ne pouvait être que le fait d'une main intelligente et non la conséquence d'une machinerie aléatoire et sans âme, livrée au tourniquet du hasard…

Le médecin se rendit au chevet d'Albine Pierrebrune, sans délai. Il n'avait fallu que quelques mots d'explication pour le décider. Son premier geste fut d'éliminer le cataplasme de feuilles de mauve qu'on avait posé sur le ventre de la malheureuse. Le pouls était si bas qu'il fit appeler la mère, qui attendait dans la pièce voisine.

— Je crains quelques complications ! déclara-t-il sans détour.

Les cris de la mère le laissèrent de marbre. Ce n'était pas la première fois qu'on l'appelait pour réparer les charcutages de la guérisseuse.

— Vous me connaissez, Hermine, ajouta-t-il, je ferai tout ce que je pourrai pour la sortir de là. Mais la médecine ne peut tout.

La mère s'était emparée d'un chapelet et enchaînait les prières les unes après les autres. La litanie ne tarda pas à agacer le médecin et il la pria fermement de sortir de la chambre.

— Prévenez-moi si elle est au plus mal… insista-t-elle.

— Pour le moment, nous allons essayer d'arrêter l'hémorragie. Ça nous sera plus utile que…

Et Polyte préféra ne pas terminer la réflexion qui lui brûlait les lèvres. Puis il défit les sangles de sa grosse mallette de cuir noir qui contenait ses instruments de torture, comme il avait coutume de dire. Il étala sur une serviette un spéculum, des curettes, une sonde, une seringue et quelques aiguilles. Il frotta le tout à l'alcool après s'être soigneusement aspergé les mains. Je me passerais bien de cette sorte d'accouchement ! se dit-il en maudissant la guérisseuse des Brades qui lui fabriquait autant d'avortements qu'il y avait de naissances. Mais il ne s'était jamais décidé à en parler aux autorités, préférant fermer les yeux sur cette misère contre laquelle il n'existait aucun remède, sinon les sermons moraux du pauvre curé Bonneval.

Quand il eut terminé, il alla lui-même vider au-dehors la bassine qui lui avait servi à recueillir les téguments. Puis il revint dans la cuisine, d'un pas exténué.

— Faites-lui prendre un bouillon gras de poule. Et attendons !

Hermine Pierrebrune exigea aussitôt des certitudes alors que le médecin n'avait que des silences à opposer, comme si la crainte du pire était le meilleur des remèdes. Modeste en diable, cet homme-là, tellement modeste sur l'exercice de son art qu'on en arrivait à douter de ses capacités de soigneur.

— Savez-vous qui lui a fait ça ? questionna le médecin au bout d'un long silence.

— Albine n'a pas voulu me le dire.

— Ce n'est pas la peine de l'ennuyer avec des questions.

— Pourtant, docteur, nous sommes des gens propres. Nous n'avons rien à nous reprocher.

Polyte soupira. Ce lui faisait le même effet que la prière de tout à l'heure.

— Dans son délire, elle a prononcé plusieurs fois un prénom. Un certain Alain…

— Alain ? sursauta Hermine.

— J'ai aussitôt songé au gamin des Madelbos. Vous saviez qu'ils se fréquentaient, ces deux-là ?

— Fichtre non ! Ça alors, j'en tombe des nues…

Dormoix sentit qu'il sortait de son rôle de soigneur, mais, s'agissant d'une aussi jeune personne, il voulait tirer l'affaire au clair.

— Maintenant je comprends tout ! s'écria la mère en hochant la tête.

— Votre petite n'a pas eu le courage de vous en parler. Et dans le désespoir, elle aura choisi cette solution. Ne croyez-vous pas qu'il aurait mieux valu qu'elle vous en dise deux mots ? Mais peut-on vous parler ? Octave est aussi buté que vous !

— Oh, je vous en supplie. Ce serait terrible s'il venait à apprendre ça… C'est une chance qu'il ne soit pas là.

— Je ne vois pas pourquoi nous en ferions des mystères. Il est parfois des abcès qu'il faut percer si l'on ne veut pas que tout l'organisme soit contaminé. Nos drames viennent toujours de nos lâchetés.

Hermine se recula, offusquée. Même le curé Bonneval n'osait emprunter un tel langage pour la sermonner.

— Je vois une solution à sa guérison, proposa-t-il aussitôt. Que vous conduisiez ce pauvre garçon à son chevet.

La mère se rongeait les poings d'angoisse. Déjà, elle imaginait la réaction de son mari. Le seul énoncé du nom des Madelbos suffirait à faire éclater sa colère.

— Je n'aurai jamais le courage de faire ça ! avoua-t-elle.

— Peut-être préféreriez-vous perdre votre enfant ?

Les derniers mots la jetèrent dans une fureur de larmes. Polyte l'observait, sans un cillement du regard. Il n'avait aucune pitié pour elle, car il la tenait en partie pour responsable de cette douloureuse affaire.

— Le petit Madelbos, je le connais bien, c'est un gentil garçon. Sans doute aime-t-il votre fille. N'est-ce pas le destin de nos jeunes que de se marier ? De fonder une famille…

La mère laissa éclater son désarroi en s'agitant en tous sens, au point de ne plus réaliser ce qu'elle faisait. Elle allait de l'évier à sa cuisinière, promenant des objets sans raison aucune. Le médecin demeura immobile au milieu de cette tempête.

— Jamais vous ne verrez ça à Chantegrêle, assena-t-elle. Des Pierrebrune et des Madelbos unis ? Jamais ! Pourtant, ce n'est pas faute d'avoir essayé… Mon Octave a fait beaucoup, à la mort du vieil Augustin. Mais le fils est resté intraitable. Aussi dur que cet évier en granit.

— Avec la nouvelle génération, il faut tourner la page. Le moment me paraît bien choisi. Que ce drame au moins serve à quelque chose…

Le mot « drame », choisi à dessein, fit sursauter Hermine.

— Vous voulez dire que…

— Albine s'en sortira si elle se sent aimée et entourée. C'est à vous deux d'en décider.

Contrairement aux craintes de Hermine, Octave ne laissa éclater aucune colère, bouleversé qu'il fut de trouver sa fille dans un tel état de faiblesse. Il était trop sensible, malgré ses grands airs bourrus, pour ne pas réaliser la tragédie que sa famille venait de frôler. À chaque minute, il louait son vieil ami Laloy de lui avoir ramené Albine. Après une nuit passée au-dehors, sans soins, elle eût été perdue. Et il n'en revenait pas non plus que Hippolyte Dormoix se fût aussi vite rendu à son chevet. En somme, tout avait concouru pour qu'elle fût tirée d'affaire. D'ailleurs, le dernier diagnostic du médecin était encourageant. Les risques infectieux semblaient maintenant écartés.

Seule Hermine n'arrivait pas à se débarrasser de son courroux. Les propos du docteur lui étaient restés sur l'estomac. Elle ne les cacha pas à son mari.

— Cet homme ne mérite pas qu'on l'égratigne, rétorqua Octave. Au contraire, il a droit à toute notre reconnaissance. N'a-t-il pas sauvé notre fille ?

— Tu te laisses dicter une leçon, comme cela, sans rien dire ? insista la mère. C'est un comble ! Je ne te reconnais plus.

— Il est des vérités qui sont dures à entendre, répliqua-t-il. Qu'importe, pourvu qu'elles servent à nous rendre meilleurs. Et si nous ne savons pas en tirer profit, tant pis pour nous !

Cette lâcheté, la mère la mit sur le compte de l'amour qu'Octave vouait à sa fille, un amour sans bornes et exclusif, injuste parfois. Les aînés, Paul-Antoine et Jean-Baptiste, en faisaient souvent les frais, parce qu'ils étaient sans doute des garçons et que les garçons, ça ne mérite rien d'autre que le travail et l'obéissance.

Eugène Madelbos était en train de moissonner lorsque Octave alla le trouver. Comme à l'accoutumée, la conversation s'amorça difficilement. Le paysan refusait de lever la tête pour l'écouter, même une seconde. À croire qu'il était atteint de surdité. Pierrebrune voulut lui prendre sa faucille afin d'interrompre son labeur, mais l'homme l'évita d'un pas de côté.

— Je renonce au Tous-vents ! cria-t-il dans l'air chauffé à blanc.

— Quoi ? fit Eugène. Tu veux bien me répéter ça ?

— Je veux qu'on en finisse avec cette guerre.

Madelbos passa le plat de la main sur la lame de sa faucille pour en éliminer les fibres de paille.

— Tu as perdu la tête ou quoi ?

— Nous sommes des idiots.

— Toi ! ricana Eugène. Toi seul !...

— Si tu veux. Je le reconnais. J'ai été un idiot.

— Tu es disposé à me signer un papier, un renoncement à...

— Si ça te chante.

Eugène ramassa la javelle qui encombrait ses pieds et la serra contre lui pour la nouer. Dans la précipitation, il avait laissé quelques épis sur le chaume. Octave les rassembla et les lui tendit. Le paysan s'en saisit d'un geste hésitant.

— Je ne sais pas s'il n'y a pas quelque malice là-dessous...

— Il n'y a rien. Rien du tout.

— Qu'est-ce qui a pu te pousser à changer d'avis ?

Octave se déplaça vers l'ombre d'un prunier, en contrebas du champ. En cet endroit, un banc de coquelicots couvrait la moisson. Ils s'étaient essaimés comme une langue de feu.

— Il y a une raison, avoua Pierrebrune en baissant la tête.

Le paysan se décida à le rejoindre et vit des larmes sur son visage. Il le pressa de s'expliquer. Quand Octave eut terminé son récit, son voisin ajouta :

— Je savais que nos petits étaient bien ensemble. Mais que pouvais-je dire ? Sinon espérer qu'il n'arrive rien.

— Moi, je ne le savais pas. Du reste, je n'aurais pas voulu le voir.

— Et comment se porte la petite ? s'inquiéta Eugène.

— Elle a failli mourir, à cause de moi.

— Arrête ça ! défendit Eugène. Nous n'y sommes pour rien. La terre, la possession de la terre, ça a toujours été notre flamme, notre raison de vivre, d'espérer, jusqu'à l'aveuglement et la folie.

Les deux hommes s'assirent, le dos calé contre l'arbre, face au manteau d'ombre étiré sur les blés.

— Tu sais ce qui serait bien ? C'est que ton fils se rende au chevet de mon Albine... Ça l'aiderait à guérir.

— Je comprends, fit Eugène qui caressait le fil coupant de sa faucille, je comprends parfaitement. Et après ? Que vois-tu pour l'avenir ?

D'un revers de manche, Octave essuya la sueur accumulée dans ses sourcils.

— Je n'ai pas d'idée.

— Allez ! Ne me dis pas que tu n'as pas réfléchi à l'avenir ? Un Pierrebrune, c'est comme un Madelbos, ça tire des plans, des plans, et encore des plans, à ne plus savoir ce que ça veut.

— J'en ai pris un sacré coup ! Je ne souhaite qu'une chose : que ma petite Albine se rétablisse. Et que toute cette vilaine histoire s'oublie.

— Tu as réfléchi au mariage, n'est-ce pas ? Avoue-le, canaille !

Et il lui donna un coup d'épaule. Octave fixait la pointe de ses chaussures au milieu des coquelicots. Il faisait tellement chaud que ça excitait des myriades d'insectes. Au-dessus d'eux, dans le feuillage, ce n'était que bourdonnement incessant. Le beau temps s'était installé depuis deux semaines, sans un nuage, ni un souffle d'air. La terre se desséchait, jour après jour, se craquelait dans les vignes où les ouvriers avaient commencé le binage, surtout dans les parties hautes. Un temps idéal pour la moisson, bien que l'on se plaignît, quand même, que le blé fût trop mûr. Mais c'était une spécialité des gens d'ici, de se plaindre sans raison, comme pour prévenir des catastrophes. Car un orage, tôt ou tard, bref et dévastateur, finirait bien par arriver. À croire que trop de chance finit par se payer au prix fort.

— Albine décidera ce qu'elle voudra, dit Octave. Pour l'instant, sa vie tient à un fil.

— Mais non ! le rassura Eugène, je suis sûr qu'il ne lui arrivera rien. Ça serait trop injuste.

Octave essuya une petite larme qui dévalait sa joue.

— J'ai tellement peur.

— Ça nous apprend à voir la vie autrement.

— Tu peux le dire. Et qu'en pense Josée, de tout ça ?

Pierrebrune savait que la bru était encore plus acharnée que son mari, qu'elle avait épousé cette querelle à laquelle sans doute elle ne comprenait rien, à supposer qu'Eugène l'eût tenue dans l'ignorance de la funeste algarade de 1811. Dans cette famille, comme dans toutes celles de Chantegrêle, on entretenait le goût du secret. Comme lui avait dit Augustin, sur son lit de mort : « Nos histoires ne regardent personne. » Et il y avait fort à parier que le dernier des Madelbos l'emporterait avec lui dans la tombe, laissant à Dieu le soin de juger les misères humaines et les passions dévastatrices.

— Josée ? hésita Eugène. Tu veux savoir ce qu'elle en pense ? C'est tellement important pour toi ?

— Je crois qu'elle ne m'aime pas beaucoup.

— Josée fera ce que je lui ordonnerai. Laisses-tu une femme commander chez toi ?

Octave éclata de rire. Il se souvenait de sa dernière visite au chevet du grand-père. Josée était restée assise, sans un mot, le regard fixe. Et de même, ensuite, à l'enterrement, quand elle avait refusé de serrer les mains des Pierrebrune.

— Les femmes ont de singuliers pouvoirs, dit Octave.

— Je me pose pas ce genre de questions. Josée a été la première fille que j'aie connue. Et la dernière, aussi. Je lui ai fait un enfant. Et mon père a ordonné que je l'épouse, sans délai. Il en sera de même de mon Alain…

Pierrebrune leva les yeux sur lui. Il voulait vérifier s'il était sincère. On ne pouvait l'être plus. Sa parole valait pour l'éternité.

Le lendemain, Alain se rendit à Chantegrêle. Hermine le conduisit, timide et malheureux, devant sa fille. La petite somnolait dans une pénombre peuplée de mouches. Il resta debout, près d'elle, sans un mot ni un geste, jusqu'à ce que la porte de la chambre se fût refermée. Puis il se décida à prendre sa main.

— Pourquoi as-tu fait ça ?

Albine tourna la tête sur le côté. À cet instant, il comprit qu'elle ne lui répondrait pas. Il vint s'asseoir à côté d'elle sur le lit et passa les doigts dans sa longue chevelure dénouée. Elle se tourna enfin vers lui, au bout d'un long silence.

— Je ne te le pardonnerai jamais, fit-elle.

7

La dernière fois que Jeannet avait été reçu au Mazet, c'était pour y solliciter un emploi de jardinier. Il avait alors quinze ans passés. Le maître s'était inquiété de ses connaissances en horticulture. L'examen n'avait pas été très concluant. Et le lendemain, Ségur lui avait fait savoir qu'il valait mieux poursuivre dans la tonnellerie. Le jeune garçon d'alors en avait ressenti de l'amertume : Je ne suis bon qu'à rapiécer de vieux tonneaux ! s'était-il dit en priant Dieu que son patron ignorât tout de sa démarche.

Cette fois, le comte l'avait convoqué par un billet écrit de sa main. Le fait était assez rare pour que Jeannet en tirât une grande fierté. Aussi ne put-il s'empêcher de colporter la nouvelle dans les estaminets de Chantegrêle où il avait l'habitude de traîner le soir lorsque Manelle tardait à le rejoindre. Les piliers de bistro s'interrogèrent avec lui sur les raisons de cette invitation.

— Il en veut à ta jolie Manelle, s'écria l'un d'eux. Foutredieu, oui, je serais point étonné que m'sieur l'comte t'fasse une proposition !

— Une proposition ? Si c'est pour m'embaucher au château, c'est trop tard. J'ai déjà trouvé un nouveau patron.

— Parbleu, non. C'est pas d'toi qu'il a envie au Mazet…

Et les deux hommes s'adressèrent des clins d'œil de connivence par-dessus son épaule.

— Ma fiancée se fiche bien de ce vieux bouc, si c'est ce que vous voulez dire, répliqua le garçon, que toutes ces réflexions excitaient au point de lui mettre le feu aux joues.

Le comte le reçut promptement. Cela l'étonna encore. Firmin de Jandelles avait la réputation de faire attendre ses obligés, quand il ne lui arrivait pas de les oublier, des heures durant, au fond d'une alcôve.

— Je ne t'ai pas demandé de t'asseoir, fit-il en le toisant d'un regard hautain.

Jeannet se releva de son fauteuil, penaud.

— Tu m'as l'air bien indiscipliné, mon garçon ! Ce n'est pas étonnant. Tu dois ton éducation à ce vieil original. C'est lui qui t'a inculqué autant de mauvais principes. Cela augure mal de l'avenir. L'armée est une dure école. Et c'est elle que tu as choisie, si mes renseignements sont exacts.

Le garçon confirma d'un hochement de tête.

— Je t'ai autorisé à me répondre. As-tu perdu la voix ?

— En effet, monsieur le comte.

— Ah ! fit de Jandelles, rassuré de voir qu'en quelques secondes il avait pris sur ce benêt autant d'autorité. Tu veux donc servir notre pays. C'est une belle et noble cause. As-tu réfléchi, néanmoins, à ce qu'elle exige de sacrifice, d'abnégation, de courage ? Lorsqu'on porte l'uniforme, on oublie tout ce que l'on a été, jusqu'à son nom, sa famille, son passé. Tu ne seras plus qu'un matricule. Tu n'appartiendras plus qu'à ton chef.

Jeannet l'écoutait, intrigué. Il ne comprenait pas où le comte voulait en venir. S'il l'avait fait appeler, ce n'était sans doute pas pour lui répéter ce que le sergent recruteur lui avait déjà dit.

— Je n'ai pas réfléchi à tout ça, admit-il.

— Avant de signer ton engagement, tu aurais dû t'en inquiéter, mon garçon ! Le vieux Mathurin ne t'a donc pas mis en garde ? C'est un vieux briscard, cet homme-là.

— Je l'ai fait sans lui en parler. C'est une chose qui me trottait dans la tête, depuis longtemps.

— Et il n'y a pas grand-chose dans cette tête-là, n'est-ce pas ?

— Rien de plus que dans celle d'un pauvre, rétorqua Jeannet, piqué au vif. C'est pas notre faute, à nous, si nous ne savons rien.

Le comte l'interrompit d'un geste d'agacement.

— Tu possédais déjà un bon métier.

— Il ne me plaisait plus.

— Alors tu as voulu découvrir des horizons plus vastes.

Le garçon hocha la tête. De Jandelles résumait assez bien ce qu'il pensait. Et cela lui parut même être un bon argument, le besoin d'espaces nouveaux.

— Tu ne devais pas te marier ?

— Ça ne me tente pas encore.

— Je comprends, dit le comte avec un petit sourire en coin. Tu te trouves trop jeune ?

— C'est une vie qui ne me séduit guère, avoir des enfants, les nourrir avec si peu d'argent. Tout ça pour qu'ils soient aussi malheureux que moi.

— Tu as peut-être raison, fit le comte. Mais ta fiancée est bien jolie. Ça mérite quelques sacrifices.

La réflexion du comte lui tira de la fierté. N'est-ce pas une belle revanche sur la vie que de posséder une jolie femme, tellement convoitée que de Jandelles ne pouvait dissimuler son trouble rien qu'à son évocation ?

— Je sais que vous lui avez fait la cour.

— Elle t'a dit cela ?

— Je le sais, affirma Jeannet, comme s'il se refusait à trahir un secret.

— Je fais la cour à toutes les jolies femmes. À la tienne comme aux autres. Est-ce interdit ?

— Je n'ai pas à porter de jugement. D'ailleurs, les pauvres n'ont pas liberté de le faire.

Le comte éclata de rire.

— Tu ne m'as pas l'air si bête. Aussi, je m'étonne que tu laisses, désormais, le champ libre à tes rivaux. Car l'éloignement est fatal à toutes les grandes passions. C'est ce que ma vie de séducteur m'a enseigné. Parfois, douloureusement !

— Je ne crains pas Manelle sur ce point.

— Tu crois à sa fidélité, comme un don tombé du ciel ?

— L'amour est plus fort que tout. Et elle m'attendra le temps qu'il faudra.

— Ô belle jeunesse innocente ! chanta le comte.

— M'autoriserez-vous une question ? demanda Jeannet.

— Une seule, alors. Réfléchis bien avant de la poser.

— Une question à laquelle vous me promettez de répondre ?

— Si cela reste un jeu, j'y consens.

— Un jeu ? Vous ne serez pas sincère.

— Qui peut m'obliger à cela ? Personne, mon garçon. Car le comte de Jandelles n'a d'obligation à rendre à personne.

— Tant pis. Je la pose quand même. Pourquoi vous intéressez-vous à mes affaires ? Après tout, je ne représente rien. Sinon un pauvre idiot sans éducation ni instruction.

Le maître du Mazet tarda à répondre. À la vérité, il brûlait d'envie, pour une fois, de faire montre d'un peu de sincérité, comme pour rendre au garçon une sorte de politesse qu'occultaient titres et honneurs. Il allait de gauche à droite, d'un pas tout aussi hésitant que son esprit.

— Je me sens comptable des bêtises de mes gens.

Jeannet comprit que le comte biaisait encore une fois et qu'une telle réponse, conventionnelle en diable, ne servait qu'à le délivrer de sa promesse.

— Oh monsieur, je n'ai point l'impression de faire une bêtise, comme vous le dites. Je rêve de connaître la gloire sur un champ de bataille. C'est une manière comme une autre de surpasser mon pauvre destin d'homme ordinaire, déclara Jeannet avec passion.

Du moins est-ce ce qui nous différencie, car je doute que vous la connaissiez un jour, cette allégresse brûlée par la poudre ?

De Jandelles ne se montra guère offusqué par autant d'insolence. Il n'était point sourcilleux sur cette sorte d'honneur, qui expédia jadis tant de beaux esprits à la mort, alors que le commun eût aussi bien fait l'affaire.

— Peut-être me ferai-je tuer au premier engagement, poursuivit Jeannet. Peut-être reviendrai-je, comme Mathurin, couvert de médailles. Qui sait ?

— Voilà une belle âme ! s'écria le comte avec des envies de pitié.

Il savait, lui, qu'il ne se trouverait plus, désormais, une épopée guerrière digne d'apporter à un soldat son content de gloire. Tout juste des tueries ordinaires sur de lointains théâtres d'opérations. Des massacres perpétrés dans l'indifférence générale avec l'assurance de ne connaître que des demi-victoires ou des demi-défaites. Il suffisait de lire les gazettes pour s'en persuader. Mais Jean Segond ne savait pas lire. Et l'aurait-il su, du reste, qu'il n'aurait sans doute rien entendu aux subtilités de la diplomatie qui voulait que l'ennemi d'hier fût l'allié de demain, au gré des circonstances et des caprices du prince.

— Comme il est facile de vous moquer…

— Je ne me moque point de la jeunesse, reprit de Jandelles. Au contraire, je la vénère parce qu'elle possède encore tant de rêves. Je me dis, surtout, que de gaspillage, mon Dieu, que de gaspillage ! Car j'aurais pu défaire ce que tu as entrepris, si tu avais montré le moindre doute. Mais me voilà rassuré.

— Que voulez-vous dire, monsieur le comte ?

— Que je possède suffisamment de bonnes relations pour faire annuler ton départ aux armées.

— Qui vous a demandé cela ?

— Tu avais droit à une seule question. Cette dernière est peut-être la plus importante de toutes. Mais tu ne connaîtras pas la réponse. Tant pis, mon garçon, il te fallait être plus circonspect.

En voyant disparaître son visiteur, de Jandelles poussa un grand soupir. Après tout, je n'ai rien à me reprocher, se dit-il. N'ai-je pas tenté l'impossible ? Devant tant de détermination, on ne pourra rien me reprocher.

Ce « on » sonnait étrangement dans son esprit. Ne possédait-il pas les plus beaux yeux du voisinage, ciselés en amande ?

Depuis qu'il avait acquis la certitude que Manelle lui tomberait dans les bras, Firmin prenait toutes dispositions pour éloigner Francette. Maintenant qu'il pouvait prétendre à une si belle et noble aventure, la femme de Ségur avait perdu tout attrait. Au contraire, elle faisait obstacle à ses plans, qui exigeaient de lui qu'il fût libre comme l'air, affranchi de ses coucheries ancillaires. Déjà, il avait fait ajourner deux rendez-vous et adressé plusieurs messages pour la convaincre d'oublier leur liaison.

Par ces renoncements, Firmin offrait ainsi une sorte de gage à celle qui allait devenir sa prochaine maîtresse. Tourmenté par un désir grandissant, il lui semblait retrouver l'allant de sa jeunesse, renouer avec ses rêveries d'adolescent. Pourtant, nous étions loin des ambitions de ces années-là, où le jeune séducteur aspirait à conquérir les plus belles femmes du monde. Après tout, Manelle n'était rien d'autre qu'une petite vigneronne dont la beauté ne pouvait faire oublier le fossé qui les séparait. Aussi difficile fût-elle, cette conquête resterait une piètre victoire pour le quinquagénaire blasé qu'il était. Polyte essaya de faire comprendre à son ami qu'il courait vers une nouvelle désillusion. Mais le comte avait l'art de s'abstraire de la réalité.

— Ça fait des années que je la désire. Maintenant que je suis près de toucher au but, tu ne voudrais pas que je fasse la fine bouche !

— Mon cher, elle ne vous apportera rien. Que des désagréments. Bien moins encore que vos courtisanes expérimentées…

— Ah, Polyte ! Tu n'entends rien à rien. Je ne désire rien d'autre que l'instruire de ce mal qui nous dévore et sans lequel la vie serait insupportable. Je lui apprendrai tout sur l'art du plaisir. Ne suis-je pas parvenu à l'âge de professer cette matière ?

Le médecin dodelinait de la tête devant tant de caprices.

— Ce n'est pas son pauvre Jeannet qui lui aura ouvert l'esprit au plaisir de la chair. À cet âge, ça fornique comme des lapins, sans penser à rien qu'à jeter sa gourme.

— Pourtant, il possède un avantage sur vous, que vous le vouliez ou non…

— Ne venez pas m'abreuver de banalités. Je sais tout ce que vous pensez de la chose. S'il est une ultime passion que je doive vivre avant de m'en aller au pays de mes ancêtres, que celle-ci soit éclatante et scandaleuse. Car j'ai toujours rêvé vivre dans cette zone-là, où le plaisir et le vice se confondent.

À la vérité, le comte de Jandelles n'avait plus à craindre son rival, tout expérimenté qu'il fût sur les choses de l'amour. Une lettre à Hubert de Lancre, le lendemain de la fameuse entrevue, venait d'en recommander l'âme aux armées d'Italie. Là-bas, poursuivant ses rêves chimériques, l'empereur guerroyait contre les Autrichiens. La rude partie exigeait de la chair fraîche, de tout acabit, des lignards, des turcos, des voltigeurs, des zouaves, des artilleurs… Les bouches à canon, les baïonnettes et les fusils garnissaient des cimetières improvisés sous la lune. Puisque Jeannet avait désiré connaître le baptême du feu, il serait servi. Sans doute le comte aurait-il à répondre de sa trahison devant Manelle, mais la colère serait vite passée, comme une pluie d'orage. Puis, la raison reprenant ses domaines, il ne lui resterait plus qu'à consoler la belle éplorée. Firmin ne possédait-il pas aussi, dans sa large panoplie de séducteur, l'art d'essuyer les larmes, de redonner à la pâleur du désespoir les tons flamboyants de l'aube naissante ?

Et quand le comte eut révélé cette ignominie à son ami et confident, le médecin en ressentit une profonde irritation. Bien que Jean Segond ne lui fût rien, sinon un de ces garnements qu'il avait mis au monde autrefois, Hippolyte ne supportait pas qu'on traite de la sorte les petites gens de son village.

— C'est indigne de vous ! s'écria-t-il. Vous êtes le maître de Chantegrêle et vous trahissez sans vergogne un de vos sujets, alors que vous devriez montrer le bon exemple !

Firmin de Jandelles baissait la tête. Il n'avait pas envie de se défausser, sachant sans doute sa cause perdue d'avance. La bourrasque qui s'abattait sur lui, au lieu de lui faire prendre conscience de sa faute, le confinait au contraire dans le cynisme. Rien, décidément, ne pouvait s'opposer à son bon plaisir, à croire que toute pitié, toute commisération fût proscrite dès lors qu'elle pouvait contrarier son projet.

— À la vérité, j'ai senti un garçon déterminé à embrasser la carrière des armes, avança-t-il comme s'il voulait ajouter une pièce au dossier de sa défense. Pouvais-je le décider à renoncer ? On n'eût pas compris en haut lieu que je travaillasse à démobiliser nos gens.

Le médecin pouffa de rire.

— Vous vous souciez peu de cela. Je le sais fort bien. Le sort de l'Empire vous indiffère autant que le misérable destin du garçon. Avouez-le. Vous ne songez qu'à éloigner un rival encombrant. Voilà tout. Parce que la jeune vigneronne vous est montée à la tête. Et tant que vous ne l'aurez pas possédée, le bon sens fera défaut. J'espère qu'elle vous fera souffrir un peu.

— Allons ! se rebiffa Firmin. Ne soyez pas fielleux à mon égard. Je ne le mérite guère.

Le comte prit plaisir à faire sonner sa dernière phrase, pour faire comprendre à son ami qu'il existait des limites à ne pas franchir. Hippolyte Dormoix sentit poindre la menace et se rétracta dans le silence. Cette fronde lui était si insupportable que le comte sortit aussitôt quelques phrases assassines dont il avait le secret :

— Ce n'est tout de même pas de ma faute si votre cher ami l'empereur mène des guerres stupides sur tous les continents. Une telle débauche de batailles exige du matériel humain. Vous en conviendrez. La paix n'a jamais fait de mal à personne. Qu'avait-il besoin de mêler son grain de sel au désordre du monde ? Ça allait déjà si mal sans lui. Désormais, la France n'a plus que des ennemis. Ou des alliés douteux, ce qui est pire. Ce pauvre Jean Segond sera emporté dans l'engrenage de la folle machine. Qu'y puis-je ?

— C'est un fait, reconnut le médecin. Je n'approuve pas sa politique italienne, après l'abandon de Venise.

— Ça se prend pour Scipion l'Africain, alors que ce n'est qu'un Hasdrubal au petit pied.

— Nous sommes dans un guêpier. Et nous n'en sortirons pas par de savantes intrigues.

— On ne se refait pas. Un empereur est fait pour régner sur le monde. Ça ne possède pas d'autre ambition qu'imposer suffisance et morgue.

— Il n'empêche, mon cher comte, que le monde entier est ébloui par la manière dont Napoléon III a révolutionné la France. Avec les projets du baron Haussmann, on ne reconnaît plus Paris. Et partout se développe le chemin de fer. C'est une œuvre grandiose que nul autre régime n'aurait osé entreprendre.

— Oui. Nous préparons, pas à pas, le futur lit de la république. Quand le peuple sera enfin las des guerres incessantes et sans profit, il se tournera vers les rats de la Constituante. Et nous y gagnerons des ouvriers à la Chambre, contaminés par les idées sociales et anarchistes de monsieur Proudhon. On y discutera des nouveaux privilèges, comme nos bourgeois la nuit du 4 août 1789. Et il ne se trouvera plus une armée en état de marcher sur Paris pour juguler les nouveaux désordres.

Sur le terrain de la prophétie, le comte conservait toujours le dernier mot. Aussi, Polyte n'osa relever le gant, parce qu'il savait dans son for intérieur que l'Empire était déjà condamné. Et cela l'enrageait de voir une si belle aventure finir dans la confusion.

Lorsque Philippine vint servir les rituels petits cognacs du soir, le médecin refusa, laissant affleurer sa mauvaise humeur. Le comte se résigna à boire seul.

— Qu'on ne me demande pas un jour de porter le deuil ! s'écria-t-il en faisant signe à sa servante de laisser la carafe sur la table du salon.

Firmin se resservit aussitôt, copieusement.

— On ne vous le demandera pas. Déjà que vous n'avez pas porté celui de Philippe Égalité…

— Je n'ai pas la passion de l'exil, mon ami. Vous le savez. Je resterai toujours au milieu de mes gens, même sous la plus sanglante des républiques. Ma tombe est prête, au fond du village, sous un beau cyprès. Je n'ai qu'un kilomètre à faire pour m'y rendre. Seul ou en cortège ! Nous verrons bien ce que l'avenir nous réservera.

Après le départ de Polyte, Laloy vint annoncer au comte qu'un grand mariage se préparait à Chantegrêle.

— Les Madelbos et les Pierrebrune sont devenus comme cul et chemise, lança-t-il.

Le comte en parut aussitôt affligé.

— Qui a réalisé ce prodige ?

— L'amour ! répondit Laloy avec un sourire égrillard.

Il ne restait plus qu'un fond de cognac dans la carafe de cristal. Le comte se servit jusqu'à la dernière goutte. Ce n'était pourtant pas dans ses habitudes de boire autant, et seul de surcroît, mais la dernière nouvelle le chagrinait profondément.

— Tu es sûr de ce que tu avances ?

— Les petits fricotaient ensemble depuis quelque temps. L'Albine s'est fait avorter par la sorcière des Brades. Même qu'elle a failli y rester, la bougresse ! Si votre Polyte n'y avait pas mis bon ordre, on l'enterrerait c'jour.

— Ah ! pesta le comte. S'il avait su rester dans son coin, l'imbécile !

— Oh, déplora Laloy, c'est une gentille petite. Ça méritait pas de passer. Si jeune, et jolie avec ça. Ç'aurait été bien du gâchis.

Firmin haussa les épaules devant autant de niaiserie. Que pouvait-il comprendre, Laloy des Escurres, aux enjeux politiques de Chantegrêle ?

— Je me passerai de ton avis. Crois-tu que je te paye pour avoir une opinion ?

— Ce que j'en disais… ajouta le visiteur, penaud.

— Et cela a suffi à rabibocher les familles ?

— Y paraît qu'Octave est venu voir Eugène et qu'il lui a dit qu'il renonçait à sa putain de bon Dieu de terre du Tous-vents. Vous savez, celle pour quoi y s'sont étripés, aut'fois. Et on a parlé mariage, comme si de rien n'était.

— Avec lequel des Madelbos ?

— Alain ! L'plus jeune.

— C'est précoce, cette race ! fulmina de Jandelles.

Puis, d'un geste las, il congédia Laloy. Comme le bonhomme hésitait à sortir, qu'il encombrait son salon avec son odeur de putois et de vinasse, le comte tira de sa poche un napoléon et le lui lança, furieusement, comme un os à un chien. Laloy fouilla le tapis, à quatre pattes, pour le retrouver. Et il se remit debout avec difficulté.

— Pour un porc de ton espèce, tu es bien payé, dit Firmin. Maintenant, j'attends que tu me ramènes Manelle. Et tu auras gagné deux autres pièces comme celle-ci.

Le factotum se retira en titubant. Et de Jandelles regagna aussitôt son bureau. Dans un livre de toile bistre où il tenait à jour le terrier de ses gens, Firmin chercha les propriétés des deux familles de Chantegrêle. Puis il additionna, méticuleusement, les surfaces. Les Madelbos et les Pierrebrune réunis, ça nous fera dans les sept hectares, constata-t-il. Il hocha la tête, perplexe, et jeta de rage sa plume à travers la pièce. Autant dire que nous aurons la seconde propriété, après la mienne, dont cinq hectares de vignes. Rude concurrence ! Voilà qui est inquiétant. Moi qui m'étais promis que jamais un de ces pieds-terreux n'accéderait à l'hectare… Il releva la tête, fixant par la fenêtre ouverte le parc où bruissaient les tilleuls. Mais il y a pis encore ! Voici soudée la plus redoutable des alliances qu'il soit, celle des bonapartistes et des républicains !

À peine sorti du Mazet, Laloy poussa la porte de l'estaminet de Guillemette, situé dans l'arrière-cour de la maison Franchet. En cet endroit, on consommait les pires vins qui fussent, sur des tonneaux dressés en l'air comme des tables. L'atmosphère était irrespirable, avec ses odeurs de tabac et de lampe à huile. La lumière du jour n'y entrait jamais, seulement un mince filet par une petite fenêtre grillagée. Cela n'avait pas beaucoup d'importance, car l'endroit ne commençait à s'animer qu'à la nuit tombée, quand les hommes harassés s'y rendaient en groupes pour partager ensemble un peu de bon temps.

Laloy trouva Jeannet juché sur un foudre. Les cheveux ébouriffés et la mine hilare, le jeune homme chantait une vieille rengaine vigneronne que ses voisins reprenaient en chœur, tout en levant le verre. Le pichet à la main, Guillemette remplissait les godets, généreusement. De temps à autre, elle éloignait d'un coup de griffe les mains baladeuses, car la tenancière possédait une croupe généreuse et une poitrine avenante. Certes, l'âge avait abîmé son minois, qui avait été sans doute fort plaisant autrefois, avec ses grands yeux noirs de Gitane et sa peau mate. En apercevant Laloy dans l'encoignure de la porte, elle se précipita pour le servir. C'était son meilleur client. Peut-être était-il plus encore, d'après ce qu'en disait la rumeur.

— Le grouillot arrose son départ, lui glissa-t-elle à l'oreille.

— Ça y est donc ! fit Laloy.

Et dans la seconde, le factotum comprit que Manelle avait perdu la partie. Je savais bien, pensa-t-il, que le vieux bouc s'arrangerait pour éloigner son cocu. C'est du genre à ne pas partager sa proie.

— Alors ! hurla Laloy pour que Jeannet pût l'entendre dans le brouhaha. Tu nous quittes déjà ?

— Eh oui, mon gars, j'avais à choisir entre le mariage et les armes. J'ai préféré les armes. Les armes et l'aventure…

— T'as bien raison ! ajouta un des soiffards. Moi, j'aurais point voulu m'établir avec ma Berthe. Mais ça s'est fait sans qu'j'y comprenne rien.

— Plains-toi, saligaud, rétorqua Guillemette. T'as la plus gentille femme du voisinage. Même qu'elle a une sacrée patience de te supporter. À sa place, y a longtemps que je t'aurais plaqué, Rouquin boit-sans-soif !

Les types se mirent à rire en suppliant le Rouquin de monter, lui aussi, sur un foudre.

— Quoi ? s'étonna-t-il, surpris d'être l'objet d'autant d'attention. J'suis capable, les gars ! J'va vous montrer à tous, moi, qu'j'ai point peur.

— T'es soûl, Louis ! T'es soûl, Louis ! T'es soûl ! chanta un des types, qui agitait son godet et versait alentour des gerbes de pinard.

— Moi ? Soûl… J'voudrais ben y voir…

Laloy lui fit la courte échelle pour l'aider à escalader le foudre. Puis plusieurs bras robustes se portèrent à son secours. Le Rouquin se retrouva juste assis sur le tonneau.

— J'ai molli dans les derniers pouces. Ah putain, faut qu'j'm'reprenne. J'ai comme du brouillard dans les mirettes.

— T'es soûl, Louis ! T'es soûl, Louis ! T'es soûl… continuait le type.

— J'ai encore d'la ressource, se défendit le Rouquin. Je boirai un pot de chambre. Cul sec. T'souviens, la Fouine ? s'écria-t-il en cherchant dans l'assistance celui qu'il venait ainsi de nommer.

Le bonhomme était appuyé contre le bar. Pas frais, non plus. Plutôt lessivé. Au point de demander grâce, après plusieurs relances de la tenancière.

— La Fouine a son compte, jugea Guillemette.

Ce défi sembla le sortir de sa torpeur avinée.

— J'en boira encore cinq ou six bouteilles… Mais j'vois double. C'est à rien comprendre. Pourtant, j'ai qu'deux yeux. Tu comprends ça, toi, Laloy ?

Le factotum ne répondit pas. Il détestait la Fouine, surtout en état d'ivresse, car dans ces moments-là il était le camarade le plus détestable à cent lieues à la ronde.

— Laisse-moi ! Tu vois bien que je réfléchis. J'ai pas envie de partager ta beuverie. Ça m'rend triste.

— Voilà qu'y fait l'intéressant, Laloy la science, répliqua la Fouine.

— J'ai juste envie de trinquer avec Jeannet. Un petit verre ou deux, juste histoire d'entretenir l'amitié. Allez ouste !

Et il le repoussa d'un bras ferme. La Fouine comprit qu'il valait mieux le laisser. Ce bon Dieu de braconnard avait l'allonge souple. Et ça ne rigolait plus quand il vous expédiait le poing dans la figure.

— Laloy a les vers ! marmotta le Rouquin qui biglait le vide autour de lui.

Il voulait bien descendre de son piédestal où on l'avait juché, mais rien qu'à regarder en bas, ça lui donnait le vertige.

— J'va m'casser la pipe. Et j'aurai tout gagné. Nom d'Dieu ! J'sera plus qu'un tas d'os désarticulé.

— Reste là-haut, ordonna Laloy. T'es bien, sur ton trône. Tu ressembles à un bon Dieu de roi. Rouquin Ier, roi des poivrots.

— Oh qu'non ! Oh qu'non ! protesta-t-il. J'veux point qu'on m'coupe la citrouille ! Comme l'autre mireux, le Louis je-ne-sais-plus-quoi.

Il se mit à couiner comme un bébé, un gros bébé idiot qu'il était, à agiter les bras en tous sens.

— J'm'pèle le cul ! J'm'pèle le cul, vagit-il.

— Et les roustons ! beugla la Fouine.

Laloy s'approcha du foudre et emporta Jeannet, comme une plume, sur ses larges épaules. Le petit avait son compte aussi, et de s'agiter en l'air, de tourniquer sur lui-même, comme un diablotin sur sa boîte surprise, avait rajouté à la débâcle. Le factotum l'emmena au-dehors dare-dare. Et à peine l'eut-on posé sur le pavé de la cour qu'il gerba à son aise.

— T'as pas l'habitude, mon petit, dit Laloy en le tenant sous son aile. C'est une vache de métier, ça, que de picoler. Tu l'apprendras aux armes. Parce que les troupiers, c'est de sacrés arsouillards ! Crois-en mon expérience. La bibine, ça ne leur fait pas peur. Ça donne du courage quand on monte en ligne. On entend plus les balles siffler aux oreilles. Et on se croit invulnérable. C'est là qu'on se fait trucider, sans prendre garde. Tu te souviendras de ce qu'en disait ton vieux copain Laloy. Des fois, réfléchir, ça aide à passer au travers. À moins d'avoir la guigne. Un type qu'a la guigne, on peut rien faire pour lui. Son trajet est tracé d'avance, comme celui de la balle qui va l'atteindre. Elle le trouve partout où il se terre.

— Tu veux me faire peur, Laloy. Mais c'est décidé. Bien décidé. Je ne reviendrai pas sur ma décision. J'y ai longuement réfléchi. Maintenant, à la grâce de Dieu !

Un nouveau haut-le-cœur lui secoua la poitrine. Puis il alla s'asseoir sur le banc près de l'entrée de l'estaminet. Le factotum le rejoignit en essuyant, sur ses braies, les éclaboussures de vomi.

— T'es courageux, quand même ! fit Laloy en lui tapotant la joue. T'aurais pu te défiler. Et personne ne te l'aurait reproché.

Jeannet sursauta :

— Comment tu sais ça, toi ?

— Laloy des Escurres est le type le mieux informé du pays, fanfaronna-t-il.

— Ça ne m'étonne pas. On prétend que tu es l'espion du comte. C'est vrai ?

— Je lui dois bien ça, avoua-t-il. Sans lui, les gardes nationaux m'auraient fusillé comme un chien.

Jeannet connaissait cette histoire, qui remontait aux événements de 1851. Mais, au passage, on avait omis de lui souffler que Firmin de Jandelles était intervenu pour le sauver. D'ordinaire, la vindicte publique vouait Laloy à la géhenne.

— Et il t'apprécie aussi, ajouta-t-il. Dommage que t'aies pas voulu suivre ses conseils.

Un sourire marqua le visage de Jeannet. Décidément, on ne pouvait rien lui cacher. Et cela l'étonna que le comte eût fait d'un personnage si étrange son confident.

— Jandelles m'a proposé d'annuler mon engagement, admit-il. J'ai refusé.

— C'est pas ce que tu as fait de mieux.

— Je ne comprends toujours pas pourquoi il s'intéresse à un grouillot comme moi ?

Laloy lui tapota l'épaule.

— Je le sais, moi.

— Alors, tu vas me le dire ?

— C'est un peu délicat, minauda Laloy. J'hésite à te faire de la peine.

— Tu rigoles ou quoi ?

Le factotum se fit prier pour la forme, car il avait tout fait pour provoquer la conversation. Il brûlait même d'envie de lâcher le morceau.

— Si tu es prêt à tout entendre…

— Bien sûr que je veux savoir.

— C'est Manelle qui est allée le voir, sur les conseils de Mathurin. Elle veut te garder auprès d'elle, cette petite. Qui pourrait le lui reprocher ? C'est comme ça, l'amour. Ça ne répond à aucune règle, à aucun principe.

— Tu veux dire que…

— Le comte lui a mis un marché en main. Tu sais combien il est amoureux d'elle. Amoureux fou…

Jeannet regardait fixement, devant lui, l'ombre épaisse des maisons de Chantegrêle. Il courait une petite brise, tiède et odorante. Ça sentait bon la paille fraîche dans les fenils ouverts à tous vents. Il pensa qu'il allait devoir quitter tout ça, au plus vite, pour ne plus jamais revenir, peut-être. Et là-bas, dans sa nouvelle existence, toutes ces choses, qui lui paraissaient aujourd'hui tellement futiles et simples, prendraient enfin toute leur importance.

— Elle s'est donnée comme une putain, dit-il doucement, presque sans haine.

Laloy hocha la tête pour confirmer le soupçon qui s'était installé dans l'esprit du garçon.

— C'est affreux ! balbutia Jeannet.

— Faut pas en vouloir au comte. C'est un sacré trousse-jupon. Et il n'est pas beaucoup de jolies femmes au village qui lui ont échappé. Tu peux me croire.

Jeannet se tenait la tête dans les mains, étonné par son calme.

— C'est à elle que j'en veux le plus. Elle qui m'a trahi. Alors que je croyais qu'elle m'aimait…

— Mais il n'y a rien de changé ! s'opposa Laloy. Elle t'aime comme au premier jour. Je parierais qu'elle a fait ça par amour, parce qu'elle ne veut pas que tu partes faire la guerre.

— Je n'ai jamais ressenti autant le besoin de partir. Au plus vite, même. Et sans regret, bon Dieu oui, sans le moindre regret.

— Allons ! fit Laloy. Viens donc boire un coup au nom de notre vieille amitié. Je vois que tu prends bien la chose. Ça me rend heureux. Les femmes, c'est tellement compliqué. Moi, je n'ai pas de problèmes avec elles, parce qu'elles ne m'aiment pas. De temps en temps, j'en trouve une. Je l'allonge. Vite fait, bien fait. Et adieu la compagnie. C'est comme ça qu'il faut envisager la vie. Tu peux me croire. Les grandes passions, c'est de la chiotte. Ça ne sert qu'à empoisonner la vie.

Au chant du coq, Jeannet prit congé de Chantegrêle, sans faire ses adieux à Manelle, comme le lui avait pourtant conseillé Laloy, perfidement. Il traversa le village d'un pas pressé, sans se retourner. Quand il fut parvenu sur les hauteurs où l'on jouissait d'une belle vue sur le village, il s'arrêta pour souffler un peu. Il n'y avait pas que de la fatigue dans sa respiration, mais beaucoup d'émotion. Une envie de larmes lui enserrait la gorge. Il pensa alors qu'un Mathurin Chambon ne se serait pas laissé prendre, de la sorte, à la sensiblerie. Alors, il serra les dents et reprit son chemin.

Il ne fallut guère plus d'une journée pour que la nouvelle se répandît dans le pays : Jean Segond avait rallié son régiment de Périgueux, sur un coup de tête. La dernière informée fut bien, comme on pouvait s'en douter, la petite Manelle. Elle en reçut le récit de la bouche même de Laloy. Et rien ne fut passé sous silence, y compris la soirée chez Guillemette. Elle accueillit ces propos avec incrédulité. Trop de détails ne ressemblaient pas à la manière de se comporter de son Jeannet, qu'elle ne pouvait en croire un traître mot. Ce la fit même sourire, au premier abord, qu'on portât le moindre crédit à des propos d'après boire. « Je connais mon petit Jean, comme le fond de ma poche, se défendit-elle. Le vin gai lui prête toutes les audaces. Mais, au réveil, le fripon en a perdu tout souvenir. Crois-moi, Laloy, rien de tel qu'une gueule de bois pour remettre les pieds sur terre… »

Au soir, par acquit de conscience, la jeune femme passa dans le galetas qu'il occupait dans une vaste maison délabrée près de la porte du canal. Celle-ci était restée entrouverte. Et ce qu'elle y trouva la jeta dans la désolation. Le gîte était vide, abandonné à la hâte, comme en témoignait le désordre qui jonchait le parquet. Dans l'armoire où il avait l'habitude de ranger ses effets personnels – de maigres frusques, l'une poussant l'autre pour ainsi dire –, les étagères étaient vidées. Et de même le coffre de bois, une sorte de cantine que lui avait offerte Mathurin et dont il était si fier. Dans la pièce, elle chercha fébrilement quelques indices qui eussent pu lui laisser espérer un message, une lettre, un petit objet. Rien. Le garçon était parti, sans un mot, sans un signe. Et cette découverte lui arracha des larmes du plus profond d'elle-même, de penser qu'elle s'était donnée à lui, durant ces années, sans qu'il en restât la moindre marque de sentiment. Manelle se mit à songer à leurs promesses amoureuses, à tous les beaux moments qu'ils avaient vécus, aux rêves qu'ils avaient formés ensemble. En quelques minutes, elle comprit que ceux-ci n'avaient été qu'une plate comédie, les serments de misérables mensonges.

Dans la petite cheminée d'angle, parmi les cendres, elle trouva des papiers mal consumés, jetés au feu à la hâte, sans précaution aucune. Le fugitif avait ainsi réduit en cendres les ultimes preuves de son passage à Chantegrêle. Désormais, on ne pouvait plus douter qu'il avait tenu à disparaître comme un voleur.

Au fond de sa solitude, Manelle ressentit combien elle avait été trompée par celui dont elle se croyait tant aimée et pour lequel elle avait formé tellement de projets, tous plus fous les uns que les autres. Elle devina aussi qu'elle avait été trahie par le comte, puisqu'il n'avait rien tenté pour empêcher son départ. Elle serra les poings, jurant de se venger au plus vite pour laver l'affront. Mais, il n'empêchait, au-delà de la trahison d'un Firmin de Jandelles, la disparition de Jeannet était pire encore. Elle la blessait dans sa chair, en lui démontrant ce qu'elle n'eût jamais admis, qu'il ne voulait plus se souvenir de son existence. De la pointe d'un pique-feu, elle fouilla l'âtre, dispersant les paperasses noircies par la flamme. Elle trouva une petite chaîne et un médaillon racornis par la chaleur. « Mon porte-bonheur ! fit-elle dans un cri d'effroi. Te voilà bien maintenant à la merci du destin, pauvre idiot ! »

Elle en épousseta les cendres et le glissa dans sa poche. C'était le seul objet qu'elle conserverait de lui et, en quelque sorte, l'unique preuve de leur amour.

Saisie par le découragement, Manelle alla s'asseoir sur le bord du lit où ils avaient si souvent fait l'amour. De ses petites mains rageuses, elle dispersa les draps autour d'elle, comme si elle voulait effacer de la surface de la terre cet endroit douillet où avait niché leur passion, où elle s'était consumée aussi sans qu'ils y prissent garde. Sa colère, soudain, se révéla sans force. La jeune femme demeura un long moment à fixer, devant elle, un point imaginaire où se déroulaient à l'envers des images fugitives. Puis il se passa dans sa tête ce qu'il advient généralement des grandes douleurs lorsqu'elles se résignent, malgré nous, à sortir du sanctuaire où on les croit prisonnières. Tout ça n'est pas si grave, se dit-elle. Voilà un garçon qui ne mérite pas que je lui sacrifie mon existence. Qu'il ait préféré les armes en dit long ! Qu'il ait choisi cette compagnie, plutôt que la mienne, m'instruit sur le personnage. Et Manelle se jura, alors, qu'un homme ne mettrait la main sur elle avant longtemps, aussi longtemps qu'il lui faudrait pour comprendre les raisons profondes de cette désertion.

En quittant la maison du canal, elle fut étonnée du calme qui la possédait tout entière. Elle offrait un visage sec, sévère, à croire que les larmes n'y avaient laissé aucune trace. Et, un instant, elle se plut à croire que Jeannet aurait été le premier surpris de la voir ainsi, courageuse et fière, déçu peut-être de sentir que son chagrin s'était aussi vite dispersé, comme une giboulée de printemps. Ses pas la conduisirent au Mazet. Elle ne savait quelle force la poussait vers le château, quelle sorte de mécanique l'animait. Elle avançait d'un pas de somnambule dans l'épaisse nuit noire où se devinaient, en bordure du chemin, les formes des arbres et des bosquets. C'est folie que tout cela, car il ne te recevra pas, se disait-elle. Et, en effet, elle ne pouvait imaginer comment franchir le portail du domaine, et encore moins accéder à son bureau. C'était l'endroit le mieux protégé de Chantegrêle, l'endroit où il fallait montrer patte blanche avant d'entrer, même quand on s'appelait Manelle et qu'on semblait jouir des faveurs du prince. « Il me doit des explications ! De sévères explications ! marmonnait-elle au rythme de sa marche. Ça suffira pour qu'il m'ouvre sa porte. Sinon, le diable mettra le feu à la citadelle, comme jadis à Puyfaye. Je le jure. » Et cela l'amusa, un instant, l'évocation du diable pour lui venir en aide. Car Dieu, elle n'avait jamais cru qu'il pût être de son côté. Dans son esprit, et tel que sa mère lui avait enseigné la sapience, il n'y aurait jamais allié plus précieux que le diable pour la conduire sur le chemin de la justice et de la vérité. Le diable était le défenseur des gueux, des misérables, des sans-grade, des sans-titre, des moins-que-rien. C'était un affidé sur qui on pouvait compter pour rompre le sortilège des puissants. Il ne lui avait jamais fait défaut, surtout lorsque, à ses appels, se joignaient les prières mystérieuses et sulfureuses de sa mère. Elle était sa grande prêtresse, toujours prête à réveiller les forces obscures couvant sous la cendre. « Il faut tenir le cœur de l'homme sans cesse en éveil, disait la Menou, si l'on veut que le monde se régénère. Car il n'est pire sommeil qui nous guette que celui de la miséricorde qui absout le péché du monde. Au contraire, que le péché du monde étouffe le riche, le noble, le bienheureux pensant ! » clamait-elle souvent en jetant sur la flamme mille herbes étranges dont la fumée odorante s'élevait sous le ciel de nuit étoilé.

En gravissant les derniers mètres de l'allée avec, devant elle, pour toute perspective, les larges fenêtres éclairées de la façade, comme pour une fête, Manelle se sentit gagnée par le découragement. Comment être reçue par le maître, surtout si la maison était pleine d'invités, comme l'apparence extérieure le laissait supposer ?

En quelques pas hésitants, elle vint buter contre le portail, qui était resté entrouvert. Cela arrivait souvent quand il y avait des visites tardives. Elle s'arma de courage en se faufilant dans l'étroit passage. Puis elle traversa le parc, au pas de course, telle une voleuse. Il y avait une clochette à la petite entrée, à droite du chai. C'était le seul endroit qui lui était familier ; à chacune de ses visites, le comte l'avait fait entrer par ce passage qui menait par un escalier en colimaçon à son bureau. Elle hésita à actionner la petite cloche de bronze. Que ferai-je si je me retrouve devant la comtesse ? se demanda-t-elle, anxieuse.

Manelle fut rapidement rassurée en voyant apparaître le visage en papier mâché de Ségur. Il tenait une lanterne à sa main gauche. Il la dressa à hauteur de son visage. L'intruse ne lui laissa pas le temps de s'interroger.

— Je veux voir monsieur le comte, dit-elle simplement, sans fournir d'autre explication.

— Mais c'est notre petite Meynoux ! s'esclaffa-t-il. Tu as un rendez-vous ?

— Je dois parler au comte, insista-t-elle avec tellement de détermination dans la voix que Ségur en fut décontenancé.

Après tout, elle a peut-être gagné ses entrées au Mazet, la belle bougresse, pensa-t-il. Et le moment n'est pas venu de faire un impair. La journée avait connu assez de malentendus et de maldonnes, au point que les rapports restaient tendus avec le maître.

— Je vais voir, annonça-t-il sèchement. Et surtout, ne bouge pas de là.

Manelle était persuadée que le contremaître n'oserait pas déranger son patron et qu'il reviendrait, au bout de quelques minutes, pour lui fermer la porte au nez. Aussi le suivit-elle, de loin, dans l'escalier. Elle connaissait parfaitement l'endroit et il lui serait aisé de s'y cacher. À l'étage, elle entendit un bruit feutré de conversation. Elle crut reconnaître la voix de Firmin de Jandelles. Furtivement, la jeune femme se glissa dans l'alcôve. Le plancher craquait sous son pas léger, mais on sembla n'y prêter aucune attention. Devant tellement d'effronterie, elle s'en mordit la lèvre. Qu'est-ce qui a pu me rendre aussi hardie ? se reprocha-t-elle en mesurant l'énormité de son entreprise.

Manelle vit repasser Ségur, devant elle, et disparaître dans l'escalier avec, toujours, sa lanterne à la main. La jeune femme comprit alors qu'elle devait se manifester au plus vite pour éviter d'être démasquée.

Le maître attendait dans son bureau, les mains sagement glissées dans les poches de sa robe de chambre.

— Quoi ? sursauta-t-il. Vous êtes entrée en catimini, comme une jolie chatte.

— Pardonnez mon impertinence. Je craignais que votre Ségur ne me jette à la porte.

— Attendez une seconde, je vous prie, ordonna Firmin, qui ressortit décommander son domestique.

Elle entendit distinctement un petit rire de connivence, entre les deux hommes, une courte conversation à mots chuchotés. Puis la porte se referma, sèchement. Le comte revint aussitôt. Il avait ôté sa robe de chambre. Il portait juste une chemise de soie à jabot et un caleçon en percale gris sur des bas jaunes. C'était la première fois qu'elle le voyait ainsi, en débraillé. Et le découvrir dans cette sorte de nudité la porta à rire. La chemise était largement ouverte sur sa poitrine d'où saillaient des poils grisonnants.

— Ah, je savais que vous me reviendriez, soupira-t-il de contentement.

— Vous allez trouver mon intrusion un peu…

— Cela vous ressemble, cette manière de forcer ma porte. Mais qu'à cela ne tienne, l'essentiel est que vous soyez près de moi.

Manelle sentit qu'elle ne pouvait se laisser enfermer dans cette familiarité qu'il instillait, goutte à goutte, avec l'espoir, sans doute, de l'engluer dans son sirop.

— Je ne suis pas contente de vous, dit-elle fermement. Car vous m'avez trompée. Moi qui croyais, naïvement, que vous n'aviez qu'une parole… Je suis malheureuse de découvrir que vous êtes aussi perfide que les autres. Je pensais que la noblesse de votre sang vous interdisait d'agir avec autant de bassesse.

Le comte s'empêcha de sourire. Le ton lui paraissait démesurément outré.

— Que de colère contre moi ! Je ne la mérite pas, se défendit-il d'une voix douce, si douce qu'elle manquait de persuasion.

Sans doute Firmin de Jandelles ne prenait-il pas très au sérieux la foucade, assuré d'en briser rapidement la coque.

— Oui. Vous m'avez trahie, alors que nous étions convenus d'un marché. Décidément, vous n'êtes rien de plus qu'un homme ordinaire. Ce n'est pas la peine d'être comte. À quoi cela vous sert-il d'avoir du titre, si vous n'êtes pas fichu de l'honorer ?

Il tardait à lui opposer quelques solides arguments, car il prenait grand plaisir à la voir fulminer contre lui. Le désir lui tenaillait le ventre. Et il se faisait violence pour ne pas la saisir dans ses bras, toute désirable qu'elle était, avec ce feu aux joues et cette odeur aigre de sueur qui pimentait sa chair.

— Vous ne dites rien ? Votre silence vous accable davantage.

— Je vous laisse déverser votre bile, ma jolie.

— Quel homme êtes-vous donc ?

— Il faut que vous entendiez ma défense. Sinon, vous conserverez de moi une piètre opinion.

Manelle croisa les bras sur sa poitrine, le pied en avant, conquérant. Le comte alla s'appuyer contre son bureau, décidé à la fixer droit dans les yeux.

— J'ai fait venir votre…

Il hésita. Il s'en fallut d'un cheveu qu'il employât le mot « amant ». Mais il était tellement inapproprié qu'il le ravala aussitôt.

— … votre ami, poursuivit-il, ce jeune Jeannet. Nous avons longuement conversé. Je lui ai présenté la carrière des armes sous les aspects les plus noirs. J'ai évoqué, un à un, les inconvénients de la servitude militaire. Croyez-moi, je me suis fait votre avocat, mieux que vous ne l'auriez fait vous-même. Et votre ami n'a rien voulu entendre. On ne peut rien contre un esprit obtus. La fougue et l'impétuosité de la jeunesse parlaient en lui. Et, en désespoir de cause, je lui ai même révélé que j'étais tout disposé à faire annuler son engagement. Et cela a été une maladresse de ma part. Cette intention n'a fait que renforcer sa détermination. Il m'a même reproché de m'occuper de ce qui ne me regardait pas. Vous rendez-vous compte dans quelle situation je me trouvais ? Sur l'instant, je vous en ai même voulu de me commettre, à mon corps défendant, dans une telle comédie.

— Je ne sais plus quoi penser, avoua Manelle.

Vous me troublez infiniment. Sans doute êtes-vous roué à cet art.

— Cessez de voir en moi un perfide. Accordez-moi quelque chance. Sinon, je serai au désespoir. Et bien marri d'avoir suivi vos conseils.

Manelle baissa le regard. C'était la première brèche qu'il venait d'ouvrir dans sa carapace. Et, intérieurement, il bouillait à l'idée qu'elle n'allait guère plus tarder à fondre dans ses bras, puisqu'elle n'avait plus de certitude à lui opposer. Le comte décolla du bureau contre lequel il était resté appuyé et fit mouvement vers elle. Elle se recula, instinctivement, comme elle l'avait fait à sa dernière visite.

— Croyez-vous qu'il vous aime, votre Jeannet ? assena-t-il. Sinon, il serait resté à Chantegrêle, près de vous. Le goût de l'aventure et des vastes espaces fut le plus fort. Tandis que moi, je vous aime. Je suis prêt à tout vous sacrifier. Je vois que vous m'écoutez. Certes, vous ne me croyez pas encore, mais cela viendra à l'usage. Le temps ne fera que renforcer le sentiment que je vous porte, car il est solidement ancré, lui, au fond de ma poitrine, fit-il en se frappant le cœur d'un geste énergique.

Et dans un seul mouvement, Firmin se jeta aux pieds de Manelle. Ses bras forts l'encerclaient. Et, cette fois, il se jura bien de ne plus la lâcher. Mais il ne lui parut pas qu'elle résistait, ce qu'elle avait pourtant toujours fait jusque-là. Au contraire, elle était pétrie d'une molle défense.

— Après tout, faites de moi ce que bon vous semble, marmonna-t-elle, si faiblement que le comte ne saisit que l'inflexion des mots.

Il était déjà tout occupé à brasser, fébrilement, robe et jupons récalcitrants, tâtant du baiser la chair qui se dévoilait peu à peu. Et quand il l'eut fait glisser au sol et qu'il sentit sa respiration haletante tout près de son oreille, Firmin se laissa couler sur son corps pour mieux l'emprisonner. Ses jambes se débattirent dans un ultime sursaut. C'était une peine bien inutile, car il s'était déjà glissé en elle. Il demeura quelques secondes, cambré au-dessus d'elle, pour mesurer du regard l'effet produit par son estocade.

— Tu n'es point rétive à l'éperon, murmura-t-il. Comme c'est gracieux de faire de la sorte, quand il n'y a de barrage que celui de notre esprit.

Elle soupira comme si elle voulait lui faire comprendre qu'il ne pouvait rester ainsi, immobile, dans son ventre.

— Vous me punissez déjà, fit-elle.

Pourtant, il n'avait pas envie de bouger d'un pouce, de peur de perdre dans la seconde sa semence.

— Faites ! supplia-t-elle, sinon je vais partir avant vous. Je voudrais tant que ça s'accomplisse ensemble.

— Toi aussi, tu as la semence au bord des lèvres. Ah, le bonheur. Mais laisse-moi donc goûter encore quelques secondes ces spasmes qui te torturent. Ils m'empêchent de me mouvoir. Ne le sens-tu pas, diablesse !

Les mains de Manelle agrippèrent les reins du comte et le forcèrent à bouger, ce qu'il fit, soudain, frénétiquement. Puis il se perdit en elle et elle en lui, dans un même cri.

8

L'année 1861, il y eut deux mariages à Chantegrêle. Le premier passa presque inaperçu, bien qu'on en fît de la réclame dans la presse locale à la rubrique mondaine. L'ingénieur Phil James convola en justes noces avec Adèle de Jandelles. L'événement fut fêté en comité restreint. Les curieux étaient pourtant nombreux sur le parvis à accompagner du regard les équipages distingués qui s'engouffrèrent dans l'église. Puis le manant se résigna à faire le pied de grue, car tous les sièges, à l'intérieur, avaient été retenus. En fait, la cérémonie fut célébrée en présence d'une douzaine de témoins. On mit cette singularité sur le compte de Huguelin, qui passait dans le pays pour un original, un aristocrate qui ne faisait rien comme tout le monde. À la vérité, la famille de Jandelles, si fière de son passé et si pointilleuse quant aux affaires de morale, ne voulut pas donner d'éclat à l'événement en raison des rumeurs qui avaient largement circulé sur les relations scabreuses entre la mariée et son cousin Pierre. Puis, à la fin de la bénédiction nuptiale, le maigre cortège se jeta, à la hâte, dans des berlines qui gagnèrent au trot le château du Mazet.

Le second mariage, quant à lui, revêtit une importance particulière. Il scellait le destin de deux familles de Chantegrêle qui s'étaient tant haïes un demi-siècle durant. Albine Pierrebrune épousa donc Alain Madelbos. La cérémonie connut un certain éclat, surtout à la mairie, lorsque Octave voulut dire quelques mots devant toute la population de Chantegrêle rassemblée. Il se félicita que bonapartistes et républicains fussent enfin unis, à jamais, malgré tout ce qui avait pu les diviser dans le passé. Et, pour donner plus de poids à ses arguments, il n'hésita pas à confesser ses torts, à déplorer les excès d'orgueil qui avaient empoisonné la vie de trois générations de Madelbos et de Pierrebrune.

Laloy des Escurres rapporta les détails de l'affaire à un de Jandelles défiguré par le ressentiment. Le bonhomme s'en mordit les poings de rage et d'impuissance. Pourtant, la nouvelle alliance n'avait rien d'étonnant en soi. Elle ne renaissait pas seulement à Chantegrêle, comme le fit observer Polyte. Lui, il lisait attentivement les journaux de Paris. Et on y rapportait journellement les signes tangibles d'une remontée des républicains dans l'opinion, après une longue traversée du désert. On ne jurait plus que par Émile Ollivier, brillant ténor de l'opposition, stigmatisant la tyrannie napoléonienne. Il ne faisait plus de doute que l'aventure impériale commençait à lasser son monde. On ne croyait plus que cet homme providentiel, qui avait joui pourtant d'une insolente popularité, pût durer au-delà des prochaines élections du Corps législatif de 1863.

Les lampions du mariage éteints, les deux plus influents propriétaires de Chantegrêle, après le comte bien entendu, en vinrent à des discussions plus sérieuses. Sans doute, de Jandelles eût voulu être petite souris pour entendre ce qui se disait. Mais c'était peine inutile, car le maître du Mazet avait déjà deviné ce qui se tramait à l'ombre de son pouvoir, et il n'eût rien appris de plus qu'il ne savait déjà.

Octave Pierrebrune et Eugène Madelbos attendirent que les femmes eussent desservi la table dominicale pour étaler leurs plans cadastraux, des parchemins jaunis où ils avaient tracé, à main levée, l'état de leurs parcelles. Et habilement, ils se mirent à les comparer, puis bientôt à les additionner, et enfin à en tracer le contour général. Cela leur faisait, désormais, une sacrée propriété, sept hectares d'un seul tenant.

— L'union fera notre force, dit Octave en remplissant les petits verres de gnôle. Et ce sont nos chers enfants qui nous ont montré la voie. Qu'ils en soient loués.

Eugène se mit à hocher la tête. C'était un hocheur de tête, cet homme-là. On s'accordait d'une manière générale à lui trouver moins de caractère que son père, le vieil Augustin. Mais c'était peut-être une chance qu'il fût plus accommodant, sans cela jamais la fameuse alliance n'eût pu être consommée. À force de raisonnement, Octave était parvenu à l'amener sur ses positions, au point qu'on disait, dans le pays, que Pierrebrune ferait, tôt ou tard, la pluie et le beau temps chez les Madelbos.

— Nous appartenons à une race de paysans qui a de l'ambition à revendre, poursuivit Octave, qui avait passablement bu.

L'ivresse aiguisait sa faconde. Eugène approuvait. Il retrouvait en lui l'énergie et la force de persuasion qui animaient jadis son père. Et cela le rassurait aussi, face à l'avenir.

— Nous possédons de la terre. Des bras solides. Nous nous entendons bien. Qu'espérer de mieux ?

— Faire des sous, dit Octave, et acheter encore de la terre. Il n'y a pas d'autre politique. Nous planterons de nouvelles vignes, jusque sous les coteaux de Bonavent. Ça fera pâlir Jandelles.

Eugène éclata de rire et vida son verre cul sec. Octave resservit, malgré la migraine qui lui enserrait le crâne.

— S'il entendait ça, m'sieur l'comte… Ça nous ferait une belle colère, dit Eugène en étirant ses jambes sous la table.

— Il en entendra d'autres. Je te le jure. Et le temps viendra où ça ne fera plus la loi.

— T'y crois, toi, qu'un jour le paysan ne besognera plus que pour son bien ?

— Ce temps est plus proche que tu ne penses, mon pauvre Eugène. Et nous ne sommes pas les seuls à nous en rendre compte. Jandelles aussi, il sent ça, l'animal. Bon Dieu, oui. Il en a une sacrée crainte.

— Tu as trop bu, Octave. Ça te rend gai, la gnôle. Moi, ça serait plutôt le contraire.

— Laloy m'en a dit long sur le sujet.

— Laloy ? releva Eugène. Tu l'écoutes, ce saligaud ?

— Laloy ne m'a jamais menti.

— Et qu'est-ce qu'il t'a dit ?

— Que notre alliance fait peur au Mazet. Ça les contrarie salement, ce beau mariage.

— Heureusement qu'il s'est trouvé une belle maîtresse. Ça lui apporte quelques compensations, ricana Eugène.

— Oui, oui ! ajouta Octave. Qu'il la trousse, nom de Dieu, ça nous fait pas de mal, à nous. Pas vrai ? Au contraire, pendant qu'il cavale la petite Meynoux, y s'occupe pas de nos affaires. Et nous, c'est tout ce qu'on demande, qu'on nous laisse mener notre barque. Parce que le comte, il s'en est trop mêlé, de nos intérêts, au point de nous imposer ses vues. Chaque fois que nous nous sommes rencontrés, je n'ai eu en face de moi qu'un annonceur d'ordres, la menace au bord des lèvres. Comme si ça lui suffisait pas, sa fortune ! Ça n'a qu'une envie, nous obliger à vivre sous sa coupe. Comme si nous devions lui demander l'autorisation de respirer. Ça voudrait régner jusque sur le ventre de nos femmes. Il n'est pas si loin, le temps où ça jouait du droit de culage. T'souviens pas de ça ? Ça leur donnait le droit de mettre la jambe dans le lit des nouvelles mariées, comme d'un rien. Nous n'avions que des bâtards, en ce temps-là. Bon Dieu ! Heureusement que la Révolution a foutu tout ça par terre. Et le reste !

— J'aurais pas supporté ça, moi, qu'on vienne déflorer ma femme sous mon nez ! s'écria Eugène. J'aurais pris le fusil, vingt dieux ! Ça lui aurait passé l'envie.

— T'souviens pas de Pierre-Louis de Jandelles, le grand-père ? Il l'en a bien usé, du droit, lui aussi. Ça le gênait pas de trousser une fermière quand l'envie le prenait, le sale putassier qu'il était. La Marguerite Laplace y a bien passé, devant son mari. Ça a fait causer dans le pays. Le pauvre cocu y restait, tout penaud, à bigler de côté pour faire semblant de pas voir. Mais au moment de se rebraguetter, le saligaud est venu narguer le mari, et même qu'il lui a dit : « Je te félicite, mon bougre. Ta femme, elle a un con fort jutant. J'y repiquerai à mon aise. » Et le gars a hoché la tête en se disant que si tel était le bon plaisir du prince, y avait plus qu'à faire avec…

Pendant ce temps où s'élaboraient les grandes manœuvres de la nouvelle association Madelbos-Pierrebrune, du côté du Mazet on digérait les conséquences d'un mariage hâtivement arrangé. À l'issue de la troisième nuit, Adèle avoua à son cher oncle que son nouveau mari ne l'avait pas encore touchée. Elle était assez libre pour lui faire ce genre de confidences. Et aussitôt, le comte mesura les inconvénients de l'affaire. S'il ne l'honore, comme il sied à un jeune marié bien portant, à coup sûr, elle repiquera avec notre Pierre. Et cet habile dessein aura été échafaudé en pure perte. On avait tout prévu, sauf que le prétendant pût être niais à ce point ou, pis, impuissant. Firmin se résigna à jouer les conseilleurs. Après tout, c'était un rôle dans lequel il excellait.

— Peut-être, ma chère enfant, te faudra-t-il lui accorder un peu de patience. Le garçon ne possède aucune expérience des choses de l'amour. Et cela le bloque, une telle beauté au milieu de son lit…

— Oh, mon oncle ! Au contraire, cela devrait lui donner quelques idées…

— Phil James ne manque peut-être pas d'intention, mais visiblement l'organe n'obéit pas aux sollicitations du cerveau. Te cajole-t-il, au moins ? A-t-il des gestes tendres ? Se risque-t-il à des prémices ? Il y aurait moindre mal.

Adèle, rougissante, baissait la tête. Elle avait honte de reconnaître que son Phil était aussi froid qu'un glaçon. Et, à son mutisme, le comte jugea que la situation était désespérée.

— À moins, suggéra-t-il, qu'il ne soit porté sur le giton.

— Que voulez-vous dire ?

— Que son appétence se tourne radicalement vers Sodome.

Elle hocha la tête, blessée, plus que jamais, dans son amour-propre. Elle s'en voulait d'avoir choisi un garçon qui ne fût pas capable de s'intéresser à elle. Tout devenait clair dans sa tête. Ne lui avait-elle pas arraché son premier baiser ? C'était un signe par lequel elle aurait dû se rendre à l'évidence que les femmes ne l'intéressaient pas.

On avait profité de l'absence de Pierre – un grand voyage en Égypte sur les berges du Nil, des pyramides de Chéops à la Vallée des Rois, suscité par les récits et croquis de voyage de Vivant Denon – pour accomplir cette union. Les de Jandelles voulaient que, à son retour, l'affaire fût conclue, bien ficelée et sans appel.

La déception devant un mariage blanc incitait Adèle à penser à son cher et beau cousin. Elle guettait son retour avec impatience, en se jurant bien de reprendre leur ancienne liaison. Après tout, il était le seul garçon avec lequel elle pouvait partager du plaisir. Sans doute en allait-il de l'amour comme du reste, il se commet là où il trouve un terreau fertile. Et rien ne s'édifie sur le plat désert de l'indifférence, où le rêve et ses fantasmagories sont aussi rares que l'eau. Quant au mariage, elle lui réservait une piètre opinion. Le spectacle qu'en offrait sa sœur, avec Geoffroy Castillard, était si décevant qu'il semblait résumer à lui seul tout ce qu'on pouvait en attendre. À peine la bague au doigt passée, l'impétueuse Eugénie se vautra dans l'adultère, effrontément, comme un jeune bovin dans un champ de luzerne. Au fond, elle ne faisait que poursuivre la vie de bâton de chaise qui était la sienne avant de se marier. Et rien ne justifiait à ses yeux qu'elle en changeât. Au contraire, plus le mari souffrait et plus elle en tirait de la satisfaction. Cela lui aiguisait les sens de le voir se morfondre à ses pieds, usant du chaud et du froid, comme ces demimondaines qui peuplaient les salons du faubourg Saint-Germain.

Le retour de Pierre se fit au moment des vendanges, en ce beau mois d'octobre 1862. Comme on lui avait soigneusement caché le mariage de sa cousine, il entra dans une colère folle. « À croire, jura-t-il, que je suis devenu l'idiot de la famille ! »

Firmin, qui ne possédait pas une once de diplomatie pour toutes les questions relevant de sa famille, habitué qu'il était à régner sans partage sur le clan des de Jandelles, lui fit comprendre qu'on avait préféré agir en son absence pour mettre un terme au scandale.

— Mon cher père, rétorqua Pierre, vous ne changerez rien au fait que ma cousine m'aime. Cela est commandé par la nature. Et s'il est un scandale dont nous devons souffrir dans notre famille, c'est bien celui de votre comportement. Y a-t-il plus scandaleux que de coucher avec nos servantes et de les engrosser?

Le comte le souffla d'un geste vif, si vif qu'il jeta Pierre dans les larmes. C'était une humiliation de trop pour un garçon de trente-cinq ans. Aussi lui claqua-t-il aussitôt la porte au nez, non sans avoir déclaré :

— N'oubliez pas que je suis votre héritier. Et je n'aurai dès lors plus qu'une envie, celle de ruiner notre maison, pour que l'opprobre soit à jamais jeté sur notre nom ! Vous avez commencé, moi je finirai la funeste entreprise !

Dans les jours qui suivirent l'algarade, Pierre de Jandelles exigea qu'on lui versât une rente à valoir sur l'héritage. Avec celle-ci, il loua un appartement à Brive, rue des Gaulies. À la vérité, le comte ne fut guère fâché par cette issue. « Il est enfin temps que notre fils vole de ses propres ailes, jugea-t-il. L'air de Brive lui donnera peut-être le goût du mariage. » Marthe l'observait, froide et hautaine, comme à l'ordinaire. Puis il ajouta, d'un ton embarrassé : « Quoi ? Vous ne voudriez pas qu'il s'adonnât, comme notre Mathilde, à une réclusion stupide, au dernier étage de notre demeure, entre ses chats de compagnie et ses petits romans parfumés à l'eau de rose ? »

Avant même d'aller embrasser Adèle, Pierre demanda à voir le fameux Phil James. La rencontre se fit à Vignols, au pied d'un viaduc que la compagnie faisait construire pour la ligne Brive-Limoges par Nexon. Pierre de Jandelles fut impressionné par la science du jeune ingénieur, qui commandait son armée d'ouvriers comme un général. Mais, après deux ou trois conversations, il comprit que le gringalet ne pouvait faire un rival sérieux. Et, à peine revenu à Brive, il posa son rendez-vous avec la certitude que la vie d'autrefois allait recommencer, là même où elle s'était interrompue, avant son long périple d'Égypte. Adèle s'y rendit docilement. Mais lorsqu'il voulut l'embrasser, avec des gestes lestes, elle le repoussa en jurant d'une petite voix timorée qu'elle était mariée, désormais, et qu'il lui faudrait oublier les « mauvaises habitudes ». Le mot le fit éclater de rire. Son voyage lointain avait été peuplé d'amourettes éphémères, de liaisons vénales, de dépenses inconsidérées. Nous étions loin des « mauvaises habitudes » bien innocentes qui avaient eu pour cadre l'hôtel particulier de l'avenue de Bordeaux.

— Tu n'es plus une petite fille, ma chère ! Désormais, tu es une femme, une vraie femme. Avec un mari. Et quel mari ! On t'a gâtée, ma chère. Mais il y a des avantages à toute situation. Une femme mariée peut tout se permettre. On ne s'en prive pas, dans notre monde. Sais-tu que ta sœur, la belle Eugénie, tient un registre sur tous ses amants, avec de savantes classifications ? Il y a de l'entomologiste chez cette dévoreuse. Une belle mante religieuse, en vérité. Et lorsqu'elle a fini de leur sucer la substantifique moelle, elle les épingle à son tableau. Cela a fière allure !

— Je ne veux pas faire de mal à Phil. L'idée me serait insupportable.

— Lui ? renifla Pierre. C'est un invertébré. Ça ne souffre pas, les invertébrés. On peut leur couper les membres, ça ne se rend compte de rien. Et en plus, ça repousse. Non. C'est un garçon insensible, au goût rapace. Sans cœur. Sans âme.

Adèle n'était pas loin de partager son avis. Mais elle se souvenait encore des hauts cris et des lamentations suscités par leur ancienne liaison. Et la seule idée que toute cette tragédie familiale pût resurgir la terrorisait plus que le désir qu'elle en avait.

— Raconte-moi plutôt ton voyage, mon cher cousin. Ce sera plus intelligent que tes accents de cynisme.

— Mon voyage ? s'étonna Pierre. Ce serait trop laborieux, ma chère. Un voyage, cela se vit et ne se narre point.

— Tu n'as décidément pas changé, nota Adèle.

— Je te confierai une centaine de poèmes que ces rives lointaines m'ont inspirés. Et tu verras défiler, au jour le jour, mes impressions, mes rêves, mes souffrances.

Elle battit des mains à l'idée que son cousin allait lui confier une part de son jardin secret. Naïf enthousiasme en vérité, car le garçon ne se souciait guère de ce genre de complicité. Il n'avait qu'une envie, la pousser sur un des profonds sofas qui garnissaient son appartement. Son impatience d'en découdre se lisait dans son regard, dans l'agitation de ses mains. Et elle faisait semblant de ne rien voir, de ne rien entendre. Et comme il sentit qu'il n'arriverait pas, par une manière directe, à ses fins, il lui proposa de la sortir.

Cela en devint même une habitude. On les voyait tellement ensemble que Huguelin s'en alarma. En vérité, il ne se passait rien, à peine quelques aimables baisers volés. Malgré qu'ils fussent fâchés, Firmin prit le parti de son fils dans la nouvelle querelle familiale : puisque le mari s'avérait incapable de jouer son rôle, aussi bien dans le monde que dans l'intimité, on ne pouvait faire grief aux deux anciens amants de sortir ensemble.

Un jour, Pierre risqua une étrange proposition :

— Puisqu'on nous accuse à tort d'être amants, soyons-le, au moins. Ainsi notre nouvelle disgrâce sera légitimée…

Adèle lui céda. Ce fut l'unique fois. À sa grande surprise, elle n'en tira que de la culpabilité. Et aucun plaisir. L'ancienne faute, qui avait rejailli sur elle et dont elle avait souffert bien plus qu'on ne pouvait le supposer, s'en revenait, avec son cortège de honte, d'opprobre, d'humiliation. Elle comprit que cette histoire ne pouvait se perpétuer sans qu'elle y laissât son honneur, d'autant que plus elle se refusait à Pierre et plus il répandait autour d'eux de misérables allusions, comme s'il voulait encourager la galerie à croire qu'Adèle était devenue une maîtresse dévouée corps et âme, acharnée à cette passion comme une hétaïre. Aussi rompit-elle avec éclat, durant une des soirées où on les voyait souvent se suivre et se disputer comme chien et chat. Pierre la poursuivit de ses assiduités quelque temps encore, dans l'espoir de la faire revenir sur sa décision. À force de temps, l'amoureux éconduit comprit que les dés étaient pipés. Alors, il s'en revint au Mazet, comme un convalescent, guérir sa peine. Il fit amende honorable auprès de Firmin. Ce ne lui demanda guère de courage, car il n'avait plus pour son père le moindre sentiment. Il demeura enfermé au château tout le jour, sans adresser la moindre parole à son entourage. Sa sœur Mathilde le prit sous son aile. Elle, la disgracieuse, timide et réservée, trouvait enfin en son malheureux frère une âme complice qui pouvait comprendre ce qu'est la religion de la solitude, avec ses abattements et ses langueurs.

Firmin de Jandelles était bien éloigné du drame intime qui se jouait dans la tête de son héritier. Il filait le parfait amour avec Manelle. Celle-ci, contre toute attente, s'était accrochée à lui, surtout après la mort de Jeannet. Le pauvre garçon s'était fait tuer sous les remparts de Solferino. Elle reçut la nouvelle sans qu'un seul mot surgît de ses lèvres. Seulement se borna-t-elle à effleurer du bout des doigts le colifichet conservé en souvenir. Et, au bout d'un long silence, Manelle jugea que le moment était venu de s'en débarrasser. Aussi le jeta-t-elle dans l'eau claire du canal qui courait au bas de Chantegrêle. C'était en cet endroit qu'ils s'étaient aimés pour la première fois, à l'ombre des ormeaux.

Le comte ne cachait guère l'amour dont il était si fier. Il n'hésitait pas à parcourir les vignes à cheval, à ses côtés. Et souvent, il se permettait des gestes osés en sa compagnie, sans pudeur, ni décence. Polyte lui reprochait de telles inconvenances, au su et au vu de ses gens. « Quel triste exemple vous leur montrez ! » De Jandelles s'en moquait : « Ne voyez-vous donc pas que je le fais exprès ? Je veux que l'on sache à cent lieues à la ronde quelle sorte d'homme je suis, libertin et jouisseur. » Les vignerons de Chantegrêle n'appréciaient guère ces provocations. Certains d'entre eux crachaient même sur le passage des amants. Un tel mépris s'adressait en priorité à Manelle, parce qu'ils s'estimaient trahis, tous, par la belle sauvageonne. Longtemps, ils avaient espéré qu'elle tiendrait la dragée haute au comte. Et puis elle s'était laissé emporter comme les autres, pour un illusoire bonheur.

Pourtant, elle ne semblait pas heureuse. Les années lui avaient donné un port de tête hautain et fier, sous son large chapeau de paille ou de feutrine, selon les saisons. Elle traversait le village sans voir personne. Sans doute sentait-elle qu'on ne l'aimait pas au pays. Et après la mort de Jeannet, on lui en voulut encore plus. Il se trouvait même quelques trublions, comme Laloy des Escurres, pour prêcher à tous vents qu'elle avait été la seule responsable de son départ. Seul Mathurin Chambon lui conservait son amitié au village. Il savait, lui, que le départ aux armées de son ouvrier n'était pas dû à un chagrin d'amour. Puis le vieux maître tonnelier mourut à force d'âge. On l'enterra, selon ses vœux, dans un cercueil qui ressemblait étrangement à un tonneau. Le curé refusa de le laisser entrer dans son église sous cette singulière enveloppe. Alors, on renonça à la cérémonie religieuse et on le conduisit directement au cimetière. Le comte fit graver sur sa tombe une épitaphe qui rappelait au passant que Mathurin Chambon fut, à Waterloo, du dernier carré.

De Jandelles semblait empreint d'insouciance sur l'avenir de ses terres. Ségur et Polyte prenaient à sa place les décisions nécessaires à la survie du Mazet. Et faisant fi des opportunités, le comte se refusait à acheter de nouvelles terres. « À quoi bon ! J'en possède bien assez, désormais. Et puis, l'avenir est à l'industrie... » La réflexion dissimulait à peine une aigreur profonde. Les succès de son frère avaient fini par donner tort à ses prophéties. Peu à peu, les lignes de chemin de fer gagnaient les campagnes. Et nul ne pouvait plus prétendre, alors, que le train ne servirait à rien. Au contraire, les belles machines pimpantes convoyaient à vive allure les vins du Mazet vers les plus grandes villes. Et s'ouvraient ainsi de nouveaux marchés qui assuraient la prospérité de Chantegrêle. On vivait une sorte d'âge d'or, qui eût dû, selon toute logique, ravir le comte. Mais la bonne fortune le laissait indifférent, alors qu'autour de lui la prospérité gagnait sur les misères anciennes. Et lorsque le médecin s'employait à lui expliquer le parti à tirer du modernisme, Firmin clôturait aussitôt la discussion d'un bâillement d'ennui.

Manelle avait pris l'habitude de le rejoindre au soir mourant. C'était son heure favorite. Il aimait lui parler comme à une enfant. Après toutes ces années, il croyait encore lui apprendre le plaisir. Elle faisait semblant de s'en étonner, alors qu'elle s'en amusait dans son dos.

— Tu seras mon dernier rêve, disait-il en promenant lentement sa main sur le long corps nu, immobile comme un gisant d'albâtre.

Cette contemplation lui donnait des larmes dans les yeux. Il n'y avait rien pour lui de plus somptueux au monde qu'un corps de femme nu.

— La seule merveille du monde. Les sculpteurs grecs, romains ont essayé de le redessiner à la perfection. Et encore à la Renaissance... Existe-t-il plus bel art que le style de Praxitèle ? Le flou du détail, l'adouci du modelé. Et sais-tu à quoi tu m'as fait songer, la première fois que je t'ai aperçue, ma belle enfant ? À l'*Aphrodite accroupie au bain*. Cela ne te dit rien, mais j'ai prié pour que tu restes immobile, quelques secondes au moins. Et tu as légèrement pivoté sur un pied, ouvrant tes cuisses. Puis tu les as vivement serrées lorsque nos regards se sont croisés. Et cette image m'a hanté, des années durant. Que de fois j'ai supplié le ciel de m'accorder cette grâce infinie ! Moi ! Te rends-tu compte, moi qui ne crois en rien ? Pour le coup, j'aurais fait mes dévotions, si cela avait pu changer quelque chose. Quel art que la statuaire grecque ! Pourtant, un rêve perdu ! Jamais le corps de la femme ne se laisse apprivoiser. Il y manque d'infinis détails. On ne sait par quelle sorte de résistance ceux-ci échappent à l'œil humain. C'est qu'on ne peut s'en faire une représentation mentale. L'esprit humain est incapable de le remodeler.

Parfois, il prenait grand soin à brosser sa chevelure, à placer, déplacer, replacer les longues mèches sur la courbure de l'épaule, la naissance du cou, à embrouiller le visage, à dépouiller la nuque pour mieux la cacher dans la seconde suivante.

— Regarde donc comme il est rétif, cet animal.

Manelle voulut l'aider de ses lèvres, comme il le lui avait appris, si souvent, de mille manières. Mais, ce soir-là, il la repoussa.

— Non. Laisse-le donc, cet imbécile. Il se refuse à mon esprit. Te souvient-il des jours heureux où je le manœuvrais comme un sémaphore ? Je lui faisais faire le tour de mon nombril, le saligaud. Les quatre points cardinaux. Puis, tout droit, comme un mât de cocagne. Ça a fière allure quand ça obéit. N'est-ce pas, misérable ? fit-il en le claquant du plat de la main. Tu ne veux rien entendre, aujourd'hui. Pourtant, tu as la plus jolie femme qu'on puisse rêver. Et ça te laisse indifférent ? Imbécile !

— Je crois qu'il m'obéira encore, insista Manelle en l'effleurant du bout des doigts. Ne m'a-t-il pas toujours écoutée ?

— C'est à moi qu'il doit obéissance. Tu ne le comprends pas.

— Regarde. Il a tressailli. Un petit tremblement de rien.

— Allons ! Allons ! Tu ne veux pas aller là, dans la seule douceur du monde qui vaille ? En cette douceur par où la vie et la mort se rejoignent. Par où tout s'anéantit. Tu ne veux pas. Le souvenir t'en a-t-il quitté pour que tu ne saches plus rien, que tu aies tout oublié ? Déjà. Déjà. Quelle tristesse.

— Je crois qu'on pourrait lui donner un avant-goût, proposa Manelle. Peut-être en retrouvera-t-il la mémoire ? Regarde ! dit-elle en glissant la main entre ses jambes ouvertes. La marée monte. Elle est si haute, mon Dieu. Elle transpire. Tu ne sens pas ? Ce jusant est famélique. C'est ce qui t'apeure. Je l'ai bien compris. Tu crains qu'il ne t'avale, mon doux oiseau, qu'il ne t'absorbe, et qu'il n'en reste plus rien, que le souvenir douloureux. J'ai faim, moi. Tu ne veux pas partir au large, à cent coudées dans le plaisir ? Nous ramerons ensemble. Il n'y aura plus que la mer et le ciel confondus.

— Tu as un nuage dans les yeux, fit le comte en venant l'embrasser au milieu du front. Je l'ai devinée, cette sorte de question que nous nous posons depuis que nous sommes côte à côte, désunis.

— Quelle question ?

— Ne me demande pas, ma belle. C'est un secret.

— Oh, monsieur le comte, vous avez un secret et vous ne me le dites pas ?

— Cela fait notre différence, toi la femme et moi le…

Il parut réfléchir et se laissa couler près d'elle, comme un gisant aussi. À peine chair contre chair, sinon les mains jointes.

— L'âge emporte ma vigueur. À croire que j'ai trop usé du privilège des dieux.

Au dernier étage du château, Pierre s'était fait aménager une garçonnière. Une porte seulement le séparait de l'appartement de sa sœur Mathilde, près de qui il avait souhaité vivre, désormais. Seuls les domestiques de la maison avaient le droit d'y entrer, pour faire le ménage et débarrasser les reliefs des repas. D'ordinaire, Pierre allait déjeuner dans l'appartement de sa sœur. Mathilde était la seule compagnie qu'il supportait, à la condition qu'elle ne lui fît pas de grands discours. Mathilde était d'un caractère fort malléable. Aussi s'accommodait-elle assez bien de sa nouvelle compagnie. Sauf quand le frère venait fouiller dans ses papiers. Depuis des années, la jeune femme entretenait une sorte de correspondance avec un amoureux imaginaire qu'elle avait nommé Octavius. Lorsqu'elle découvrit que son frère en avait lu quelques pages à la dérobée, elle mit soigneusement le manuscrit sous clé. Évidemment, Pierre voulut en savoir plus sur le fameux Octavius, où il vivait désormais et comment elle avait fait sa connaissance, car il était loin de penser que le galant homme n'était rien de plus qu'un interlocuteur de papier.

— Tu seras prié de ne rien me demander, dorénavant, se défendit-elle.

— Même à moi, tu ne veux rien dire ? Pourtant, il n'est pas honteux de souffrir un chagrin d'amour.

— Qui te parle de chagrin d'amour ?

Et Pierre réalisa alors que sa sœur marchait à côté de la réalité. Tout le monde pouvait se rendre compte qu'elle ne sortait jamais de sa tanière, qu'elle ne recevait aucune visite et pas la moindre lettre. Pourtant, Mathilde se refusait à admettre ce que le plus petit domestique de la maison pouvait constater, qu'elle était aussi seule et abandonnée qu'une carmélite.

— Donc Octavius t'a laissée à ton triste sort, comme Adèle l'a fait avec moi. Nous voici au même point, tous deux, insista Pierre.

— Comment peux-tu comparer Octavius à ma cousine ? C'est ridicule.

— Je ne te permets pas de juger mon amante. Est-ce que je juge ton Octavius, moi ?

Mathilde le poussa hors de son appartement, sans ménagement. Il comprit alors qu'elle ne pouvait lui répondre, car Octavius n'avait jamais existé. Et pour cause, il n'était qu'un personnage de papier. Longtemps, elle avait rêvé de le rencontrer. Mais le cruel destin lui avait refusé ce suprême bonheur. À force d'attente vaine, Mathilde avait fini par croire à son existence. Et à la réflexion, Pierre se demanda si ce n'était point là la plus belle histoire qui fût. Nous accrochons mille rêves d'amour sur le visage des plus belles créatures, puis le commerce de la chair finit par les anéantir, à force d'habitude. À croire que notre désir d'aimer n'est qu'une quête impossible vers un idéal qui s'éloigne à l'instant où nous croyons toucher au but. Et nos aventures galantes ne sont donc, après la cristallisation dont parle Stendhal, que méprises et malentendus.

Pierre se décida à ne plus jamais parler d'Octavius à sa sœur. Il lui en fit même le serment solennel, ce qui apaisa leurs relations. Elles purent reprendre leur cours normal : les repas en commun, la lecture, les petites conversations futiles sur le temps qui passe. Mais, du même coup, elles lui interdisaient d'évoquer Adèle. Pourtant, il en avait tellement besoin, surtout avec sa chère sœur, qui eût pu l'aider à analyser les profondeurs insondables de son âme tourmentée.

Après plusieurs mois de solitude, Pierre se décida enfin à écrire ses premières lettres à madame James. Pour porter les messages à demeure, il s'était adjugé la complicité du cocher de son père. Adèle vivait sur les hauteurs de Brive, dans une villa que l'ingénieur avait achetée. La jeune femme jouait à la fermière avec ses lapins et ses poules et quelques moutons de compagnie. Et quand les plaisirs pastoraux commençaient à la lasser, elle se faisait conduire au cercle qui avait élu domicile au premier étage du Constantinople. C'est là qu'elle reçut des mains du cocher la première lettre de son ancien amant. En reconnaissant l'écriture, elle la déchira tout de go.

— Vous direz à mon cousin ce que j'ai fait de son message, dit-elle au cocher. Vous le lui direz bien. Promettez-le-moi.

Et pour s'assurer qu'il obéirait à son ordre, elle lui glissa dans la main quelques napoléons. Jupin se garda bien de rapporter à son « petit maître », comme il disait, ce qu'il avait vu. Aussi Pierre attendit-il en vain la réponse qu'il espérait tellement. Alors, il se résolut à lui écrire de nouveau.

— Madame, vous ne pouvez me tenir responsable de cette insistance, se défendit le cocher.

De guerre lasse, Adèle se décida à ouvrir son dernier message.

— Que croit-il ? s'écria-t-elle. Que je vais lui accorder un rendez-vous ? Ça, jamais ! Ce serait trahir mon pauvre Phil. Ce n'est pas maintenant qu'il fait des efforts d'affection que je vais m'amuser à ce petit jeu ! S'il a tellement envie de faire l'amour, qu'il aille donc voir une de ces catins qui se font payer pour ça. Mon cher oncle lui donnera quelques bonnes adresses.

Le cocher rapporta les paroles au comte. Firmin lui fit répéter plusieurs fois la fameuse expression, « des efforts d'affection », pour s'assurer qu'elle l'avait bien employée. Alors, le comte s'écroula de rire.

— Ah, mon cher Jupin, c'est une bien belle chose que la langue française. Elle permet d'assembler des mots au sens contradictoire, rien que pour atténuer la portée d'une idée, quand ce n'est pas pour faire ressortir le ridicule d'une situation.

La nouvelle apaisait ses craintes. L'amour de jeunesse qui avait perturbé les deux enfants ne connaîtrait pas de prolongement. La petite Adèle a basculé, enfin, dans le monde adulte, se rassura Firmin, et le temps fera le reste.

À vrai dire, le comte était possédé par d'autres préoccupations que la mélancolie de son fils. L'approche des élections au Corps législatif le possédait tout entier. Huguelin avait décidé de se lancer dans la bataille, sur les conseils du préfet de Lancre. Au début, Firmin se raillait qu'un capitaine d'industrie comme son cher frère eût ce genre de projet, alors qu'il y avait sans doute mieux à faire que descendre dans l'arène, surtout à l'aube d'une époque troublée par les grèves parisiennes et la montée en puissance des organisations ouvrières. Puis il avait proposé ses services pour diriger sa campagne. « C'est une aventure qui en vaut bien une autre », avait-il expliqué à un Polyte perplexe et dont les idées se rapprochaient de plus en plus de celles du parti libéral incarné par Émile Ollivier. « Un jour ou l'autre, nous devrons continuer l'œuvre de l'empereur sans son auguste personne, disait le médecin. Qu'importe si la réforme libérale se déroule dans les oripeaux de la république… Après tout, l'avenir n'a pas de morale. Il se conjugue à la force de la raison et du bon sens. »

Cette hardiesse de vue déplaisait au comte. Lui, qui n'avait jamais aimé Napoléon III, ne se voyait guère dans ce nouveau costume. Pourtant, il n'était pas nécessaire d'être un grand devin pour pressentir que l'histoire de France ne tournerait guère autrement.

Durant les belles journées de mai 1863, Firmin s'improvisa tribun. On vit fleurir sur ses lèvres des discours emphatiques sur les bienfaits du progrès. Puisque Huguelin ne possédait guère le talent oratoire, il fallait bien que quelqu'un s'en chargeât. Il accompagnait donc son frère à chacune de ses réunions. On gagna sans difficulté l'appui des industriels, des commerçants. La simple annonce d'un retour du spectre rouge suffisait à briser les tiédeurs. Quand il fallut convaincre les petites gens, ce fut une autre paire de manches. Sans doute Huguelin n'était-il pas le candidat idéal. Trop de fortune portée sur son seul nom. Trop de titres aussi. Trop de réussite. Le directeur général de la Compagnie des travaux du chemin de fer avait la réputation d'un homme intransigeant, sans cœur, sans âme, obsédé par l'argent et la puissance. Si ces vertus cardinales avaient eu leurs heures de gloire, tout au début des fêtes de l'Empire, elles commençaient à battre de l'aile. On ne dénombrait plus les laissés-pour-compte du progrès, les petits porteurs spoliés, les rentiers floués. La Compagnie n'avait pas fait que des heureux. Et lorsqu'on venait à lui reprocher ces méfaits, Huguelin de Jandelles n'avait pour toute défense qu'un sourire narquois. « C'est la loi de la libre entreprise et de l'association lucrative ! » s'écriait-il en tapant du poing sur la table.

De Lancre était un optimiste-né. Il ne voyait pas que la Corrèze, qui avait toujours voté massivement pour les bonapartistes, pût tourner casaque. Il n'était que d'observer les effets de la prospérité pour s'en convaincre. On avait inauguré en grande pompe la ligne Brive-Périgueux après une convention passée avec l'État. Celle-ci avait aussitôt permis le développement du commerce vers la Saintonge et le Bordelais, conforté le trafic des vins. Quant à la ligne Brive-Limoges par Objat, elle était déjà fort avancée.

Et on pariait qu'en moins de dix ans le bas pays limousin serait enfin rattaché au Paris-Orléans qui allait constituer la grande épine dorsale du Sud-Ouest. « Ce que j'ai entrepris pour les voies ferrées corréziennes, clamait Huguelin, je le poursuivrai par l'installation du gaz dans nos campagnes. Nous édifierons des usines gazières à Brive. Et tout notre pays luira d'une belle flamme bleue ! Mais, pour ce faire, il faudra m'élire au Corps législatif. Sans ce mandat, je ne pourrai rien faire, sinon continuer, avec vous, à me résigner, jusqu'au jour où vous vous direz : Ah ! quel dommage qu'on n'ait point su comprendre un tel homme, il avait tant à apporter à la nation. »

Ces propos, un brin démagogiques, firent sourire les villageois. Et quand furent proclamés les résultats, le 24 mai, on tomba de haut. Huguelin n'obtint pas la moitié des suffrages escomptés. Le comte ne fut guère surpris par la débâcle électorale. Il l'avait pressentie dans la dernière semaine, surtout lorsqu'il avait vu paraître dans les salles des mairies des groupes contestataires. Octave Pierrebrune, lui-même, vint avertir de Jandelles que le temps des empires était passé, comme celui des rois de France, que la Corrèze allait enfin renouer avec la république. Polyte, de son côté, sembla se féliciter de l'échec. Le médecin répéta que Huguelin, tout aussi talentueux qu'il fût à la tête d'un conseil d'administration, n'était décidément pas l'homme que la Corrèze attendait, une Corrèze rurale, réfractaire aux affaires, aux combinaisons financières louches. « Et puis, vous le saviez tout autant que moi, lui assena-t-il. Il fut un temps où vous étiez plus lucide que vous ne l'êtes aujourd'hui, quand vous prôniez, la main sur le cœur, le déclin des seigneurs et des maîtres. »

En lisant et relisant les résultats électoraux, dans le silence feutré de son bureau, Firmin de Jandelles comprit que les législatives de 1863 sonnaient le glas d'un pouvoir sans partage. Et les mois qui suivirent le confortèrent encore plus dans l'opinion que la vie parlementaire allait renaître de ses cendres, après ces années où on l'avait maintenue sous l'éteignoir par le seul prodige d'un pouvoir autocratique. Les anciennes querelles des partis vont refleurir, songea-t-il, par un effet mécanique de la démocratie renaissante. Le comte ressentit de l'amertume de s'être laissé engager dans l'aventure. C'est un comble pour un gentilhomme comme moi, qui a toujours honni le régime de Napoléon III, dès l'annonce du coup d'État. Cette disgrâce va rejaillir sur ma personne. Et, tôt ou tard, j'aurai à pâtir de son déclin, alors que je fus le premier à n'en rien attendre.

À l'automne, Pierre de Jandelles décida de se réinstaller à Brive. Son père comprit, à demi-mot, qu'il n'avait qu'un désir, inavoué, celui de se rapprocher d'Adèle. Firmin s'employa alors à le convaincre qu'il n'y avait rien à espérer de ce côté-ci de son destin d'amant éconduit et floué. Le fils laissa entendre que sa famille ne comprenait rien à la situation et qu'il avait désormais acquis l'âge de voler de ses propres ailes. Le comte admit qu'il y avait de la justesse dans cette réflexion. Tout homme qui s'affranchit de ses peurs et de ses angoisses gagne un peu de liberté, se dit-il. Et, pour éviter que ne se répète la crise d'autrefois, Firmin lui alloua une rente de dix mille francs, qui le mettait, quoi qu'il advînt, à l'abri du besoin. Pierre n'en attendait guère plus. L'avenir du Mazet lui importait si peu que le comte s'était préparé, depuis belle lurette, à l'idée que le domaine resterait sans descendance, à moins qu'un miracle ne vînt à se produire. Marthe rêvait souvent que son Pierre rencontrât une femme de tête et qu'elle lui insufflât un peu de raison. Il n'y avait bien qu'elle pour croire encore à ces chimères. L'amour pour son fils la rendait aussi aveugle qu'au moment où elle se mettait à prier. « Ta Sainte Vierge se moque bien du sort des de Jandelles », raillait Firmin d'une voix lasse, avant de se retirer dans son cabinet de travail.

Pierre reprit la vie mondaine qu'il avait abandonnée un an plus tôt. Il passait le plus clair de son temps à hanter cercles et salons, refusant les amours de passage qui eussent pu le consoler du silence d'Adèle. Il rechercha même la compagnie de Phil James. Ce dernier, accaparé par son travail, n'y vit guère de malice. Les deux hommes se trouvèrent même des affinités. L'érudition de Pierre comblait la curiosité de l'ingénieur. Cela le distrayait du génie civil. Un soir, il l'invita à dîner. Rien de plus naturel, car les James tenaient table ouverte pour la bourgeoisie locale. Elle était du reste fort prisée. On y appréciait la conversation de la maîtresse de maison aussi bien que les potins à la dernière mode, ceux de Paris et d'ailleurs.

Lorsque Adèle vit arriver son ancien amant et son mari, bras dessus, bras dessous, elle en blêmit de rage. Décidément, nous n'en sortirons jamais ! Et toute la soirée, la jeune femme s'enferma dans un mutisme qu'un étourdi tel que Phil fut le seul à ne pas voir. À l'heure du café, Pierre s'arrangea pour aller la rejoindre dans un coin du salon. Les autres convives étaient installés, près de la cheminée, pour une partie de whist.

— J'ai décidé de revenir à Brive, où je compte m'installer durablement, dit Pierre en lui caressant l'épaule du bout des doigts.

Elle se raidit aussitôt. Il retira sa main. Adèle était assise dans un grand fauteuil, les pieds jetés sur un pouf. Pierre était juste derrière elle. Il ne pouvait affronter son regard sans avoir acquis quelques certitudes.

— Tu ne me réponds pas ?

— Je n'ai rien à te dire.

— Rien ? Cela est surprenant. Après tout ce temps… J'ai longuement réfléchi.

— Ah oui ! Et à quoi donc, grand Dieu ?

Un instant, elle se laissa caresser par une idée alléchante. Se pouvait-il qu'il eût renoncé à son projet ?

— À nous !

— Cela m'inquiète.

Il était toujours planté derrière elle, sa tasse dans une main. Il tremblait un peu. La nervosité le rendait indécis. Il le savait, son avenir allait se jouer dans la seconde.

— Tu n'as aucune raison d'avoir peur.

Elle voulut se retourner pour juger son regard. Mais elle n'osa pas, de peur d'encourager une réaction fatale. Elle ne savait plus s'il raillait, comme à son habitude.

— Je pensais qu'une amitié serait possible entre nous, murmura-t-elle.

Adèle sentit de nouveau le contact de sa main sur son bras. Et ce toucher souleva, en elle, une réaction répulsive. Tout remonta en sa mémoire, comme un haut-le-cœur : le contact moite de sa main fouillant sous la robe… Elle bascula vers l'avant et replia ses jambes vers elle d'un mouvement vif. Cette défense le fit reculer d'un pas. Il se débarrassa aussitôt de sa tasse de café encombrante. Cette fois, il était résolu à affronter son regard. Il n'y trouva qu'une immense détresse.

— C'est ton souhait ? fit-il en reculant du pied le pouf.

Puis il vint s'asseoir en face d'elle.

— Oui, soupira-t-elle. Simplement amis.

— Ma chère cousine…

Ce simple rappel lui fit tourner la tête de côté. Elle fixait le vide de la pièce, dans la pâle lumière des lampes à pétrole.

— Crois-tu que l'amitié puisse exister entre un homme et une femme ? Oh non ! Quelle horreur. Tout mon être se refuse à cette extrémité, dit-il en se rapprochant insensiblement, leurs genoux à deux doigts de se toucher.

Adèle flaira qu'il voulait, une fois encore, l'enfermer dans son jeu, comme lorsqu'il la maintenait prisonnière sous lui, l'écrasant de tout son poids pour affirmer son autorité de mâle conquérant. Elle roula un regard désespéré vers les invités, tout occupés à leurs cartes. Et cette détresse amusa un peu Pierre. Elle craint qu'on ne nous voie de la sorte, si proches l'un de l'autre, se dit-il. C'est donc cela, sa peur ! Et cette pensée lui apporta du baume au cœur. Si ce n'est que cela ! Ce n'est pas bien grave. Nous nous cacherons, comme autrefois. Et je gage que, cette fois, il ne se trouvera pas une domestique, dans les parages, pour nous démasquer.

— Recule-toi, mon cousin. J'étouffe, se défendit-elle en tentant de faire bouger sous elle l'imposant fauteuil.

— Nous pourrions passer dans ton boudoir. Nous y serions plus à l'aise pour parler. Ne crois-tu pas ? Regarde tes invités. Ils se moquent bien de nous.

Elle soupira profondément en pressant contre ses jambes le tissu de sa robe. Pierre reconnut là un de ses gestes favoris, lorsqu'elle voulait, autrefois, lui interdire son corps et qu'il la forçait, malgré les cris et les coups de griffe.

— Pourquoi ne veux-tu pas que nous restions bons amis ?

— C'est ton amour qui m'importe. Le reste est d'une pauvreté ! D'une affligeante médiocrité. Après tout ce que nous avons vécu… Ce serait déchoir.

— Justement. Nous tiendrions là une belle conclusion.

— C'est tout le sentiment qui t'anime ?

— Pierre, je ne t'aime pas. Et je ne t'ai jamais aimé.

Il se releva, blême.

— Ce n'est pas vrai. Je ne peux pas le croire.

— J'ai eu de l'admiration pour toi.

— Nous avons été amants.

En battant des mains, Adèle lui fit signe de baisser d'un ton. Puérile réaction, car on ne pouvait guère les entendre.

— Tu as tout obtenu de moi. Et je le regrette. J'ai été faible et coupable.

— Qui donc t'a mis ces idées en tête ? Oublierais-tu que nous avons été heureux ?

— Toi, peut-être… Il est vrai que les hommes se contentent de peu. Tu as joui de moi à une époque où je ne savais encore rien de l'amour. Mais il n'y avait aucun sentiment dans nos jeux. Tout juste quelques élans charnels. Je le confesse. Et je ne t'en veux pas.

— Ne me dis pas que ce Phil James suffit à ton bonheur ?

— Ne sois pas insolent. J'aime Phil d'un amour sincère et noble.

— Cet homme ne t'a jamais arraché le moindre soupir. Je le jurerais…

— Pauvre idiot !

Adèle gagna aussitôt la table de jeu. À son approche, les convives laissèrent tomber leurs cartes.

— Ma chère, comment était-ce, à l'Opéra-Comique ? demanda l'un des invités.

La maîtresse de maison éclata de rire en fixant brièvement Pierre de Jandelles, qui s'était avancé aussi.

— Vous le savez, je ne rate jamais l'occasion d'applaudir la Miolan-Carvalho…

Phil amena une main molle sur son visage pour cacher un bâillement.

— Je me suis endormi au deuxième acte. J'avoue humblement que les livrets d'opéra sont consternants. Les choses ne se déroulent pas ainsi dans la vie. Ôtez-moi d'un doute… L'existence est autrement passionnante et nous réserve d'autres surprises que ces mièvres passions. Je suis trop terre à terre, sans doute. Ma chère épouse est une rêveuse. En ce sens, nous nous complétons un peu.

— Qu'était-ce donc, cet opéra ?

— *Mignon*, répondit Adèle, d'un certain Ambroise Thomas. À la fin, il y eut beaucoup de sifflets. C'est devenu une habitude, à Paris. Les gens du Jockey-Club sont insupportables.

— Moi, je ne trouve pas. Ce fut même le seul moment captivant de la soirée, ajouta Phil en touchant la main de Pierre de Jandelles, comme s'il cherchait un acquiescement complice.

Ce dernier se détourna, ostensiblement. Il n'avait pas envie de souscrire à cette opinion, et à nulle autre d'ailleurs. Et s'il avait donné l'impression de partager avec lui un peu d'intelligence, ce n'était qu'à seule fin de s'introduire dans sa demeure et s'y incruster. Devant autant d'agacement, Phil James jugea son invité bien discourtois. Mais il ne chercha guère plus une raison à cette attitude frondeuse. C'est un peu de fatigue, se dit-il en bâillant ouvertement.

Une semaine plus tard, le juge impérial du tribunal de Brive convoqua Firmin de Jandelles à la morgue de l'hospice Brossard pour y reconnaître le corps de son fils. Le médecin légiste, dépêché à la demande du parquet, souleva le drap jusqu'à la hauteur du thorax. Le comte hocha la tête et se recula, vivement. Polyte, qui l'avait accompagné pour cette triste besogne, le prit dans ses bras.

— Il s'agit bien du prénommé Pierre de Jandelles, confirma le médecin légiste en ramenant le drap sur le visage gris du jeune homme.

— Notre enquête a conclu à un suicide par strangulation, énonça le juge en feuilletant le dossier qu'il avait sorti de son sac noir. Nous n'avons trouvé aucune lettre, ni message, dans l'appartement de la rue Barbecane où le prénommé s'est donné la mort. Pas la moindre confession, comme il arrive quelquefois.

— Vous voulez dire, ajouta Polyte, que monsieur de Jandelles n'a voulu apporter aucune justification à son acte désespéré.

Le juge leva la tête de son dossier, hébété.

— Nous avons examiné attentivement le corps, dit le médecin légiste. Aucune trace de coups ni de griffures suspecte.

— Quelquefois des crimes crapuleux sont maquillés en suicides, précisa le juge.

Le comte était appuyé contre le mur de la morgue, le regard posé sur le carrelage blanc. Il ne pouvait regarder la table sur laquelle reposait son fils, à cause des pieds nus qui émergeaient du drap.

— C'est assez ! jura-t-il en prenant la main de Polyte. C'est assez pour aujourd'hui. Messieurs, je vous en conjure, finissons-en.

À l'instant de quitter la salle, le comte se tourna vers le juge impérial.

— Je connais les raisons du suicide.

Polyte voulut l'empêcher de poursuivre. Mais le magistrat insista.

— Un chagrin d'amour, murmura Firmin. Un stupide chagrin d'amour. C'est à peine croyable.

9

Cela faisait six ans déjà que l'Empire s'était effondré à Sedan, et trois ans que Napoléon III avait rendu l'âme à Chislehurst. La Troisième République naquit dans les ultimes convulsions d'une monarchie soudain ravigotée par les élections de février 1871. Mais la joie de Firmin de Jandelles fut de courte durée. Car la suite de l'histoire montra que la France ne désirait rien d'autre qu'une république sociale, fût-ce en s'accommodant quelque temps encore d'un Mac-Mahon. Polyte, qui était devenu républicain, s'amusait de la déconvenue de son prince.

— Après tout, vous avez eu raison jusqu'au bout. Votre prophétie s'est réalisée bien au-delà de ce que vous avez cru.

Le comte ramena son chapeau de toile sur les sourcils pour cacher l'émotion que de telles paroles avaient éveillée. C'était une petite consolation d'avoir été lucide sur toute la ligne.

— J'ai juste commis un faux pas le jour où j'ai soutenu la candidature de mon frère au Corps législatif. Cet impair, je le traînerai à mes basques comme un boulet.

Le médecin se mit à rire. Un petit rire saccadé.

— N'exagérons rien. Huguelin s'est maintenant rallié, lui aussi, à la république. Qui l'eût cru ? Au fond, il ne reste plus que vous sur l'autre rive. Vous êtes resté fidèle à l'Ancien Régime. C'est ce qui fait votre charme, mon cher, cette constance dans le caractère. Je parie que vous y trouvez de la satisfaction. Je le vois à vos larmes de ravissement dans les yeux. De tous, vous êtes le seul à vous reconnaître tel qu'au début, avec des cheveux gris en prime et cette claudication persistante qui n'annonce rien de bon. Mais vous avez gardé l'esprit clair et caustique des jours heureux où nous devisions dans votre salon des désastres de la Révolution française. Et votre ultime grand amour perdure comme un chagrin. Le temps seul aura raison de lui. Ni la haine ni le mépris ne vous ont gâté l'âme, puisque les passions de ces temps incertains ne vous ont jamais habité. Vous avez même conservé l'estime de vos adversaires, sans qu'il vous fût nécessaire de troquer votre habit.

De Jandelles hochait la tête. Il goûtait le compliment avec une rare jubilation, car seule lui importait, désormais, l'opinion de son ami, le seul qui serait un jour capable de témoigner – si cela pouvait s'avérer nécessaire – de la sorte d'homme qu'il avait été.

La récente disparition de Marthe l'avait affecté, car il s'était aguerri à ses remontrances. Du moins reconnaissait-il, après coup, qu'elle avait su refréner ses pulsions dévastatrices, à force de dresser sur sa tête le crucifix rédempteur qu'elle avait porté, sa vie durant, jusqu'au fond de son cœur. Alors que tout semblait perdu entre eux deux, qu'un silence armé présidait à leur vie commune, le suicide de Pierre n'avait fait que les rapprocher en un ultime sursaut d'humanité conjugale, par des liens secrets, tout aussi invisibles que les fils du destin qui, sur nos têtes, ordonnent le chiffre de nos jours. Sans doute souffrit-elle enfer et damnation de la présence de cette maîtresse sous son toit. Mais l'humiliation ne faisait-elle pas partie des épreuves que Dieu avait placées sur son chemin pour la conduire vers Lui ?

Le comte n'osait plus évoquer la mémoire de son fils ; après son départ, celle-ci avait trop encombré son existence. Parfois, il arrivait que Prosper Dubuy, le successeur du curé Bonneval, l'interrogeât pour savoir s'il priait encore pour le repos de son âme. Firmin avait le mensonge modeste, car il ne croyait en rien, sinon à sa culpabilité. Et cela lui suffisait de savoir qu'il ne se pardonnerait jamais de n'avoir su le préserver du désespoir. Un soir qu'il se rendait sur sa tombe en compagnie du médecin, il exprima d'une voix tremblotante quelque chose qui ressemblait à un tardif acte de contrition : « J'ai toujours vécu avec la conscience que cette vie ne finirait jamais, qu'elle m'était donnée comme un droit inaliénable sur le monde, que je pouvais tout me permettre. J'ai usé et abusé de mes droits. Désormais, que me reste-t-il de mes ambitions, sinon l'assurance qu'elles périront avec moi ? »

Puis, avec le temps et l'apprentissage de l'oubli, le comte se désintéressa des tombes de sa famille, de celles de ses ancêtres et de ses proches. Elles tombèrent en ruine, elles aussi. À Toussaint, il préférait un voyage à Venise, plutôt que le culte du souvenir. Et au retour, il découvrait avec amusement que ses domestiques les avaient fleuries à sa place, pour le préserver des médisances.

Restaient les vignes, le domaine, ses ouvriers et ses métayers, une armée silencieuse et obéissante qui venait à tout moment lui rappeler sa puissance ancienne, à laquelle, forcément, il ne croyait plus. Ségur ou Polyte le tiraillaient par la manche pour l'y conduire. Et cela lui importait désormais assez peu de savoir qu'à la frontière de son empire se dressaient d'opiniâtres concurrences.

Un jour de 1876, ses pas croisèrent ceux d'Octave Pierrebrune. Les deux hommes s'observèrent, soupçonneux et défiants, comme des adversaires à jamais irréconciliables. Pourtant, il sauta immédiatement aux yeux de Polyte qu'ils se ressemblaient comme des frères, même si l'un restait de noble extraction. Le médecin ralentit le pas pour inciter le comte à stopper sa marche hautaine. Octave se tourna vers lui et désigna de la pointe de sa canne le fier gentilhomme, comme pour accuser le mépris avec lequel on le traitait, une fois encore.

— Quelle impression cela fait-il d'être maître de sa terre ? demanda Hippolyte en prenant appui sur un échalas.

La question tombait comme un cheveu sur la soupe. Mais, depuis longtemps, il brûlait d'envie de la poser à Pierrebrune, et à Pierrebrune seul. Le vigneron lissa ses moustaches d'un geste machinal.

— Demandez-le donc à votre maître !

Polyte baissa la tête. Le bout de ses doigts triturait une feuille de vigne.

— C'est votre avis qui m'importe.

Le vieil Octave parut réfléchir. Ce n'était pourtant pas sorcier de trouver la réponse. Toute son existence de labeur n'avait servi, jour après jour, qu'à répondre à la question.

— Un journalier n'a qu'un rêve, s'affranchir de sa servitude.

— Qu'importe le temps et la patience dont il faut user…

— Je le crois bien, renifla Octave.

— La vie d'un simple se résume à cette ambition.

Le vieux hocha la tête.

— Votre maître ne peut que redescendre, désormais, puisqu'il est né au sommet.

Le comte avait fait mine de ne pas entendre. Pourtant, il le savait, lui, ce qu'était l'ambition d'un Pierrebrune et la résolution farouche qu'il avait dû démontrer pour se hisser au-dessus du trou.

À sa manière de le regarder, par en dessous, et de tripoter le large bord de son chapeau de toile, Polyte comprit que la conversation ne pouvait se poursuivre plus avant, ou que, à tout le moins, le comte n'y participerait pas. Ce n'était pourtant pas faute d'avoir essayé de l'y mêler, lui qui croyait, dur comme fer, qu'un tel rapprochement se pouvait réaliser après le retour en force des républicains à la Chambre. Mais, à la réflexion, le médecin finit par admettre que son ami ne pouvait se résoudre, de cœur et d'âme, à s'adresser au petit peuple sans détour. Et le fait qu'il ne fût pas en position de supériorité n'arrangeait rien à la chose, au contraire, cela le confortait dans le mépris et la suffisance. À moins qu'il ne fût pétri de doutes, sur lui-même et sur son avenir…

À peine Octave Pierrebrune eut-il croisé son noble et fier voisin que Laloy le rejoignit en boitillant. Un rhumatisme déformant l'avait cassé en deux. Et il faisait pitié à voir, comme ployé sous la bourrasque. Il avait conservé sa canne du temps où il n'en avait pas le moindre besoin, sinon pour lever le jupon des femmes qui passaient à sa portée. Cette fois, elle ne lui servait plus qu'à se tenir en équilibre sur la terre. L'infâme peau de couleuvre qui la recouvrait était usée à la corde, et cela le ravissait tout autant que la crainte qu'elle suscitait encore sur son entourage. Pourtant, il n'y avait pas plus doux au toucher que ce cuir, cela avait une patine de soie, aussi doux assurément que l'intérieur d'une jeune cuisse de bergère, comme il se plaisait à dire. La comparaison ne pouvait guère surprendre, venant de la bouche d'un Laloy. Les bergères, quoi qu'il prétendît, il n'en avait guère caressé en cet endroit, si peu sans doute qu'une telle privation lui avait donné envie d'en parler sans cesse.

— Alors, que t'a-t-il dit, ce vieux bouc ? demanda Laloy.

— Rien, répondit Octave.

L'infirme avait du mal à suivre ses larges enjambées. Et le maître vigneron ne se souciait guère de ses difficultés.

— Ne me dis pas que vous ne vous êtes pas adressé un petit salut ?

— Pas le moindre.

— Quel cochon !

— Tu n'as pas toujours dit ça, l'ami.

— Je ne me suis jamais renié, souffla Laloy.

— Ne m'oblige pas à être désagréable.

— C'est vrai que je lui ai amené, à demeure, sa belle putain, fit-il en grimaçant. En ce temps-là, on avait de la considération pour moi, au Mazet. Mais la garce a fini par obtenir ma disgrâce. Et pour cet homme, je ne vaux guère plus, désormais, qu'une vieille chaussette.

Octave hocha la tête d'agacement. Il n'avait pas envie d'écouter ses plaintes.

— Répète donc cette expression qui nous a tant fait rire ?

Laloy le biglait légèrement de côté. Et, imitant la voix grave du comte, il se mit à papilloter des yeux :

— « J'aime retrouver en vous, ma belle enfant, le parfum du peuple… »

Octave éclata de rire.

— Tu peux jurer que tu as bien entendu ça de sa bouche ?

— Parfaitement. Et tant d'autres choses encore que je pourrais te conter, à la condition de me servir un bon coup de vin, celui de ta réserve que tu tiens bouché depuis cinq ou six ans au moins.

— Ah, l'animal, tu ne perds pas le nord !

Laloy baissa la tête en rougissant. Cela froissait sa dignité que d'en être réduit à la mendicité. Et il ne se passait pas une minute sans que ne lui vînt à l'esprit le désir de quémander. C'était devenu sa seule défense pour survivre aux misères du temps. Son long apprentissage au service du comte lui avait enseigné que la flatterie et la courbette étaient le plus sûr moyen de parvenir à ses fins. Et cela marchait tout aussi bien avec les nouveaux propriétaires, que l'acquisition de la terre avait mis à l'abri du besoin.

— Dans toute cette affaire, ajouta Pierrebrune, la morale est de notre côté.

Le vieux journalier chercha au fond de son regard gris ce qu'il voulait bien dire.

— Je te suis pas, mon bon Octave. La morale est affaire de riches, non ?

Octave eut un petit rire nerveux en frappant sa cuisse du plat de la main.

— Il n'y a pas de bâtard pour pérenniser cette singulière alliance entre un prince et une bergère. Comme quoi, l'Ancien Régime est devenu aussi stérile qu'un bouvillon. Surtout que, après la mort de Pierre, le Mazet est sans descendance mâle.

— Celui qui se serait pendu…

— Pendu ? Où as-tu été dénicher une histoire pareille ?

— Ça s'est murmuré.

— Et pourquoi se serait-il pendu ? Ça avait tout pour être heureux, des vignes en héritage, de la fortune, de la jeunesse…

— Mon pauvre Octave, il y a des raisons qui nous dépassent, nous, les paysans. On se contente de peu, on fait un bonheur de rien, mais dans ce monde-là, on ne voit pas les choses de la même façon, à force de côtoyer l'aisance et la facilité. La moindre embrouille, ça perd pied.

— En tout cas, ce n'est pas la pauvre Mathilde qui redorera le blason des Jandelles. Ça vit dans un autre monde que le nôtre, celui des contes de fées. Si tu vois ce que je veux dire…

— Sacrément même, ricana Laloy. À tout bien réfléchir, le comte n'a plus que Manelle. Sa catin lui donne du bonheur. Y paraît qu'à cet art, elle est devenue experte. Pourtant, tu t'souviens, farouche comme elle était…

— Mon pauvre Laloy, tu n'as pas su t'y prendre, voilà tout.

— La mijaurée, c'était surtout ça, qu'elle attendait d'un homme, fit-il en se frottant les doigts. Une bourse bien pleine. Et si cet attelage n'a point encore donné de lardons, y a bien une foutue raison.

— Quelle est-elle, selon toi ?

— La semence de monsieur le comte n'est plus active. À force de ribauder, les nobles couilles du maître ont rendu l'âme.

— D'où tiens-tu ça ?

— Du docteur Dormoix. C'est que nous en avons connu, des chaudes-pisses à répétition, et de fort mémorables !

Instinctivement, Pierrebrune porta la main à son bas-ventre. Le geste fit éclater de rire le médisant Laloy.

— Je pense la même chose que toi, foutredieu. Pourtant, je l'ai courtisée, Manelle, à m'en casser la trique de désespoir. Mais, présentement, je ne la besognerais pas pour un empire.

En 1878, il se produisit un événement d'une extrême gravité, qui ruina tout l'avenir du vignoble corrézien. Pourtant, c'était une bien belle affaire que la vigne dans le bas pays limousin, avec ses dix-sept mille hectares. On ne comptait plus à Brive les négociants en vins qui avaient assuré leur fortune dans ce commerce florissant. Les petites propriétés s'étaient multipliées sur les coteaux des puys rouges. Leurs produits concurrençaient ceux des états voisins du Lot et du Périgord. Les vignerons de Corrèze tiraient leur savoir-faire d'une ancestrale pratique et, à force de patience, ils avaient façonné mille vins fort prisés, dont le chabrillon, cépage de Donzenac à petits grains noirs, le mancep, le goutiéras... Les vins de Chantegrêle et de Vertougit avaient acquis une renommée jusque sur les meilleures tables. Tout allait pour le mieux en ces années 70 où les paysans de basse Corrèze paraissaient plus heureux que leurs voisins du nord. On les enviait, les pieds-terreux, comme on les avait surnommés, on les jalousait sur les marchés. Et Brive la bourgeoise, Brive la commerçante, ressemblait si peu à l'idée qu'on se faisait de la Corrèze, en ces temps-là, surtout depuis qu'on avait creusé des tunnels et édifié des viaducs pour y faire cheminer le train du progrès.

L'affreuse découverte sortit, une fois encore, du microscope du docteur Dormoix. Une semaine, au moins, le médecin s'obligea au silence, parce qu'il n'arrivait pas à y croire lui-même. Puis il se résolut à faire appeler le comte dans la serre où il avait assemblé les preuves de sa récente trouvaille.

De Jandelles revenait juste d'un voyage à Paris en compagnie de sa maîtresse. Les amants avaient fréquenté les meilleurs restaurants, flâné aux Halles, fréquenté les cafés de la butte Montmartre. On se paya même le luxe de visiter, dans la galerie Nadar, des œuvres singulières d'illustres inconnus à qui l'Académie des beaux-arts refusait même le titre de peintres. Pour s'en souvenir, Firmin nota leurs noms sur un petit calepin qui lui servait d'aide-mémoire : Degas, Pissarro, Cézanne, Monet, Renoir, Sisley, Berthe Morisot, Boudin. Manelle, qui ne connaissait rien à la peinture, tomba en admiration devant une toile intitulée *Impression, soleil levant*, d'un certain Monet. Firmin trouva que l'œuvre n'était pas terminée, à la manière dont la peinture était étalée. Il lui préféra quelques toiles de Renoir et il se décida à en acquérir deux ou trois, de fort petits formats, parce qu'elles étaient plus aisées à transporter dans son bagage. C'est dire si, à son retour de Paris, le comte n'avait guère l'esprit tourné vers ses vignes. Cela lui suffisait de voir ses journaliers et ses métayers courber l'échine sur les cavaillons.

À peine entré dans la serre, le comte voulut amorcer la conversation sur la vie parisienne. Polyte l'arrêta d'un geste.

— Il faut que vous m'écoutiez. Ce que j'ai à vous dire est assez grave.

— Mon cher Polyte, vous êtes un empêcheur de rêver, se rebiffa le comte. Je vous parle de Paris et vous voudriez que je pose un œil sur votre microscope ! Vous le savez, que je n'entends rien à votre infiniment petit. Alors, venons-en au fait. Ce sera du temps gagné.

Le médecin saisit un cep de vigne qui était posé sur le bureau, desséché et mort.

— Il y en a des centaines comme celui-ci sur votre domaine. Des centaines, insista-t-il en le levant par-dessus tête.

— Que voulez-vous dire ? Encore une histoire de champignons microscopiques. À moins que l'âge n'ait eu raison de ce cep. Il n'y a qu'à le remplacer. Je dispose de milliers de boutures en marcottage. Il ne vous reste qu'à les faire mettre en terre, grand Dieu !

— Et dans un an, elles auront cette allure. Vous pouvez me croire.

— Alors, c'est la terre qui est infestée. Je ne doute pas que vous ayez concocté déjà une de ces médications dont vous avez le secret. Je me demande souvent ce que je ferais sans vous. Vous m'êtes précieux, mon bon ami.

Polyte tira le comte par la manche pour l'obliger à regarder dans l'œilleton du microscope.

— Le mal est là ! fit-il. Ça n'est pas plus gros qu'un puceron. Un millimètre ou deux.

Le comte fermait un œil pour mieux voir. Il n'arrivait pas à régler la molette. Le médecin l'aida jusqu'à ce que le fameux insecte apparût, grossi quarante ou cinquante fois.

— Ça ne ressemble à rien de connu, cette vilaine chose. Qu'est-ce donc ? Un pou ? Je n'ai pas souvenir d'avoir vu une telle chose dessinée sur les planches de monsieur Fabre.

Le docteur parut surpris.

— Vous lisez monsieur Fabre, vous ? Cela m'étonne.

— Quoi ? se dressa Firmin. Voudriez-vous insinuer que l'entomologie me laisse indifférent ? Pour qui me prenez-vous ? Je ne suis pas le dernier des ignorants. Mais le seul insecte qui trouve grâce à mes yeux, sourit-il, est la mante religieuse. En créant de semblables créatures, je me dis souvent que Dieu a pensé aux femmes qui hantent notre paradis terrestre. En connaissez-vous une seule, mon cher Polyte, qui ne cherche à dévorer le mâle, au sens figuré s'entend ? Car il ne s'agit de rien de plus que de cannibalisme sentimental. Et pourtant, ça nous force l'admiration !

— Ceci est pire qu'une mante religieuse. Nul ne conteste la cruauté de cet insecte qui dévore ses semblables, même au moment de l'accouplement, mais cet hémiptère-là, fit-il, produit des effets autrement plus dévastateurs.

— Qu'est-ce donc, grand Dieu ? Quelque chose de nouveau, je présume.

— Ça nous vient des États-Unis d'Amérique.

— Ah ! soupira Firmin, écœuré. Je suis à moitié étonné. Ce lointain continent ne nous a rien donné de bon, alors que nous lui avons tout apporté, même la démocratie, dont les Américains font grand usage, à ce qu'il paraît.

Polyte dodelina de la tête, d'agacement. Il ne prisait guère son ami lorsqu'il lui prenait d'étaler son cynisme.

— Il s'agit du *Phylloxera vastatrix*.

— Quel vilain nom ! Ça manque de poésie, vous en conviendrez. J'en aurai vite oublié le vocable.

— Je crois que non, insista Polyte. Car cette bestiole va vous ruiner plus sûrement que les mantes religieuses que vous fréquentez assidûment et qui ne sont point encore parvenues à vous sucer un gramme de cervelle.

Le comte éclata de rire.

— Je ne suis dispendieux que de ma semence. Encore qu'elle se fasse rare, comme vous le savez.

— Cet hémiptère, expliqua le médecin, pratique de vilaines morsures sur les racines de votre vigne. Celles-ci ne se cicatrisent ensuite qu'en formant des tubérosités, comme ceci, ajouta-t-il en montrant au comte un segment de racine morte. Le pied dépérit et meurt au bout de deux ou trois ans. Le drame, c'est que votre vignoble est infesté, comme j'ai pu le constater. Si nous ne trouvons remède à cette horreur, d'ici peu toutes vos vignes vont disparaître, cep après cep.

Firmin se mit à agiter la tête, rêveusement.

— Ne me dites pas que nous n'avons présentement aucune solution ?

Polyte hocha la tête, dubitatif.

— Certains chercheurs, comme Jules-Émile Planchon, de la faculté des sciences de Montpellier, ont observé que le phylloxera attaque avec le plus grand succès les plants issus de notre bonne vieille Europe.

— Ça nous vient d'Amérique, dites-vous ? Je présume que, là-bas, ce parasite a dû faire de nombreux dégâts.

— La singularité du radicicole, c'est qu'il est quasiment sans effet dévastateur sur les vignes américaines, dont il se nourrit pourtant. Cela tient à la nature résistante de la vigne d'outre-Atlantique, fort différente de la nôtre. C'est du reste en important ces plants américains que nous avons introduit le parasite en Europe. Et il a vite trouvé dans nos vignobles du Sud, où il est actuellement très actif, de quoi se reproduire et se développer comme une tache d'huile.

— Un homme avisé comme vous a déjà sa petite idée sur la manière de le combattre. Votre collègue Planchon a dû vous apporter quelques informations utiles.

— Il y aurait une solution. Elle consisterait à arracher nos vignes et à les remplacer par des plants américains.

— Mais vous n'y pensez pas ! s'écria le comte.

Il allait d'un bout à l'autre de la serre, en agitant ses longs bras impuissants à contenir la fureur qui le possédait tout entier.

— Nos cépages sont uniques, irremplaçables. La saveur de nos vins a assuré notre fortune. Renoncer serait suicidaire.

— Pourtant, soupira le docteur Dormoix, il faudra s'y résoudre ou tout perdre.

— Que valent ces cépages américains ? Vous le savez, vous ?

— Il s'agirait juste de greffer nos variétés sur des plants américains.

— Greffer ? Je n'y entends rien. Jusque-là, nous avons assuré la reproduction de nos cépages par le provignage.

— Il faudra y renoncer.

— Jamais, se dressa de Jandelles, jamais ! Nos cépages ont été façonnés au fil des siècles. Ils ont donné des vins que tout le monde nous envie. Il s'agit d'une alchimie fragile et compliquée. Ce n'est pas à vous que je vais apprendre que toucher un tant soit peu à cette belle œuvre, par je ne sais quelle manipulation, conduirait à un amoindrissement de la qualité de nos vins. Ce serait trahir mes ancêtres.

— Vos ancêtres n'ont point eu à affronter ce dilemme tragique.

— Je sais ce qu'ils auraient fait à ma place. Maintenir la tradition contre vents et marées, car les de Jandelles sont des gens de tradition. Allez donc colporter votre science à tous les petits vignerons qui nous entourent. Eux, du moins, vous écouteront. Ils ne savent pas ce qu'est un grand cru, les ignorants.

À cette seconde, Polyte comprit que le maître du Mazet n'accepterait jamais de se remettre en question. Cette attitude frondeuse n'était pas surprenante en soi, puisqu'elle confirmait ce qu'il avait toujours pensé de son ami Firmin, que celui-ci appartenait, plus que jamais, à l'ancien monde, réfractaire aux idées nouvelles. N'en avait-il pas été de même lorsqu'il avait fallu installer les premières lignes de chemin de fer en Corrèze ? Restait la solution de s'en entretenir avec Huguelin. Lui, il avait montré, par son action, qu'il était un homme de progrès, pour qui les idées nouvelles participaient à l'évolution du monde.

La rencontre eut lieu à Brive, au siège de la Compagnie des travaux du chemin de fer. Ses deux ingénieurs, Geoffroy Castillard et Phil James, se trouvaient à ses côtés. L'avenir des vignobles du Mazet était le dernier de leurs soucis, aussi demandèrent-ils l'autorisation de se retirer.

À vrai dire, Huguelin n'avait jamais nourri la moindre sympathie pour Hippolyte Dormoix. Il avait toujours vu en lui une sorte de parasite incrusté sur le domaine, profitant des complaisances de son frère. Aussi l'écouta-t-il sans un cillement du regard. Le bureau qu'il occupait était aussi vaste qu'un appartement. Les vitres des baies, ouvrant sur les jardins du Salan, avaient été remplacées par des vitraux figurant la grande épopée du chemin de fer. Tout cela parut au médecin d'un goût douteux. Il n'arrivait pas à se familiariser avec les nouvelles architectures, associant le style de Baltard à celui de Viollet-le-Duc. Huguelin de Jandelles ne disait-il pas qu'il fallait édifier des gares comme des cathédrales, avec des marquises de verre et des coupoles vaticanes ? « Il s'agira d'y sanctifier un nouveau dieu », répétait-il à qui voulait l'entendre. Sur cette nouvelle religion, l'industriel n'était guère disert. Mais ses adeptes, ses apôtres, ses thuriféraires avaient compris, eux, qu'il s'agissait du dieu Argent et que, pour en adorer les préceptes sacrés et les saints commandements, il faudrait édifier des temples grandioses et somptueux, rivalisant avec les anciens sanctuaires où se mouraient les antiques principes chrétiens d'un Occident hanté par le matérialisme.

— Vous me voyez fort détaché de tout cela, fit-il en croisant les bras sur sa poitrine. Fort détaché, insista-t-il en fixant Dormoix dans les yeux.

Il possédait la manie des animaux à sang froid, de considérer son auditoire comme une proie à hypnotiser avant de la dévorer. Car, pour Huguelin, le monde se résumait à cela : une proie à rallier à sa cause ou à éliminer. Que pouvait-il faire d'un homme tel que Dormoix, sinon l'effacer d'une pichenette ?

— Je ne vois pas ce que vous attendez de moi, ajouta-t-il.

— Convaincre votre frère et le ramener à la raison, avança le médecin d'une voix cassée.

— Possédez-vous des intérêts dans l'affaire ?

— Aucun, s'éleva Polyte. Sinon l'amitié que je voue à votre frère et à votre famille.

— Moi non plus, ajouta Huguelin, insensible à la flatterie d'un petit médecin de campagne, je ne possède aucun intérêt au Mazet, Dieu m'en garde. En résumé, il fait de sa terre ce que bon lui semble. Si vous jugez qu'il va la perdre avec son obstination, eh bien, qu'y puis-je ? Cela me laisse froid. Mon frère ne m'écouterait pas. Pas plus que vous. Moins même, dirais-je.

Il parlait d'un ton saccadé et rauque, qu'il avait acquis à force d'ordonner, de commander, de régenter.

— Le Mazet, n'était-ce pas le berceau de votre famille ?

— Sans doute. Les de Jandelles ont marqué l'histoire de Chantegrêle. Mais, à l'avenir, il faudra se faire à l'idée que nous n'avons plus rien à y faire, sinon y entretenir nos sépultures.

— Oh, mais cela est profondément tragique, se rebella Polyte. Comment pouvez-vous concevoir un seul instant que les de Jandelles cessent tout lien avec la terre ? Elle leur a assuré la bonne fortune, la grandeur et la gloire.

Huguelin se dressa contre le dossier de son fauteuil, savourant le désarroi de son visiteur.

— Les intérêts de notre maison sont ailleurs. Dans les banques, la Bourse, les conseils d'administration. Tandis que mon malheureux frère rassemble cent mille francs de bénéfices, je gagne dix fois plus en un rien de temps. Je n'ai qu'à ordonner le placement de mes titres, bâtir une usine, acheter des immeubles. La terre, quelle misère ! Laissons-la aux paysans. C'est une affaire de gagne-petit, où le labeur se paye au rabais. Je vous dirai même que je hais la terre. Et je n'ai jamais compris la passion de mon frère pour ses vignerons. Ces êtres frustes ne méritent pas qu'on se soucie de leur sort. Quand je vois nos républicains qui veulent donner à tous les petits paysans de l'instruction, j'en ai la nausée. Qu'adviendra-t-il ensuite ? Nous en ferons des bureaucrates, des réfractaires à l'ordre, des séditieux. Déjà que le parti ouvrier sème la zizanie et la discorde dans nos usines. Mais nous nous emploierons à calmer l'ardeur des républicains. Comme si la saignée de 1871 n'avait pas suffi. Dans la nouvelle Assemblée, il se trouve quelques esprits modérés qui n'ont pas digéré la façon dont on a traité monsieur de Broglie. Et ces républicains-là, tempérés dans leur ardeur, nous serviront à ramener notre pays à la raison. Voilà, monsieur Dormoix, ce qui nous occupe, présentement. Et les ravages de votre insecte sur les vignes me semblent bien innocents à côté de ce qui ravage notre société. Notre phylloxera à nous se nomme Léon Gambetta, Jules Guesde, et j'en passe... Si vous nous apportiez sur un plateau la façon de les traiter, ces ravageurs du bien privé, vous trouveriez en moi une oreille attentive. Mais je doute que vous ayez la réponse à notre problème. Alors, voilà, monsieur, nous n'avons plus rien à nous dire.

Et Huguelin se leva dans un seul mouvement, attendit à côté de son fauteuil que le visiteur se fût effacé. Polyte se retira avec quelques courbettes auxquelles le directeur général de la Compagnie des travaux du chemin de fer ne répondit pas. Il était assez irrité comme cela pour jouer les hommes du monde. Ce n'était pas dans sa manière d'affecter des sentiments qu'il n'éprouvait pas. Il lui semblait, désormais, avoir acquis assez de pouvoir pour s'éviter les salamalecs.

Polyte émergea du bureau de Huguelin, abasourdi. L'homme qu'il avait connu jadis au Mazet, lors des fameux déjeuners dominicaux, avait changé. L'argent, sans doute, ce maître dévorant et pernicieux. Le soir même, il regagna Chantegrêle, renonçant aux plaisirs qu'il s'était promis, comme une visite au théâtre de Brive où l'on donnait une pièce de monsieur Victorien Sardou.

Durant les semaines qui suivirent la terrible découverte, de singuliers feux furent allumés au cœur des vignes, des brasiers dantesques qui se consumaient jusqu'à l'aube. Parfois, le vent chassait des nuages d'escarbilles qui se répandaient en pluies scintillantes.

Selon les ordres donnés par Polyte, on détruisait tout ce que le puceron démoniaque avait infesté, avec le secret espoir que la flamme chasserait le mal hors des terres du Mazet. L'arrachage des pieds malades avait duré deux semaines. Cela faisait des trous immenses dans la mosaïque formée par les parcelles dessinées en autant de figures géométriques. Polyte passait ses journées à expliquer comment le parasite se répandait, cercle après cercle, sans cesse agrandissant sa pâture. Le comte l'écoutait sans un mot. À sa mine défaite et sombre, on comprit que, pour la première fois, il prenait la pleine mesure de la catastrophe. Elle venait après tant d'autres, après la mort tragique de son fils, puis celle, discrète, de sa femme.

Manelle restait sa seule consolation. Et presque honteusement, eu égard à son titre, il se disait qu'elle était devenue sa seule raison de vivre. « Si je trouve encore la force de lutter, c'est grâce à elle », marmonnait-il en songeant à l'instant magique où il irait la rejoindre, dans la petite chambre qu'il s'était ménagée sous les combles du château. Mais, dans ses rares moments de lucidité, il mesurait aussi quelle sorte d'homme il était devenu à son contact, prisonnier d'une misérable passion pour une fille de ferme sans éducation. Ce constat lui interdisait de la sortir dans le monde, le sien, fort raffiné. On n'eût pas manqué de le railler, lui, le comte de Jandelles, d'être descendu aussi bas, au point de lier ses jours à une pauvre paysanne. Tout le mépris dont il était l'objet à Chantegrêle venait de là, de cette minable accointance. Même les manants se gaussaient de lui. Un comble.

Car de ce côté-ci de la société aussi, on attendait autre chose d'un de Jandelles, qu'il sût à tout le moins tenir son rang. Et le jugement de ses gens lui faisait plus mal encore que celui de ses pairs. La haute société, cela lui était égal, puisqu'il ne la fréquentait plus depuis la mort de Marthe. Il n'avait donc pas l'occasion d'entendre ses sarcasmes. Mais à la façon dont Polyte se tenait sur la réserve lorsqu'il l'interrogeait sur la vie mondaine à Brive, il lui était aisé de comprendre qu'on l'y considérait désormais en étranger. Cela ne faisait que renforcer son goût pour la solitude.

À l'automne, un peu d'espoir naquit lorsque Polyte reparut avec un étrange appareil. Une sorte de seringue géante.

— C'est un pal injecteur, fit-il. Cela a donné quelques résultats dans les vignes du Midi et du Bordelais.

Le médecin faisait preuve de beaucoup d'optimisme sur l'usage de cette invention. On en était encore au stade de l'expérimentation. Les tests en laboratoire agronomique avaient apporté des résultats encourageants. Les dizaines de pieds traités avaient été délivrés du parasite. Mais c'était une tout autre affaire que d'appliquer la méthode du professeur Planchon en grandeur nature. Nul ne savait encore quel était le potentiel reproductif du phylloxera. Un été trop sec, une terre fissurée et par trop argileuse suffisaient à en augmenter la prolifération.

— Comment cela fonctionne-t-il ? Montrez-moi ! s'écria le comte en tournant autour de l'ustensile que Polyte préparait avec des soins minutieux. Ah !

grand Dieu ! Il m'étonnait aussi que nos savants n'aient point inventé une parade au poison.

— Le procédé est simple, expliqua le médecin. Il s'agit d'introduire cette grosse aiguille au cœur des racines et d'y injecter, à l'aide d'un piston, le liquide magique.

— Et quelle est donc la potion réservée à nos petites bêtes ?

Polyte prit un air mystérieux, comme s'il allait devoir livrer une découverte des plus secrètes.

— Du sulfure de carbone, murmura-t-il. Les vapeurs émises font des miracles, à ce qu'on dit. Du moins, c'est le constat de nos chercheurs. On commence à fabriquer l'appareil en série. J'ai pris la liberté de nous en faire livrer une dizaine dans le prochain mois.

— Parfait, mon bon Polyte. Parfait.

Le comte s'amusait de voir son ami, les manches de chemise retroussées sur ses bras maigres.

— Allons, ce n'est pas à vous de faire fonctionner cet objet prodigieux. Il se trouve bien quelque ouvrier dans les parages, n'est-ce pas, Ségur ?

Puis Firmin se ravisa :

— Attendez ! Il convient de ne pas trop ébruiter la découverte.

Polyte soupira devant autant d'égoïsme.

— Vous faites un mauvais calcul, releva le médecin sous le regard craintif de Ségur.

— Comment cela ? N'ai-je pas le droit de profiter en exclusivité de cette découverte ? Croyez-vous que Pierrebrune, à ma place, viendrait me faire ce joli cadeau ? Vous êtes un rêveur, Polyte, un doux rêveur. Sans doute votre fond socialisant vous pousse-t-il à l'altruisme. Mais nous vivons des temps difficiles, où se dessine le chacun pour soi.

Le médecin rajusta ses manches, lentement.

— Vous me faites offense, monsieur ! protesta-t-il. Moi, me traiter de socialiste, où avez-vous été chercher une idée pareille ? Vous déraisonnez, ma parole. Oublieriez-vous que j'ai toujours été fidèle à votre maison ? Une fidélité sans faille. Je le disais, il y a quelques semaines, à votre frère. Me voilà bien mal récompensé. Monsieur, vous me faites mal. Si mal. Je ne sais si des excuses suffiront à réparer ma douleur.

— Quoi ? sursauta Firmin. Qu'entends-je ? Vous avez vu mon frère et vous ne m'en avez pas parlé ? Savez-vous que nous sommes en froid ? Vous auriez dû vous en inquiéter, avant de l'aborder.

— Pour voir monsieur Huguelin, je dois demander votre autorisation ?

— Oui. Car je suppose qu'il fut question de ma personne. Comment pourrait-il en être autrement ?

— Ma sollicitation était purement désintéressée. Je voulais obtenir, de monsieur votre frère, l'assurance qu'il vous viendrait en aide, car je crois le Mazet en péril. Et cela me fait mal au cœur de penser que nous puissions perdre tout cela sans réagir.

— Quel bel esprit chevaleresque ! Nous eussions vécu au siècle de Philippe le Bel, je vous aurais fait écuyer du prince, mon bon Polyte.

Le médecin inclina la tête devant autant d'insolence, comme s'il s'apprêtait déjà à renoncer à son amitié meurtrie. Le médecin avait l'art de prendre sur lui-même les vexations de Firmin. Et Ségur, lui aussi, détourna les yeux du spectacle affligeant, de crainte et dégoût mélangés. Il eût désiré se trouver aux cent diables plutôt que témoin d'une scène qui déshonorait son maître.

— Et que vous a répondu mon cher frère ?

Polyte redressa la tête, décidé à marquer un point.

— Vous voulez le savoir, monsieur ?

— Absolument.

— Les affaires du Mazet l'indiffèrent à un point que vous ne pouvez soupçonner.

Le comte reçut la réplique comme un coup de poing à l'estomac. Elle le laissa sans souffle. Sur son visage, il se dessina une étrange grimace de dépit.

— Tout ça n'est pas nouveau. C'est même d'une affligeante banalité. Il s'en moque tout autant que je me fiche de son chemin de fer.

— Si nous nous occupions de votre vigne ? proposa Ségur pour mettre un terme à la conversation.

Comme il l'avait souhaité ardemment, le comte fit traiter ses plantations au sulfure de carbone dans le plus grand secret. Les ouvriers commencèrent par les terres hautes du Bonavent, celles qui apportaient les meilleurs vins. Firmin n'avait plus qu'une obsession, sauver son Château du Mazet, le fleuron de sa production, quitte à perdre tout le reste. C'était un calcul désespéré, car la vente de son vin bouché était loin, à elle seule, de combler ses pertes. Il y avait juste de quoi payer le petit personnel, mais assurément pas assez pour entretenir le domaine, avec ses nombreux domestiques attitrés depuis des lustres, ses employés de maison, ses soubrettes, et surtout maintenir le train de vie élevé qui était le sien. Sans compter que le traitement au sulfure de carbone lui coûtait trois cent cinquante francs l'hectare, tout en sachant que celui-ci ne trouverait sa pleine efficacité qu'après de nombreuses séances. Du côté du conseil général de la Corrèze, les élus promettaient des aides pour combattre le phylloxera. Mais il n'était pas dans la nature du comte de quémander quoi que ce fût au nouveau pouvoir républicain.

Au moment où se déroulaient ces délicates opérations, Polyte se retirait sur la pointe des pieds. Tant de paroles venimeuses et humiliantes avaient érodé sa confiance. Désormais, il se jurait bien d'espacer ses visites au château, puisqu'on y dédaignait son amitié. Mais le pire, sans doute, avait été cette suprême insulte : qu'on le soupçonnât d'intelligence avec les rouges, pour lesquels il nourrissait une haine indéfectible. Et comme le comte ne pouvait l'ignorer, tant ses discours, ses déclamations attestaient sa bonne foi sur le sujet, l'accusation était d'autant plus cruelle. Et à quelle fin ? L'interrogation le tarauda des semaines entières, le jetant dans la plus grande affliction. Cela lui causait les mêmes effets déprimants qu'un chagrin d'amour.

À la longue, le médecin finit par admettre que son ancien ami lui reprochait, avant tout, ses nouvelles idées pour l'ordre républicain représenté par monsieur Thiers. Du reste, il n'en avait fait aucun secret. Bien au contraire. Mais que pouvait-on espérer, après la débâcle de Sedan, la honteuse capitulation de Ferrières, la reddition de Metz et l'écrasement du peuple de Paris ? Le salut de la France n'était-il pas dans les plis d'un drapeau tricolore relevé de la boue où on l'avait traîné ?

L'évolution rapide de la maladie préoccupait Hippolyte Dormoix. Une récente correspondance avec le professeur Planchon ne faisait que renforcer ses craintes. À ce train-là, et malgré les maigres tentatives pour enrayer le mal, les vignobles de Chantegrêle allaient disparaître pour laisser place aux genêts, ronciers et friches. Le médecin commença alors un cycle de conférences pour alerter les vignerons du bas pays corrézien. On le vit battre tribune dans tous les bourgs, Objat, Ayen, Voutezac, Donzenac, Meyssac, Beaulieu, où la maladie faisait des ravages. À la vérité, les petits propriétaires s'avérèrent plus attentifs à combattre le mal que le comte de Jandelles. Et lors de sa réunion à Chantegrêle, il s'adjoignit l'appui d'Octave Pierrebrune. Par ce geste, Dormoix voulait montrer qu'il plaçait sa science au-dessus du parti-pris personnel.

— L'usage du fameux pal injecteur, ça coûte trois cent cinquante francs l'hectare, expliqua-t-il. C'est un remède au-dessus de nos moyens, malgré les aides apportées par le conseil général. Nos édiles se lasseront vite de payer. D'autant que nous ne possédons aucune preuve sur l'efficacité du procédé.

Une voix se leva, alors, dans l'assistance, accusatrice :

— Pourtant, c'est bien vous qui l'avez expérimenté au Mazet ?

— En effet, reconnut Polyte, la main sur le cœur.

— Et à ce jour, Jandelles n'a pas eu à s'en plaindre, à ce qu'on dit… Y paraît que sa vigne se porte de mieux en mieux, alors que les nôtres crèvent à tour de bras. Elle est belle, la justice !

— Je ne peux pas répondre à votre question, se défendit le médecin. Pour la bonne raison que j'ignore dans quel état se trouvent les vignobles du Mazet.

— J'en crois pas un mot ! clama un autre vigneron, tout aussi excité que son voisin.

— Nous dis pas qu't'es plus en odeur de sainteté… L'comte serait assez bête pour n'plus utiliser tes services ?

Polyte hésita. Il n'avait pas l'habitude de débattre devant les foules. Aussi, son silence troublé offrit à l'assemblée une image confuse du personnage, sur lequel pesaient déjà tellement de suspicions. Une confusion dont il se serait bien passé, au moment où il désirait sincèrement apporter son aide aux petits vignerons de Chantegrêle. Flairant son désarroi, Octave vola à son secours. Le moment était mal choisi pour le laisser mettre en pièces.

— Nous ne sommes pas venus ici pour débattre des querelles du passé ! lança Pierrebrune d'un ton autoritaire. Rendons grâces au docteur Dormoix, maintenant qu'il est bien disposé à nous apporter son concours.

Le médecin le salua d'un petit signe de tête.

— Ce procédé, ajouta Octave, j'ai pu en juger de mes propres yeux, combat le parasite là où il se trouve. Le pied est préservé un temps. Puis le puceron reprend de la vigueur alentour, là où on a négligé de traiter la vigne. Il faudrait appliquer massivement la méthode pendant plusieurs années. Nous n'en avons pas les moyens, mes amis. Déjà que nous nous sommes endettés pour acheter de nouvelles terres... Cette médication nous coûtera plus que la vigne ne nous rapportera.

Polyte acquiesça :

— Monsieur Pierrebrune a raison. Le pal est un des moyens. Mais il ne suffira pas à éradiquer le phylloxera, dirais-je, en profondeur. Monsieur de Jandelles a beaucoup parié sur ce procédé, mais je doute qu'il suffise.

— Est-ce la raison de vos désaccords ? insista le bonhomme.

— Je vous dois une confidence, soupira Polyte.

Un tel aveu exigeait de lui beaucoup de courage. Dans la poche de son pantalon, il chercha un mouchoir pour s'essuyer le front et les tempes, gagnés par la suée.

— Monsieur de Jandelles espérait utiliser la méthode, poursuivit-il, dans le plus grand secret, avec l'espoir que ses vignes seules seraient préservées. C'est une réelle stupidité. Outre l'aspect égoïste de la chose, sur lequel vous me permettrez de passer rapidement, c'est une idée qui insulte l'homme de science que je suis. En admettant que monsieur le comte parvienne à bouter le phylloxera hors de son vignoble, laisser alentour des vignes malades, les vôtres, mes bons amis, c'est assurer le retour du parasite illico. Car le phylloxera a cela de commun avec toutes espèces vivantes sur cette terre, hormis l'homme, il ne reconnaît pas les limites d'une propriété, ni la validité de nos bornages.

Les vignerons éclatèrent de rire. Il n'y avait pas meilleur bon sens selon lequel la contamination devait être combattue autant sur les terres des riches que sur celles des pauvres. Octave applaudit cette belle démonstration républicaine.

— Je crois, chers vignerons de Chantegrêle, qu'il nous faut affronter la maladie sur un tout autre terrain que celui du sulfure de carbone. Chaque pied malade doit être remplacé par un plant américain greffé. Je dis bien « greffé ». Greffé avec nos variétés, autant que possible. Pourquoi le plant américain ? Parce qu'il résiste au phylloxera. Et la nouvelle vigne que nous allons implanter sur notre sol, même s'il n'est pas prouvé qu'elle donnera du très bon vin, résistera à tout le moins au mal. Et peu à peu, avec le courage et la patience qui vous caractérisent, vos vignobles retrouveront leur vigueur d'antan.

La bonne parole de Dormoix fut entendue de quelques vignerons, les plus résolus à continuer leur œuvre, tels les Pierrebrune et les Madelbos. Ces derniers se mirent, sans délai, à greffer les fameux plants américains. Et au fur et à mesure que les rangs se trouvaient dévastés, on les remplaçait, sans relâche. Dans leur for intérieur, les vignerons avaient compris qu'une telle rigueur finirait par l'emporter sur la maladie. Toute leur existence avait baigné dans la certitude que la survie n'est qu'un âpre combat. Ils avaient déjà lutté pour s'affranchir des privilèges du maître. Ils avaient conquis le droit de fouler leur propre terre. Désormais, il leur faudrait se battre contre le parasite. Et ils y engageraient la même vigueur et la même constance qu'ils avaient mises à abolir les lois iniques de l'Ancien Régime. Au fond, Polyte retrouvait en eux tout ce qu'un de Jandelles avait possédé jadis et qu'il avait perdu au fil du temps, à mesure que les cartes changeaient de mains.

Au printemps 1881, le curé de Chantegrêle, Prosper Dubuy, lui aussi, décida de partir en croisade contre le phylloxera. Dans ses sermons, il mêlait tout à la fois le puceron famélique, l'affreux Jules Ferry, qui anéantissait les derniers privilèges de l'Église, les mécréants antéchrists pourfendeurs de la foi. Cet adepte musclé de monseigneur Dupanloup avait le verbe facile et, du haut de sa chaire, il lançait des imprécations à la Savonarole, prédisant la fin du monde alors que l'on approchait juste de la fin du siècle. Le phylloxera n'était qu'un des fléaux annonciateurs d'apocalypse. Et l'occasion était trop belle d'évoquer quelques versets bibliques.

Ce matin-là, de vent et d'averse, Prosper Dubuy enfila sa chasuble d'or et prit la tête d'une procession qu'il mena sur les vignes du Mazet. Il allait à l'avant, au pas de charge, suivi par son troupeau obéissant. Et quand il fut parvenu sur les hauteurs de Chantegrêle, il ouvrit ses grands bras et cita l'un des versets de l'Apocalypse de Jean :

— « Et j'entendis une voix forte qui venait du temple, et qui disait aux sept anges : Allez, et versez sur la terre les sept coupes de la colère de Dieu… »

D'un aspergès, il bénit les vignes malades. Les gens s'agenouillèrent, pieusement. Puis sortit de leurs bouches, en chœur, une prière pour que le fléau, envoyé sur la terre par les forces obscures, fût anéanti. Et quand elles relevèrent la tête, les ouailles crurent un instant apercevoir l'ange porté par un rayon de soleil, qui jaillissait d'une déchirure de nuages noirs. Mais, à leur grande déception, elles ne virent paraître qu'une belle amazone sur son alezan.

La cavalière passa devant la procession au pas. Un coup de vent, soudain, chassa l'ample chapeau de paille et libéra sa belle crinière fauve. Le curé fit le signe de croix en apercevant le bel équipage, tout de rouge et de blanc vêtu. À ses yeux, dans l'état d'exaltation où il se trouvait plongé par le prodige de la prière, c'était une image démoniaque. Et le geste irraisonné d'un prêtre qui se signait, plusieurs fois à la suite, entraîna parmi les processionnaires des réactions d'hostilité contre l'intruse. Dressée, immobile sur son cheval, avec sa belle chevelure chahutée par le vent, Manelle fixait cette scène d'un autre âge.

— La putain !

— La sorcière !

— La catin !

Les cris montèrent, chargés de haine, sous le ciel tourmenté. Hébétée, la maîtresse de Firmin de Jandelles écoutait ces vociférations comme si elles ne la concernaient pas. Après tout, Manelle ne faisait rien de plus que sa promenade journalière sur la belle monture que son amant lui avait offerte. Sur les terres du comte, elle se sentait chez elle. Et s'il y avait intrusion, n'était-elle pas plutôt le fait des gens de Chantegrêle avec leur curé ? Un bien étrange berger que cet homme-là, pensa-t-elle en le voyant s'agiter avec sa croix portée en avant, qu'il baisait et tendait vers elle, alternativement, comme il eût fait d'un bouclier.

— C'est elle, la responsable de nos malheurs ! lança une voix au milieu de la mêlée.

— La sorcière !... répétèrent plusieurs femmes en se signant à leur tour.

Et des mottes de terre se mirent à pleuvoir sur elle. Manelle fit alors mouvement de côté. Les femmes crurent que l'amazone allait lancer son cheval sur elles. Alors, elles s'éparpillèrent comme de la volaille apeurée.

— Que me voulez-vous, au juste ? hurla Manelle. N'a-t-on plus le droit de fouler sa propriété ?

Prosper Dubuy voulut s'opposer à la pluie de projectiles que ses ouailles jetaient sur la cavalière.

— Mes sœurs ! Je vous en prie. Un peu de dignité. Pas de lapidation. Souvenez-vous de la parole de Christ : Ne jugez point, afin que vous ne soyez point jugés. Car on vous jugera du jugement dont vous jugez, et l'on vous mesurera avec la mesure dont vous mesurez...

Mais on ne l'écoutait plus. Enhardies, les haridelles cernaient maintenant la monture, tirant à hue et à dia sur la bride, le licou. L'animal prit peur, se cabra et jeta par-dessus tête sa cavalière.

— Victoire ! Victoire ! criaient les femmes.

— Tuons la sorcière !

— Au bûcher ! Au bûcher !

On avait encore le souvenir des grands feux allumés. Et on se disait qu'il n'y manquait plus que la sorcière pour faire abjurer le Malin dans ses œuvres. Manelle fut, vite, prise au piège des mains qui l'assaillaient de toute part, l'une tirant son corsage, l'autre sa jupe, aussi sa belle crinière fauve. Et elle se trouva dépecée, nue, dans la poussière.

Attiré par les cris, Ségur arriva à la rescousse avec une dizaine de ses gars. Et, à coups de manche de houe et de bigot, ils firent reculer la meute excitée. Manelle se faufila, comme une couleuvre apeurée, entre les rangs de vigne. Elle gagna la cabane du Jolet et s'y retrancha. Une heure plus tard, le comte vint l'y chercher, pour la consoler des horreurs qu'on lui avait fait subir.

De retour au château, Firmin ordonna au curé de paraître devant lui. Le prêtre s'agenouilla, repentant.

— Monsieur, je n'ai jamais exhorté mes fidèles à se livrer à…

— Encore heureux. Sinon, je vous aurais fait rôtir comme un chapon, misérable !

— J'ai voulu mener une procession dans vos vignes afin de…

— Je voudrais bien savoir ce que vous y sermonnâtes ? Des horreurs, sans doute ! Cessez donc de semer la peur autour de vous. Nos gens n'ont pas assez de cervelle pour comprendre vos paraboles sur les fléaux du ciel et de l'enfer. Contentez-vous de messes ordinaires. Sinon, je vous coupe les vivres. Vous irez, drapé de bure et ceint de corde, mendier votre pain quotidien. Vous verrez alors ce qu'est le repentir, misérable capucin !

Dans une pièce voisine, Manelle avait tout entendu. Les propos du comte lui parurent bien tièdes au regard de ce qu'elle avait subi, alors qu'elle espérait une punition exemplaire. Aussitôt, elle alla en faire le reproche à son amant.

— Comment ? s'emporta-t-elle devant son soupir de lassitude. Après l'humiliation que le vilain homme m'a faite, tu ne trouves rien d'autre à dire ? Sais-tu que ces mauvaises femmes m'ont menacée du bûcher ? Et s'il n'y avait pas eu Ségur, ces haridelles m'auraient traînée sur un tas de sarments !

Le comte essaya d'apaiser sa colère par des gestes conciliants qu'elle repoussa énergiquement. Il ne pouvait lui dire que son pouvoir à Chantegrêle était considérablement amoindri depuis la chute de l'Empire, depuis qu'il n'avait plus un Hubert de Lancre à sa discrétion. Cela lui faisait autant de mal qu'à elle, la manière dont on l'avait traitée, car cette affaire démontrait la pâle influence de son autorité.

— Que voudrais-tu que je fasse de plus ? Je ne puis, tout de même, exiger le renvoi de Dubuy ?

— Ce serait la moindre des choses.

— Ne vois-tu pas que cet homme est populaire dans notre pays, avec ses sermons ? Et en l'état actuel, je ne peux me mettre la population à dos. Déjà que j'encours de terribles reproches avec le traitement de mes vignes. Sans doute trouve-t-on qu'elles ne dépérissent pas assez vite. Et puis, j'ai tellement de soucis financiers, finit-il par avouer dans une sorte de geste brutal, comme s'il voulait tout envoyer promener.

Manelle sentit qu'elle n'obtiendrait rien de plus de son amant, qu'elle serait condamnée à supporter le regard du père Dubuy, les sarcasmes de ses ouailles et de tous ceux, au village, qui se gaussaient, dans son dos, bons ou mauvais chrétiens, accordés, pour une fois, contre elle, la sorcière, la catin. Elle se retira sans un mot de plus, laissant son amant à sa solitude.

La dernière réflexion du comte eût dû éveiller sa curiosité, mais elle n'y prêta guère attention, trop préoccupée par sa vengeance. À la vérité, les comptes de Firmin de Jandelles étaient en baisse, au point qu'il envisageait de congédier ses domestiques et qu'il ne savait comment s'y prendre pour leur annoncer la nouvelle. Certains d'entre eux appartenaient à une famille qui avait fourni au Mazet jusqu'à trois ou quatre générations de gens de maison, fidèles et dévoués. Il avait déjà vendu quelques terres, une cinquantaine d'hectares, dont trois métairies à Saint-Girque et Beytefols. L'argent obtenu avait été aussitôt englouti, sans qu'il sût trop comment. Et cette rapacité du destin, qu'il n'aurait jamais soupçonnée, ne lui laissait présager que des lendemains funestes, maintenant que son vignoble était aux trois quarts dévasté.

La belle amazone ne reparut au château qu'un mois plus tard. De Jandelles, malheureux d'avoir été si longtemps négligé, se jeta à ses pieds en la suppliant de ne plus jamais l'abandonner, jurant qu'il était disposé, pour la garder, à de grands sacrifices, puisqu'elle était son ultime et grand amour. C'était un compliment qui revenait souvent sur ses lèvres et jusque sur les en-têtes des lettres qu'il lui écrivait. Mais la fière maîtresse demeura sur sa réserve.

— Serais-tu enfin disposé à laver l'affront ? l'interrogea-t-elle.

Le comte se sentit prisonnier d'une nasse, prisonnier tout autant de lui-même que de cette maîtresse qui exigeait de lui des preuves qu'il était incapable de lui offrir. C'est alors qu'il imagina, dans un de ces moments de stupeur et d'exultation qui sont le propre des histoires d'amour désespérées, de fuir avec elle, loin de Chantegrêle et de sa haineuse populace.

— Nous irons bâtir notre bonheur ailleurs, lui promit-il, puisque ici, sur la terre de mes ancêtres, il n'y a plus rien à espérer, que la maladie et la mort lente. En ce décor funeste, notre amour, jamais, ne trouvera l'épanouissement !

Alors, le comte mit à exécution son projet de congédier les domestiques. Par lâcheté, il chargea Ségur de s'en occuper, et de subvenir à la gestion courante du Mazet. Il lui confia même des pouvoirs exorbitants, au point que ce dernier exigea des instructions écrites pour se prémunir contre une volte-face dont le comte était coutumier. Puis il chargea un notaire de Brive, maître Madel, de lui trouver une gentilhommière dans la ville de Brive, ou à proximité, afin de s'y retirer au plus vite avec Manelle. Pour ce faire, il lui fallait disposer d'argent frais. Aussi signa-t-il quelques hypothèques sur le Mazet. Pour acquitter les traites, le notaire ne tarda pas à procéder à la vente des basses terres du domaine. Quelques dizaines d'hectares, par-ci par-là. Ainsi Firmin de Jandelles croyait-il se défaire de son passé, qui lui collait à la semelle des bottines, emprisonnant son rêve d'amour et de liberté dans des principes vertueux auxquels il ne croyait plus.

Les premiers bénéficiaires de la débâcle furent les petits vignerons de Chantegrêle. Les Madelbos et les Pierrebrune furent des premiers sur les rangs pour acheter de la terre à bas prix. Et ils comprirent enfin que quelque chose venait de changer dans le pays lorsqu'ils foulèrent les arpents de leur ancien maître, des arpents qu'ils avaient, durant tant d'années, convoités. À vrai dire, le départ de Firmin de Jandelles avait sonné la curée. Maintenant, on savait qu'il n'y avait plus de capitaine au gouvernail et que le Mazet allait à la dérive, au gré des courants. D'autant que Ségur était un bien médiocre second. L'ancien contremaître, fort des instructions dont on l'avait chargé, trouvait enfin l'occasion de prendre sa revanche sur le destin.

Au fur et à mesure que les années s'ajoutaient sur ses épaules voûtées, le comte voyait partir en lambeaux, pièce après pièce, sans état d'âme, l'empire de ses ancêtres. Il en était parvenu à l'idée que les dernières ventes, le château et ses dépendances, et cent hectares de terre, suffiraient à lui garantir une rente jusqu'à la fin de ses jours. Trois ou quatre années de bonheur, se promettait-il, et après, le déluge… Et il fut ainsi fait, aux enchères, à la bougie. Pour conclure l'œuvre, maître Madel trouva parmi ses amis un certain Marcellin Bascompt, dont la famille avait fait fortune sur les terres d'Algérie au temps heureux de l'Empire. Le riche colon acquit les derniers restes du Mazet, et la propriété de Galiane-sur-Sévère, pour cinquante mille francs. Une misère…

En 1885, on enterra Firmin de Jandelles. Une petite procession l'accompagna jusqu'au tombeau de ses ancêtres. Mathilde fut la seule à verser quelques larmes. Les gens du village s'étonnèrent de l'absence de Manelle. Tout le monde croyait encore qu'elle l'avait assisté, en maîtresse fidèle, durant ses derniers jours. Le couple s'était désuni brutalement, lorsqu'un ami, bien intentionné, avait remis à la belle sauvageonne une étrange lettre. Dans celle-ci, le comte recommandait au général Niel qu'on envoie son « protégé », Jean Segond, au plus loin de la France, dans la campagne d'Italie, « pour qu'il s'y fasse tuer ». C'était ainsi, en ce temps-là, qu'on traitait les affaires des petites gens.

En 1890, le phylloxera avait accompli son œuvre. À Chantegrêle, il ne restait plus qu'une cinquantaine d'hectares de vignes, toutes reconverties aux plants américains. La maladie avait découragé nombre de paysans, qui avaient trouvé dans la culture des primeurs meilleure fortune.

Pourtant, les leçons de Polyte avaient porté leurs fruits. En parcourant ses nouvelles plantations de Jacquez et d'Herbemont, le vieil Octave disait, comme une promesse faite au ciel : « Je serai du dernier carré des vignerons de Chantegrêle ! Et s'il en reste un… »

"Visite inattendue"

La Couze

Sylvie Anne

Avant la guerre de 1914, dans le petit village des Trois Fontaines, Marie Bourzat élève seule ses deux fils. Vivant retranchés, tous trois se consacrent à leur vignoble, améliorant sans cesse la qualité d'un vin dont la réputation se répand de plus en plus dans la région. Ces vignes suscitent bien des convoitises, et notamment celle de Séverin Barial, un propriétaire qui rêve de les acquérir. Un jour, cet homme avide ramène au village une jeune servante, Olympe, surnommée la Couze. Sans qu'il s'en doute, cette belle et mystérieuse jeune fille va bouleverser la vie du village.

(Pocket n°11403)

Composition : Francisco *Compo*
61290 Longny-au-Perche

Achevé d'imprimer sur les presses de

BUSSIÈRE

GROUPE CPI

à Saint-Amand-Montrond (Cher)
en janvier 2004

POCKET - 12, avenue d'Italie - 75627 Paris Cedex 13
Tél. : 01-44-16-05-00

— N° d'imp. : 37858. —
Dépôt légal : janvier 2004.

Imprimé en France